5·18 민주화운동
마지막 수배자

윤한봉

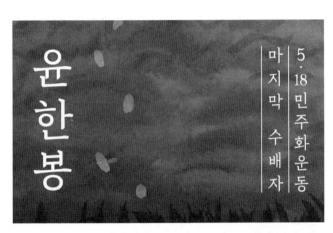

윤한봉

5·18민주화운동 마지막 수배자

안재성 지음

스스로 거름이 된 사람

참으로 이상한 인연이다. 윤한봉(尹漢琫), 나는 살아생전 그를 한 번도 본 적이 없다. 이름을 알게 된 것도 1990년대 말이다. 미국에 이민 갔다가 돌아와 고향 충주에서 농사를 짓고 있던 후배 작가 최용탁을 통해서였다.

5·18광주민중항쟁 직후 미국에 망명해 청년운동을 하다가 12년 만에 귀국했다는 정도가 최용탁을 통해 전해 듣고 기억하는 윤한봉에 관한 전부였다. 더 많은 이야기를 듣기는 했지만 최용탁이 미국에서 윤한봉과 함께 활동했던 조직이 한청련인지 한총련인지조차 구분하지 못했을 정도로 관심이 없었다.

어느 해인가 광주에 다녀온 최용탁이 "한봉이 형이 폐기종으로 위독하다"며 한없이 우는 것을 보고서야 내 일처럼 관심을 갖게 되었다. 최용탁의 됨됨이를 알기 때문이었다. 가족 부양이라는 굴레만 없다면 이 나라 제일의 고승이 되었을지도 모를 최용탁이 그토록 존경하는 이라면 믿음이 갔다. 윤한봉은 어느새 나에게도 '한봉이 형'이 되어버렸다.

관심을 갖고 보니 최용탁만이 아니라 미국에서 윤한봉과 함께 활동하다 귀국한 이들은 하나같이 술만 마시면 눈물에 젖어 불치병에 시달리는 그를 애달파하는 것이었다.

"한봉이 형은 살아 있는 예수야."

"한국의 간디, 한국의 호찌민이지요."

"동학의 창시자 최시형 같은 분이지."

이 무슨 황당한 찬사란 말인가? 나도 민주화운동과 노동운동으로 청춘을 보내며 훌륭한 인물들을 만났지만 그런 칭송을 듣는 이는 없었다. 이 사람의 정체는 도대체 무엇일까? 이토록 사랑과 존경을 받는 인물이 왜 운동권 중심부나 중앙 정치무대에 진출하지 않았던 것일까?

조금씩 궁금증이 쌓이고 있을 때 그는 끝내 운명하고 말았다. 2007년 초여름이었다. 광주로 가는 내내 최용탁이 울었고, 영안실에 조문객이 너무 많아 앉지도 못하고 나온 기억이 난다.

몇 년 후 최용탁을 통해 윤한봉 평전이 기획되고 있다는 소식을 접하고는 문득 내가 써보고 싶다는 생각이 들었다.

도대체 어떤 인물이기에 이토록 존경과 사랑을 받는지 탐구해보고 싶었다.

하지만 광주 출신의 교수들에게 집필을 맡긴다고 하기에 그런가보다 했다. 동시대의 인물을 다루는 일이 얼마나 험난하고 골치 아픈지 알기 때문에 잘됐다 싶었다. 그런데 몇 해가 지나도록 평전은 나오지 않았다. 윤한봉 평전은 많은 관련자 인터뷰와 미국 취재를 바탕으로 집필해야 하는 일인데 대학 교수들은 그럴 여건이 못 되었던 것이다.

2015년 말, 황광우로부터 느닷없이 윤한봉 평전을 써달라는 메일을 받았을 때 그저 반갑기만 했다. 발간위원의 한 명인 황광우는 1980년대 노동운동의 전설적인 행동파요 이론가로, 2000년대 줄곧 나와 같은 정치노선을 걸었다. 그가 발간을 주도한다면 인터뷰와 취재 과정에서 생길 어떤 곤란도 함께 이겨낼 수 있으리라는 믿음이 갔다. 발간 주체인 합수윤한봉기념사업회 오수성 이사장의 추진력 또한 뛰어나다는 것을 알고 있었다. 생각해볼 것도 없이 흔쾌히 승낙했다.

그러나 실은 그때까지도 나는 윤한봉이란 인물에 대해 거의 아는 게 없었다. 하지만 그래서 더욱 흥미롭기도 했다. 그리고 이미 유명해진 사람의 이야기를 쓰며 시간을 보내고 싶지는 않았다.

윤한봉의 가족들을 만나 기초 조사를 하는 과정에서 뜻

밖에도 나의 청년시절과 흡사한 점을 그에게서 발견하고 무척 반가웠다. 민주화운동 과정이나 인생행로, 성격과 생활습관 등 여러 측면에서 공통점을 찾아볼 수 있었다. 물론 그의 일관된 무소유 정신과 무한한 헌신성은 누구와도 비교할 수 없는 것들이다.

그를 아는 사람들은 말한다. '순결하여 하얀 별과 같고 따뜻하여 봄 햇살과도 같아 우리는 그를 삶의 나침반이자 소외된 이들의 벗이라 일컬었으나 그는 다만 자신을 합수라 불리기를 바랐다.' 그의 별명 합수(合水)란 두 줄기 물이 합쳐진다는 뜻으로, 호남 지방에서는 재래식 화장실의 똥과 오줌이 합쳐진 똥거름을 말한다. 역사와 민중을 위해 인생을 바쳤노라고 말하는 이들은 많지만, 명예도 직위도 돈도 모두 마다하고 스스로 퇴비가 된 이는 드물다. 윤한봉이 바로 그런 사람이었다.

나의 취재는 크게 두 갈래로 진행되었다. 국내 거주자들의 집담회 녹취와 미국 거주자들의 개별 녹취가 그것이다.

국내 거주자들의 집담회는 시기별, 주제별로 아홉 차례에 걸쳐 진행되었다. 황광우가 주도한 집담회에는 매회 20~30명씩, 연인원 250여 명이 참석해 윤한봉에 대한 애정이 얼마나 깊은가를 몸소 보여주었다.

미국 취재는 2016년 2월에 황광우와 함께 이루어졌다.

시애틀, 시카고, 로스앤젤레스, 뉴욕, 프린스턴, 워싱턴까지 강행군을 하며 50여 명의 관련자를 인터뷰하고 윤한봉의 활동 등을 취재했다. 이 과정에서 재미한국청년연합(한청련) 출신들이 많은 편의를 제공해주고 경제적으로도 도움을 주었다.

미국의 한청련 관련자를 취재하는 과정에서 국내 취재 때와는 다른 것을 느끼게 되었다. 국내에서의 윤한봉의 활동은 어찌 보면 여느 민주화운동가들과 크게 다르지 않은 궤적을 갖고 있다. 하지만 미국에서 윤한봉의 활동은 타인에 비견되기 어려울 정도의 가치와 내용을 가지고 있었다. 스스로 국제연대라 부른 그의 반전·반핵 활동은 한국인이 해외에서 펼친 놀라운 업적 중의 하나였다. 이를 추동한 한청련과 한겨레운동재미동포연합 회원들의 헌신성도 깊은 감명을 주었다. 미국 취재가 조금도 힘들게 느껴지지 않았던 이유이기도 하다.

원고지로 환산하면 수천 장이 넘는 엄청난 양의 녹음을 풀고 정리하는 일에는 윤한봉기념사업회 실무자 이영선, 임명규 등의 노고가 컸다. 발간위원들은 수차례에 걸쳐 원고 검토를 해주는 수고를 아끼지 않았고, 오수성 이사장은 이 사업을 끝까지 잘 이끌어주었다. 모두가 윤한봉에 대한 존경과 사랑이 없으면 할 수 없는 무상의 노력들이다.

그리고 5·18기념재단의 한청련 관계자 녹취록, 지인들의 추모문집, 윤한봉 자서전 『운동화와 똥가방』이 밑바탕이 되어주었다. 윤한봉 자신의 구술자료와 강연록도 큰 도움이 되었다.

동시대에 살았던 인물의 삶을 기록하면서 가슴 저린 감동을 느껴보기란 쉽지 않다. 하지만 윤한봉은 끊임없이 내 가슴을 뭉클하게 만든 사람이다. 취재를 끝내고 글로 옮기는 내내 그는 나를 사로잡았다. 그의 삶에 감동했을 뿐 아니라, 나의 지나간 삶을 되돌아보게 하고 지금의 삶을 직시하도록 만들었다. 그가 대단한 의지로 역경을 극복하고 큰일을 해내서만은 아니다. 특별한 사상이나 업적이 있어서만도 아니다. 그것은 순결하고 따뜻한 '인간 윤한봉'이 온몸으로 다가왔기 때문이다.

많은 분들의 도움을 받았지만 글은 온전히 나의 의지대로 썼다. 냉정하게 사실 그대로 쓰려고 노력했지만 윤한봉의 삶이 아름답게 그려졌다고 생각된다면, 이는 필자의 마음 때문임을 이해해주시면 좋겠다.

2017년 3월 24일
안재성

차례

1. 담배 피우는 남자

1981 시애틀

미국 서북부 워싱턴 주의 주도 시애틀은 아름다운 도시였다. 워싱턴 호수 주위의 숲속에 지어진 저택들은 미국식 고급주택의 견본 같았고 다운타운에 솟은 빌딩들은 유럽식으로 외벽을 다듬어 운치를 살렸다. 보잉, 스타벅스, 아마존, 마이크로소프트 같은 세계적 대기업들의 본사가 여기에 있음에도 중심가 인구는 수십만 명밖에 되지 않는 쾌적한 곳이기도 했다.

이 작은 도시 시애틀까지 흘러들어온 한국인은 적었다. 새로운 사람이 나타나거나 누군가 특이한 언행을 하면 금방 소문이 날 때였다. 이곳 한인들이 '담배 피우는 남자'에 대해 관심을 두기 시작한 것은 1981년 여름이다. 그는 동양식품을 취급하는 김동건의 점포에 새로 온 30대 중반의 한국인 청년이었다.

김동건의 사촌동생으로 알려진 청년은 주로 청소를 하거나 상품을 진열했는데 주인 내외가 외출할 때는 계산대에서 돈을 받기도 하고 식품점 안주인 김진숙과 함께 김치를 담그기도 했다. 그리고 틈틈이 주차장에 나와 담배를 피웠다.

키는 170센티미터 정도 되었으나 몸이 너무 말라 막대기에 바지와 셔츠를 걸쳐놓은 허수아비 같았다. 게다가 죄라도 지은 사람처럼 꼭 몸을 잔뜩 웅크리고 쪼그려 앉아 담배를 피웠다. 어떤 이는 그가 고개를 무릎에 박은 채 소리 죽여 흐느껴 우는 모습을 보았다고도 했다.

"건강 해치려고 어찌 그리 줄담배를 태워요? 이왕에 피우는 거 제대로 앉아 피우든가."

안주인 김진숙이 타박을 하면 청년은 처박았던 고개를 들고 수줍은 표정으로 웃음을 지어 보였다. 나중에 목사가 되는 김진숙은 어려운 사람을 돕는 일이라면 어디든 쫓아다니는 바지런하고 마음 넓은 여인이었다. 청년의 눈빛이 무섭도록 강렬했다고 말하는 이도 있지만, 그녀의 눈에 비친 청년은 오갈 데 없는 가련한 처지일 뿐이었다. 김진숙은 그가 정치 이야기를 할 때는 밉도록 고집스럽기도 하지만, 짙고 둥근 눈썹 아래 호기심 많은 소년처럼 똥그란 눈이며 입가의 촌스러운 주름살을 마주하면 절로 긴장이 풀어지고 마음이 편안해졌다.

청년은 친절하고 밝은 성격임이 분명했으나 정치문제에 대해서만큼은 양보의 미덕이 없었다. 상대방의 의견에 적당히 장단을 맞춰주며 자신의 의견을 관철하는 세련된 어법의 소유자들과는 거리가 먼 사람이었다. 어떤 상황에서든 자기주장을 그대로 노출해 논쟁의 단초를 만들곤 했다. 그는 김동건의 집안 곳곳에 쌓여 있던 한국 신문과 잡지를 굶주린 듯 훑으며 기사들을 나름대로 재해석하여 자기 것으로 만들었다.

그런데 어떤 논쟁에서도 그가 밀지는 않았다. 맛깔스러운 전라도 사투리와 해학을 통해 풀어내는 탁월한 말재주 때문이었다. 그리고 세세한 사례를 들어가며 이야기를 풀어나가기 때문에 한번 말을 시작하면 한두 시간은 그냥 지나가버렸다. 이야기를 듣다보면 그의 놀라운 지식과 언변에 빠져들어 지루한 줄 몰랐다.

김동건·김진숙 부부에게 그는 참으로 어린아이 같은 순수함을 가진 사람이었다. 정의에 대한 열정이 넘쳐서 어린아이처럼 맑은 눈을 반짝이며 몇 시간이고 떠드는 그의 모습을 보고 있노라면 정치적 견해 차이로 생긴 불편한 감정이 슬그머니 사라지는 것이었다.

일상생활에서도 트집 잡을 데가 없었다. 특히 결벽증이 아닐까 싶을 만큼 청소를 완벽하게 했다. 누군가와 이야기를 주고받는 중에도 손으로는 카펫 바닥에 떨어진 머리칼이나 과자 부스러기를 쓸어 모아 버리는 사람이었다. 식사를 하고 나면 그릇을 치우는 일뿐 아니라 설거지도 꼭 하려 들었다. 설거지를 마친 후에는 싱크대 안팎까지 깨끗이 닦아놓았다. 가게를 하느라 잘 돌보지 못했던 집 안팎이 깔끔해져 좋았다.

김동건은 일본 메이지(明治)대학을 나온 지식인으로, 군부쿠데타로 국권을 찬탈한 전두환이 1980년 5월 광주학살을 자행했을 때 식품점 출입문에 전두환은 미친 돌대가리라는 뜻의 한문을 써 붙이고, 구속된 김대중을 석방하라는 플래카드를 내걸었던 이였다. 당시 이것을 본 한국영사관 직원들이 한인들에게 그의 식품점에 출입하지 말라고 압력을 가하는 바람에 손님이 줄어들어 나중에는 집까지 팔게 되었지만, 아직 이 청년에게 독방을 내줄 형편은 되었다.

그런데 청년은 침대를 안 쓰고 꼭 맨바닥에서 잤다.

"조국의 민주화를 위해 싸우던 동료와 후배가 지금도 차가운 감옥에 갇혀 있는데 제가 어떻게 편안하게 침대에서 잠을 자겠어요?"

청년은 수중에 몇 천 달러가 있음에도 가게 안팎을 청소하다 긴 꽁초가 있으면 주워 모았다가 피우곤 했다. 빵 한 조각, 음료수 한 병 사 먹는 걸 보지 못했다. 왜 구질구질하게 꽁초를 주워 피우느냐고 잔소리하면 대답은 한결같았다.

"조국의 동지들이 모아준 피 같은 돈을 어떻게 함부로 쓸 수가 있나요? 이 돈은 미국의 한인운동을 위해서라면 몰라도 저 개인을 위해서는 한 푼도 쓸 수 없어요."

시인 같은 섬세함과 순결함을 가진 이 청년은 시애틀 한 인들에게 김일민으로 불렸다. 미국 내에서 그의 본명을 아는 사람은 시애틀의 김동건 부부와 워싱턴D.C.의 패리스 하비(Pharis Harvey) 목사 등 몇몇뿐이었다.

청년의 본명이 윤한봉이라는 것, 광주항쟁에 관련된 일 급수배자로서 1981년 4월 29일 마산에서 출항한 화물선 표범호에 숨어 35일 만에 시애틀로 밀항했으며, 현재 미국 정부에 망명 신청을 해둔 상태라는 사실이 널리 알려진 것 은 2년이 지나서였다.

사람들은 그때서야 비로소 그가 왜 죄인처럼 주차장 구석에 쪼그려 앉아 담배를 피우며 때때로 비참한 표정으로 머리를 무릎에 처박고 흐느껴 울었는지를 이해했다. 그리고 그가 광주에서 무슨 일을 했는지, 왜 망명까지 해야만 했는지 궁금해했다.

2. 빛고을의 5월

1980 광주

    계엄군의 목적은 시위대를 해산시키는 게 아니었다. 시위자를 한 명 한 명 끝까지 쫓아가 해치우는 것이었다. 윤한봉은 그것을 두고 백인들이 인디언을 사냥하는 광경 같았다고 표현했다. 계엄군이 백인 군대라면 거리에 나온 시민은 인디언이었다. 계엄군은 사냥감이 정해지면 골목이나 집안까지 쫓아가 총검으로 찌르고 곤봉으로 두들겨서 끌고 갔다. 집 밖으로 나온 시민 전체가 그들의 사냥 대상이었다. 손에 잡히기만 하면 젊은이든 중년배든 여고생이든 상관없이 찌르고 때리고 군홧발로 짓이겼다. 피투성이가 되어 잡힌 이들은 속옷 차림으로 두들겨 맞다가 철사로 손이 묶여 군용트럭에 실렸다. 길바닥에 쓰러져 있는 이들은 도축장의 짐승들처럼 군용트럭에 던져져 어디론가 사라졌다.

하지만 광주시민들은 물러서지 않았다. 마치 쇠로 만든 끊어지지 않는 그물 같았다. 착검한 계엄군이 일렬횡대로 몰려오면 뒤로 물러섰다가 그들이 멀어지면 다시 나아가 "군부독재 타도!"와 "계엄령 해제!"를 외쳤다. 어둠이 깔리면서 시위대는 점점 더 늘어났다. 화염병과 돌을 던지는 이들도 있고 차량에 불을 붙여 바리케이드로 삼는 이들도 있었다. 계엄군은 검붉은 핏물과 최루탄 가루, 깨진 보도블록과 화염병 조각이 널린 거리를 뛰어다니며 광란의 사냥을 계속했다. 총포 소리와 헬기 소리, 곳곳에서 화염병에 맞은 차량이 불타며 뿜어 올리는 시커먼 연기로 광주 시가지는 온통 전쟁터가 되어버렸다.

8개월 된 아들 찬을 둘러업은 윤경자는 전전긍긍하고 있었다. 1980년 5월 20일 저녁이었다. 대량 발포는 다음 날 벌어지지만 이미 곳곳에서 계엄군의 산발적인 실탄사격이 시작되고 있었다. 집에서 멀지 않은 교차로 일대에서도 시위대와 계엄군의 공방전이 벌어지는 중이었다. 함성과 총성, 시위에 가담한 택시들의 경적 소리가 새까만 밤하늘을 찢어발기는 것 같았다.

건설회사에서 일하던 윤경자의 남편 박형선은 학생운동의 전과가 있다는 이유로 이틀 전에 끌려갔고 셋째 오빠 윤한봉은 며칠째 종적이 없었다. 경찰은 벌써 몇 차례나 윤경자 부부의 집에 들이닥쳐 윤한봉을 내놓으라고 협박하고 갔다. 저 혼란의 와중에 어디서 무슨 일을 당하고 있을까 가슴이 떨려 견딜 수가 없었다. 교차로에라도 나가 상황을 살펴보고 싶은데 아이에게 최루가스를 맡게 할 수도 없고, 집에 두고 나가려 하면 울어대니 그럴 수도 없었다. 아이를 어르고 달래며 마루 위에서 발돋움으로 바깥을 살펴보고 있을 때였다.

"계엄군이다! 도망쳐!"

고함과 함께 사람들이 뛰어오는 발소리가 요란했다. 다급히 골목으로 도망쳐온 사람들은 평소라면 엄두도 못 낼 높은 담장을 쑥쑥 뛰어넘어 사방으로 흩어졌다. 단 한 사람, 뒷집 사는 아저씨만이 천천히 걸어오고 있었다. 그는 네 딸을 둔 중년의 약사인데, 구경만 했으니 별일 없으리라 생각한 모양이었다. 겉옷도 입지 않은 흰 러닝셔츠 바람이었다. 바로 그 흰색이 계엄군의 눈에 띈 모양이었다. 그가 집에 들어가 나무대문을 걸어 잠근 직후 계엄군이 대문 앞으로 몰려들었다.

윤경자의 집 안방 창문에서 발돋움을 하면 담장 너머로 뒷집의 안방과 마당이 보였다. 계엄군은 나무대문을 총검으로 찍어 부수고는 집안으로 뛰어들었다. 그제야 놀란 뒷집 아저씨는 안방에 들어가 문고리를 잡고 주저앉아 버티려 했으나 군인들이 총검으로 문고리 부근을 푹푹 찔러대

자 비명을 지르며 나뒹굴었다. 가족들은 울고불고 난리가 났다.

계엄군의 난동을 목격한 윤경자는 온몸이 덜덜 떨려 잠을 이룰 수가 없었다. 저들의 무차별 공격에도 불구하고 시위는 밤새 계속되었다. 밤 9시 반에는 문화방송 사옥이 시위대에 의해 방화되어 불길에 휩싸이고 새벽 4시 반에는 한국방송 사옥까지 불이 붙었다. 계엄군의 잔학한 만행과 이에 대한 대규모 저항이 벌어지고 있음에도 아무런 보도를 하지 않는 언론에 대한 분노였다. 바로 그 시각이었다. 밤새 한숨도 못 자고 어린 아들을 껴안은 채 공포에 질려 있는데 대문 밖에서 낮고 조심스러운 음성이 들려왔다.

"찬아! 찬아!"

목소리가 쉬어 칼칼하기는 했으나 귀에 익었다. 화급히 뛰쳐나가 대문을 여니 한 남자가 마스크를 하고 양손에는 긴 드라이버와 몽둥이를 들고 있었다. 지칠 대로 지친 몰골이었다.

"오빠!"

윤한봉은 동생을 보자마자 그 자리에 스르르 주저앉았다. 윤경자는 들어오라고도 않고 그의 어깨를 떠밀며 말했다.

"오빠! 죽으려고 우리 집에 왔어요? 경찰이 오빠를 잡으려고 몇 번이나 왔다 간 줄 알아요? 어서 달아나요!"

밤새 시위를 하느라 기진한 윤한봉은 말도 제대로 나오지 않았다.

"죽어도 여기서 죽어야지, 더이상 힘이 없어서 한 발짝도 못 움직이겠다."

매캐한 연기에 뒤덮인 시가지에서는 총성과 함성이 계속 들려왔다. 윤경자는 할 수 없이 그를 집안으로 들여 먹을 것을 챙겨주며 사정했다.

"오빠, 어서 광주를 빠져나가요. 우리 집에 있다가 경찰에 잡혀가도 개죽음이고, 저 난리통에 휩쓸려도 개죽음이에요. 저놈들이 오빠를 잡아가면 살려두겠어요? 그렇다고 저 아수라장에 뛰어들어 뭘 어떻게 하겠어요? 어떻게든 살아서 오빠가 할 일을 해야 할 것 아녜요? 내가 정상용 오빠에게 연락을 해볼 테니 같이 빠져나가요. 이번에 또 잡히면 오빠는 진짜 죽어요."

"싫다. 그저께 대전까지 올라갔다가 돌아왔다. 나는 죽어도 광주에서 죽을란다."

사흘 전인 1980년 5월 17일, 자정을 기해 전국에 계엄령이 떨어지면서 수천 명에 이르는 학생운동가와 민주화운동가가 체포되었다. 광주도 마찬가지였다. 이를 예상하고 자취방에 들어가지 않았던 윤한봉 등 일부는 체포를 면했지만 학생회 간부 대다수가 체포되거나 피신하여 연락이 두절되었다.

5월 18일 아침, 전남대 정문 앞에서 학생 200여 명이 출입을 막는 계엄군과 충돌했다. 시위를 위해 조직적으로 동원된 학생들이 아니라 전국에 계엄령이 떨어지면 학교로 모이자는 말을 들었거나 무심코 도서관에 가려던 학생들이었다. 계엄군은 이들을 무참히 두들겨 패서 연행하기 시작했고, 시내로 달아나 항의시위를 벌이는 이들을 무자비하게 진압하면서 길바닥은 핏물로 얼룩졌다. 시위를 지도할 사람도 없고 지도할 수도 없는 공포와 혼란의 도가니였다.

윤한봉은 후배 정용화 등과 온종일 돌아다니며 시위를 했으나 그도 시위에 참가하는 일반 대중의 한 명에 불과했다. 시위가 곧 진압되리라 본 정용화는 형사들에게 얼굴이 알려진 윤한봉에게 광주를 떠나라고 종용했다. 그토록 기다려온 민중의 투쟁이 촉발되었는데 아무것도 할 수 없는 무기력감에 빠져 울분과 탄식 속에 밤새 고민하던 윤한봉은 5월 19일 새벽 서울행 호남선 열차를 탔다.

서울로 향한 이유는 다른 지역에서도 대규모 시위가 일어나고 있으리라는 기대 때문이었다. 그러나 기차가 지나는 도시들 분위기는 평소와 다르지 않았다. 무작정 서울로 올라갈 게 아니라 일단 중부지역의 요충인 대전의 분위기를 살펴보고 판단하는 게 나을 것 같았다. 다른 도시가 조용하다면 다시 광주로 돌아가 죽어도 그곳에서 죽기로 마음먹었다. 대전역에서 내렸다.

대전 역시 요소마다 군경의 검문만 살벌할 뿐, 계엄령 확대에 항의하는 아무런 움직임이 없었다. 다방 몇 군데를 들어가 봐도 시국 이야기를 하는 분위기는 아니었다. 언론 통제로 광주에서 벌어지는 일들이 일체 보도되지 않고 있음은 물론이었다. 이런 상황에서 낯선 서울에 올라가봤자 시위를 주동하기는커녕 사람 만나기도 어렵겠다 싶었다. 다시 광주로 가는 하행선 열차를 탔다.

윤한봉은 학생으로 보기에는 나이가 너무 많은 데다 촌사람 같은 인상 때문에 대전에서는 검문을 무사히 통과할 수 있었다. 그런데 열차가 광주에 거의 이르렀을 때였다. 공교롭게도 예전에 자신을 감시했던 목포경찰서 형사와 마주치고 말았다. 오래전 일이라 그도 확신이 안 서는지 자신의 얼굴을 자꾸 흘끗거리는 것이었다. 그러고는 일행과 쑥덕이며 뭔가를 상의하는 게 분명해 보였다. 윤한봉은 기차가 장성역에 들어서면서 속도를 늦출 때 재빨리 뛰어내렸다.

마침 장성역 앞에는 아기 업은 부인이 광주로 들어가려고 택시를 잡고 있었다. 윤한봉은 가족인 것처럼 함께 타자고 하여 검문소를 무사히 통과해 광주로 들어올 수 있었다. 낮에 돌아다니면 형사들의 눈에 띄기 때문에 임동에 사는 후배 집에 숨어 있다가 밤중에 나왔다. 계엄군에 걸리면 한 명이라도 죽이고 자기도 그 자리에서 죽겠다는 각

오로 긴 드라이버를 챙겨 들고 마스크까지 썼다.

윤한봉은 광주지역 학생운동의 최고 선배였으나 시민들이 자발적으로 움직이는 거대한 시위 물결 속에서는 이날도 한 명의 시위자에 지나지 않았다. 돌을 던지고 구호를 외치며 밤새 뛰어다녔으나 아는 얼굴은 하나도 없었다. 전남대 후배 윤상원 등도 이때는 개별적으로 흩어져 시위에 참가하고 있었다. 당시 광주의 민주화운동가 중에 집에 전화가 있는 이라고는 시인 문병란과 소설가 송기숙, 황석영 정도였다. 그나마 계엄군이 불통시켜 연락해볼 길이 없었다.

윤한봉은 혹시 체포를 면한 후배들이 문병란의 집을 본부로 삼았을까 싶어 그의 집에도 가보았다. 하지만 불이 꺼지고 아무리 불러도 답이 없었다. 며칠째 잠을 자지 못해 쓰러질 것 같은 윤한봉은 갈 곳이 없어지자 체포될 각오를 하고 여동생 윤경자의 집으로 온 것이다.

"오빠, 제발 이 집에서 나가요. 다른 사람들도 다 시골로 피신했잖아요."

여동생의 애원에도 윤한봉은 완강했다. 금방이라도 기절할 듯 퀭한 얼굴로 고집을 부렸다.

"시민들도 목숨을 걸고 싸우는데 내가 달아날 순 없다. 일단 한숨 자고 거리로 나가서 싸우다 죽을란다."

윤경자는 할 수 없이 그를 벽장으로 올려 보내고 먹을 것

과 요강까지 넣어주었다. 누가 와도 열어보지 못하고 본인
도 밖으로 나오지 못하도록 자물쇠까지 걸어 잠가버렸다.

작은형 윤광장이 달려온 것은 두어 시간 눈을 붙였을 때
였다. 육군 장교로 제대해 교사로 일하고 있던 그는 동생
이 어떻게 되었을까 걱정되어 이리저리 찾아다니던 중이
었다. 계엄군에게 주목을 덜 받을까 싶어 양복에 넥타이까
지 맨 정장차림이었다. 동생을 흔들어 깨웠다.

"한봉아, 어서 떠나라. 언제 형사들이 이 집에 들이닥칠
지 몰라. 너는 지금 잡히면 무조건 죽음이다. 개죽음이야.
지금 이 사태는 누구도 수습하지 못한다. 다음을 기약하고
어서 떠나라."

인생의 중요한 고비마다 방향을 잡아주던 형이었다. 고
집불통인 윤한봉도 작은형의 말은 거부하지 못했다.

"알았습니다. 일단 광주를 벗어나겠습니다."

형이 벗어준 양복에 구두까지 신고 조카를 품에 안았다.
윤경자는 집에 있던 양초 두 개를 찾아 손에 들었다. 검문
에 걸리면 시골 절로 예불드리러 가는 부부라고 둘러대기
위해서였다.

서둘러 양림동 골목을 지날 때였다. 공교롭게도 윤한봉
을 담당한 정보과 형사와 정면으로 맞닥뜨리고 말았다. 양
쪽 다 깜짝 놀랐다. 그런데 형사가 먼저 눈을 내리깔고는
황망히 피해버리는 것이었다. 시위대가 무장하자 도망치

는 중인 듯했다.

무사히 양림동을 빠져나가다가 소설가 황석영의 집 앞을 지나게 되었다. 서민들의 삶을 주로 그려 유명해진 황석영은 이 무렵 광주에 살면서 문화운동을 이끌고 있어 윤한봉과도 잘 아는 사이였다. 윤한봉은 동생을 붙잡아 세웠다.

"경자야, 너는 이제 돌아가라. 난 석영이 형 집에 가면 누군가 만날 수 있을 테니 이제 됐다."

윤경자는 울상을 하며 오빠를 잡아끌었다.

"이 집도 감시를 받을 텐데 오빠가 여기서 잡히면 이 집 식구들도 모진 꼴을 당해요. 오빠, 제발 어서 가요!"

눈물을 쏟으며 통사정을 하는 바람에 윤한봉은 어쩔 수 없이 걸음을 옮겼다. 나중에 알았지만 황석영은 유혈사태가 벌어지기 얼마 전에 출판 문제로 서울에 가 있었다. 윤한봉이 그 집에 들어갔다 해도 만날 수 없었을 것이다.

잇단 총성과 치솟는 연기로 뒤덮인 도심을 뒤로하고 잰걸음으로 철도 건너 백운동 교차로까지 무사히 도착한 오누이는 거기서 헤어지기로 했다. 훗날에는 빌딩과 주택으로 들어차지만, 그때까지 백운동 일대는 기독병원을 빼고는 큰 건물이 거의 없는 농촌이었다. 윤경자는 마침 그곳을 지나는 택시를 잡아 오빠를 밀어 넣고 광주에서 최대한 멀리 떨어진 곳에 내려놓아달라고 부탁했다.

윤경자가 멀어지는 택시를 보고 돌아설 때였다. 광주 쪽에서 군용트럭들이 달려오더니 교차로에 군인들을 쏟아 부었다. 계엄군의 집단발포에 흥분한 시위대가 차량을 끌고 광주 외곽으로 빠져나가 소도시의 예비군 무기고를 습격해 무장할 때였다. 시내에서 철수한 계엄군이 광주를 둘러싼 모든 길목에 매복해 중기관총을 설치하기 시작한 것이다.

그대로 있다가는 죽겠다 싶어 아이를 업은 채 철길 아래 논으로 뛰어들었다. 늪 같은 풀숲에 납작 엎드려 한참을 숨어 있다가 군인 차량이 다 돌아간 후에야 기어 나와 집으로 돌아갔다.

후배 김남표가 윤한봉을 발견한 것은 그로부터 두어 시간이 지난 오전이었다. 윤한봉이 조직한 전남민주청년협의회의 목포지부장으로 있던 김남표는 학살 소식을 듣고 광주에 들어가 시위를 하다가 나와 나주에서 식당을 하는 선배 집에서 하룻밤 자고 일어난 참이었다. 식당 선배는 그가 광주로 돌아가지 못하도록 양복과 구두를 감춰버리고 세상이 혼란스러울 때는 조금 떨어져 지켜보는 것도 현명하다고 달래는 중이었다. 선배의 식당은 나주 중앙로 사거리에 있었다. 그곳에 무장한 시위대를 태운 버스가 나타나 어린 여학생이 애타게 호소하기 시작했다.

"나주시민 여러분! 지금 광주에서는 계엄군의 총칼에 시민들이 죽어가고 있습니다! 나주의 애국시민 여러분!

무기를 들고 함께 광주로 가주세요! 어서 나와 광주시민을 도와주세요!"

광주에서 나온 차량 시위대가 나주경찰서를 습격하고 소총으로 무장을 한 것이었다. 김남표는 뛰쳐나갈 용기를 내지 못하고 참담한 기분으로 선배의 운동복을 걸치고 고무신을 신은 차림으로 식당 앞에 서서 그들을 바라보고만 있었다.

바로 그때 무장 버스를 향해 돌진하듯 달려오는 사람이 눈에 들어왔다. 다른 시민군처럼 수건을 이마에 동여매고 있었지만 누군지 금방 알아볼 수 있었다. 김남표는 얼른 달려가 그의 손을 덥석 잡았다. 뛰어가다 말고 느닷없이 손을 잡힌 윤한봉은 소스라치게 놀랐다.

"남표 아니냐? 너는 왜 여기 있어?"

"어제까지 광주에 있다가 나왔어요. 형은 어떻게 여기까지 왔어요?"

윤한봉은 자신의 처지를 대충 설명하고 힘껏 그의 손을 잡아끌었다.

"광주로 돌아가자! 저 차를 타면 들어갈 수 있어!"

두 사람은 곧장 무장 버스에 합류했다. 그러나 이미 도로가 모두 차단되었다는 소식이 전해져왔다. 노인과 부녀자가 탄 버스까지 기관총 세례를 받아 몰살당하는 판이었다.

"차량이 안 되면 걸어서라도 들어가자."

윤한봉의 결정에 따라 두 사람은 식당에서 이른 점심을 먹은 후 광주를 향해 길을 떠났다. 광주에서 나주를 거쳐 목포로 가는 국도에는 광주에서 나오는 차들은 많았으나 광주로 들어가는 차는 없었다. 모두 광주를 탈출해 남쪽으로만 향하고 있었다.

피란 대열을 거슬러 올라 남평다리에 다다랐을 때였다. 다리 건너에 군인들이 검문소를 설치하고 있었다. 인근 야산에는 헬기들이 날아와 공수부대원들을 토해내고 있었다. 다리를 건너온 사람들마다 군인들 가까이 가지 말라고 충고해주었다. 발길을 돌리는 수밖에 없었다.

산길이나 마을길로 가보려고 했지만 방향을 잃고 헤매다보니 어느덧 밤중이 되어버렸다. 온종일 걸어 지칠 대로 지친 두 사람은 도로변 낯선 정미소 헛간에서 밤을 보내며 광주에 못 가면 군단위 소도시에서라도 시위를 벌이기로 했다. 날이 밝자 남쪽 영암읍으로 향했다.

영암읍내에는 광주로 진입하지 못한 차량시위대가 몰려와 있었다. 무장시위대와 읍민들이 곳곳에서 계엄령을 해제하고 살인마 전두환을 찢어 죽이라고 외치고 있었다. 이들과 함께 구호를 외치던 두 사람은 윤한봉의 고등학교 은사인 김용근 선생이 사는 강진군 영암면 작천 마을로 향했다. 지리를 몰라 오후 내내 물어물어 찾아가니 그는 사흘 전 서울로 떠났고, 헤어졌던 후배 정용화와 은우근이 그곳에 와 있었다.

살아서 다시 만난 것은 반가웠지만 다들 참담한 표정이었다. 공장노동자, 중국집 배달부, 신문배달원, 나이트클럽 기도 등 민중은 민주주의를 수호하기 위해 목숨 바쳐 싸우고 있는데 자신들은 아무것도 못 하고 피신했다는 자괴감이 모두를 무겁게 짓누르고 있었다.

그동안 보도가 통제되었던 광주 소식이 그날부터 텔레비전을 타기 시작했다. 수건으로 얼굴을 가린 시민군이 총을 들고 차량시위를 벌이는 장면을 '폭도의 난동'이라고 보도하고 있었다. 이제 어떻게 해야 하는지 머리를 맞대고 고민했다. 답은 한 가지뿐이었다. 광주로 돌아가는 것이다.

이틀 후 윤한봉은 이른 아침 후배들을 깨워 다시 광주로 향했다. 정용화가 공수부대 출신이니 차단선을 넘어갈 방도를 찾아내지 않을까 싶었다. 그러나 큰길을 피해 들길·산길로 온종일 걸어 지명을 알 수 없는 외딴 저수지에 다다랐을 때였다. 저수지 옆으로 난 산길까지 공수부대가 차단한 가운데 몇몇 젊은이가 몽둥이와 군홧발로 두들겨 맞는 모습이 보였다.

분노에 치를 떨었지만 발길을 돌려 작천 마을로 돌아올 수밖에 없었다. 다음 날, 광주가 계엄군에게 함락되었다는 소식이 보도되었다. 1980년 5월 27일이었다.

마지막까지 도청을 지키던 후배 윤상원과 박용준이 계

엄군의 총에 죽고 이양현, 정상용, 김영철, 윤강옥, 정해직 등 여러 후배가 도청에서 끝까지 저항하다 체포되었다는 소식도 이어졌다. 특히 윤상원의 죽음은 윤한봉에게 평생 벗어날 수 없는 죄책감을 안겨주었다.

학살 전날인 5월 17일 밤, 광주에서 예비검속에 걸리지 않은 민주화운동권은 두 부류였다. 박효선이 이끌던 극단 '광대' 단원들과 윤상원이 이끌던 '들불야학'의 강학(교사)들이다.

이들은 각자 시위대의 한 명으로 뛰어다니다가 항쟁 사흘째인 5월 21일 오후가 되어서야 회합을 했다. 김상윤이 운영하는 '녹두서점'에 모인 이는 20명 정도였다. 밖에서는 한창 시민군과 계엄군의 총격전이 벌어지고 있는 가운데 어떻게 해야 할지 열띤 토론이 벌어졌다.

이때 가장 많이 거론된 이는 윤한봉이었다. 윤한봉이라면 자신들을 이끌어 이 사태를 수습할 수 있으리라 보았다. 전남대 학생운동 선배이자 광주·전남지역을 아우르던 최고 선배이기도 하거니와, 유혈사태를 내다본 유일한 사람이 윤한봉이었기 때문이다.

윤한봉은 이 무렵 '작년 가을 부산과 마산에서 민중항쟁이 일어나 박정희 독재정권을 무너뜨렸으니 이번에는 광주에서 전두환 군부에 반대하는 민중봉기가 일어날 것이고, 봉기가 일어나면 무자비한 학살이 자행될 것이니,

이에 조직적으로 대비해야 한다'고 역설하고 있었다.

광주항쟁이 일어나기 사흘 전인 5월 15일에도 윤한봉은 여덟 명의 후배들과 광주 두암동의 한 야산에서 이 문제로 필담을 나눴다. 필담은 버터를 바른 판지에 비닐을 덮어 만든 문자판에 글씨를 쓰고 비닐을 들어 지워버리는 것으로, 누군가 들을까봐서였다. 주변이 훤히 보이는 야산을 택한 것도 나무가 우거지면 누군가 숨어서 볼 수 있다는 우려 때문이었다. 참석자는 윤한봉 외에 정상용, 정용화, 이양현, 윤강옥, 김영철, 박용준, 윤상원이었다. 윤한봉은 물었다.

"우리가 바라는 세상이 오면, 민중이 함께하는 폭발적 상황이 오면 우리는 무엇을 해야 하는가?"

국군보안사령관 전두환이 제2의 군사쿠데타를 일으켜 국권을 장악하리라는 예측이 확실해지고 있을 때였다. 윤한봉은 문자판에 이렇게 적었다.

"지금의 광주 운동권은 혁명적 상황에 대처할 역량이 없다. 마음의 준비조차 되어 있지 못하다. 우리 모임에서라도 준비를 해야 한다."

윤한봉은 도청을 장악하고 시가전을 벌여야 한다는 구상까지 하고 있었다. 산중에 모인 후배들도 이 문제를 진지하게 받아들였다. 하지만 이날 모임에서는 구체적인 계획을 짜는 단계에 이르지는 못한 채 '전두환 일당이 쿠데타를 일으키면 도청을 점거하고 무장투쟁으로 맞서야 한다'는 원칙만을 확인했다. 윤한봉 자신도 전두환이 불과 이틀 후인 5월 17일 자정을 기해 쿠데타를 일으킬 줄은 생각지 못했던 것이다. 그는 5월 하순경에 쿠데타가 일어날 테니 그 전에 조직적으로 준비하면 된다고 생각했다.

쿠데타 시기가 좀 빠르기는 했지만 윤한봉의 예측이 적중하자 8인의 산중 모임에 참석했던 윤상원, 정상용, 이양현, 김영철 등은 녹두서점 모임에서 윤한봉을 입에 올릴 수밖에 없었다. 하지만 다들 윤한봉이 5월 17일 밤에 체포되었으리라 생각했다.

녹두서점이 도청 근방이라 위험하다고 판단한 일행은 박형선이 일하던 보성건설 사무실로 이동해 회의를 계속했으나 결론이 나질 않았다. 각자 알아서 피신했다가 이후에 연락망을 구축하자는 막연한 약속을 하고 흩어졌다.

이들이 다시 녹두서점에 모인 것은 계엄군이 철수하고 시민들이 도청 앞 분수대광장에서 궐기대회를 열 때였다. 정상용과 이양현도 피신했다가 녹두서점에 돌아왔다. 이들을 혹독하게 나무란 것은 보이지 않는 윤한봉이었다. 광주를 빠져나가기 위해 송정리까지 갔다가 돌아선 정상용은 훗날 이렇게 술회했다.

"막상 차를 타고 빠져나오려고 하니까 착잡했어요. 우리가 이 정도밖에 안 되는가? 한봉이 형이 했던 이야기가 많이 생각났어요. 이양현이랑 나랑은, 이제 한봉이 형이 연락이 안 되니까 틀림없이 붙잡혔을 거라 생각했죠. 자, 한봉이 형이 지금 이 현장에 있다면 어떻게 할까? 우리가 고민에 빠졌을 때, 한봉이 형이 우리 정신적 지주였고 수장이었기 때문에, 한봉이 형이라면 어떻게 했을까, 생각했죠. 민중은 무기를 들고 현장에서 싸우는데, 우린 탈출해 나왔으니 비겁했다. 한봉이 형이었다면 이럴 때 어떻게 했을까? 이렇게 도망치다니, 나중에 우린 한봉이 형한테 죽었다. 그런 이야기 하면서 투쟁에 참여하기로 했어요."

녹두서점에 모인 이들은 극단 광대 대표 박효선과 들불야학 지도자 윤상원의 지휘 아래 도청 앞 분수대 광장에서 열린 시민궐기대회를 이끄는 한편, 무기를 반납하고 계엄군에 항복하자는 시민대책위원회를 쫓아내고 27일 공수부대에게 함락되는 마지막 순간까지 항쟁을 주도했다.

정상용은 공수부대가 도청을 앞뒤로 에워싸고 무차별 총격을 가하며 진입하던 1980년 5월 27일 새벽, 도청 입구를 향해 총구를 겨누고 있었다. 그는 죽음을 앞둔 그 순간, 아내와 가족보다 먼저 윤한봉이 떠올랐다고 훗날 회고했다.

"나는 이렇게 죽는구나…… 사실 눈물도 안 나고 담담했어요. 그렇게 막 무섭고 겁나지도 않고. 이미 죽을 각오를 해서 그런지 모르지만, 아 이렇게 내가 죽는구나 했어요. 그때 제일 먼저 떠오른 사람은 한봉이 형이었어요. 혁명을 함께하자고 했던 동지들이 스쳐지나간 다음에야 가족이 생각났어요. 제가 감옥에 갇혀서 처음으로 편지를 집사람에게 쓸 때, 첫마디가 '미안하다'였어요. 죽음을 앞둔 시점에 제일 먼저 당신 얼굴이 떠오르지 않았다, 그래서 당신한테 미안하다, 가족들한테 미안하다, 첫 문구가 그거였어요."

전국의 학생운동가들이 어떤 일을 결정할 때면 반드시 광주의 입장을 묻기 위해 찾아와 만나는 이가 윤한봉이었다. 죽음에 직면한 후배들이 가족보다 먼저 떠올릴 정도로 절대적인 지지를 받던 선배였다.

경찰도 광주·전남 운동권에서 윤한봉이 차지하는 위치를 잘 알았다. 광주항쟁 진압을 마친 군부와 경찰은 윤한봉이 김대중으로부터 돈을 받아 폭동을 주동했다는 각본을 짜놓고 그의 체포에 열을 올렸다. 그들은 도청의 시민군이 함락된 그날로 윤한봉에 대한 지명수배령을 전국에 내리고 그와 관련된 사람들의 집을 뒤지기 시작했다.

윤한봉이 감쪽같이 사라져버리자 전남대 학생운동권의 선배이던 정동년이 폭동의 책임자로 새롭게 떠올랐다. 이해 봄, 경찰은 정동년이 서울 동교동 김대중의 집을 방문하여 방명록에 서명을 하고 온 것을 찾아내고는 그가 김대중의 사주를 받아 내란을 일으키려 했다고 각본을 짠 것이다.

정동년은 1980년 당시에는 학생운동과 상관이 없었다.

광주항쟁으로 수사를 받던 이들은 윤한봉이 아닌 정동년이 '반란 수괴'라고 발표되는 것을 보고 이제는 살았다고 한숨을 돌렸을 정도였다. 역시 정상용의 회고다.

"우리는 굉장히 걱정했죠. 한봉이 형이 잡혔을까, 안 잡혔을까? 우리는 제발 안 잡혔으면 했어요. 한봉이 형은 잡히면 무조건 수괴예요. 잘못하면 죽을 수도 있어요. 동년이 형이 수괴로 발표되면서 우리 항쟁지도부는 이제 안 죽는다, 살았다고 안도를 했어요."

정동년을 수괴로 만드는 과정에서 항쟁지도부에게 가해진 고문과 폭행은 이루 말할 수 없었다. 후배들은 윤한봉이 체포되면 정동년을 중심으로 그려졌던 도표가 파기되고 처음부터 다시 수사가 시작되리라 우려했다. 자기들이 다시 잡혀가 고생하는 건 둘째였다. 이들은 윤한봉이 고문치사를 당하거나 사형되리라 생각했다.

후배들은 너나 할 것 없이 윤한봉의 등을 떠밀었다. 윤한봉으로서는 일단 피신하는 길 외에는 선택의 여지가 없었다.

아직 수배되지 않은 정용화와 김남표에게 뒷일을 맡긴 윤한봉은 홀로 길을 떠나 강진을 거쳐 순천까지 가서 서울행 기차를 탔다. 도중에 여덟 번이나 군인들의 검문을 받았지만 촌스러운 외모 덕분에 무사히 통과할 수 있었다. 광주시내였다면 얼굴을 아는 형사들이 많아 체포되었을 것이다.

서울에 도착한 그는 삼양동에 살던 빈민운동가 이철용을 찾아가 도피생활을 시작했다. 잠을 이룰 수 없는 통한의 나날이었다. 항쟁으로 인해 죽고 고문당하고 투옥된 이들, 중상을 입고 병상에 누워 있거나 불구가 된 이들에 대한 죄책감에 시달렸다. 선배로서 정세 전망을 잘못해서 대책을 세우지도 못하고 기습을 당한 데 대한 자책, 계엄군의 만행에 대한 분노로 잠을 이룰 수 없었다.

그러던 그에게 광주로부터 뜻밖의 전갈이 온 것은 도피 3개월째 되던 1980년 8월 하순이었다. 선배 성찬성의 전갈이었다. 준비가 다 되어 있으니 독일로 정치망명을 하라는 것이었다.

물론 이때의 망명이란 단순히 몸을 보존하기 위해 달아나는 일이 아니었다. 일제시대 수많은 항일 지사와 혁명가가 조국 땅을 떠나 해외에서 독립운동을 했듯이, 그의 망명은 무력으로 정권을 찬탈한 자들의 수배망에서 빠져나가 해외에서 조국의 민주화운동을 위해 싸우라는 광주 동지들의 명령이었다.

3. 망명

—

1981 태평양

성찬성의 전갈을 요약하면 이런 내용이었다.

'8월 26일 낮 12시 30분에 독일대사관 주차장에 가면 빨간색 스포츠카에 탄 독일인 남녀가 있을 것이다. 그들의 안내를 받아 대사관에 들어가면 고위관리와 함께 독일 방송국 기자들이 대기하고 있을 것이다. 망명 요청이 독일 전역에 방송되면 한독 간의 외교문제가 될 것이고 한국 정부는 독일을 함부로 대할 수 없으니 빠르면 3개월, 길면 1년 안에 협상이 완료되어 독일에 갈 수 있을 것이다.'

해외 망명이라니 상상도 못 했던 일이었다. 광주학살의 책임자인 전두환이 통일주체국민회의를 통해 대통령에 선출되어 취임하기 직전이었다. 성찬성의 전갈을 가져온 후배들도 망명을 강력히 권했다.

"형은 잡히면 죽소. 형만 죽는 게 아니라 우리까지 다 죽을 판이오. 해외에서 민주화운동을 지원하다가 상황이 좋아지면 돌아오시오. 지금 잡히면 개죽음을 당할 뿐이오."

윤한봉은 깊은 고민 끝에 성찬성의 제안을 받아들이기로 했다. 5·18 때 도청 항쟁지도부에서 홍보부장을 했던 극단 토박이 대표 박효선도 무사히 광주를 빠져나와 서울에 피신해 있었다. 그에게 급히 연락해 둘이 함께 망명하기로 약속했다. 윤한봉을 숨겨주었던 이철용은 그가 경찰에 연행될 경우에 대비해 노동자 10여 명을 지원해주기로 했다.

8월 26일 12시 30분경, 윤한봉과 박효선을 태운 택시가 독일대사관이 세 든 빌딩 앞에 멈추었다. 혹시 모를 사태에 대비해 이철용이 지원한 노동자들이 대사관 주변에 서성이고 있었다. 주차장에 들어가니 약속대로 빨간 스포츠카를 탄 독일인 남녀가 있었다.

대사관은 7층이었다. 네 사람이 승강기를 타고 올라가 가볍게 대사관 안으로 들어갔다. 그런데 기다리고 있어야 할 외교관과 독일 기자들이 보이지 않았다. 당황한 두 사람은 그대로 되돌아 나오려 했다. 독일인 안내자들은 조금 더 기다려보자고 했으나 불안해서 그럴 수가 없었다. 다시 승강기를 타고 얼른 내려오고 말았다.

도피처에 돌아온 지 두어 시간 후 연락이 왔다. 외교관

과 기자들이 교통체증으로 10분 늦게 대사관에 돌아왔다
며 내일 같은 시간에 오라는 것이었다. 박효선은 그사이
마음이 바뀌어 가지 않겠다고 버텼다. 윤한봉도 마음이 변
하고 말았다. 두 사람의 독일 망명은 그렇게 무산되었다.

가을이 되자 항쟁 때 체포되었던 이들이 하나둘씩 석방
되었다. 그들이 전해오는 정보는 암울하기만 했다.

'놈들은 혈안이 되어 윤한봉을 찾고 있다. 윤한봉을 잡
으면 고문 조작을 통해 남아 있는 광주·전남의 운동역량
을 뿌리째 뽑아버릴 음모를 꾸미고 있다. 만약 윤한봉이
잡히면 옥중에 남아 있는 사람들도 처음부터 재수사에 들
어가니 또 한 차례 혹독한 고문을 당하게 된다. 광주의 운
동을 지키기 위해 절대로 잡혀서는 안 된다. 합수는 잡히
면 죽는다. 철저히 은신해 훗날에 대비하라.'

또한 항쟁 직전인 5월 15일에 열린 8인의 산중 모임에
서 윤한봉이 했던 이야기가 경찰에 들어감으로써 더욱 긴
장을 가중시켰다. 광주에서 유혈사태가 날 테니 조직적으
로 준비해야 한다는 윤한봉의 말을 전해 들은 전남대 학생
회 일부 간부들이 무장투쟁을 논의했는데 그 메모가 담긴
공책이 경찰에 압수당한 것이다. 이른바 '자유노트 사건'이
었다.

항쟁계획서는 총학생회 기획부장 송선태가 작성했는데
경찰의 모진 추궁에도 그는 단호하게 자기 혼자만의 구상

을 자유롭게 써본 '자유노트'라고 우겼다. 이미 전체 수사가 일단락되던 시점이라 경찰도 더 깊이 파고들지 않았으나 만일 윤한봉이 체포되면 수사가 재개될 수 있었다.

상황이 이렇다보니 일부에서는 윤한봉이 체포될 경우에 대비해 자살용 청산가리를 소지하게 하자는 이야기까지 나왔다. 실제로 서울에 찾아온 후배가 만일 형사들이 덮치면 그 자리에서 청산가리를 먹고 자살하라고 권유하기도 했다. 공수부대에 끌려가 죽음의 문턱까지 가보지 않은 사람들은 결코 이해할 수 없는 말일 것이다.

이 모든 상황은 윤한봉으로 하여금 다시 망명을 생각하게 했다.

'아무런 활동도 하지 못하면서 주위 사람들에게 신세만 지고 여러 사람을 불안에 빠뜨리고 광주 운동권에 걱정만 끼치는 이 기약 없는 도피생활을 언제까지 계속할 것인가. 좋다, 나가자! 해외로 나가 망명투쟁을 하자!'

그는 국제법과 국제정치 상황에 관한 정보 등 해외생활에 필요한 기초지식을 공부하는 한편으로 망명에 대비해 마음을 다잡았다. 망명생활이 5년이 될지 10년이 될지 모르지만 그 세월을 하루같이 광주의 원혼들, 고난 속에서 싸우고 있는 조국의 동포와 동지들, 그리고 헌신적으로 도와준 모든 사람을 생각하면서 전라도 촌놈 '합수(合水)'로 변함없이 살아가자고 다짐했다. 부끄러움 없이 살아가자,

절대로 그 사람들을 배신하지 말자, 몸은 비록 이역만리에 있지만 마음만은 항시 그들 곁에 있다고 생각하며 살아가자고 결심했다. 절대로 그들로부터 원망과 지탄을 받을 생활은 하지 말자고, 편안한 생활도 하지 말자고 다짐했고, 조국에 돌아갈 때는 떳떳하게 갈 수 있도록, 살아남은 죄와 도망친 죄를 깨끗이 씻고 갈 수 있도록 성실하고 철저하게 운동을 하자고 다짐했다.

한편 최권행, 성찬성, 정용화, 박형선, 조계선, 김은경 등은 극비리에 윤한봉을 망명시킬 방법을 찾고 있었다. 이들의 눈에 띈 사람은 전남 보성 출신으로 목포해양대학을 나와 2등항해사로 있던 최동현이었다. 항쟁 전날인 5월 17일 우연히 배에서 내려 광주에 들어갔다가 열흘간 참상을 목격한 최동현은 이들의 제안에 흔쾌히 동의했다.

망명을 추진하던 이들은 처음에는 배로 반나절이면 가는 일본이 좋겠다고 생각했다. 그러나 일본에서는 북의 지시를 받는 조총련이 활동하고 있고 사민당 등 좌파계열 정당의 도움을 받아야 하기 때문에 자칫하면 친북세력이나 간첩으로 몰릴 수 있었다. 거듭된 논의 끝에 미국으로 결정되었다. 동포가 많은 미국을 거점으로 광주문제를 세계에 알려 국내의 민주화투쟁을 지원하자는 것이었다.

미국행 정기화물선의 일자리를 알아보던 최동현은 아는 이의 도움으로 삼미사 소속 '표범호'에 3등항해사로 취업할 수 있었다. 미국에서 석탄을 싣고 칠레에 들러 하역한 뒤 원목으로 바꿔 싣고 한국으로 돌아오는 3개월짜리 배였다.

본래 2등항해사인 최동현이 급수를 낮춰 취업한 이유는 3등항해사 자리밖에 없었기 때문이기도 했지만, 윤한봉을 안전하게 보호하기 위해서였다. 2등항해사가 관리하는 구역 중 사람을 숨길 곳이라곤 창고밖에 없었는데 아무 시설도 없는 비좁은 창고에서 보름 이상을 살 수는 없었다. 3등항해사가 되면 의무실을 관리했다. 전염병 등에 대비해 설치해놓는 이 작은 병실은 드나드는 사람이 거의 없고 비좁지만 화장실도 딸려 있어 사람을 숨기기에 좋았다.

조계선과 상의한 최동현은 우선 표범호를 통한 밀항이 가능한지 확인해보기로 했다. 마침 배가 진해항에 콩을 싣고 들어와 곧바로 승선할 수 있었다. 3개월짜리 항해였다. 그런데 출항을 앞두고 배에 올라보니 뜻밖에도 지인이 타고 있었다. 예전부터 가까웠던 후배 정찬대가 2등기관사로 취업해 있었던 것이다.

정찬대는 윤한봉과도 절친한 학생운동가 정찬용의 동생으로, 형의 수배와 구속으로 인해 다니던 학교도 그만두고 검정고시를 보는 등 어려움을 겪기도 했다. 그러나 최동현의 제안에 흔쾌히 응했다. 최동현과 정찬대의 아내들도 고초를 겪더라도 감수하기로 했다. 광주에 엄청난 폭설이 내리던 연말이었다.

일급 수배자를 밀항시킬 경우 언젠가는 이 사실이 드러날 것이고, 밀항을 도운 자는 선원자격증을 빼앗길 뿐 아니라 혹독한 문초와 감옥살이를 피할 수 없을 것이다. 그럼에도 의기투합한 최동현과 정찬대는 미국을 다녀오는 3개월 동안 배의 구조를 익히고 만일의 사태에 대비해 선원들과 유대를 돈독히 해놓았다.

밀항 준비과정은 6개월이나 걸렸다. 그사이 윤한봉은 이철용의 집에서 시작해 화가 홍정경의 부모, 소설가 윤정모, 시인 이광웅의 매제인 신옥재를 비롯해 성염 교수, 윤한택, 김학수, 석달언의 집으로 옮겨 다니며 긴장된 나날을 보내고 있었다. 당장 이들의 생활에 불편을 끼치는 것만이 문제가 아니었다. 자신이 체포될 경우 이 선량한 사람들이 당하게 될 고초를 생각하면 너무나 괴로웠다.

망명을 기다리는 중에도 자기가 왜 전두환에게 쫓겨 도망가야 하는가 울분과 회의에 사로잡히곤 했다. 망명하기로 결심했는데도 광주와의 연락을 맡은 후배 김은경이 찾아오면 죽어도 광주로 돌아가서 죽겠다고 고집을 피우다가 간곡한 설득으로 주저앉기도 했다.

마침내 윤한봉에게 전갈이 온 것은 1981년 4월 29일 이른 아침이었다. 마지막 도피처가 된 서울 석달언 집이었다. 아침 일찍 달려온 정용화가 낮고 다급한 목소리로 말했다.

"형님, 지금 당장 고속버스로 마산에 내려가셔야겠습니다."

"마산?"

"오늘 배를 타야 합니다. 시간이 없습니다."

정용화는 마산에 내려가서 만날 사람과 시간, 장소를 알려주었다. 또한 혼자 돌아다니면 검문 받기 쉬우므로 김은경과 함께 내려갈 수 있게 조치를 취해주고는 마산에서 만나기로 하고 황급히 떠났다.

한 시간 후 김은경이 달려왔다. 열 달 넘게 방구석에만 처박혀 있어 얼굴이 해쓱해진 윤한봉은 병원에서 막 퇴원한 환자로 위장하고, 김은경은 여동생 행세를 하기로 하고 마산행 고속버스를 탔다. 짐이랄 것도 없었다. 몇 해 전부터 들고 다니던 손가방 하나가 전부였다.

이날 오후 마산항 근처의 여관 2층 방에 여덟 명의 남녀가 긴장된 얼굴로 모여들었다. 윤한봉, 김은경, 정용화, 그리고 정찬용·정찬대 형제, 정찬대 부인, 최동현 부부였다. 최동현의 아내는 임신 5개월째였고 정찬대 부부는 마침 이날이 결혼기념일이어서 간단히 축배를 나누기도 했다.

모두들 애써 농담을 주고받으며 긴장을 풀려 했다. 저녁을 먹는 자리에서 누군가 최후의 만찬이라 말해 웃음을 자아내기도 했다. 그러나 윤한봉의 표정은 밝지 않았다. 오

래전에 결심하기는 했으나 막상 내 땅, 내 조국을 떠난다
고 생각하니 가슴이 꽉 조여왔다. 그러나 돌이킬 수는 없
었다.

윤한봉, 최동현, 정찬대 등이 미국에 도착해서 항구를
빠져나가는 방법까지 세밀한 지침을 확인하는 사이, 여성
들은 시내로 급히 나가 양복과 넥타이, 구두 등을 사왔다.
외항선원들은 국제신사로 불리는 멋쟁이들이었다. 바지
길이를 줄이는 등 한바탕 부산을 떤 후 외항선원처럼 말쑥
한 양복 차림이 된 윤한봉은 고국 땅에 남을 사람들과 기
약 없는 이별을 나누었다.

"다시 만날 그날까지 부끄럽지 않도록 조국과 민족을
위해, 5월 영령들을 생각하며 열심히 살자."

한 명씩 굳게 손을 잡아주던 윤한봉은 가슴 깊이 솟구쳐
오르는 감정을 누르느라 더 말을 잇지 못했다. 후배들도
쏟아지는 눈물을 보이지 않으려고 고개를 돌렸다.

윤한봉의 가방에는 김은경이 마련해준 비상식량과 정
양모 신부 등 지인들이 모아준 돈이 들어 있었다. 비상식
량은 두 주먹 정도의 마른 멸치와 잣, 마른 새우, 식빵 두
봉지와 잼이었다. 돈은 광주지역 동료들과 서울의 지인들
이 모아준 것으로, 최동현이 이날 낮에 부산까지 가서 환
전해 왔는데 3천 달러였다. 1980년 당시의 물가로 보면 상
당히 큰 액수였다. 그의 밀항이 개인적인 도피가 아니라

많은 사람의 뜻이 담긴 해외투쟁의 일환임을 보여주는 근거이기도 했다.

잠시 후, 어둠을 뚫고 달려온 택시 한 대가 마산 부두 정문 앞에 멈춰 양복 차림의 세 사람을 내려놓았다. 뒤따르던 또 한 대의 택시는 멀찌감치 서서 세 사람이 무사히 들어가는지 지켜보고 있었다.

세 사람은 만취한 듯 어깨동무를 하고 노래까지 흥얼대며 경비실을 지나갔다. 윤한봉은 한 손에는 양주병을, 다른 손에는 양복을 벗어 걸치고 만취한 사람처럼 혀 꼬부라진 소리로 말했다.

"수고하십니다! 우리 한잔했습니다."

경비들은 아무 신경도 쓰지 않고 통과시켰다. 최동현이 비싼 양주를 경비실에 선물하는 등 미리 손을 써놓은 덕분이었다. 부두에 정박해 있던 표범호의 철제 계단도 아무 눈에 띄지 않고 오를 수 있었다.

윤한봉이 머물 곳은 의무실에 딸린 한 평 반 정도 되는 공간에 양변기와 세면대가 설치된 비좁은 화장실이었다. 천장 귀퉁이에 작은 환기구가 뚫렸을 뿐, 사면의 벽이 창문 하나 없이 철판으로 꽉 막힌 가운데 천장의 백열등 한 개가 유일한 빛이었다. 게다가 엔진의 매연을 배출하는 연통이 인접해 있는 화장실은 외부 기온이 높아지면 열기가 숨통을 틀어막는 곳이었다.

표범호 선원은 모두 27명이었다. 선원 중에는 환자가 거의 없어 의무실에 들어오거나 화장실을 이용할 일도 없지만 만일을 위해 최동현은 화장실 문에 '고장'이라고 써 붙였다. 화장실 한쪽 벽은 선원들의 침실이 나란히 있는 1미터 넓이의 복도였기 때문에 빈 화장실에서 소리가 나면 의심을 받을 수 있었다. 그래서 양변기 물도 아무 때나 내리지 못하고 모아두었다가 최동현이 의무실에 왔을 때만 내리기로 했다. 또한 말소리가 새나가면 의심을 받을 수 있어 귀에 대고 작은 소리로 말하거나 필담으로 의견을 주고받기로 했다.

드디어 표범호가 마산항을 출항하여 어느덧 저녁이 되었을 무렵이었다. 최동현이 조용히 다가와 조금 전에 배가 우리나라 영해를 벗어났다고 알려주었다. 윤한봉은 자신도 모르게 눈물이 나와 벽에 기대앉아 울었다. 그리고 조국과 피어린 오월의 동지들에게 보내는 맹세를 시로 썼다. 이때 쓴 「어머니」의 일부다.

어머니!
부릅뜬 두 눈에 백 년 한 남기고 가
무등산 젊은 원혼들의 피투성이 등에 업혀
백두 한라 넘나들며 울부짖는 어머님을
어떻게 제가 잊을 수 있겠습니까?

절대로 잊지 않겠습니다
한시도 잊지 않고 살아가겠습니다
그리고 꼭 돌아오겠습니다
꼭 다시 돌아오겠습니다

5월 영령들이시여!
이 못난 도망자를 용서하여주시고
이 못난 놈이 무사히 목적지에 도착할 수 있도록
또 열심히 활동해서 살아남은 죄, 도망친 죄를 씻고
떳떳이 돌아올 수 있도록
보호하여주시고 격려하여주옵소서

동지들이여!
이 못난 도망자를 용서하소서
용서받을 만한 실적을 남기고 돌아올 때까지
기다려주소서

저를 아끼고 보호해주시고 도와주신 모든 분들이여!
그 애정, 그 정성 가슴에 깊이 새기고
기대에 어긋나지 않도록 열심히 살아가겠습니다
다시 뵈올 그날까지 내내 평안하소서

진달래 산천아! 무등산아!

　머나먼 항해가 시작되었다. 본래 표범호는 17일 정도 직항해 시애틀과 멀지 않은 로버츠뱅크 항에 도착할 예정이었다. 그런데 출항 직전 본사에서 새로운 지시가 떨어졌다. 호주에 들러 광석을 실은 다음, 시애틀 근처의 또다른 항구인 벨링햄으로 가라는 지시였다. 한 달여에 걸쳐 태평양을 오르내리는 긴 항로였다.

　휴대전화는 상상도 못 하던 시절이라 전보로 뒤늦게 이 사실을 확인한 광주의 지인들은 다시 미국에 연락을 취하는 등 한바탕 소동을 벌여야 했다.

　윤한봉은 철두철미한 사람이었다. 우선 식사부터 그랬다. 김은경이 마련해준 비상식량 외에는 일체의 식사를 거부하기로 했다. 사람 없는 병실에 먹을 것을 나르다가 다른 선원의 눈에 띄거나 냄새를 풍길까봐 어떤 음식도 들여오지 못하게 했다. 비상식량이라야 식빵 두 봉지 외에는 한 끼 간식거리밖에 안 되는 양이기 때문에 거의 단식에 가까웠다. 최대한 아끼기 위해 하루에 잣 세 알, 멸치 한 마리, 마른 새우 한 마리, 잼을 바른 식빵 한 조각만 먹기로 했다. 그런데 식빵은 이틀밖에 못 먹고 곰팡이가 슬어서 버려야 했다.

　쫄쫄 굶는 모습을 보다 못한 최동현은 어느날 식사로 나온 김밥을 싸들고 들어가 냄새 안 나는 음식이라며 내밀었다가 호통을 맞았다.

"내가 한 달씩 단식하는 사람이야. 죽을 것 같으면 말할 테니 어떤 음식도 일체 가져오지 말라니깐!"

"형님, 우리 항해사들은 군대로 치면 고급 장교라 배 안에서 무슨 일을 해도 누구에게도 간섭받지 않는 특권이 있습니다. 걱정 말고 드세요."

그러나 윤한봉은 단호했다. 깡마른 몸이 나날이 허약해져도 밥을 가져오지 못하게 했다. 마산을 떠나 미국에 도착하기까지 꼬박 35일간 그가 먹은 음식이라고는 최동현과 정찬대가 밥이나 라면에 김치를 섞어 비닐봉지에 담아 주머니에 숨겨 와 반강제로 먹인 여덟 번이 전부였다.

굶주림보다 더 견디기 힘든 것은 더위였다. 네 벽이 철판으로 되어 있어 바람 한 줄기 들어오지 않는 데다 바깥쪽에 붙은 연통이 열기를 뿜어대니 버틸 재간이 없었다. 양복과 구두는 최동현의 방에 보관하고 팬티 바람으로 앉아 있어도 견딜 수가 없었다. 의무실 전체가 갑판 위에 있어 적도 부근을 지날 때는 사방이 달궈져 죽을 것만 같았다. 온몸에 기포와 수포가 생겨 따갑고 가려워 미칠 지경이었다.

허기에 지친 몸으로 숨통 막히는 철제 감방 같은 화장실에 늘어진 그를 버티게 한 것은 오로지 정신력이었다.

밀항이 유람선 타고 여행하는 것과 같을 수는 없다고 생각
했다. 도망자 처지에 이 정도의 고통도 못 이기는 자신의
꼬락서니를 보면 전두환이가 비웃을 것이라며 오기로 버
텼다.

유일한 낙이 있다면 담배였다. 음식 냄새가 날까봐 쫄쫄
굶으면서도 사방에 연기와 냄새를 풍기는 담배만은 지독
하게 피워댔다. 연기가 빠져나갈 구멍이라곤 천장의 주먹
만 한 환기구뿐인 화장실에서 하루에 한두 갑을 피워대니,
선원들 중에 이상한 냄새가 난다고 말하는 이가 있었다.

최동현은 금연을 시키려고 부단히 애를 써보았지만 소
용없었다. 호주에서 미국으로 향할 때는 계절풍을 받아 배
가 몹시 흔들려 웬만한 선원들도 멀미를 했다. 그러나 윤
한봉은 멀미조차 안 할 정도로 긴장되어 있었다. 그런 사
람이 위험하게 담배를 피워대는 걸 이해할 수 없었다. 최
동현은 하루에 한두 번은 꽁초를 치우기 위해 의무실에 들
러 창문을 열고 환기하며 화를 내기도 했지만 끝내 담배를
끊게 만들지는 못했다.

위기도 없지 않았다. 호주에 정박했을 때였다. 마약 단
속반 두 사람이 모르핀 수량 파악을 위해 의무실에 들어와
30분간 샅샅이 뒤졌다. 마침 최동현이 항구에 내려갔을 때
였다. 단속반은 선장으로부터 마스터키를 받아와 의무실
에 들어온 것이다. 윤한봉은 출항 이후 목욕 한 번 하지 않

은 채 수염과 머리를 길러 원시인의 몰골이 된 데다 팬티 바람이었다. 만일 단속반의 눈에 띄었다면 선원이라고 둘러댈 여지도 없이 밀항자임이 드러났을 것이다. 그러나 평소의 원칙대로 고장 표시가 된 화장실에서 숨소리도 내지 않아 위기를 무사히 넘길 수 있었다.

배가 미국에 가까워지자 처음으로 목욕을 했다. 한밤중을 택해 세면대에 물을 받아 조금씩 몸을 닦았는데 무려 사흘이나 걸렸다. 항해 막바지라 물도 귀했지만 먹지도 못하고 운동도 하지 못해 팔다리 근육이 풀려 힘을 쓸 수 없어서였다. 길게 자란 수염과 머리칼은 최동현이 가위로 잘라주었다. 양복에 넥타이를 매고 거울 앞에 서니 환자같이 삐쩍 마르기는 했으나 말끔한 신사로 변신해 있었다.

1981년 6월 3일, 표범호는 마침내 벨링햄 항구에 도착했다. 하지만 윤한봉은 물론이고 최동현과 정찬대도 불안하기 짝이 없었다. 애초에 마산에서 약속했던 내용에 너무 많은 변동이 생겼기 때문이다. 항해기간이 17일에서 35일로 늘어난 데다 도착 항구도 로버츠뱅크 항에서 벨링햄 항으로 바뀌어 있었다. 항해 도중 암호문 같은 전보로 도착 날짜와 장소를 변경해 알려주었으나 이번에는 표범호가 예정일보다 이틀이나 먼저 도착하는 바람에 혼선이 일어났다.

세관 검사는 어렵지 않게 끝나고 배는 벨링햄 항의 화물선 전용 부두인 펌데일 부두에 닻을 내렸다. 이제 간단한 승선허가만 나면 항구를 빠져나가는 데는 문제가 없었다. 그러나 데리러 올 사람이 나타나질 않았다. 표범호는 다음 날 바로 출항이라 최동현과 정찬대는 그날 하루밤에 머물 시간이 없었다. 아는 사람 하나 없고 영어도 거의 못하는 윤한봉을 낯선 땅에 던져놓고 갈 판이었다.

마산에서의 약속은 표범호가 항구에 도착하면 '미스터 조' 또는 '봉선화'라고 쓴 삼각 깃발을 단 요트가 마중을 나오는 것이었다. 그런데 요트는 눈에 띄지 않았다. 마중 나온 사람이 '무슨 꽃을 좋아하느냐?'고 물으면 '진달래를 좋아한다. 당신은 무슨 꽃을 좋아하나?' '나는 봉선화를 좋아한다'고 문답을 주고받는 암구호까지 정해놓았는데 배도 사람도 나타나질 않았다.

대신 권총을 찬 이민국 직원 세 명이 올라와 일일이 선원수첩을 확인하고 다니는 것이었다. 평소에는 한 명이 비무장으로 올라와 간단히 상륙허가증을 발급해주고 내려가는 게 보통이다. 이민국 직원들은 평소와 달리 선원들의 신상을 심문하듯 일일이 묻고 다녔는데 말투는 퍽 친절해 보였다. 또한 "우리가 도와줄 것 없느냐?"라고 다정히 몇 번씩이나 묻는 것이었다. 밀항 정보가 새어나갔다거나 범죄자를 잡으러 왔다고 보기에는 다소 의아스럽고 뭔가 호의적이면서도 긴장된 분위기였다.

의무실 화장실에 양복을 입고 앉아 최동현과 정찬대의 보고를 번갈아가며 듣고 있던 윤한봉은 마산의 약속과 변화된 여러 정황을 종합하더니, 만일 미국인 목사가 올라와 2등기관사를 찾으면 암구호로 신원을 확인해보라고 했다.

　예상대로 성경책을 든 백인 목사 한 사람과 장로라는 자그마한 체구의 한국인 여성 한 사람이 올라오더니 선교를 하러 왔다고 했다. 최동현은 이 사람들이구나 싶어 이런저런 이야기를 나누어보았다. 그런데 그들은 좀처럼 암구호를 말하지 않는 것이었다. 뭔가 찾는 표정으로 배 구경부터 하자고 이리저리 다니며 선원들을 붙잡고 어디서 왔느냐는 등 엉뚱한 질문만 해댔다. 또 한국의 정치상황에 대해 묻고 광주에 대해 동정과 분노를 슬그머니 표출하기도 했다.

　최동현과 정찬대는 장로라는 여성이 윤한봉을 찾고 있다는 생각이 들었고 자기 편이라는 느낌도 받았으나 암구호를 대지 않으니 함부로 이쪽의 속내를 열어 보일 수가 없었다. 보고를 받은 윤한봉도 마찬가지였다. 한참이나 배를 뒤지던 목사와 장로는 안 되겠는지 예배를 드리고 싶으니 선원을 모두 모아달라고 부탁했다. 그러나 예배가 끝나고도 배에서 내려가지 않고 두 사람을 따라다니며 이야기를 나누고 싶어 했다. 그러는 사이에 서너 시간이 훌쩍 지나가버렸다.

답답한 탐색전이 몇 시간이나 계속된 이유는 암구호 전달 과정에서 사소한 착오가 있었기 때문이다. 윤한봉이 태평양을 항해하는 동안 광주와 미국 사이에는 그를 무사히 안착시키기 위한 연락이 오가고 있었는데 소통이 정확히 이루어지지 않은 것이다.

표범호를 통한 밀항이 결정된 후 정용화는 광주의 민주화운동 지도자인 강신석 목사와 광주 YWCA 조아라 장로를 찾아갔다. 조아라는 광주항쟁 당시 수습대책위원으로 활동하다가 계엄군에 끌려가 옥살이를 한 이로, 석방 후에도 부상자와 사망자 수습에 전념해 '광주의 어머니'로 불리던 존경받는 여성지도자였다. 표범호가 미국 땅에 닿으면 윤한봉이 배에서 무사히 빠져나와 밀입국할 수 있도록 도와줄 사람을 물색해달라는 부탁을 받은 조아라는 친어머니처럼 발 벗고 나서주었다.

전화도청과 서신검열이 일상적인 시절이었다. 전화도 편지도 할 수 없던 강신석과 조아라는 각각 편지를 한 통씩 쓴 다음, 마침 미국에 돌아가는 선교사 찰스 헌틀리(Charles B. Huntley) 목사 편에 보냈다. 한 통은 로스앤젤레스의 한인 지도자 김상돈의 사위인 김용성에게, 다른 한 통은 조아라 장로의 아들 이학인에게 보내는 편지였다. 중간에 들킬 것에 대비해 자기 신분을 밝히지 않고 발신인도 '민주화를 위해 일하는 광주 사람들'로만 했다.

미국에 도착한 헌틀리 목사가 우편으로 보낸 편지를 받아본 김용성과 이학인은 안기부의 공작인 줄 알고 아무런 조치를 하지 않았다. '어떤 한국인 청년이 망명해올 것이니 표범호에 가서 데리고 오라'는 말도 황당한 데다 발신인조차 없었기 때문이다.

편지를 받았다는 아무런 응답이 없자 강신석과 조아라는 도미하는 다른 사람을 통해 다시 편지를 보내게 했고 디트로이트에 살던 이학인과 김용성은 그제야 급히 워싱턴D.C.에 있던 북미한국인권문제협회(North American Coalition for Human Rights in Korea) 사무국장 패리스 하비 목사에게 연락해 협조를 구했다.

하비 목사는 시애틀의 표범호 관리인에게 전화를 해서 언제 어디로 입항하는가 물어보았다. 그런데 예정보다 이틀을 앞당겨 온 표범호는 불과 몇 시간 후면 벨링햄 항에 도착한다는 답변이었다. 깜짝 놀란 하비 목사는 급히 시애틀의 김동건 장로에게 전화를 걸어 마중을 나가도록 했다. 그런데 전달과정에서 암구호를 가르쳐주는 걸 잊고 말았다. 유선전화 외에는 통신수단이 없었으니 이후 소통할 방법이 없었다.

김동건 부부는 즉시 자신이 다니는 교회의 미국인 목사를 대동하고 벨링햄 항으로 달려갔다. 김동건은 만일의 사태에 대비해 부두에 차를 세워놓고 그 안에서 대기하고,

58

아내 김진숙과 미국인 목사는 배에 올라가 누군지 이름도 얼굴도 모르는 밀항자를 찾기 시작했다. 그러나 암구호를 모르는 바람에 몇 시간이나 헤맸던 것이다.

이민국 직원이 세 명이나 권총을 차고 올라와 선원들을 심문한 전말도 간단했다. 김동건·김진숙 부부를 항구로 보낸 하비 목사는 미국 민주당의 원로인 에드워드 케네디(Edward Kennedy) 상원의원에게 전화로 사정을 설명했다. 케네디 의원은 곧바로 시애틀 이민국에 전화해 밀항자를 안전히 호송해오도록 부탁했다. 이에 이민국 직원들은 일반 선원들과 문제가 생길 것에 대비해 무장을 하고 승선했으나 밀항자라고 나서는 이가 없어 포기하고 돌아간 것이다.

네 시간 가까이 배에 머물렀으나 밀항자를 찾지 못해 진이 빠져버린 김진숙은 더이상 참지 못하고 최동현과 정찬대에게 털어놓았다.

"우리 터놓고 믿고 얘기합시다. 나는 사람을 찾으러 왔어요."

"어떤 사람을 찾으러 오셨는데요?"

"광주에서 온 사람을 찾아요. 솔직히 말해주세요. 도대체 누굽니까? 어디에 있어요?"

최동현을 통해 상황을 들은 윤한봉은 그녀가 안기부에서 나온 사람은 아니라는 믿음이 생겼다. 도청이나 서신검

열로 밀항 사실을 알았다면 설사 암구호를 모르더라도 샅샅이 배를 뒤지고 말지 몇 시간이나 조심스럽게 묻고 다닐 리가 없다는 판단이었다. 그녀의 어설픈 행동이 오히려 같은 편임을 말해준다고 생각했다. 윤한봉은 그래도 마음을 놓을 수 없어 전화번호만 받아놓으라고 했다. 김진숙은 정찬대로부터 오늘 밤늦게라도 찾아가겠다는 말을 듣고서야 전화번호와 자기 집 약도를 알려주고 배에서 내려갔다.

이날 밤 10시, 두 선원과 함께 35일 만에 육지에 발을 디딘 윤한봉은 도피 기간 내내 품고 다녔던 단도를 꺼내 바닷물에 던졌다. 경찰에 잡혀 고문당하다 행여 애꿎은 사람들을 궁지에 몰아넣는 상황을 만드느니 차라리 자결하겠다는 목적으로 넣고 다니던 칼이었다.

세 사람은 먼저 김진숙의 집으로 전화를 했다. 김진숙은 그제야 배에서 주고받지 못했던 암구호를 대는 것이었다. 집에 돌아가 하비 목사에게 전화를 해보니 그가 다급한 마음에 잊고 전하지 못했던 암구호를 비로소 가르쳐준 것이다. 세 사람은 한밤중에 택시를 타고 김진숙의 집에 찾아가 뜨거운 환대를 받았다.

무장한 이민국 직원들 이야기까지 자초지종을 들은 세 사람은 즐겁게 웃으며 긴장을 풀었다. 김씨 부부는 미국 내 관련 인사들에게 전화를 걸어 밀항자가 무사히 도착했음을 알렸다. 윤한봉이라는 이름은 밝힐 수 없었다. 정찬대도 한국으로 국제전화를 걸어 여유 있는 음성으로 소식을 알렸다. 역시 이름을 말할 수는 없었다.

"무사히 물건 전달했소."

사방에 반가운 소식을 보고한 일행은 오랜만에 편안하고 즐거운 마음으로 밤을 새우며 이야기를 나눴다.

에드워드 케네디 상원의원은 윤한봉이 도착하고 얼마 후 보좌관인 잰 칼리키(Jan Kalicki)를 직접 광주로 보내 강신석 목사와 조아라 장로, 조비오 신부 등을 만나도록 했다. 윤한봉의 신원을 확인해 공식적으로 정치망명 절차를 밟기 위해서였다.

이렇게 하여 긴 망명생활이 시작되었다. 윤한봉의 망명은 여러 민주화운동가의 지원 아래 조직적으로 이뤄진 또 하나의 민주화투쟁이었다. 세계의 양심세력에게 광주의 참상을 알릴 임무를 부여받은 그의 어깨는 무거웠다.

4. 천사들의 도시

1982 로스앤젤레스

미국으로 이민 온 한국인들은 다양한 형태의 모임을 갖고 있었다. 백범 김구를 선양하자는 모임부터 김대중을 지지하는 정치조직, 출신 도별로 만들어진 향우회 등 규모를 갖춘 단체만 해도 수십 개가 넘었다. 고향, 출신 학교, 정치 성향 등 온갖 이유로 만들어진 단체들은 내부의 감투 싸움으로 늘 시끌벅적했다. 이들을 일시적이나마 하나의 정치적 구호 아래 뭉치게 만든 것은 광주에서의 학살 소식이었다.

광주학살 직후인 1980년 6월 9일, 로스앤젤레스의 고급 한식당인 영빈관 주차장에서 열린 전두환 규탄집회에 보수니 진보니 할 것 없이 30여 개 단체에서 1천 명 이상의 한인들이 참가했다. 이 단체들은 민주화운동단체협의회로 발전해 1981년 1월의 전두환 방미 때는 며칠이나 쫓아다니며 시위를 벌여 미국 언론에 보도되기도 했다. 이후에도 시위 주동자들은 매주 화요일마다 코리아타운 올림픽가의 '김방앗간'(1966년 도미한 김명한이 세운 방앗간)에 모여 정세를 분석하고 운동의 내용과 방향을 토론하곤 했다.

젊은 유학생들도 정치에 민감했다. 로스앤젤레스 한인 점포들의 벽에 '전두환 찢어 죽여라!'는 낙서가 가득하던 시절이었다. 광주학살은 미국 내 여러 대학에 남한 정부를 반대하는 소모임을 만들게 했다. 한국에서 학생운동을 경험하고 온 유학생이나 한국의 정치상황을 한국에서보다 더 잘 알 수 있었던 이민자의 자녀들이 주축이 된 이 자생적인 소모임들은 한국의 소식을 공유하고 진보적인 서적을 학습하며 구체적인 활동을 모색하고 있었다.

그런데 윤한봉이 시애틀에 도착한 1981년 6월경에는 분위기가 다소 달라져 있었다. 이해 1월에 있었던 전두환의 방미를 기점으로 보수적인 동포들은 다시 친정부 성향으로 돌아서는 중이었다. 반면 진보적인 동포들은 갈수록 살인정권에 대한 분노가 커지고 있었다. 광주학살은 미국에 거주하는 한인 진보파와 보수파 사이의 골을 더 깊게 만들었고 여기에 남북분단으로 인한 이념 갈등까지 겹치는 중이었다.

김동건·김진숙 부부는 시애틀에 '워싱턴주 한인인권옹

호협회'를 만들어 활동하고 있어 한인사회에 인맥이 넓었다. 윤한봉이 김동건의 집에 머물던 4개월 동안 이 부부는 그에게 고국의 민주화운동에 관심 있는 동포의 현황을 알려주거나 직접 만나도록 주선해주었다.

윤한봉은 김일민이라는 가명으로 여러 인종으로 이뤄진 반핵단체 그라운드 제로(Ground Zero) 사무실에도 가보고 저명한 진보학자 브루스 커밍스(Bruce Cumings)를 만나기도 했다. 시애틀에서 한국의 인권을 위해 활동 중이던 김형중, 이종록 등 여러 동포도 만날 수 있었다.

김진숙 부부의 극진한 배려 속에 조금씩 마음의 안정을 찾으면서 윤한봉은 개인 생활규칙부터 정했다.

미국인처럼 되지 않아야 한다는 게 대원칙이었다. 이승만처럼 되지 않기 위해 점포에서 물건을 살 때처럼 어쩔 수 없는 경우를 빼고는 영어를 쓰지 않기로 했다. 샤워가 일상인 미국인처럼 되지 않으려고 꼭 필요한 경우가 아니면 한 달에 한두 번 물을 데워 몸을 담그는 한국식 목욕만 하기로 했다. 감옥에서 고생하는 동지들을 생각해 편안한 침대에서 자지 않고, 도망자라는 것을 잊지 않기 위해 잠잘 때도 혁대를 풀지 않기로 했다. 심지어 청바지는 미국 스타일이라 거부하고 낡은 양복바지만 입고 다녔다. '내 것'을 갖지 않는다는 무소유 정신도 이미 삶 속에 녹아 있었지만 재차 다짐했다.

자신을 위해 허용한 유일한 낙은 담배뿐이었다. 새벽에 눈 뜨면 피우기 시작해 잠들기 전까지 줄담배를 피웠다. 가슴이 아프고 숨이 차서 몇 번 끊어보기도 했으나 결국 다시 피웠다. 이 고통스러운 흡연 행위조차도 그는 부끄럽게 여겼다. 광주항쟁 때 죽은 이들을 생각하며 쾌락을 즐기는 자신을 경계했다. 그는 망명생활 동안은 물론이고 고국에 돌아와서도 여전히 쪼그려 앉아 담배를 피우곤 했다. 누가 물으면 허전한 표정으로 말했다.

"난 먼저 보낸 동지들 때문에 서서 피울 자격이 없어요."

광주항쟁은 윤한봉을 영원히 나올 수 없는 정신적 감옥에 가두어버렸다. 4개월 만에 시애틀에서 로스앤젤레스로 이동하면서 지은 새로운 가명은 김상원이었다. 도청에서 계엄군의 총에 맞아 최후를 마친 후배 윤상원의 이름을 딴 것이다. 후배들의 죽음에 대한 책임감을 잊지 않기 위해서였다. 아니, 잊고 싶어도 잊을 수가 없어 차라리 끌어안고 살았다.

1981년 11월, 윤한봉은 난생처음으로 비행기를 탔다. 디트로이트행 국내선이었다. 생명의 은인이나 다름없는 김동건·김진숙 부부에게 감사의 눈물로 작별을 고하고, 외로움을 달래기 위해 키우던 토끼 한 쌍은 농장 하는 한국인에게 맡겼다.

최종 목적지는 스페인어로 '천사의 도시'라는 뜻을 지

닌 로스앤젤레스였다. 로스앤젤레스를 새로운 기착지로 삼은 계기는 그곳 동포들의 정신적 지주인 김상돈이 시애틀에 들러 윤한봉을 만났을 때 자신의 집에 와서 살면서 함께 활동하자고 제안했기 때문이다.

에드워드 케네디 의원의 도움으로 미국에 도착한 지 며칠 만에 정치망명을 신청했으나 한미의 특수한 관계 때문에 재판이 언제 열릴지 알 수 없었다. 미국 정부가 윤한봉의 망명을 받아들인다면 동맹국인 한국의 반정부인사에게 허용하는 최초의 정치망명이 되는 셈이다. 일단 망명 허가와 상관없이 김상돈의 제안을 받아들여 로스앤젤레스를 거점으로 한국의 민주화운동을 지원해야겠다고 생각했다.

디트로이트를 경유하게 된 것은 밀항 과정에서 광주의 조아라 장로와 워싱턴의 패리스 하비 목사 사이의 연락을 맡아 결정적인 도움을 준 이학인과 김용성이 초대했기 때문이다. 두 사람은 그가 시애틀을 떠나 로스앤젤레스로 간다고 하자 디트로이트에 들르라며 비행기표까지 끊어주었다.

어디 가나 따뜻한 사람들이 있었다. 디트로이트에 내려 두 사람으로부터 극진한 대접을 받은 윤한봉은 자신의 밀항을 도와준 데 대해 깊은 감사를 표했다. 다시 이들로부터 비행기표를 제공받아 워싱턴D.C.로 날아가니 하비 목사가 기다리고 있었다.

하비 목사의 사무실인 북미한국인권문제협회에 들러보니 같은 건물에 니카라과, 남아프리카공화국 등 제3세계의 여러 나라 인권단체가 입주해 있었다. 그런데 다른 나라 단체들에는 당사국 출신들이 중심적으로 활동하고 있는 데 반해 북미한국인권문제협회에는 한국인이 하나도 없고 하비를 비롯한 외국인들이 실무를 보고 있었다. 윤한봉은 광주항쟁을 세계에 널리 알리는 임무를 수행하기 위해서라도 스스로 한인 인권단체를 만들기로 결심했다.

로스앤젤레스에 도착한 것은 1981년 11월 하순이었다. 시애틀이 아기자기하고 아름다운 도시라면 태평양 연안 대평원에 끝없이 펼쳐진 대도시 로스앤젤레스는 가장 미국적인 도시라 할 만했다. 자동차가 없으면 돌아다니기도 힘든 광막한 도시에서 그를 맞아준 이들은 더없이 따뜻하고 자상한 사람들이었다.

1901년 황해도 출생인 김상돈은 대한민국 정부수립과 함께 설치된 반민특위의 부위원장으로 친일파 청산에 앞장섰던 사람이었다. 그는 친일파 일색이던 경찰의 방해와 이승만의 탄압으로 반민특위가 아무 성과도 없이 조기 해산된 후에는 반독재투쟁에 뛰어들었고, 4·19혁명 직후 치러진 서울시장 선거에 당선되어 초대 민선시장이 되었으나 5·16군사쿠데타 이후 시장에서 물러나 3선개헌 반대투쟁 등을 벌이다 1972년 도미한 저명인사였다.

김상돈은 미국에 온 후에도 고국에서 민청학련 사건이나 인혁당 사건 등이 터질 때마다 로스앤젤레스 한인타운 한복판에서 박정희 화형식을 하는 등 미국 내 한국 민주화운동의 대부로 불렸다. 180센티미터의 거구인 그는 팔순의 나이에도 형형한 눈빛을 잃지 않고 있었다. 머리카락 한 올의 차이가 하늘과 땅 사이의 차이가 된다며 원칙과 소신을 굽히지 않는 인물로 존경받은 김상돈은 '적에게는 서슬 퍼런 맹장이요 동지들에게는 한없이 인자하고 아낌없이 내주는 사람'으로 불렸다. 그의 부인 김나열도 소박하고 검소했으며 고결한 인품을 가진 이였다.

　시애틀의 김동건 부부가 그랬듯이, 김상돈 부부도 윤한봉을 한 식구처럼 받아들여 보살펴주었다. 주변 사람들에게는 한국에서 온 친척인데 유학을 왔다가 학교가 마음에 안 들어 쉬는 중이라고 소개해 신분이 노출되지 않도록 해주었다. 물론 김상원이라는 가명으로였다.

　윤한봉은 언제나 끓어오르는 열정을 주체하지 못했다. 일상생활에서는 나이 든 이들을 깍듯이 존중했지만, 정치 문제 토론에서는 일체의 양보가 없었다. 김상돈 부부는 왼쪽 손바닥을 하늘을 향해 바짝 펴고 오른쪽 손바닥을 칼날처럼 펼쳐 수직으로 내리치며 강변하는 그의 모습에 익숙해져야 했다. 서른다섯 살의 윤한봉은 자기보다 반세기나 더 살면서 일제강점기와 전쟁을 겪고 수십 년 동안 반독재

투쟁을 해온 노투사에게도 맹렬한 질타를 퍼붓곤 했다.

"선생님! 박정희가 탱크를 몰고 들어오던 날 새벽에 왜 그냥 도망치셨습니까? 선생님은 서울시민들이 뽑아준 시장이셨잖습니까? 서울시청 앞에서 그놈들과 총격전을 하다가 장렬한 죽음을 맞이하셨어야지요!"

김상돈은 배포 크고 너그러운 사람이었다. 윤한봉은 자신의 객기 어린 설익은 주장들을 껄껄 웃음으로 받아들여주는 김상돈 부부에게 마음 깊이 존경과 감사의 마음을 품었노라고 훗날 술회했다.

김상돈은 1년간 윤한봉을 품고 있으면서 로스앤젤레스 동포사회에 그를 널리 소개해주었다. 자기 집으로 찾아오는 여러 동포에게 인사를 시키고 한국의 민주화를 위한 집회와 행사에 데리고 가서 소개해주었다. 김상돈이 징검다리 역할을 하지 않았다면 초창기 재미한국청년연합(한청련)의 중요한 후원자들을 만나기 어려웠을 것이다.

윤한봉이 로스앤젤레스에 올 당시 재미동포는 60여만 명으로 대부분 1968년 이후 이민을 온 사람들이었다. 그중에도 야당 성향의 동포들은 남한의 정치상황에 매우 민감했다. 대다수 동포가 인종차별과 생활고에 시달리느라 고국의 일에 관심을 두기 어려웠지만 한국대사관과 영사관의 압박과 분열공작 속에서도 그 나름대로 조국의 민주화와 통일을 위해 애써온 동포들에 대해 윤한봉은 깊은 감사와 존경을 표했다. 그러나 미주의 한인 민주화운동은 그를 만족시키지 못했다.

윤한봉은 우선 미주의 한인 민주화운동가들이 남한의 상황을 너무 모르고 있다고 보았다. 재미 운동가의 다수가 기독교인이다보니 마치 기독교운동이 남한 민주화운동을 지도하는 것처럼 착각하고 있다고 보았다. 실제로 대개의 미주 인사들은 종로5가의 기독교회관을 중심으로 한 기독교운동을 통해 한국의 민주화운동을 파악하고 있었다. 오히려 한국의 민주화운동을 주도해온 학생운동, 농민운동, 노동운동, 문화운동 등에 대해서는 잘 모르거나 관심이 없었다.

운동 주체들의 고령화 문제도 심각했다. 미국에서 사회운동이 가장 활발한 로스앤젤레스만 보아도 70대 할아버지들이 직접 행사 포스터를 붙이거나 모금통을 들고 다니는 실정이었다.

광주학살 규탄대회에 30여 개 한인단체가 모였다지만 그중 독립된 사무실을 가진 단체는 하나도 없었다. 모일 공간이 없으니 대중을 만나기도 어렵고, 대중이 주체적으로 참여할 사업이 없으니 회원이 늘어나지도 않았다.

마지막으로 그는 국제적인 연대운동이 없다는 점을 지적했다. 미국에는 많은 나라의 인권운동과 민주화운동 단체들이 활동하고 있었으나 한인단체들과 유대가 거의 없었다. 윤한봉은 이들과의 연대투쟁이 장차 한국의 민주화 운동에 큰 도움이 되리라 보았다.

이런 생각을 함께할 사람들이 하나둘씩 생겨났다. 김상돈의 소개를 통해서였다. 윤한봉이 김상돈 이외에 처음으로 속사정을 고백한 이는 언론인 은호기였다. 윤한봉보다 여덟 살이 더 많은 40대의 은호기는 원로들에 다리를 놓을 수 있는 인물이었다. 은호기는 윤한봉의 가명인 김상원에 대한 앞뒤가 맞지 않는 온갖 추측이 난무하자 그를 자신의 집으로 불러 솔직히 털어놓으라고 했다. 은호기는 합리적이고도 사교적인, 본인 표현대로 적이 없는 두루뭉술한 사람이었다. 김상원, 아니 윤한봉의 솔직하고 담백한 고백을 들은 후 적극적으로 그의 편이 되어주었다.

윤한봉을 이해해준 또 한 사람은 그보다 열다섯 살 많은 치과의사 최진환이었다. 성격이 대쪽같은 최진환은 윤한봉을 만나 대화해본 후로 그의 든든한 후원자가 되어주었다. 어느날 밤 원로들이 모인 자리에서 김상원의 정체에 대해 의문이 제기되었을 때도 한사코 그를 옹호했다.

"내가 김상원 그 사람을 만나서 이야기해보았습니다. 숱한 죽음의 고비를 넘어온 투사가 맞습니다. 확실합니다."

동포 사이에 신뢰도가 높았던 최진환의 강력한 지지와 사람 좋은 은호기의 도움으로 원로들의 의심을 다소 완화시킬 수 있었다.

윤한봉의 진심을 알아주는 사람이 하나둘씩 늘어갔다. 정만수·이주영 내외, 민족현실에 관심이 높은 작가 전진호, 아름다운 외모와 성품을 가진 성악가 이길주, 성실하고 차분한 여성 이인수, 장기려 박사를 존경하는 조광제 등이었다.

홍기완도 그중 한 명이었다. 그는 윤한봉이 미국에 와서 처음 사귄 동갑내기 친구였다. 한국에서 민주화운동을 했던 어머니를 따라 1970년대 초에 로스앤젤레스로 이민 온 그는 정의감 넘치는 다혈질 청년이었다. 결혼하여 두 아들을 두고 목수 일을 하던 그는 윤한봉을 만나 인생이 바뀌어버린 사람 중 한 명이었다. 가장 많이 언쟁을 하면서도 두 사람은 단짝이 되어 독자적인 해외운동을 추진하게 된다.

모금단체인 '광주수난자돕기회'를 만든 것이 이들의 첫 활동이었다. 광주수난자돕기회는 광주항쟁의 부상자와 유가족을 돕기 위해 만들어진 소박한 모임으로, 윤한봉을 중심으로 김동근, 홍기완, 이길주, 이인수 등 다섯 명이 1982년 6월부터 매월 한 차례씩 만나 소액의 기금을 거두며 시작되었다.

모금한 돈은 광주의 조아라 장로 앞으로 보냈다. 안기부와 경찰의 감시를 피하기 위해 송금은 로스앤젤레스에 있는 유니테리언 교회(Unitarian Church)라는 진보적인 미국인 교회에 부탁했다. 그런데 한 번은 모금의 주체를 밝히지 않고 교회 이름으로만 보내는 바람에 광주에서는 영어 이름이 비슷한 통일교에서 보낸 줄 알고 받아야 할지 말아야 할지 고민을 한 적도 있었다.

윤한봉이 광주수난자돕기회를 주도한 이유는 금전적인 지원에도 있지만 광주항쟁의 진상을 미국동포들에게 널리 알리고 연대를 하려는 애초의 임무 때문이었다. 점차 필라델피아 등 미국 여러 도시에도 수난자돕기회를 만들어 광주항쟁 자료집 발간, 5·18기념행사 후원 등을 하도록 했다. 광주수난자돕기회는 1988년 6월에 자진 해산하기까지 6년간 3만여 달러를 광주로 송금했다.

작은 금액이라도 회비를 내야 하는 광주수난자돕기회를 위해 윤한봉은 한때 돈을 벌려고 시도했다. 하지만 취업은 쉽지 않았다. 이민국은 망명 허가를 좀처럼 내주지 않고 대신 노동허가증을 주었는데 막상 취업할 만한 곳이 없었다. 아까운 시간을 노동하면서 보내려면 최저임금 이상은 받아야 한다는 원칙을 세웠으나 한인동포들의 점포에서는 그것조차 보장해주지 않았다. 미국인이 운영하는 전화기 조립회사에 들어가려고 면접까지 보았다가 퇴짜를 맞기도 했다.

1982년 10월, 여기저기 일자리를 알아보러 다니던 윤한봉에게 전남대 총학생회장이었던 박관현이 감방에서 군부독재에 항의하는 장기간 단식 중 사망했다는 소식이 들려왔다. 들불야학 강학의 한 명이던 박관현은 윤한봉의 권유로 1980년 총학생회장 선거에 출마해 당선된 후배였다. 항쟁이 시작되기 사흘 전에 만나 계엄군의 대대적인 탄압에 맞서 각오를 단단히 다지자며 굳게 맹세한 사이였다.

윤한봉은 외롭고 슬플 때면 언제나 그랬듯이 마당 구석에 쪼그려 앉아 담배를 피우며 울고 또 울었다. 윤상원의 죽음만 해도 가슴이 찢어지도록 분했는데, 유달리 아끼던 후배인 박관현까지 목숨을 바쳤다고 생각하니 도미 1년이 넘도록 아무 일도 하지 못하고 있는 자신이 부끄러워 밥알이 목구멍으로 넘어가지 않았다.

울분과 자책감을 견디지 못한 윤한봉은 박관현의 죽음에 항의하는 단식농성을 하기로 했다. 홍기완과 함께 미국 친우봉사회(AFSC) 사무실을 빌려 10일간 단식농성을 했다. 일종의 추모식이었다. 이 소식을 들은 동포 운동가들이 많이 찾아와 격려해주었다. 미국 내 한국어 신문들이 작게나마 보도해주었다.

단식농성을 계기로 윤한봉은 미국 내 한인운동을 좀더 서두르기로 했다. 마침 신분을 더이상 숨길 필요가 없게 만드는 사건이 벌어졌다. 국내에서 '오송회(五松會) 사건'이 터지면서 그가 미국으로 밀항했다는 사실이 한국 정부에 의해 공개된 것이다.

오송회 사건은 전북 군산의 제일고 국어교사이자 시인

인 이광웅 등 9명을 이적 단체 조직과 간첩 행위 등으로 구속한 용공조작사건이다. 이 사건과 윤한봉이 얽힌 내막은 이러했다.

윤한봉이 광주항쟁 직후 서울에 피신했을 때 이광웅의 매제인 신옥재의 집에 3개월 정도 숨어 있었는데 우연히 놀러 온 이광웅과 뜻이 맞아 대화를 나눈 적이 있었다. 이광웅이 광주학살에 격분하는 것을 본 윤한봉은 교사와 학생들을 조직해야 한다고 말했는데, 이광웅은 얼마 안 되어 교사 몇을 데리고 다시 찾아왔다. 윤한봉은 처음 만난 이들에게 많은 이야기를 할 수가 없어서 상당히 조심스럽게 민주화운동의 일반적인 내용에 대해 잠시 이야기해주었다. 사회주의니 혁명이니 하는 문제에는 관심도 없었을뿐더러 처음 만난 이들에게 할 말도 아니었다.

이 교사들은 독서모임을 하고 학교 뒷산에 올라가 시국 토론을 벌이기도 했다. 경찰은 이들을 은밀히 내사하다가 연행했다. 이광웅을 수사하는 과정에서 여러 명이 윤한봉을 만났다는 사실을 알게 된 경찰은 한껏 고무되어 "윤한봉이 5·18 이후 월북해 밀봉교육을 받고 내려와 지하에서 암약하고 있다"는 황당한 각본을 만들어 그대로 진술하라고 혹독한 고문을 가했다.

그리고 윤한봉을 체포하기 위해 주변 사람들을 닥치는 대로 연행했다. 경찰은 윤한봉을 숨겨주었던 김은경과 홍희담, 여동생 윤경자와 남동생 윤영배 등 20여 명을 남영동 치안본부 대공분실에 연행해 구타와 고문을 가했고 이 과정에서 윤한봉이 미국으로 망명했다는 사실이 드러났다.

경찰로서는 맥이 풀리는 일이었을 것이다. 윤한봉이 월북했다가 내려와 암약하고 있다는 각본은 더이상 써먹을 수 없게 된 것이다. 경찰은 윤한봉이 미국에 밀항해 정치망명을 요청했다는 사실을 비밀로 한다는 각서를 받고 이들을 모두 석방했다.

대신 이광웅 등 9명은 구속되고, 윤한봉의 망명을 도운 최동현과 정찬대는 선원수첩을 빼앗기고 출항을 금지당했다. 조아라 장로와 강신석 목사도 연행되어 조사를 받았으나 풀려났다.

그후 생계가 막막해진 최동현은 10개월 동안이나 출입관리국과 경찰을 쫓아다닌 끝에 출항금지를 풀 수 있었다. 다시 배를 타게 된 그는 로스앤젤레스에 기항한 틈을 이용하여 롱비치에서 윤한봉과 감격스러운 상봉을 하기도 했다.

아무튼 오송회 사건으로 윤한봉의 밀항 사실이 공개되고 도피와 밀항을 도와준 이들도 구속되지 않았기 때문에 더이상 동포들에게 가명을 쓸 필요가 없었다.

신분의 제약에서 자유로워진 윤한봉은 1982년 12월부터 본격적으로 청년조직 결성에 착수했다. 기존의 미주 사회

운동단체에 들어가 조직을 변화시키는 것은 불가능하다고 판단했다. 기존 단체들의 성향이나 관성도 문제지만 평균 나이가 50세가 넘는 선배들에게 적극적인 운동을 요구하는 것도 어렵다고 본 것이다. 대상을 자기보다 젊은 청년학생들에 맞췄다. 청년학생들을 조직하면 기존의 단체들과 부딪힐 일도 없으리라 생각한 것이다.

윤한봉은 자신의 미국 체류기간을 10년으로 예상하고, 동포가 1만 명 이상 거주하는 모든 지역에 청년운동단체를 만든 후 전국적인 연합조직으로 묶는 것을 목표로 삼았다. 미국에서 목표를 이룬 후에는 유럽, 호주, 캐나다, 일본 등 세계 전역에 한국인 청년운동단체를 만들기로 했다.

조직 작업이 원활하려면 먼저 공개적으로 사람이 모일 공간이 필요하다고 보았다. 사무실의 명칭은 '민족학교'라 짓기로 했다. 학교라는 이름을 붙이고 정식으로 등록을 하기로 했으나 정규학교를 의미하지는 않았다. 미국에 살면서 고국과 멀어진 청년학생들에게 민족의식을 불어넣고 민족문화를 보급하는 모임의 장으로 그 위상을 잡았다.

나중에 각 지역에 민족학교 사무실이 생기면서 각기 다른 이름을 쓰게 되는데, 이 사무실들을 통칭해 '마당집'이라고 부르게 된다. 1987년 대통령선거에 출마한 백기완이 미국을 방문했을 때, '센터' 대신 지어준 이름이었다. 동네 사람들이 모이는 시골집 마당 같은 곳이라는 의미였다.

사무실 운영비로 쓸 돈은 밀항 직전 김은경으로부터 전해 받은 3천 달러가 전부였다. 미국에 온 지 1년 반이 넘도록 꽁초를 주워 피우며 아껴온 돈이었다. 개인에게는 큰돈이지만 사무실을 운영하기에는 턱없이 부족했다. 먹고 살 만한 장년층 회원으로 이뤄진 다른 단체들도 운영비 걱정으로 열지 못하는 사무실을 이 돈으로 열겠다는 것은 누가 보기에도 무리한 계획이었다. 그래도 추진하기로 했다. 1982년 12월 무렵이었다.

5. 고립

1983 로스앤젤레스

먼저 주변의 친해진 사람들에게 민족학교를 만들자고 제안하니 홍기완, 최진환, 이길주 등이 적극 찬성해주었다. 이에 힘을 얻어 민족학교 설립과 운영 계획안을 만들어 동포들을 찾아다니기 시작했다. 원로들과 지역유지들을 찾아다니며 자신의 본명이 윤한봉임을 밝히고 민족학교를 설립하려 하니 도와달라고 했다.

"민족학교는 재미동포 1, 2세 청년들을 대상으로 한국인이라는 민족의식을 고취하여 미국 사회에서 긍지를 갖고 살아가게 하고 조국과 민족의 발전에 이바지할 수 있도록 가르치는 곳입니다. 한민족의 역사와 문화를 보급하고 동포사회를 위한 봉사활동을 하려고 합니다. 도와주십시오."

자신의 정체를 의심해온 이들을 설득하기 위해 망명신

청서류 사본까지 들고 다니며 신분을 확인시켰다. 동포 중에는 광주의 지인들에게 전화해서 윤한봉의 인상착의를 확인하는 이도 있었다.

처음에는 호의적이었다. 그러나 이내 어려움에 봉착했다. 한인사회에 퍼져 있던 이념 대립 때문이었다. 미국의 한인동포들은 일종의 집단적 스트레스를 겪고 있었다. 누구를 처음 만나면 그가 대한민국 편인가 아니면 조선민주주의인민공화국 편인가부터 살펴보는 습성이 있었다. 때로는 한 사람을 두고도 양쪽에서 서로 자기편이라고 믿거나 아니면 서로 남의 편이라고 비난하는 괴상한 일도 벌어졌다. 양쪽으로부터 모두 존경받는 김상돈 같은 이가 전자라면, 윤한봉은 본의 아니게 후자처럼 되어갔다.

윤한봉을 비난하고 나선 이들은 통일운동에 관심이 많으면서 친북적인 성향을 띠고 있던 원로 인사들이었다. 자기들이 이끄는 운동단체에 들어오지 않고 독자적인 청년조직을 추진하는 데에 대해 반감을 품고 있었다. 한국에서라면 윤한봉이 독자적으로 활동하든 말든 서로 다른 영역이므로 부딪힐 일이 없었을 것이다. 몇 안 되는 이들이 민주화운동과 통일운동을 주도하고 있던 미국은 달랐다. 그들에 의해 만들어진 음모론들은 황당했다.

"윤한봉이는 안기부 앞잡이다. 미주 한인운동을 분열시키고 파괴하기 위해 안기부가 보낸 프락치다."

"윤한봉이가 배를 타고 왔다는데 타고 내리는 걸 본 사람은 아무도 없다. 거대한 권력기관의 보호가 없이 태평양을 밀항한다는 게 말이나 되는가?"

"광주에서 운동경력이 있는 건 맞는 것 같다. 그런데 고문을 받고 변절한 게 틀림없다."

이즈음 일본의 진보 월간지 『세카이(世界)』가 윤한봉의 밀항이 의심스럽다는 식으로 보도했기 때문에 의혹은 더했다. 악소문이 돌면서 마당집 마련에 동참하기로 했던 이들이 하나둘씩 등을 돌리기 시작했다.

목숨을 걸고 밀항한 윤한봉으로서는 억울하고 분통 터지는 누명이었다. 하지만 오랫동안 한인사회에 뿌리박고 살아온 이들의 여론몰이를 당해낼 수가 없었다.

게다가 그들과는 입장이 달랐던 반공적·반북적인 민주인사들까지 윤한봉을 비난하고 나섰다. 남한의 민주당과 김대중을 지지하던 그들이 윤한봉을 미워하게 된 계기는 민족학교를 세우고 몇 달이 지난 1983년 여름에 있었던 김대중의 로스앤젤레스 방문이었다.

광주항쟁 당시 전두환 군부에 구속되어 내란음모 누명을 쓰고 사형을 선고받았던 김대중은 1982년 12월에 형집행정지로 풀려나 미국에 와 있었다. 로스앤젤레스에서 열린 그의 강연회에는 1천 명이 넘는 청중이 모여들었다.

학생운동 시절 윤한봉은 가장 존경하는 정치인으로 김

대중을 꼽고 그가 대통령이 되어야 한다고 역설하던 사람이었다. 1980년 봄에는 동료들을 데리고 서울 동교동 김대중 집까지 방문한 적도 있었다. 로스앤젤레스 강연회를 앞두고 민족학교 학생들과 함께 안내문을 돌리러 다니고 강연장에 걸 플래카드까지 만들었다. 강연 당일에는 강연장 주변의 경호까지 맡았다.

그러나 김대중의 강연은 그에게 실망을 안겨주었다. 김대중이 잡혀가자 분노한 광주시민들이 5·18항쟁에 나섰다는 식으로 말했던 것이다. 정치가로서 할 수 있는 말이고 한편으로는 일리도 있었다. 그러나 광주항쟁의 원인을 전라도 사람들의 타고난 반골기질에서 찾거나 항쟁의 성격을 김대중을 구출하기 위한 사건으로 국한하는 것은 본질을 외면하는 일이라고 생각했다. 윤한봉은 화가 나서 강연장을 나와버렸다. 그리고 친미·반공을 토대로 한 김대중식 민주주의 운동의 한계를 비판하고 다녔다.

김대중에 대한 윤한봉 특유의 거침없는 발언은 그를 지지해온 많은 동포를 화나게 했다. 게다가 윤한봉이 주한미군 철수와 남한 내 핵무기 철거, 남북의 화해와 통일을 주장하고 다니자 그들의 의심은 더욱 커졌다. 그들은 윤한봉을 친북이요, 좌경용공이라고 매도하기 시작했다.

좌경용공이라는 비방을 더욱 독려한 곳은 한국영사관이었다. 전두환 군사정권은 미국의 민주화운동가들을 직접 체포하거나 투옥할 수 없으니 영사관을 통해 요주의 인물들의 한국 입국을 불허하고 한인사회에서 고립시키는 전략을 썼다. 진보적인 세력이 퍼뜨린 안기부 첩자라는 누명은 일반 동포에게 거의 영향을 미치지 못했으나 영사관에서 퍼뜨린 빨갱이라는 모함은 영향력이 대단했다. 한인회, 노인회 등 보수적인 한인단체들은 기상천외한 말들을 퍼뜨렸다.

"윤한봉은 북에서 밀봉교육을 받고 온 공작원이다."

"민족학교에는 김일성 사진이 걸려 있으며 인공기가 휘날린다."

"민족학교에서는 가끔 사람이 증발한다."

그런데 민족학교 강연에서 윤한봉이 한 북한 관련 발언들을 보면, 현재의 김일성은 가짜가 아니라 항일운동으로 유명했던 김일성 장군이고, 해방 직후 북한은 친일파 청산에 철저했으며 민중의 생활을 개선하는 데 역점을 두었다는 등의 역사적 사실들이었다. 북한의 사회주의 체제가 옳으니 그에 따라야 한다거나 김일성을 우상화하는 식의 발언을 한 적이 없다. 이 문제와 관련하여 시카고에서 활동했던 장광민은 2016년 2월 이렇게 증언했다.

"합수는 역사를 주제로 강연할 때 김일성이 잘했다고 말한 게 아니고 '항일운동을 했다'라는 식으로 말했죠. 북이 잘하고 있는 점, 못하고 있는 점을 같이 이야기했어요.

해방 이후 북에서 이뤄진 친일파 청산을 긍정적으로 평가하고, 북의 민족적인 부분을 인정했습니다. 하지만 '북의 정부를 따라야 된다' 그런 건 결코 아니었죠."

오히려 윤한봉은 남한에서의 운동은 남한 사람들이 주체적으로 해나가야지 북한의 지시를 받으면 안 된다고 주장함으로써 친북적인 통일운동가들에게 비난을 받았다. 친북·반북의 양편에서 동시에 모함과 비난을 받는 처지가 되고 만 것이다.

기독교 쪽도 윤한봉 비난에 가세했다. 그가 한인 교회들이 세속적인 이익집단으로 상업화되었다고 비판하면서부터였다. 민족학교에 들어온 청년들이 교회에 나가지 않을 뿐 아니라 목사들을 비판하기도 하자 윤한봉을 공산주의자, 무신론자라고 비난하기 시작했고, 심지어 '적그리스도'라고까지 명명했다.

적그리스도는 한 인간에 대해 보수신앙인들이 퍼부을 수 있는 최악의 저주였겠지만, 기독교인이 아닌 윤한봉에게는 아무 의미도 없는 비난이었다. 가까이서 윤한봉을 지켜본 사람들은 오히려 그를 '한국의 예수'라고 부르기 시작할 때였다. 초라한 생필품이 담긴 가방 하나 달랑 들고 드넓은 미국을 떠돌아다니며 진실과 진리를 설파하고 다니는 모습에서 나온 말이었다. 그의 논리와 주장이 다 옳은 것은 아닐지라도 맨손으로 광야를 떠도는 예수를 연상하기에는 충분했다.

좌우 양편의 기성 운동권과 영사관, 교회까지 가세한 온갖 비방 속에서도 마당집 건립은 추진되었다. 1983년 새해 들어 코리아타운에서 조금 떨어진 곳에 40평짜리 건물을 세냈다. 꼭 필요한 책상과 의자만 준비하고 자잘한 비품과 생활도구는 이길주, 전진호, 문성철, 정선모 등이 개인 돈으로 사왔다. 김석만, 박무영, 장사한은 페인트칠을 해주었다.

민족학교(Korean Resource Center) 설립식은 1983년 2월 5일에 열렸다. 도미한 지 1년 8개월, 준비한 지 석 달 만이었다. 미국 정부에 비영리단체로 등록해 주정부와 연방정부로부터 세금을 면제받도록 했다. 치과의사 최진환이 이사장을 맡고 전진호는 교장을 맡았다. 홍기완은 안정된 직장을 때려치우고 불규칙한 목수 일로 돈을 벌면서 시간만 나면 민족학교로 출근했다.

'바르게 살자, 뿌리를 알자, 굳세게 살자.'

조국을 생각하는 의미의 교훈부터 순 한글로 지어 벽에 붙였는데 나중에 '더불어 살자'를 추가했다. 강당 벽에는 전봉준 영정을 가운데 걸고 양쪽으로 장준하와 김구의 사진을 걸었다.

전봉준은 조선 후기 민중봉기를 주도했다가 처형된 인본주의 혁명가다. 김구는 투철한 반공 민족주의자로서 민족의 독립을 위해 싸운 인물이요, 장준하는 박정희 독재정권 하에서 민주주의를 위해 투쟁한 인물이다. 모든 압제와 싸운 이 세 사람이야말로 윤한봉의 사상을 대변한다고 볼 수 있다. 전봉준은 민중주의, 김구는 민족주의, 장준하는 민주주의의 상징으로 민족·민주·민중이라는 윤한봉의 평생의 신념과 일치한다.

한청련의 핵심이던 심인보는 2017년 1월 이메일 인터뷰를 통해 이렇게 말했다.

"마당집에 걸어놓은 영정을 보고 윤한봉이 민족주의자라고 결론짓는 것은 적절하지 않습니다. 그는 남북이 교류하며 어울려 춤추다보면 하나가 된다는 식의 낭만적인 통일운동을 주장하지도 않았고, 앞장서지도 않았습니다. 다만 해외운동의 특성상 자주, 분단, 평화군축이 강조되었을 뿐입니다. 한청련은 국내의 노동운동, 농민운동을 비롯한 민중의 투쟁에 대해 해외에서 할 수 있는 지원과 홍보활동을 지속적으로 하였습니다."

심인보만이 아니라 윤한봉과 오래 활동했던 사람일수록 그의 인본주의적 민중운동가로서의 면모를 강조한다. 실제 생활에서도 그랬다. 그가 민족학교에서 맡은 직함은 심부름꾼인 소사(小使)였다. 그리고 진실로 소사처럼 살았다.

비난의 표적이 된 초창기의 민족학교에는 반년이 되도록 온종일 찾아오는 이 하나 없었다. 그래도 윤한봉은 손에서 걸레를 놓지 않았다. 문틀이고 창틀이고 닦고 또 닦아 먼지가 앉을 틈이 없었다. 민족학교가 세 든 건물 주위에는 담배꽁초나 종잇조각 하나 떨어져 있지 않았다. 바닥에 물걸레질할 때는 꼭 무릎을 꿇고 앉아 양손으로 걸레를 밀고 다녔다. 낯선 사람이 본다면 생김새며 옷차림이며 하는 짓이 영락없는 청소부요 학교 소사였다.

민족학교를 설립하면서 김상돈의 집을 나와 이 집 저 집 신세를 지며 살았는데 영 불편했다. 대중교통이 미비한 나라여서 주로 승용차로 이동해야 하는데 차도 없고 면허도 없으니 매일 아침 민족학교까지 가는 것도 큰 문제였다. 설립 두 달째부터는 아예 민족학교에서 기숙하기로 했다.

미국은 화재나 범죄 위험 때문에 사무공간에서 숙식하는 것을 엄격히 금지하고 있었다. 여러 사무실이 세 들어 있는 건물이라 누군가 신고라도 하면 벌금을 물어야 했다.

윤한봉은 중고 냉장고와 취사도구를 얻어와 직접 밥을 해먹기 시작했다. 홍기완이 가끔씩 집에서 찌개를 해오기도 했으나 대개는 맹물에 밥을 말아 고추장에 멸치를 찍어 먹었다. 반찬이 궁하다보니 누가 한식당에서 밥을 사주면 남은 음식을 싸들고 와서 하루 이틀을 버텼다.

이사들이 가끔씩 반찬을 해오기도 하고 식당에 데려가 밥을 사주기도 했다. 특히 성악가 이길주가 찾아오는 날은 즐거웠다. 민족학교 이사들은 하나같이 인성이 훌륭한 이들이었지만, 이길주는 그중에서도 천사라 불렸다. 일본인 2세와 결혼해 살면서 어떤 이념이나 조직에도 구애되지 않고 약하고 힘없는 사람을 돕는 일이라면 어디나 쫓아다니는, 천성이 맑고 선한 여성이었다. 민족학교에 대한 어떤 중상모략에도 귀 기울이지 않고 항상 밝은 얼굴로 나타나 맛있는 음식을 나누고 가고, 스스로 철이 없다는 말을 입에 붙이고 살았다. 이런 그녀를 두고 윤한봉은 빙그레 웃으며 이렇게 말한 적이 있다.

"아이구, 이길주 씨는 전생에 그냥 나무에 앉아 노래만 하던 새였을 거야."

설거지는 공동화장실 세면기에서 했다. 주거지로 사용한다는 신고가 들어갈까봐 설거지 도중 누군가 화장실에 오는 발소리가 나면 얼른 그릇들을 싸들고 칸막이 안으로 들어가 변기 위에 앉아 일을 보는 체했다. 잠은 사무실 바닥에서 자고 담배는 주차장에 버려진 꽁초를 모아 피웠다. 옷은 수익사업으로 시작한 중고옷 장사를 위해 여기저기서 모아온 헌옷 중에 아무거나 골라 입었다.

어려움 속에서도 서로 의지하며 즐겁게 지내려 애썼다. 한인들 사이에 윤한봉이 거지가 되었다거나 민족학교 학생들이 굶어 죽게 생겼다는 소문이 돌자 동정심 많은 이들이 먹을거리를 가져다주기도 하여 그럭저럭 살았다.

이사장과 이사들, 후원자들이 돈을 조금씩 내고 홍기완

이 막일을 해서 벌어온 돈으로 월세와 전기료와 전화비를 냈으나 그래도 빚은 늘어만 갔다.

윤한봉은 아이디어 상자 같은 사람이었다. 필요할 때면 기발한 아이디어를 쏟아냈다. 민족학교가 고립무원의 처지가 되어 이사들까지도 그만 문을 닫아야 하는 게 아닌가 고민할 때, 그는 낙심하지 않고 활로를 찾아 나섰다.

1983년 5월 하순, 로스앤젤레스 프레스클럽에서는 수백 명의 한인동포가 모인 가운데 특별한 강연회가 열렸다. 광주항쟁 3주년 기념 강연으로, 연사는 윤한봉이었다. 이 강연은 민족학교에 대한 억측과 음해에 대응하기 위해 윤한봉이 자처했는데 본래는 워싱턴D.C.에서 하기로 되어 있었으나 원로들의 방해로 하지 못하고 로스앤젤레스에서 연 것이다.

연사가 연단에 올랐을 때 그를 처음 본 사람들은 다소 의아해했다. 지난 2년간 조용하던 한인사회에 꽤나 요란한 파문을 일으켜온 인물, 한쪽에서는 북한의 공작원으로, 다른 한쪽에서는 안기부 첩자로 의심받던 문제적 인물의 모습이 너무 소박해서였다. 두 눈이 매섭게 반짝이고는 있었으나 주름진 미소는 수줍었고 허술한 옷차림은 볼품없었다.

윤한봉으로서는 처음으로 많은 사람 앞에서 대중연설을 해보는 자리였다. 긴장 속에서 어눌한 강연이 시작되었다. 준비한 원고도 없었다. 그런데 목소리가 너무 작고 평이해서 크게 얘기해달라는 요청이 들어오기도 했다. 그에 대한 의심과 적대감을 품은 이들은 굳은 표정으로 뭔가 말꼬투리를 잡겠다는 도전적인 시선을 던지고 있었다.

윤한봉은 먼저 미국에 밀입국하게 된 배경과 경로를 밝히고, 현재 정치망명을 신청했으나 아직 판결을 받지 못했다고 말했다. 광주항쟁의 진상과 오송회 사건에 대해서도 상세히 설명했다. 그리고 전두환 정권의 타도를 위해 재미동포들이 적극적으로 나서줄 것을 주문했다.

시간이 지나면서 강연장 분위기는 달라져갔다. 자기 심정을 감추거나 비밀을 간직하는 성격이 못 되는 그는 여러 사안에 대해 매우 진솔하고 상세히 말해 청중들의 흥미를 끌었다. 두 시간 반이나 계속된 그의 강연이 끝나자 박수가 쏟아져나왔다. 기자회견까지 열려 열띤 질문 공세가 벌어졌다. 동아일보 미주지국과는 별도로 인터뷰를 했다. 강연회를 통해 그에 대한 악소문은 상당 부분 해소된 듯했다.

자신의 정체와 민족학교의 출범을 널리 알린 후에는 특유의 창의성과 수완을 발휘해 수익사업을 시작했다.

먼저 여기저기서 동양화와 서양화, 붓글씨 등을 모았다. 한국에서 시인 김지하가 묵란도를 수십 장이나 보내오기도 했다. 이를 홍기완이 만든 나무액자에 넣어 팔았다. 윤한봉도 액자 제작을 도왔는데 손재주가 형편없어 홍기완에게 잔소리깨나 들었다.

중고품 장사도 했다. 민족학교에 호의적인 사람들의 집에서 안 쓰는 전자제품부터 식기, 장난감, 가구, 의류, 신발까지 온갖 중고품을 가져와 깨끗이 닦고 빨아서 길가에 늘어놓고 팔았다. 그리고 시간만 나면 여기저기 널려 있는 빈 깡통을 그러모아 발로 밟아 납작하게 부피를 줄여 고물상에 갖다 팔았다.

가장 수입이 좋은 일은 판화 판매였다. 광주에 사는 민중화가 홍성담이 무료로 보내온 50장의 판화를 홍기완의 지휘 아래 만든 나무액자에 넣어 팔았다. 광주항쟁 때 시민들의 모습을 소박하게 그린 판화인데, 광주문제에 관심이 많은 동포들이 사갔다.

판화 가격은 구입자의 재력에 따라 적게는 100달러부터 많게는 300달러까지 받았다. 판화가 한창 인기 있던 시절이라 한국의 민중미술가들이 그뒤로도 계속 판화를 보내왔다. 판화 판매는 5년간 계속되어 미국 전역에 400여 장을 팔아 각 지역 마당집 재정에 큰 도움이 되었다.

윤한봉은 책을 모으는 일에도 열정을 쏟았다. 한국에서 현대문화연구소 사무실을 열었을 때 주변 사람들에게 일기장과 족보만 빼고 가진 책 다 내놓으라고 다그쳐 2천 권을 모은 적이 있다. 그런데 미국에서는 한국어책을 찾기 어려웠다. 민주화운동을 하는 동포들의 집에도 신학서적은 있었지만 사회과학이나 역사 분야 책은 거의 없었다. 책방에 가도 사회과학 서적은 거의 없었다. 설령 있다고 하더라도 살 돈이 없었다. 욕심나는 영어 원서들은 100달러가 넘었다.

어렵사리 책을 구한다 해도 겨우 한 권이었다. 민족학교 학생들과 학습하려고 필요한 부분만 복사하여 사용했다. 다른 지역에 보내기 위해 500쪽이 넘는『해방전후사의 인식』을 통째로 90권이나 복사하고 제본하느라 손바닥이 물집투성이가 되기도 했다. 복사물이 많다보니 그 비용이 차량 한두 대 굴리는 돈보다 더 들 지경이었다.

아무래도 안팎의 도움이 필요했다. 도서목록을 작성해 미국에서 한국을 방문하러 가는 사람이나 한국에서 미국을 방문하러 오는 이들에게 사오라고 부탁했다. 책을 모은다는 소식을 듣고 소장한 책을 모두 내놓은 동포도 있고, 공부하러 왔다가 귀국하면서 책을 몽땅 기증하고 가는 유학생도 있었다. 광주에서 수백 권을 모아 보내오기도 했고 80년대 부쩍 늘어난 운동권 출판사들이 자사에서 출판한 책을 무더기로 보내오기도 했다.

어려서부터 기발한 농담으로 폭소를 자아내던 윤한봉은 지옥에 갈 죄목을 몇 가지 정해놓고 '책을 개인적으로 소유하는 죄'도 집어넣어 좋은 책은 다 내놓으라고 협박

아닌 협박을 하고 다녔다. 지옥에 갈 죄목은 술을 강제로 권하는 죄, 소설책의 재미있는 부분을 찢어버린 죄, 발 닦고 고무신 물을 안 털어놓은 죄 같은 것들이었다.

민족학교 운영에서 가장 중요하고도 어려운 것은 학생 모집이었다. 운동권 내의 좌우파는 물론 일반 동포들까지 이교도 집단처럼 여기는 바람에 청년들을 모으기가 너무 힘들었다. 은호기, 최진환, 윤한봉이 역사 강좌를 전담하기로 했는데 수강생이 없으니 개점휴업이었다.

관심을 끌어보려고 태권도 유단자인 홍기완은 태권도 강좌, 소설가인 전진호는 문학강좌, 음악전공인 김형성은 노래강좌를 열기도 했다. 그밖에도 코리아타운 개발, 한인 동포의 노동문제 등을 주제로 강좌를 열었으나 수강생은 좀처럼 늘지 않았다.

강좌가 있는 날이면 윤한봉은 온종일 안절부절못했다. 시작 시간이 가까워지면 조바심이 나서 사무실 앞 인도로 나가 담배를 피우며 혹시 새로운 학생이 오는지 유심히 살피곤 했다.

'우리 노래 부르기' 강좌 때는 주최측 네 명 외에는 단 한 명도 수강하러 오지 않았다. 네 사람은 어색한 표정으로 둘러앉아서 동요, 가곡, 민요, 운동가요를 불렀다. 그러다보니 기분이 좋아져 밤늦게까지 목이 아프도록 부르며 놀았다.

미국을 방문하는 한국의 저명한 민주인사는 꽤 많았지만 윤한봉을 만나러 오는 이는 없었다. 미국에 오면 대부분 로스앤젤레스에 들르기 마련이고 윤한봉이 민족학교를 열었다는 소식을 모를 리 없는데 다들 외면했다. 마치 일본에 가면 조총련을 피하듯이, 미국에 가면 밀항자와 얽히기 싫어 피해버리는 것 같았다.

연세대 성래운 교수만이 민족학교로 직접 찾아와 격려하고 일부러 로스앤젤레스의 운동권 원로들을 만나 윤한봉은 믿어도 되는 사람이니 도와주라고 부탁까지 해주었다. 성래운은 1978년 6월 전남대 교수들의 '우리의 교육지표'라는 성명을 발표하는 일에 관여해 옥살이를 했고, 윤한봉과 잘 아는 사이였다.

민족학교 창립 반년이 지나면서 청년들이 하나둘씩 찾아오기 시작했다. 일단 윤한봉을 만나 이야기를 나눠본 청년들은 그에게 빠져들었다. 권력욕도 전혀 없고 권위적이지도 않은 솔직한 성품은 젊은이들을 사로잡았다.

운동권 선배 중에는 좀처럼 자기 생각을 드러내지 않고 빙글빙글 웃으며 누구에게나 좋은 소리만 하면서 실제로는 상대방을 떠보고 배후에서 조종하는 이들이 있었다. 무슨 일에서든 자신의 권위를 내세우고 상대방을 지도하려는 이들도 없지 않았다. 하지만 윤한봉은 상대방을 이용해 먹으려는 정치적인 태도나 자신의 권위를 내세우려는 자세라고는 전혀 없었다.

윤한봉은 열댓 살 어린 후배가 찾아오더라도 자신을 선생님이라 부르지 못하게 했다. '합수 형', 아니면 '합수 형님'이라 부르게 했다. 강의도 그랬다. 그는 자기 생각을 조금도 마음속에 숨기지 않고 있는 그대로 표출했다. 어떤 대상을 비판할 때도 돌아올 파장을 염두에 두지 않았다. 권위 있는 지도자나 학자 같은 고상한 모습이 아니라, 소탈하고 수줍은 농부 같은 얼굴로 몇 시간이고 열변을 토해냈다. 청년들은 그의 이런 모습에 반해버렸고, 자연히 다른 친구를 데려오는 전도사가 되었다.

사람들의 마음을 움직이게 만든 것은 그의 품성만이 아니었다. 그는 머나먼 이국땅에서 고생하며 살아가는 동포들에 대해 진심 어린 애정을 쏟았다. 이런 그의 마음은 1985년 11월에 쓴 짧은 글에서도 잘 나타난다. 뉴욕 한청련의 문화패 비나리 창립공연 「청산이 소리쳐 부르거든」에서 윤한봉이 직접 쓰고 읽은 제문이다.

"비나이다. 비나이다. 무작정 미국을 '천사의 나라, 은인의 나라'로 착각하고 미국의 정책이면 무조건 찬성하는 동포들을 깨우쳐주시옵소서. 비나이다. 비나이다. 성과 이름에 따른 아무런 강요나 박해와 차별이 없는 이곳, 미국에서 버젓이 미국식 이름을 쓰고 있는 동포들, 그리고 자녀들에게 우리말 우리글을 가르치지 않거나 또 제때 배우지 못한 것을 후회하지 않은 동포들을 깨우쳐주시옵소서. 조상의 얼과 민족혼이 서린 문화재를 몰래 빼내와 흥청망청 쓰고 사는 동포들이나 넋 빠진 유학생들, 그리고 조국과 밀무역하는 동포들을 깨우쳐주시옵소서. 비나이다. 비나이다. 동포들의 눈과 귀를 우롱하는 사이비 언론인들, 그리고 우리 동포들을 바보로 만드는 데 혈안이 되어 있는 사이비 종교인들을 깨우쳐주시옵소서. 비나이다. 비나이다. 만리 이역 땅에까지 와서 동포들, 특히 불법체류 동포들의 노동력을 착취하는 못된 동포 사업가들을 회개시켜주시옵소서. 천지신명이시여, 굽어살펴주시옵소서! 고향 산천과 친구들을 생각하며 울고 있는 입양 청소년들의 눈물을 닦아주시옵소서. 그리고 할 짓 못할 짓 다 하고 계시는 우리 동포 누이들의 한숨과 눈물을 없애주시옵소서. 비나이다. 비나이다. 선영이 있는 고향산천 떠나오셔서 말도 글도 안 통하여 고독하고 답답한 생활을 하고 계시는 우리의 할머니 할아버지의 한숨을 따사롭게 풀어주시옵소서. 비나이다. 비나이다. 무작정 해외로 빠져나와 불법체류자가 되어 차별과 착취를 당하며 불안과 근심 속에서 나날을 보내는 우리 동포들을 위로하고 희망을 불어넣어주시옵소서. 비나이다. 비나이다. 경제적 안정을 위해 과중하게 노동하는 동포들의 피곤을 씻어주시옵고 일에 쫓기어 자식들을 제대로 돌보지 못하는 부모님들의 한숨까지도 위로하여주시옵소서. 문화적 갈등과 가정문제 등으로 비뚤어져 가출한 청소년들, 그리고 잘못되어 교도소에 가 있는 동포 청소년들, 비슷한 이유로 정신병동에서 고생하시는 우리 동포들이 하루속히 웃으며 가정과 동포사회로 돌아오게 하여주시옵소서."

윤한봉의 진솔한 애정을 알아주는 사람들은 점점 늘어났다. 학생들이 늘어나면서 고립되었던 민족학교는 로스앤젤레스를 넘어 미국 내 한인 사회운동의 새로운 동력으로 성장하기 시작했다.

6. 돌쇠와 곰바우들

1984 로스앤젤레스

미국이라는 나라는 남한의 95배나 되는 영토에 1980년
대 당시 2억 6천만의 인구를 가진 대국이었다. 이 거대한
나라 곳곳에 흩어져 사는 한인은 60만 명밖에 되지 않았다.

윤한봉은 로스앤젤레스 민족학교가 고립에서 벗어나
막 자리를 잡아가던 1983년 10월부터 18세 이상 40세 이
하의 청년들을 대상으로 재미한국청년연합(한청련) 결성
을 추진하기 시작했다. 민족학교 설립 때와 마찬가지로 그
의 추진력을 빛났다.

준비한 지 두 달 만인 1984년 1월 1일 재미한국청년연합
(Young Koreans United of USA) 결성식을 가질 수 있었다.
참고로 한청련의 성격과 방향, 목적 등을 보여주는 '강령'
을 소개하면 다음과 같다. 여기에 윤한봉의 기본 입장이

집약되어 있음은 물론이다.

(1) 조국과 민족을 사랑하고 인류의 정의와 평화를 추구하는 미국 거주 동포청년들로 구성된 단체이다. (2) 남부조국의 자주화와 민주화를 실현하고 (남부 북부)조국의 통일과 평화에 이바지함을 목적으로 한다. (3) 해외운동을 남부조국 민족민주운동의 특수지역운동으로 규정한다. (4) 미국지역의 특성을 정확히 인식, 전체운동을 확충 강화하는 방향에서 지역운동으로서의 특수성과 전문성을 키워나간다. (5) '7·4남북공동성명'과 '남북 사이의 화해와 불가침 및 교류 협력에 관한 합의' 정신에 따라서 남과 북을 하나로 보는 통일된 조국관을 가진다. (6) 남북조국의 정부에 대해 주체적인 입장에 서서 활동한다. (7) 공개 합법적으로 활동한다. (8) 필요한 운동자금을 스스로의 힘으로 마련한다. (9) 미국지역운동의 강화 발전이 재미동포의 지지와 참여 속에서만 가능하다는 철저한 인식을 가지고 동포대중들 속에서 활동한다. (10) 운동의 강화 발전을 위해 독자성을 유지하는 범위 내에서 남부조국운동과 해외타지역운동 그리고 미국 내 타운동단체들과 연합 연대 제휴하여 활동한다. (11) 올바른 국제질서 수립과 세계평화를 위해 세계 각지의 민족해방운동, 평화운동, 인권운동, 환경보호운동, 여성해방운동과 연대한다. (12) 정의로운 미국사회를 건설하기 위해 미국 내의 다른 소수민족들과 연대한다. (13) 조

국과 미국의 대등한 관계정립을 추구하며 그러한 목적으로 활동하는 타민족 개인 또는 단체들과 연대한다. (14) 자랑스러운 재미동포사회 건설과 재미동포들의 권익 신장 및 옹호를 위해 노력한다.

샌프란시스코의 한 노동조합 건물에서 열린 결성식에는 수십 명의 청년들이 참석했다. 로스앤젤레스 민족학교에서 교육받은 청년학생, 버클리대학 졸업생과 재학생, 시애틀에 체류할 때 사귄 후 계속 연락을 주고받은 청년들, 스스로 민족학교를 찾아와 친해진 뉴욕과 시카고의 청년들이었다. 비행기표를 살 돈이 없어 주위의 도움으로 일고여덟 차례나 샌프란시스코를 자동차로 방문하여 사귄 청년들도 있었다.

한청련 결성식에서 입담가 윤한봉의 능력은 마음껏 발휘되었다. 결성식은 먼저 2박 3일간 '서부지역 청년대회'라는 모임을 가진 후 진행되었다. 그는 하루에 열 시간이 넘도록 계속 말을 해도 지치지 않았다. 듣는 이들도 연신 폭소를 터뜨렸고 때로는 감동의 눈물을 찍어내며 집중했다.

한청련 결성식에 모인 이들의 다수는 한국에서 학생운동을 경험한 이들이었다. 또는 광주항쟁을 계기로 학교나 지역에서 자발적으로 반정부적인 소모임을 만들어 공부를 해오던 이들이었다. 아무런 의식이 없었던 사람을 윤한봉이 갑자기 운동가로 만든 것은 아니었다.

하지만 의식적으로는 어느정도 준비가 되어 있더라도 고국의 현실에 대해 울분을 나누며 위안을 삼는 수준의 사람들을 조직하는 일은 아무나 할 수 없다. 그 일이야말로 윤한봉이 가장 잘하는 일이었다. 똑똑한 개인들을 끌어모아 조직하는 것, 그것이야말로 무에서 유를 창조하는 일이라 할 만했다.

뉴잉글랜드에서 예일대를 다니던 한국의 한 학생은 윤한봉을 만나 밤새 토론을 벌인 적이 있다고 한다. 엘리트 의식이 대단했던 그는 책도 많이 읽고 역사인식도 높고 말도 논리적이었는데 논쟁을 거듭할수록 윤한봉의 투박한 말투와 논리에 감화되었고, 이후 뉴잉글랜드 지역에 한청련을 결성하는 데 주도적 역할을 했다고 한다.

광주 시절의 윤한봉은 문제의 중심에 서서 자신의 일처럼 생각하고 실천하여 상대방을 감화시켰지만, 미국에서의 윤한봉은 거기에 철저한 자료 수집과 분석력을 더해 청년들을 이끌었다. 그가 남긴 강의록들은 도대체 어디서 이 많은 정보를 수집했을까 경이로울 정도로 세밀하고도 방대한 자료에 기초하고 있었다. 그와 토론을 하다보면 하룻밤 만에 인생행로를 바꿀 만큼 무언가 깨우쳐주는 게 있었다.

윤한봉은 강의 때 '했습니다'보다는 '했어요'체로 말하고, 걸쭉한 욕설이 섞인 전라도 사투리를 써서 청중들은 딱딱하거나 지루한 줄 몰랐다. 예컨대 대중운동을 하려면 작고 사소한 일부터 실천하여 모범을 보이라는 이야기를 그는 이렇게 풀어냈다. 1988년 한청련 교육 때 이루어진 강연의 일부다.

"잔칫집이야. 가서 딱 보면, 그중에서 한 대여섯 명은 손님이라고 이리 와서 앉으라고 하고 먹을 거 가져다주고. 거기 먼저 미리 와 있는 사람들 있지, 기완이나 이런 사람들하고 거기 앉아갖고 다리 쫙 까고 이빨 까고 이라고 있어. 이 사람들은 집안일에 대해서 문제의식을 전혀 못 느끼는 거야. 근데 또 어떤 사람들은 같은 여자인데도, 여대생이라고 해도 좋아, 어디 가블고 없어. 어? 아까 여섯이 왔는데 어디 가브렀지? 둘은 없네? 야, 순자야! 이순자!라고 불러보니까 벌써 부엌에서 걷어붙이고 주인 바삐 지지고 볶고 요리하는 데 달려들어갖고 그냥 열심히 일하고 있어. 그 창조적 소수! 사람들하고 같이 왔지만, 안주인이 손님을 맞이하고 접대하느라고 바쁘구나, 부엌일이 쫓기는구나, 내가 좀 도와야지! 이걸 느끼고 벌써 실천적으로 참여하는 거예요. 그런 작은 것부터……."

전두환의 부인 이순자나 참석자인 홍기완의 이름을 이야기 속에 넣어 폭소를 자아내는 식이다. 대중 속에서 대중과 함께 운동해야 한다는 점을 실감나는 비유를 들어 강조하기도 했다.

"농민들 앞에서 우리는 하나다, 힘을 합해서 어쩌고저쩌고 하자고 떠들고 있는 사람이 있어. 농민들은 일하다가 들어와갖고 흙이 이만큼 묻은 채 앉았는데, 이 사람이 넥타이 딱 매고 양복 입고 아따 요기에다 수까지 놓아진 양말 쫙 신고 폼도 이렇게 잡고 고급담배 피워대면서 이빨 까네? 그 사람은 이것을 못 느끼는 거예요. 생활 속에서 문제의식이라고 하는 것을. 그러면 농민들이 어떻게 보겠어? 아이 참 좆같네. 옛날에 국회의원 나가 사기 친 놈하고 똑같네. 텔레비전에 나와서 사기 친 놈이 바로 저놈이네. 안 그러겠냐고?"

좀더 진지한 이야기를 할 때도 약자에 대한 애정을 마치 남도의 굿거리장단에 맞추듯 운을 맞춰 이야기했다.

"잘못된 인간관을 가진 사람이 올바른 대중관을 가질 수 있겠어요? 말이 안 되는 거예요. 올바른 인간관이란 무엇이냐? 인간은 존엄하다. 피부의 색깔이 어떻든, 몸매가 뚱뚱하든 빼빼하든, 작든 크든, 지체의 부자유자든 아니든, 배웠든 안 배웠든, 흑인이든 백인이든 관계없이! 무당이건 똥 푸는 사람이건 시체 화장하는 사람이건 가릴 것 없이! 늙어서 추해진 노인들이건 똥만 내지르는 갓난애건 모든 인간은 위대한 것이고 존엄한 것이다! 만물 중에서 가장 주체적이고 창조적이고 의식적인 우수한 생명체다! 이런 인간관을 토대로 하게 되면 어떻게 될까요? 인간 중에서도 서럽고 쓰라린 생활을 하는 민중들, 그들에 대해 더 많은 애정이 생기는 거죠. 여러 손가락 중에 아픈 손가락에 신경을 더 많이 쓰듯이, 어머니가 제일 못난 자식한테 애정을 쏟듯이! 올바른 인간관에서 올바른 대중관이 나오고 올바른 대중관에서 올바른 대중노선이 관철되고, 올바른 대중노선이 관철될 때만이 올바른 대중운동이 되는 거예요!"

민중을 근본으로 삼는 그의 관점은 한국 근현대사에 관한 강연에서도 잘 드러났다. 그는 역사적 사실의 나열이나 특정 인물을 찬양하는 이가 아니었다. 어떤 이념이나 인물의 옳고 그름을 따지기보다는 민중의 삶이 투쟁을 통해 어떻게 변화, 발전해왔는가를 중시했다. 북한에 관한 강연에서도 북한 정부가 민중을 위해 어떠한 경제정책을 폈는가에 초점을 맞추는 식이었다.

한청련 결성식에 참석한 회원들은 각자가 씨앗이 되어 미국 각 지역에 지부를 조직하기로 결의했다. 그리고 매년 8월에 전국대회를 열기로 했다.

한청련이 출범한 후 윤한봉은 10여 개의 도시를 돌며 지부 조직과 마당집 설립 활동에 들어가기로 했다.

먼저 먹여주고 재워줄 사람이 있는 도시부터 찾아다녔다. 짧게는 한 달씩, 때로는 필라델피아에서처럼 몇 달씩 한 도시에 머물며 미리 소개받은 의식 있는 청년 한두 명을 만나는 것을 시작으로 해서 지부를 조직해나갔다.

"세상 돌아가는 데 맞춰 살려고 남의 눈치나 보고 운동을 통해 어떻게 자기를 내세워볼까 하는 뺀들바우는 필요 없어요. 우리에게는 곰바우, 돌쇠 같은 사람이 필요해요. 어떤 역경도 묵묵히 이겨내고 조국과 민족을 위해 헌신할 수 있는 진솔하고 우직한 사람이 필요해요."

회원 모집의 기준이었다. 사람을 만나면 먼저 자기를 희생할 생각은 없이 머릿속으로만 진보를 논하는 뺀질이인가, 아니면 곰처럼 우직하고 성실한 사람인가부터 탐색했다. 능력보다 인성을 중시했다. 아무리 머리가 좋고 언변이 좋은 사람도 진정성을 갖고 헌신하지 않으면 언젠가는 권력을 좇아 배신하거나 독선과 아집으로 운동에 장애가 되는 반면, 당장에 필요한 지식이나 능력은 부족하더라도 올곧은 품성을 가진 사람이라면 평생을 함께할 수 있다는 게 그의 오랜 운동 경험에서 나온 지론이었다.

사람 됨됨이가 괜찮다 싶으면 밤을 새워가며 설득했다. 만나는 사람을 모두 설득할 수는 없었다. 아무리 설득해도 소용없는 이도 있고 뜻밖에 쉽게 동조하는 이도 있었다. 호의적인 반응을 보이는 청년들이 생기면 필요한 공부를 더 하게 한 다음 그가 사는 지역에 한청련을 결성할 수 있도록 도왔다.

다음 단계는 실천이었다. 머릿속으로 현실문제를 비판

하는 것과 이를 개선하기 위해 몸을 던져 실천하는 것은
달랐다. 학업이나 생업을 때려치우고 월급도 없고 동포사
회에서 인정도 안 해주는 민족학교에서 상근하려면 개인
적인 용기와 결단이 필요했다. 그래서 가족의 생계를 책임
지지 않으면서 의지가 강한 이들에게 마당집 상근자를 맡
도록 했다.

한국의 정치현실과 분단문제에 대해 별 관심이 없는 청
년들에게는 이에 관해 소상히 설명해주고 미국 사회에서
한국인이라는 긍지와 자부심을 갖고 떳떳이 살아가기 위
해서라도 조국의 민주화와 통일에 관심을 가져야 한다고
강조했다.

한국의 현실에 관심은 갖고 있지만 혼란에 빠진 고국을
등지고 이민와버린 데 대한 죄책감이나 고국에서 열심히
운동하지 않았다는 자괴감으로 머뭇대는 청년들에게는 이
민 현상을 역사적 배경 속에서 설명하며 격려했다.

정치의식도 있고 실천의지도 있지만 미국에서의 운동
을 하찮게 생각하는 청년들도 있었다. 한국에서처럼 최루
탄 맞으며 투석전을 벌이는 것도 아니기 때문에 시시하게
보는 것이었다. 그들은 해외운동을 국내운동의 응원 차원
으로만 보고 국내운동에 종속되기를 바라기도 했다. 이런
청년들을 설득하는 일도 윤한봉의 몫이었다.

"매 맞고 감옥에 가는 것만이 훌륭한 운동의 척도가 될

수는 없어요. 해외운동도 국내운동과 똑같이 중요해요, 알 겠어요?"

하룻밤 만에 사람을 뒤바꿔놓는다고 해서 회원들 사이에 '장풍을 쐰다'라는 말까지 유행했던 윤한봉의 노력은 상당한 효과를 거두었다. 로스앤젤레스에 한청련을 결성한 지 2년 반이 지난 1986년 8월까지 시애틀, 시카고, 뉴욕, 필라델피아, 워싱턴D.C. 등에 지부와 마당집을 만들 수 있었다. 회원의 기준이 엄격해 정회원과 예비회원으로 구분했는데 합치면 300명에 이르렀다. 다만 뉴잉글랜드, 댈러스, 덴버에는 지부를 만들었다가 조직 관리가 어려워 해체했다.

지역단위 한청련 활동가들에게 닥친 문제는 마당집 건립이었다. 적게는 7, 8명만으로도 지부조직을 만들 수는 있었으나 사무실을 개설하고 운영하는 것은 어려웠다. 기성 운동권의 비웃음과 방해도 여전했다.

필라델피아의 경우, 동포가 수천 명에 지나지 않고 영사관도 없고 한인촌도 형성되지 않은 데다 유학생도 별로 없었다. 세탁소를 하던 장광선, 목공을 하던 임용천 등 광주항쟁에 충격을 받은 청년 몇이 한 달에 한 번씩 모여 월간 『신동아』 등을 읽고 토론하는 정도였다. 이곳에 윤한봉이 나타나 몇 달간 체류하면서 한청련을 조직하게 된다. 그리고 곧바로 마당집 설립에 나서자 기성 운동권에서는 비아

낭이 쏟아졌다. 2014년 장광선의 증언이다.

"어떤 지도자분을 찾아가 이야기를 하는 과정에서, 그 장광선이 근본도 없는 놈이 설친다, 이런 말을 하더라고 누가 저한테 전해주는 거예요. 마당집을 세울 때 선배들이 굉장히 걱정을 하신 거예요. 느들 그 마당집 해가지고 어떻게 운영하려고 그러느냐, 우리가 그 마당집 필요성을 몰라서 안 한 줄 아느냐, 한 달에 예를 들어서 렌트비가 2천 불 3천 불 나가면 누가 감당하려고 그거 여느냐 걱정을 많이들 하셨어요. 그런 것 때문에 그 전까지는 아무도 독립된 사무실을 가지고 있는 단체가 없었어요."

그러나 장광선은 포기하지 않고 자신의 세 동생부터 회원으로 가입시키고 장맹단, 임용천, 이종국, 신경희, 정승진 등과 함께 모금을 위해 뛰었다.

이때의 모금이란 돈을 걷으러 다니는 게 아니었다. 깡통 모으기, 헌옷 장사, 성탄절 꽃 장사 등으로 번 돈을 모으는 것을 의미했다. 이들의 헌신적인 노력에 감동한 최종수 목사의 교회 청년회가 나서고 구범서가 자신의 점포 2층을 학습 공간으로 제공하는 등 도움이 잇달아 1년 반 만에 마당집을 만드는 데 성공했다. 이름은 '청년마당집'으로 했다.

마당집은 만드는 것으로 끝나는 게 아니었다. 운영비 마련이 더 힘들었다. 장광선의 말을 들어보자.

"저도 사실은 속으로 겁나고 걱정이 된 거죠. 이걸 어떻게 운영할까. 그런데 이걸 아주 헌신적으로 해냈어요. 한창 왕성한 청년들이 매일 한 끼씩 굶고 그 돈을 모았죠. 자기 생업을 뒤로 밀쳐놓고 깡통과 헌옷을 모으러 다니고, 크리스마스 때는 거리에 나가 꽃을 팔았어요. 직장에 다니거나 자영업을 하는 사람은 교회의 십일조보다 많이, 벌이의 10분의 3은 냈지요. 이렇게 벌고 모은 돈으로 마당집을 훌륭하게 꾸리고 확장하니까 선배들이 깜짝 놀라는 거예요. 저 자신도 놀랐으니까요. 이렇게 할 수 있도록 이끈 것은 순전히 윤한봉 선생이죠. 윤 선생이 국내 활동에서 쌓아오신 조직활동 경험, 이론학습, 이런 것들이지요."

필라델피아 마당집은 동포가 너무 적은 인적 기반의 한계 때문에 끝내 문을 닫지만, 장광선의 동생 장광민은 뉴욕을 거쳐 시카고로, 신경희는 로스앤젤레스로, 홍정화는 워싱턴D.C.로 가서 활동했고, 정승진은 뉴욕 마당집인 민권센터의 책임자로 일하는 등 탁월한 활동가를 여럿 배출했다. 장광민은 형과 함께 고등학생 때부터 한청련 회원으로 활동했다. 한청련 회원자격 연령이 18세 이상 40세 이하였는데 장광민은 그때 17세여서 연령 하한선을 17세로 낮춘 일도 있었다.

뉴잉글랜드의 경우도 한인 이주민이 거의 없어 필라델피아보다 열악한 조건이었다. 대신 예일대 등에서 공부하는 유학생들이 많았다. 정기열, 정민, 최관호, 서혁교, 이지

훈, 김희상, 이성단, 유정애, 권혁범 등 한인 청년 15명이 학습모임을 하고 있었다. 텔레비전을 통해 광주학살 장면을 목격하면서 자생적으로 모인 독서회였다. 여기에도 역시 윤한봉이 나타나 2박 3일간 토론 끝에 이 모임은 한청련 지부로 탈바꿈한다.

당시 대학을 갓 졸업하고 매사추세츠대학에서 직원으로 일하다가 한청련에 참여하게 된 유정애의 말이다.

"그때 처음으로 합수 형을 만난 거죠. 충격적이었어요. 저는 거의 한국 사람들과 교류가 없었는데, 5·18로 각성은 되어 있던 상태였는데, 갑자기 시골 사람 같은 남자 하나가 나타나서, 백팩 하나 들고 나타나서 말을 청산유수처럼 잘하는 거예요. 그래서 굉장히 충격적이었어요. 그때까지 제가 접해온 사람과 다른 부류의 사람인 거죠, 모든 게."

뉴잉글랜드의 경우도 한청련을 만들었으나 활동 기반이 거의 없는 곳이라 해산하고, 대신 회원들이 제각기 여러 도시 마당집의 상근자가 되어 짧게는 수년 길게는 10년 이상 활동한다. 또 한청련이 해산된 후에도 미주 통일운동과 민권운동에 중요한 역할을 하게 된다.

뉴욕 한청련도 한국문제에 관심을 갖고 모임을 하던 몇몇 유학생이 윤한봉을 만나면서 확대, 조직된 경우였다. 고려대를 나와 뉴욕에서 공부하던 강완모, 유니온신학대를 다니던 한호석, 김난원 등이 핵심이었다. 강완모는 윤

110

한봉과의 첫 만남을 이렇게 회고했다.

"형님을 처음 만난 건 뉴욕에 유학생으로 와 있을 때였어요. 조국의 문제에 관심을 갖고 있던 몇몇 친구와 같이 만났지요. 도시에서 태어나서 대학 먹물만 갈고 있던 엘리트들이라, 우리는 그럴싸한 차림새의 점잖은 교수 같은 사람을 기대하고 있었죠. 근데 어떤 사람이 들어오는데 전혀 아닌 거라. 서울역 앞의 지게꾼 아저씨 같은 사람이, 얼굴에 주름이 잔뜩 진 촌사람이 들어오는 거라. 나는 이 사람은 당연히 아닐 테고, 뒤에 누가 들어오겠거니 하고 살펴봤지. 아무도 안 와. 지게꾼 같은 그 사람이 바로 윤한봉이었던 거야."

이렇게 만난 윤한봉은 강완모 일행을 단번에 장풍을 쏘듯 사정없이 흔들어버렸다. 강완모는 그때의 경험을 이렇게 말했다.

"살아 있는 예수야! 한국의 레닌이야! 그때 같이 만났던 사람들의 입에서 나온 말이야. 얼마나 사정없이 우리를 흔들어놓던지! 단번에 완전히 반해버린 거라. 그뒤로 1년도 안 걸려서 우리는 동부지역 세 개 도시에 한청련을 만들었어요. 이후로 거의 10년 동안 그야말로 야생마, 천둥벌거숭이가 되어 한봉이 형님과 시간을 함께했지요. 내 생애 가장 뜻깊고 아름다웠던 시절이었노라고, 어느 누구에게나 당당히 자랑할 수 있어요. 항상 배고프고 졸리고 힘든 나날이었지만, 정말로 내 인생 최고로 행복한 시간이었어요."

뉴욕의 민주화운동 원로인 정신과 의사 김수곤은 윤한봉에게 반해 25년이나 뉴욕 마당집 이사장을 지낸 사람이다. 윤한봉은 자기보다 열다섯 살 많은 김수곤에게 깍듯이 어른 대접을 했다. 그러나 그는 거꾸로 윤한봉을 선생으로 모셨다고 말한다.

"농담도 잘 안 하는 사이였습니다. 연령은 나보다 낮지만 내가 항상 선생으로 모셨으니까요. 우리 뿌리 공부 모임에서 동학 공부를 3년 정도 했습니다. 언제부터 동학 공부를 했냐 하면 2000년부터 했습니다. 그 전에는 물론 딴 걸 여러 가지 했죠. 근데 인제 동학 공부를 해보니까 무슨 생각이 나는가 하니 해월 선생 있죠, 해월 최시형 선생이 보이더라고요. 생전 처음 만난 사람을 사로잡는 그런…… 그 양반 별명이 최보따리, 보따리거든요. 윤한봉 씨가 평생 자기 재산이라곤 없이 운동화에 가방 하나 들고 떠돌며 살았잖아요? 최보따리가 꼭 그래요. 짚신 삼아가지고 산으로 도망 댕겨야 하니까, 짚신 이거는 금방 떨어지거든요. 이만큼 삼아서 보따리 싸가지고 다니는 것도 닮았고. 아주 흡사해요. 사람 감화시키는 이상한 마술적인 힘, 이런 것도 아주 비슷하고."

최시형은 짚신이 든 보따리 하나 들고 전국을 누비며 만나는 사람들을 동학교도로 만들었던, 하룻밤이면 사람의 인생을 바꿔버리는 마술적 감화력을 갖고 있다고 알려진 인물이다. 조선왕조 말기의 지배층은 동학에 대해 민심을 현혹하는 사이비 종교라거나 왕조를 파괴하려는 위험한 사상으로 보고 교도들을 탄압했다. 그러나 동학교도가 중심이 되어 일으킨 동학혁명은 부패한 왕조와 일본의 침략 야욕에 맞서 싸운 민중항쟁이었다. 윤한봉을 최시형에 비유한 것은 더없는 찬사였다.

김수곤만이 아니다. 특히 미국에서 윤한봉과 함께했던 대다수 사람들은 자기 인생에서 만난 최고의 인물로 윤한봉을 꼽는 데 주저하지 않는다.

한청련에 가입한 모든 이에게 윤한봉과 같은 수준의 헌신성을 요구할 수는 없었다. 많은 젊은이가 한청련에 들어왔다가 한두 달 만에 조용히 그만두기도 했다. 한청련의 엄격한 규칙과 힘겨운 활동을 견디지 못한 것이다. 남북을 균형 있게 보려고 애쓰는 윤한봉의 통일노선과 부딪히거나 그의 불같은 성격으로 인해 상처를 입고 나간 이들도 없지 않았다. 그럼에도 그들은 윤한봉에 대한 첫인상을 바꾸지 않았다. 10년 후에도, 20년 후에도 윤한봉은 여전히 자기 재산이라곤 갖지 않은 빈털터리였고, 젊은 시절의 신념과 열정을 그대로 가지고 있었기 때문이다.

한청련에서 활동하다가 탈퇴하여 다른 기관에서 반전·반핵운동과 인권운동을 해온 유정애는 이 문제와 관련하여 이렇게 말한다.

"저도 몇 년 만에 한청련에서 나오기는 했지만, 합수 형이라는 사람에 대한 사람들의 애정을 의심하시면 안 돼요. 어찌 되었든 합수 형은 우리 인생에서 많은 것을 어떻게 할 것인지 그 방향을 이끌었기 때문에. 운동뿐 아니라 인생에 있어서도 그래요. 내 삶을 다시 살아도 그 경험은 바꿀 수가 없는 것 같아요. 굉장히 열심히 살았고 그렇게 보람되고 벅차게 살 수 있었던 것이 합수 형에게 가장 고마운 것 중에 하나예요. 합수 형이라는 한 운동가가 아니었으면 흩어져 있던 우리가 그렇게 모일 수 있었을까? 그렇기 때문에 저는 운동적인 차원에서도 중요하고 대단한 사람이라 생각하고, 개인적으로도 어디로 가야 하는지를 알려준 사람인 거죠. 갈 길을 몰라서 이리저리 헤매던 시기에 가장 좋은 길을 제시해준 사람이 합수 형이 아닌가 생각해요."

샌프란시스코 한청련의 초창기 회원이던 임소영은 1983년 로스앤젤레스 민족학교 상근자로 이동해 10년 이상 헌신적으로 활동했다. 여성부장 겸 민족학교 소식지 『한솥밥』 편집위원장을 맡은 임소영은 초창기의 온갖 어려움을 감내하면서 안살림을 꾸려내어 한청련이 제대로 자리 잡는 데 막중한 역할을 했다.

한의사이던 정효정은 특권의식을 버리고 한청련에 헌

신한 사람이었다. 한청련 상근자들과 회원들은 한 사람이 백 명의 역할을 했다는 말이 나올 만큼 많은 일을 고되게 하다보니 건강이 나빠졌다. 정효정은 1993년까지 10년간 이들에게 무상으로 침을 놓아주고 한약을 지어주었을 뿐 아니라 윤한봉이 귀국한 후에도 광주까지 와서 건강을 챙겨주었다.

한청련은 온전히 이러한 회원들의 헌신적인 노력과 열정으로 운영되었다고 해도 지나치지 않았다. 이렇듯 한 인간에 내재한 박애정신을 최고조로 발휘하게 만든 이는 물론 윤한봉이었다.

윤한봉이 늘 강조한 것은 무슨 거창한 행동계획 같은 게 아니었다. 예를 들어 화장실에 들어갔는데 화장지가 다 떨어졌으면 새 화장지를 끼워놓고 나오는 것이 조직훈련이며 학습이라고 했다. 식당에서 음식을 먹은 후에는 웨이트리스들이 수거해 가기 좋게 접시를 한쪽에 쌓아주는 것이 조직훈련이라고 가르쳤다. 운동을 한다는 사람들이 식사를 마친 후 뒤치다꺼리는 웨이트리스에게 맡기고 농담이나 하는 모습을 보이면 안 된다는 것이었다.

이러한 것들을 누구보다도 잘 지키는 이가 윤한봉이기도 했다. 나이 든 활동가 중에는 다분히 권위주의적인 이가 많았다. 단체에서의 직위 문제, 행사 때 인사하는 순서 등으로 자존심과 권위를 내세우고, 잔심부름이나 잡일은 아랫사람에게 시키는 것을 당연시했다. 윤한봉은 확실히 그런 점에서 탈권위적이고 개방적이었다. 필라델피아에서 활동하다가 로스앤젤레스 민족학교 상근자로 들어가 오랫동안 그와 함께한 후배 신경희의 증언이다.

"권위가 있었으면 아마 내가 가까이 갈 수 없었겠죠. 마치 토끼가 호랑이 등을 타고 노는 것처럼 편했어요. 일할 때는 엄청나요. 무지하게 야단을 쳤어요. 나이로는 제가 13, 14년 후배인데 무지하게 야단쳤어요. 자식 앞이나 부인 앞이나 상관없이, 회의 때는 인정사정없었어요. 친미, 반공 세력들하고 논쟁할 때는 더했어요. 상대방이 권위적이거나 삐딱하게 나오는 꼴을 못 봤어요. 그렇지만 일상생활에서나 논쟁할 때 자기 권위를 내세우는 일은 절대 없어요. 아무리 어린 상대라도 아주 마음 편하게 친구처럼 지냈죠. 그러려고 노력을 한 게 아니라, 원래 그런 성격이었어요."

한번은 민족학교의 화장실 변기가 대변으로 막혀버린 적이 있었다. 도구로 꽉 막힌 변기를 뚫어보려고 여럿이 애를 썼지만 변기는 대변으로 넘실거리기만 했다. 이에 윤한봉이 팔을 걷어붙이고 변기 구멍에 손을 집어넣어 똥덩이를 끄집어내니 막힌 변기가 대번에 뚫려버렸다.

한국에는 집회나 회의 후에 반드시 뒤풀이라는 긴 술자리를 가지는 문화가 있었다. 한청련에는 무절제한 장시간 과음이 엄격히 금지되어 있었다. 어쩌다가 간소한 술자리가 마련되어도 윤한봉은 한 잔도 마시지 않은 채 분위기를 맞춰주기만 했다. 아니면 후배들은 놀도록 내버려두고 자기는 안팎을 돌아다니며 청소하고 정리 정돈을 했다.

윤한봉은 인간에 대한 예의 바른 행실도 중시했다. 나이 많은 어른이나 여성, 장애인, 흑인 등 약자에 대한 배려를 누누이 강조했다.

한청련에서는 미국 이름이 허용되지 않았다. '메리'나 '존' 같은 이름을 가진 회원이 있으면 한국 이름을 쓰도록 했다. 영어밖에 못하는 동포 2세에게는 한국어를 배우도록 독려했다. 이는 각 민족의 특수성을 인정하자는 취지에서 나온 방침이었다.

윤한봉은 '깜둥이'나 '깜씨' 등으로 불리던 흑인을 흑인 형제 또는 아프리칸, 아메리칸으로 부르게 하는 등 약소민족에 대한 존중을 일상화하도록 했다.

센터를 마당집으로 부른 것처럼 윤한봉만의 독특한 용어도 만들어냈다. 한청련 강령에도 나와 있듯이 해외동포에게 '조국은 하나'라는 원칙 아래, 남한 또는 남조선은 '남부조국'으로, 북한 또는 북조선은 '북부조국'으로 부르게 했다. 그리고 한국어는 '우리말'로, 한글은 '우리글'로 바꿔서 쓰게 했다.

그가 강조한 것 중에서 가장 중요한 점은 '날 좀 보소'가 되지 말라는 것이었다. 자기 이름을 내세워 명예를 얻고 싶어 하는 욕망, 자기가 한 일을 알아주기 바라는 마음을 버리라는 것이었다. 인간은 자신의 이상을 위해 돈을 포기할 수 있고 권력도 내려놓을 수 있지만 타인에게 인정받고자 하는 욕망은 끝내 떨쳐버리기 어렵다. 윤한봉은 이를 극도로 경계했다. 그는 '날 좀 보소'식 운동은 안 된다는 말을 입에 달고 살았고 그런 태도를 보이는 회원들에게는 혹독하게 야단을 치곤 했다.

한청련 문화의 단점으로 지적되는 점도 있었다. 모든 회의는 사실상 윤한봉의 일방적인 주도로 이뤄졌고, 공식적인 간부회의에서 결정된 사안도 그가 반대하면 결과가 뒤바뀌는 경우도 있었다. 이에 반감을 갖고 탈퇴하는 회원도 없지 않았다.

특히 이런 현상은 한청련 초창기에 나타났다. 한청련 간부의 다수는 명문대학 출신이었으나 국내외 정세를 분석하고 조직의 지도자로서 정확한 판단을 할 만한 경험이 부족하다보니 윤한봉이 주도하는 경향이 있었다. 한청련이 안정화되고 간부들의 지도력이 성장한 1980년대 후반부터는 간부들 스스로 조직을 운영할 수 있도록 여러 측면에서 노력을 기울이게 된다.

미국에 적응하며 살기에도 녹록찮은 상황에서 한청련 일원으로 고국의 일에 적극적인 관심을 갖아야 하는 것이 부담스러워 탈퇴하는 이도 있었다. 또한 한청련의 활동이 국내에서처럼 최루탄에 맞서 싸우거나 노동자를 조직하는 일과 거리가 멀어 하찮게 여겨지기도 했다. 어렵게 모금을 하여 한국에 돈을 보내거나 방미한 민주화운동가들을 대접하는 일도 기쁘지만은 않았다. 한청련 활동이 남북의 어느 정권에도 영향을 미칠 수 없다는 데 불만을 가진 이들도 있었다.

한청련은 태생적 한계와 자금, 인력, 조직운영 등 온갖 악조건 속에서도 결성 2년 만에 열 군데 가까이 마당집을 세우는 데 성공했다. 산호세에서는 민족교육봉사원, 필라델피아에서는 청년마당집, 시카고에서는 한인교육문화마당집, 워싱턴D.C.에서는 코리아홍보교육원, 캐나다 토론토에서는 민족교육문화원이라 불렀다. 뉴욕의 경우는 1984년 창립 당시 뉴욕청년봉사교육원이라고 했다가 청년학교라는 명칭을 거쳐 민권센터로 개명했다. 한청련 본부는 윤한봉이 상주하는 로스앤젤레스 민족학교에 두었다.

각 지역 마당집들은 미국 정부에 비영리단체로 등록해면세 허가를 받았는데 이를 위해서는 이사장과 이사진이 필요했다. 이사는 주로 지역의 원로 선배들에게 위촉하고 한청련 회원들은 원장이나 총무 그리고 실무를 맡았다. 일반 회원들은 마당집에서 자원봉사자로 일했다.

한편, 1987년 8월 로스앤젤레스에서 한청련 주최로 열린 '민족의 통일과 단결을 위한 해외동포대회' 때 한겨레운동재미동포연합(한겨레)을 결성하였다. 한겨레는 한청련과 비슷한 목적을 가진 단체로, 40세 이상의 중장년층이 중심을 이루었고, 거의 모든 사업을 한청련과 함께 해나갔다.

이러한 많은 어려운 일들을 해낸 윤한봉의 저력은 과연 어디에서 나왔을까? 확실한 것은 미국에 와서 갑자기 만들어진 것은 아니란 점이다.

윤한봉은 광주에서부터 늘 새로운 일을 만들어내고 또 이를 성공적으로 수행해내는 창조적인 전술가로 유명했다. 1978년 4월의 '함평고구마사건'과 11월의 '전국쌀생산자대회'가 그 대표적 사례다.

7. 따뜻한 밥

1978 광주

1970년대 후반 민주화를 향한 발걸음은 더디기만 했다. 유신체제가 선포된 1972년 10월부터 시작된 산발적인 반정부 시위가 소강상태에 접어들고, 수많은 학생과 지식인, 종교인이 감방에 갇힌 가운데 서울대와 고려대에서 간간이 수백 명 단위의 교내시위가 벌어질 뿐, 전국이 암울한 상태에 빠져 있었다.

70년대 후반은 학생운동의 한계를 느낀 운동가들이 노동운동과 농민운동에 투신하던 시기이기도 했다. 이른바 민중주의 노선이 등장한 것이다. 이 무렵 학교에서 퇴학당해 갈 데 없던 많은 학생이 공장과 농촌으로 투신했다.

윤한봉과 함께 옥살이를 하고 나와 퇴학당한 전남대 출신 학생들도 그랬다. 박형선은 고향 보성으로 내려가 지게

지고 쟁기질하며 한국가톨릭농민회(가농)를 조직했고, 이강은 가톨릭농민회 교육부장으로 상근했다. 이학영은 서울 청계천에 올라가 피복노동자로 일하며 노동운동을 시작했고, 이양현은 청계천에서 현장 경험을 쌓고 광주로 돌아와 후배들과 노동운동을 도모하고 있었다. 나머지도 대부분 노동운동을 지향해 위장취업을 하거나 들불야학, 백제야학 같은 곳에서 강학으로 활동했다.

그런데 윤한봉은 이들과 달랐다. 1977년 12월, 두 번째 감옥살이를 하다 20개월 만에 석방된 그는 청년운동을 하겠다고 선포했다. 청년이란 말은 운동권보다는 보수세력에게 익숙한 단어였다. 그가 청년운동을 결심한 이유에 대해 따로 정리해놓은 것은 없다. 하지만 특유의 감각으로 청년세대의 힘을 간파했을 것이다. 윤한봉이 청년에 주목한 이유는 아마도 그들이 정의와 이상사회를 위해 자기를 희생할 수 있는 열정을 지녔기 때문일 것이다.

윤한봉은 1978년 광주에 현대문화연구소를 차리고, 학생운동으로 대학에서 퇴학당한 후배들을 광주·전남지역 부문운동에 파견하고 지원하는 일을 시작했다. 그러다보니 현대문화연구소가 자연스럽게 지역운동 본부처럼 되어버렸다. 이에 대해 후배 정용화는 2014년에 이렇게 말했다.

"1970년대 후반 현대문화연구소를 근거지로 활동하던 청년운동가 윤한봉 선배는 스스로 모든 부문운동 분야의 총괄본부쯤으로 인식하고 있었던 것 같았습니다."

먼저 윤한봉은 노동운동을 하고 있던 이양현과 최연석에게 정용화와 그의 후배들을 보내서 돕도록 했다. 이들은 호남전기, 전남제사, 남해어망의 노조 결성을 준비하는 데 힘이 되었고 들불야학과 백제야학에서 강학으로 활동했다. 이때 함께한 김영철, 신영일, 박기순, 윤상원 등 노동운동 관련자는 무척 많다.

소설가 황석영과 시인 김남주가 태동시켜 윤만식, 전용호, 김선출, 김윤기, 박효선 등이 주도하던 문화운동에도 물적·인적 지원을 아끼지 않았다. 사회과학도서를 보급하기 위한 양서조합운동도 했고, 인권변호사 홍남순을 중심으로 한 '민주헌정동지회'와도 관계를 맺고 그쪽 행사에 인적 지원을 해주었다.

농민운동에 대한 지원도 청년운동의 중요한 역할이었다. 1970년대 중후반의 농민운동은 가톨릭농민회를 중심으로 이뤄지고 있었다. 그중에서도 가장 활발한 곳이 전남으로, 함평군에는 서경원과 노금노, 무안군에는 배종렬, 해남에는 정광훈과 홍영표, 강진에는 장영근, 보성에는 조계선과 이기완, 곡성에서는 김문식, 구례에서는 최성호 등이 대중적 지도자로 활약하고 있었다.

윤한봉은 이들이 중심이 된 함평고구마 피해보상투쟁도 지원하게 된다.

붉은 황토로 뒤덮인 함평군은 때깔 좋고 차진 고구마를 재배하기에 적합했다. 함평농협은 고구마 재배를 권장하기 위해 농민들에게 수확량을 전량 수매하겠다며 가격까지 미리 고시했다. 그런데 이를 믿고 1976년 1천여 가구가 고구마를 심어 대풍작을 이루자 농협이 태도를 바꾸었다. 마을 앞 도로마다 고구마를 쌓아놓았으나 농협이 수매를 해가지 않아 가을 서리에 다 썩어버리고 만 것이다.

이에 가농이 중심이 되어 보상을 요구하는 투쟁이 1976년 11월부터 계속되는 바람에 대다수 농민이 떨어져나가고 1978년 들어서는 100여 가구만 남게 되었다.

가농은 1978년 4월 중순에 광주 북동성당에서 전국에서 모인 회원 800여 명이 참가한 가운데 '함평고구마 피해보상투쟁대회'를 열었다. 마침 모내기철이었다. 대회를 마친 농민들은 대부분 모를 심으러 집에 가고, 70여 명이 성당에 남아 무기한 단식농성에 들어갔다. 직접적인 대정부투쟁은 아니지만, 유신정권에 대한 저항운동이 극도로 침체된 상황에서 단식농성을 한다는 것 자체만으로도 획기적인 사건이었다.

그런데 경찰의 방해와 성당 측의 불허를 피하기 위해 급하게 서두르다보니 준비가 전혀 안 된 상태로 단식농성을 시작하게 되었다. 이강, 조계선 등을 통해 상황을 계속 점검하고 있던 윤한봉은 무엇보다도 농민들이 아무런 준비

과정도 없이 단식에 들어간다는 데 경악했다. 그는 훗날 이렇게 회고했다.

"함평고구마사건이지만 함평 농민들뿐만 아니라 전국에서 막 간부들이 오고 그랬어. 그래, 단식농성에 딱 들어가버리니까, 밥은 이만큼씩 먹던 사람들이 예비단식도 없이 아무런 준비 없이 갑자기 시작하니까, 침구도 없지, 세면도구도 없지, 소금도 아무것도 없는 거야."

윤한봉은 누가 굶는 꼴을 보지 못하는 사람이었다. 평소 후배들을 만나면 어떻게든 따뜻한 밥 한 끼라도 사먹이고 용돈을 쥐여 보냈다. 무슨 핑계를 대거나 거짓말을 해서든 아버지나 동생들에게 뜯어온 돈으로 그렇게 해온 것이다.

지금까지도 윤한봉을 기억하는 사람들이 맨 먼저 하는 말은 '인정 많은 형님'이었다. 밥을 굶는 후배를 보면 밥값을 쥐여주고, 고향 갈 차비가 없는 후배를 만나면 차비를 쥐여주고, 담뱃값이 없는 후배에게는 담배를 사주는 큰형님이었다고 이구동성으로 말한다. 고문 후유증으로 고생하던 후배 김정길을 요양시키기 위해 월부책장사에 나섰던 형님, 이웃의 불우한 처지를 그냥 보지 못하는 눈물 많은 이가 윤한봉이었다고 회고한다. 광주일고 후배로서 함평고구마 피해보상투쟁을 도왔던 황광우의 말이다.

"전라도 사투리로 말하자면 '오매, 짠한그!' 하는 그 마음이었지요. 자기 가진 것 다 퍼줘버려야 직성이 풀리는,

남도 민중의 애잔한 마음, 그 현현이 한봉이 형이었습니다."

보성에서 농사 지으며 오랜 세월 함께 투쟁해온 후배 조계선은 이렇게 말했다.

"한봉이 형이 참 무지하게 원칙적이고 강한 사람인데 정이 그렇게 많아요. 남 안쓰러운 거 못 보고. 나 농민회 열심히 하라고, 광주 올라오고 그러면 한봉이 형이 밥 사주고 차비를 줬지. 만 원을 주든 5천 원을 주든. 근데 이 돈은 자기가 어디서 번 게 아니라 결국 자기 식구들 돈이더만. 어디서 찬조를 받은 게 아니고 자기 식구들 성가시게 해가지고 뺏은 돈이었어."

윤한봉은 단식농성을 하는 많은 사람이 4월 꽃샘추위에 어떻게 잠을 잘 것인가를 걱정했다. 그리고 '밥심'으로 살던 농민들이 예비단식도 없이 갑자기 밥을 끊어버리면 건강을 해칠 텐데 이를 어쩌나 걱정했다. 결국 이 문제는 자신이 해결하겠다고 나섰다.

한 가족 수만큼의 밥그릇과 이불을 갖추고 살기도 힘든 가난한 시절이었다. 70명분의 침구를 모으는 일은 쉽지 않았다. 무겁고 두꺼운 솜이불만 쓰던 시절이라 부피도 엄청났다. 황광우 등 청년학생 인맥을 총동원해 문병란 시인의 집 등지에서 이불과 치약 칫솔이며 수건 같은 생필품을 모았다. 그러고는 경찰이 모르는 뒷골목 담을 넘어 성당 안으로 공급했다.

단식자들의 건강도 문제였다. 서경원과 이강 등 지도부는 굶어 죽을 때까지 무기한 단식해야 한다고 주장했다. 윤한봉도 그런 성격이었다. 그러나 농민들의 절대적인 지지를 받고 있던 본바닥 농민 조계선은 겨우 고구마 수매 건에 목숨까지 바치게 해서는 안 된다고 주장했다. 윤한봉은 조계선의 의견에 따랐다. 단식 중 몰래 먹을 수 있도록 미숫가루며 우유를 공급했다. 그러나 이를 거부하고 금방 기진해버리는 농민들도 있었다.

침식 뒷바라지가 전부는 아니었다. 농성이란 널리 알려지지 않으면 의미가 없었다. 양림동성당을 거점으로 삼아 유인물을 제작하여 배포하고 전화로 전국에 소식을 알리는 한편, 광주·전남 운동권 학생들과 여성들까지 총동원해 매일 북동성당 앞에서 항의시위를 벌였다.

단식투쟁 4일째에는 조아라 장로가 회장으로 있던 YWCA에 1천여 명이 모여 단식자들을 위로하기 위해 북동성당까지 인도를 따라 도보행진을 했다. 조아라는 외부인으로는 최초로 단식농성장까지 들어가 감동 어린 격려사를 하여 농민들에게 큰 힘이 되어주었다.

교내시위도 제대로 하지 못하고 강제 해산되던 시절에 수백 명이 경찰의 봉쇄를 이리저리 따돌리며 북동성당까지 행진한 것은 획기적인 사건이었다. 이는 온전히 윤한봉의 기발한 재치와 치밀한 작전에 의한 것이었다.

농민들은 처음에는 윤한봉을 불편하게 생각했다. 함께 일하는 사람들을 질리게 만들어버리는, 지나친 꼼꼼함 때문이었다. 그는 매일 담뱃갑만 한 종이에 깨알같이 그날의 계획을 적어 성당 안으로 들여보냈다. 쪽지는 황연자를 통해 전달되었는데, 미인이던 그녀는 성당 안에 있던 유치원 교사로 위장해 아이들 손을 잡고 들어오거나 간호사로 위장하는 식으로 매일 경찰의 봉쇄를 뚫고 양쪽을 연결해 '광주의 마타하리'라는 별명까지 얻었다.

성당 안의 단식자들이 놀란 것은 윤한봉이 보낸 쪽지에 적힌 계획이 항상 그대로 실현된다는 점이었다. 오늘은 어디서 몇 명이 와서 성당 입구에 모여 항의집회를 연다, 내일은 몇 명이 온다는 식으로 향후 일정을 보내오는데 거의 빗나간 적이 없다. 며칠 뒤에는 성당 앞에 몰려온 수백 명의 항의시위 소리가 누워 있던 단식자들 귀에까지 들렸다.

대정부투쟁은 물론 민중의 생존권투쟁조차 허용되지 않았던 시절이었다. 사건이 일파만파로 번지게 되자 안달이 난 쪽은 중앙정보부 전남지부였다.

단식 5일째에 열린 협상장에는 가톨릭 쪽에서 윤공희 대주교가 나오고 농협 전남지부장, 전남경찰국장 그리고 일반인 앞에 모습을 드러내지 않던 중앙정보부 전남지부장까지 참석했다. 농민 쪽에서는 서경원, 노금노, 이강, 이

길재 등이 참석했는데 대단한 선동가인 서경원의 호된 질책에 농협 전남지부장은 변명하기에 바빴다.

결국 농협이 잘못했다는 결론에 이르렀고, 중앙정보부 전남지부장이 농민의 손을 들어주고 말았다. 농민들은 보상금 300만 원을 다음 날 오전에 지급받고 8일간의 단식농성을 풀었다. 이로써 함평고구마 피해보상투쟁은 1년 6개월 (1976. 11~1978. 5) 만에 일단락되었다.

신문에는 농협 직원 수백 명이 감사에 걸려 직무정지를 당했고 몇 명은 배임 및 횡령으로 구속되었다는 기사가 대서특필되었다. 보상금으로 300만 원이 나왔지만 고구마 수매와 관련된 비용은 수백억 원이었고, 여기에 얽힌 장사꾼과 농협 직원들 간의 결탁과 부정이 엄청났던 것이다.

애초에 농민들의 단식농성을 억지 떼쓰기로 보았던 가톨릭 대주교와 신부들도 농협 비리에 대한 신문기사를 보고 나서는 태도가 바뀌어 윤한봉과 농민들의 말을 믿고 여러모로 지원을 하게 된다.

단식농성은 규모 자체는 크지 않았으나 그 여파는 컸다. 승리에 고무된 농민들은 앞다투어 농민회에 가입했다. 1978년 한 해 동안 가톨릭농민회 회원은 세 배로 증가했다. 단식투쟁에 참가했던 농민 중 배종렬, 나상기 등 기독교계 출신들이 향후 기독교농민회를 만드는 계기도 되었다. 일제치하 전라남도 암태도에서 벌어졌던 대규모 소작

쟁의와 함께 농민운동의 상징적인 사건이 된 함평고구마 피해보상투쟁은 1980년대 초반 학생운동 학습모임의 필수 과목이 되기도 했다.

농성이 끝난 뒤에도 윤한봉과 청년학생들은 많은 침구류를 주인들에게 일일이 돌려주고 성당을 청소하고 기물을 정리해주었다. 덕분에 농민운동권에서 윤한봉의 신뢰도는 한껏 높아졌다. 농성투쟁이 성공한 뒤에 열린 평가회에 윤한봉도 참석했는데, 그 자리에서 농민 출신인 노금노는 이렇게 말했다.

"당신들 먹물들은 아무도 못 믿겠는데 윤한봉 씨만은 믿을 수 있당게. 당신들 먹물들은 맨날 시위나 선동하고 과격한 구호를 외쳐서 일반 농민들하고 거리감만 만드는데, 윤한봉 씨는 다르더만. 아무도 보지 않는 자리에서 온몸을 바쳐 일해서 우리를 감동시키는 대단한 사람이여."

이 사건을 계기로 '농민들이 윤한봉하고만 논다'는 말이 나올 정도로 농민운동과 가까워진 윤한봉은 새로운 일을 맡는다. 같은 해인 1978년 11월, 정부의 미곡정책 실패에 항의하는 '전국쌀생산자대회'를 지원하게 된 것이다.

박정희 정권은 미곡 증산을 위해 1977년부터 베트남에서 들여온 신품종 벼를 심게 했다. 밥맛은 떨어지지만 수확량이 많은 품종이었다. 그러나 열대 품종을 추운 지방에 재배하니 가을이 되어도 알곡이 여물지 않았다. 정부 말만 믿고 파종했던 농민들은 전국적으로 큰 피해를 보고 말았다.

이듬해 농민들이 일반 벼를 심으려 했으나 정부는 신품종을 다시 심도록 강제했다. 종자 선택권을 빼앗은 강제영농이었다. 공무원들이 돌아다니며 일반 볍씨를 뿌린 못자리를 발로 짓밟아버리고 다시 심으라고 강요했다.

쌀생산자대회는 이러한 강제영농의 철폐와 추곡수매가 인상을 위한 투쟁방침을 논의하는 자리로, 광주 계림동성당에서 2박 3일간 열리게 되었다. 주최자는 가톨릭농민회로, 전국에서 800여 명이 집결했다.

처음에 농민회에서 윤한봉에게 부탁한 것은 참석자들의 숙소 마련이었다. 준비된 돈은 얼마 안 될 것이 뻔하니 싼 곳을 얻어야 했다. 계림극장 뒤편에 창녀촌에 버금가는 싸구려 여인숙이 몰려 있었다. 윤한봉은 여동생 윤경자 등 여성들을 동원해 동네 여인숙을 몽땅 뒤져 빈방에 몇 명씩 잠자리를 안배해주었다.

숙소 배정을 마친 윤한봉이 대회 담당자에게 더 해줄 일이 있느냐고 물으니 800명의 여덟 끼니 도시락을 마련해올 수 있는 식당을 소개해달라고 했다. 순간 떠오른 생각은 이번에도 농민은 밥심으로 산다는 것이었다. 11월 추위에 차가운 도시락을 먹으면 안 된다는 거였다.

"날도 차가운디 고생하는 농민들에게 따뜻한 밥을 먹여

야제, 어떻게 도시락을 먹여요? 차라리 내가 밥을 해줄게요. 식당에 맡기면 아무리 싸도 절반은 이익을 챙겨갈 거아뇨? 재료비만 주면 내가 청년학생들 동원해서 맛나고 따뜻한 밥을 해줄 테니 걱정 마시오."

윤한봉의 제안에 다들 어이없다는 투로 되물었다.

"윤한봉 씨, 밥이나 지을 줄 알아요?"

"나도 중고등학교 때 형 동생들하고 자취를 했는데 밥을 왜 못해요? 아무 걱정 마시오."

다들 웃어댔다.

"자취가 800명 밥 하는 것하고 같으요? 800명 밥 하려면 솥이 몇 개나 필요한 줄 아시오? 그릇하고 숟가락 젓가락은 또 어딨어요? 그리고 식사시간 못 맞추면 다른 프로그램을 진행하지 못해요. 어떻게 책임지려구?"

모두들 반대했지만 윤한봉의 고집을 꺾지 못했다. 식사시간에 1분 1초도 늦지 않게 따뜻한 국과 밥을 제공할 수 있다고 장담하니 함평고구마사건 때 그의 실천력에 놀라움을 금치 못했던 여러 농민이 거들어주었다.

"윤한봉 씨라면 믿을 수 있응께 한번 맡겨봅시다!"

안 해도 될 일을 스스로 사서 하는 고생이었다. 우선 800인분의 밥그릇, 국그릇, 수저, 국자와 주걱을 구해야 했다. 쌀은 물론 국거리와 김칫거리를 실어 나르는 것도 큰일이었다. 밥을 짓고 배식할 인력도 최소한 열댓 명 이상을 확보해야 했다.

계림동성당의 조비오 신부는 가톨릭 사제 중에서도 독특한 사람이었다. 다른 신부들은 운동권에 성당을 빌려주는 걸 꺼렸는데 조 신부는 성당 안에서 집회는 물론 재래식 고사까지 지내게 허락했다. 성당 마당에 돼지머리를 놓고 북 치고 꽹과리 때리며 춤을 추는 모습에 일반 신도들이나 다른 신부들은 경악을 했으나 조 신부는 굿과 고사는 우상숭배가 아니라 농민들의 관습이라서 가톨릭의 교리와 대치되지 않는다고 주장했다. 대회장소를 제공했을 뿐아니라 10여 개의 가마솥을 걸어놓고 불을 때서 밥을 하는일도 허락해주었다.

식기와 조리도구 수가 워낙 많으니 개개인들에게 징발하기는 어려웠다. 윤한봉은 필요한 목록을 뽑아 양동시장에 가서 빌린 다음, 직접 손수레에 실어 계림동성당까지 끌고 왔다. 그리고 또다시 주변의 여성 활동가들을 소집했다. 여동생 윤경자, 이강의 아내 이소라, 들불야학 강학 박기순 등이었다. 윤한봉 자신도 손에 물 마를 새 없이 반찬을 만들고 설거지를 했다.

이른 겨울이 찾아와 기온이 영하로 떨어진 데다 마침 눈까지 오락가락했다. 시린 손을 비비며 성당 마당에서 장작불을 때서 여덟 끼니를 제시간에 만들어 보급하는 일은 말그대로 생고생이었다. 농민 800명이 한꺼번에 밥을 먹을 공간이 없으므로 깜깜한 새벽부터 배식을 하다보니 끼니 때마다 두 시간씩 걸렸다. 하지만 한 번도 시간을 어겨본 적이 없다. 여덟 끼니 따뜻한 밥을 제공한 뒤에는 남은 쌀로 인절미를 만들어 나눠주니 농민들이 여간 좋아하지 않았다. 예산이 더 들지도 않았고 남지도 않았다.

쌀생산자대회는 끝났지만 아직 뒤처리가 남아 있었다. 빌려온 식기와 조리도구를 양동시장에 돌려주기 위해 깨끗이 닦아 손수레에 실으니 이삿짐만큼이나 높았다. 바퀴가 터질 듯하는 손수레를 후배들이 뒤에서 밀고 앞에서 손수 끌며 힘겹게 성당을 나서는데 이를 지켜보던 형사들이 뒷전에서 혀를 차는 소리가 들려왔다.

"윤한봉이 저거 지독한 놈 좀 봐라."

사람들은 행사의 내용이나 진행에는 일체 관여하지 않고 오로지 막일꾼이자 심부름꾼이 되어 식사 준비를 하고 뒤처리까지 하는 윤한봉에게 큰 감명을 받았다. 반면, 윤한봉은 자원봉사를 나온 여성들에게 더 큰 감명을 받았다.

눈발 날리는 추위 속에서도 언 손을 비비며 단결해 일하는 여성들의 모습은 아름다웠다. 윤한봉은 어떤 직위나 명예에도 관심을 두지 않고 농민들에게 따뜻한 밥을 먹이려는 여성들의 타고난 모성애에 주목했다. 이것이야말로 운동을 하는 사람들의 중요한 덕목이라고 보고 여성들을 조직해야겠다고 마음먹었다.

우선 여동생 윤경자에게 제안했다.

"경자야, 쌀생산자대회에서 활약한 여성들을 조직해 양심수들 옥바라지하는 단체를 하나 만들면 어떻겠냐? 지금 광주교도소에 서울대생 김병곤 등 수십 명의 양심수들이 수감되어 추운 겨울을 맞이하고 있잖냐. 우리가 가끔 책이며 돈을 모아서 영치해주고 있지만 한계가 있응께, 여성들과 같이해보면 어떨까? 이거 아주 중요한 일이다. 민주화운동을 하다가 감옥에 갔는데 아무도 돌봐주지 않으면 앞으로 누가 운동을 열심히 하겠어?"

오빠만큼이나 정의감이 넘치고 직선적인 성격인 윤경자는 흔쾌히 응낙하고 곧바로 모임을 추진했다. 좌장으로는 소설가 황석영의 부인이자 홍희담이란 필명으로 활동하던 홍희윤이 좋겠다고 판단했다. 이미 윤경자와 홍희담은 가끔씩 구속자 면회를 다니던 중이기도 했다. 구속자의 어머니들이 자식들 면회 가는 날이면 윤한봉이 꼭 여성들을 불러서 같이 가도록 했기 때문이다.

홍희담이 서울에서 전라도로 내려온 것은 농민대회 1년 전인 1977년 가을이었다. 해남의 낡은 구옥에서 혹독한 겨울을 넘기자마자 꽃샘추위가 기승을 부리던 이듬해 초봄에 홍희담은 윤한봉을 처음 만났다.

남편이 데리고 온 윤한봉은 방금 감옥에서 나온 짧은 머리칼에 비스듬히 휜 어깨며 깡마른 체격인데도 눈빛은 금방이라도 상대를 받아칠 기세였다. 첫눈에 봐도 심상치 않은 풍모였다. 자신의 생각을 감추지 않고 상대방의 오류를 지적해버리는 공격적이고 직설적인 화법, 소름이 끼치도록 세밀하고 사실적인 표현으로 상대방으로 하여금 더이상 반박하지 못하게 만드는 철저한 리얼리스트였다. 그런데 의외로 윤한봉의 손가락은 가늘고 섬세했다. 홍희담은 강직해 보이는 그의 겉모습과 달리, 그 손은 예민하고 슬픔이 많은 사람의 내밀함을 간직하고 있다는 느낌이 들었다. 그녀는 단번에 윤한봉에게 반해버렸다.

윤경자와 함께 몇 번 면회도 다녀오고 쌀생산자대회 때 함께 일하면서 윤한봉에게 깊은 신뢰를 갖고 있던 홍희담은 옥바라지 모임을 만들자는 말에 기쁘게 승낙하고 스스로 앞장섰다.

홍희담은 훗날 그의 언변과 눈빛과 몸짓이 너무나 강렬해서 한번 마음먹으면 누구도 막을 수가 없었다고 술회했다. 막을 수 없을뿐더러 그의 결정 자체가 사람들 마음속을 여지없이 휘감아버렸노라고.

홍희담은 문병란 시인의 부인, 강신석 목사의 부인 등 여성계의 원로들을 만나기 시작했다. 윤경자는 이소라, 박경희 등 쌀생산자대회 때 밥 당번을 했던 젊은 세대를 중심으로 조직을 꾸렸다. 윤한봉은 YWCA의 안희옥 총장, 이애신 총무, 김경천 간사, 기독병원에서 일하는 안성례,

여성노동운동가 정향자 등에게 함께하자고 했다. 목포의 한산촌이라는 결핵요양원에서 의사로 일하고 있던 여의사 여성숙에게도 도움을 청했다. 여성숙은 폐병에 걸린 운동권 사람들을 치료해주기도 하고 수배되어 쫓겨 다니는 이들을 환자로 가장해 숨겨주기도 했다. 윤한봉이 어머니처럼 존경하고 모시는 이였다.

모임을 만들자는 제안이 나온 지 한 달 만인 1978년 12월, '송백회(松栢會)'가 출범했다. 이름은 윤한봉이 지었다.

송백회는 한국 민주화운동사에 반드시 기록되어야 할 특징을 가지고 있다. 이전까지 여성조직들은 대개 종교계에 속해 있거나 전국적 운동단체의 한 부서에 속해 있었다. 그러나 송백회는 독립된 조직으로, 회원들이 낸 월 회비와 모금으로 운영했다는 점에서 기존의 여성조직과는 달랐다. 자주적인 여성조직으로서 여성운동의 새로운 면모를 보여주었다고 할 수 있다. 가부장 질서가 엄존하던 전라도에서, 그것도 암울했던 1970년대 후반에 여성들의 힘을 모으고 분출시켰다는 점에서도 그 의미가 컸다.

이런 특성 때문에 호감을 가진 여성들이 많아 회원은 꾸준히 늘었고 다른 지역에 지부까지 두게 되었다.

송백회는 사회과학 서적을 자체적으로 공부하는 소모임도 꾸렸는데 윤한봉이 교사 역할을 했다.

윤한봉이 상대방을 설득하여 재능이나 돈을 희사하게

만드는 방식은 남자를 상대할 때나 여자를 상대할 때나 크게 다르지 않았다. 진솔하고도 재미있는 이야기로 마음을 움직였다.

송백회의 첫 사업인 털양말 짜기 때도 그랬다. 그는 마음씨 고운 여성들에게 감옥에 왜 털양말이 필요한가를 실감나게 이야기했다. 자기가 두 번 감옥살이를 할 때 얼마나 발이 시렸는지, 동생 윤경자가 털양말을 짜서 영치해준 것이 얼마나 도움이 되었는지 들려주었다. 이를 증명하기라도 하듯이 마치 약장수처럼 윤경자가 감옥에 넣어주었던 털양말을 직접 가방에 넣고 다니며 꺼내 보여주었다.

송백회 회원만으로는 손이 부족해 사방에 부탁하여 만든 털양말은 147켤레나 되었다. 광주구치소에 수감된 정치범이 40명이니 한 사람당 세 켤레씩 넣어줄 수 있는 양이었다.

윤한봉은 영치 과정에서 조직적인 행동의 필요성을 말하고 의식을 고양하는 것을 잊지 않았다. 몇 월 며칠에 광주교도소 앞에서 만나자고, 자기가 짠 양말과 주민등록증을 필히 가져오라고 세세히 일러주었다. 정치범들에게 직접 넣어주라는 것이었다. 그는 익살을 섞어가며 말했다.

"여러분 감방에 안 가봤지요? 감방 안에 혼자 들어앉아 있어봐요. 남자들이 와서 빵 사고 옷 넣는 거하고, 여자들이 넣어주는 거하고 또 달라요. 애인이 아니라도 좋아요.

여자들이 넣으면 냄새부터가 달라요. 화장품 냄새만 살짝 나도 그리 기분이 좋을 수가 없어요. 연애를 하라는 게 아니에요. 여러분의 남동생들보다 더 어린 학생들이잖아요. 누나 같은, 엄마 같은 따뜻함이 느껴지면 고달팠던 하루가 그리 기분이 좋아진다 이 말이에요."

송백회 회원들로 하여금 교도소에 드나들며 정치의식을 갖게 하고 교도관과 차입 문제로 승강이도 하게 함으로써 운동가로 단련시키려는 뜻도 담겨 있었다. 약속대로 회원들이 교도소에 모이면 그 자리에서 정치범 명단을 놓고 한 명당 다섯 명씩 골라 영치를 하게 했다.

몇 날 며칠 쪼그려 앉아 털양말을 짜는 일도, 하루 품을 들여 교도소에 가는 일도 쉬운 일은 아니었다. 만일 윤한봉이 사적이고 정치적인 욕심을 보이거나 가부장적이고 소영웅주의적인 태도를 보였다면 어떤 여성도 함께하지 않았을 것이다.

1979년 초, 윤한봉은 광주 지산동성당 옆 골목의 허름한 집에 세 들어 살았는데 한 평 정도밖에 안 되는 골방 중의 골방이었다. 둘이 나란히 눕기도 힘든 이 작은 방에 살림이라고는 언제나 그렇듯이 큰 가방 한 개뿐이었다.

후배 황광우가 그 방에 따라간 적이 있다. 윤한봉이 경찰의 추적을 피해 방을 옮겨야 했기 때문이다. 문지방 옆의 청색 플라스틱 그릇에 들어 있는 편지지에 50여 개의 살림도구가 깨알같이 적혀 있었다. 윤한봉의 재산목록이었다.

'만년필, 손목시계, 팬티, 런닝구, 양말, 면도기, 손톱깎이, 고무신……'

어려서부터 남에게 뭐든지 퍼주기를 좋아하던 윤한봉이었지만 무소유의 삶을 인생 철학으로 삼은 것은 두 번째 옥살이에서 나온 지 얼마 뒤인 1978년 봄이었다.

그때 강진 고향 집에 갔다가 신들렸다고 소문난 동네 선배 권영식을 만났다. 그가 위문차 집으로 왔기에 '동지'란 무엇인가 하고 물었다. 그는 '유무상통(有無相通)'이라는 한자성어를 써 보였다. 있는 자와 없는 자 사이에는 진정한 동지애가 생길 수 없으니 정신적으로뿐 아니라 물질적으로도 서로 나눠야 동지가 된다는 뜻이었다. 크게 감동한 윤한봉은 권영식에게 큰절을 올리고 평생 유무상통의 정신으로 살겠다고 결심했다.

자기주관이 뚜렷한 윤한봉이 동네 선배의 말 한마디에 어느날 대오각성할 리는 없다. 평소에 자신이 가지고 있던 생각이자, 이미 그렇게 살고 있었던 자신의 모습을 권영식의 사자성어에서 발견했기 때문일 것이다.

아무튼 편지지에 적혀 있는 것이 가방에 넣고 다닐 최소한의 생활도구 목록이었다. 자기에게 꼭 필요한 물건이 무엇인지 목록을 작성해보고 점퍼 등 두 개 이상이 있는 물건이나 목록에 들어가지 않는 물건은 모두 후배들에게 주어버렸다.

사소한 생필품만이 아니었다. 아버지로부터 물려받은 유산도 동지들을 위해 내놓았다. 아버지 윤옥현은 살아생전에 네 아들에게 집터 하나씩 나눠주겠다고 약속했지만 윤한봉은 관심이 없었다. 그런데 민주화투쟁으로 감옥살이를 하고 나온 학교 동기며 후배가 어렵게 사는 모습을 보니 그 땅을 이용해야겠다 싶었다. 아버지가 돌아가시고 재산을 물려받은 큰형에게 찾아가 떼를 썼다.

"형님, 나를 결혼시킨다 생각하고 미리 땅을 주시오."

큰형이 땅의 명의를 넘겨주자마자 미리 교섭해놓았던 이에게 바로 팔아버렸다. 거금 1,200만 원이 나왔다. 서울에서도 좋은 양옥을 살 수 있는 큰돈이었다. 윤한봉은 이 돈을 후배 정상용과 이강에게 주면서 생산자와 소비자를 직거래로 연결하는 상점을 열어보라는 아이디어까지 제공했고 후배들은 광주 농성동, 지산동, 주월동에 '꼬마시장'이란 이름으로 점포를 개설했다. 그러나 운영이 잘되지 않아 모두 망하고 돈만 날리고 말았다.

설사 꼬마시장이 성공했더라도 그는 언제나 거지였을 것이다. 자취방을 옮기러 갔던 황광우는 그날 윤한봉이 속옷 갈아입는 모습을 보게 되었다. 상의를 벗으니 앙상한 갈비뼈가 기타 줄처럼 드러났다. 황광우는 너무나 가슴이 아팠다. 이때 황광우가 본 것은 가방 하나가 살림살이의 전부인 무소유주의자의 속살이었다. 무욕의 삶을 지향하지 않고서는 투사의 길, 고난의 길을 걸을 수 없겠지만, 한국의 수많은 민주화운동가 중에서 윤한봉만큼 무소유주의자로 일관해온 이를 찾기는 어려울 것이다. 황광우는 훗날 이렇게 술회했다.

"큰 산은 가까이에서 산의 전모를 볼 수 없지요. 내가 형과 너무 가깝다보니 한봉이 형의 삶을 어떻게 평해야 할지 모르겠습니다. 한국의 간디라고 해야 할지, 한국의 호찌민이라고 해야 할지…… 확실한 것은 그의 일면만 보고 함부로 평가해서는 안 된다는 거겠지요."

어려운 사람을 만나면 무어라도 주려고 주머니를 뒤지고, 남들이 생각하지 못하는 기발한 아이디어를 내고, 남들이 무심히 지나칠 작은 일들을 찾아내어 몸소 일하고, 끊임없이 조직하고 새로운 일을 만들어내는 윤한봉의 이 성품은 언제부터 어떻게 형성된 것일까? 어린 시절로 돌아가보자.

8. 해조음

—

1948~69 칠량, 광주

기묘한 꿈이었다. 구렁이가 냇물 속에서 허우적거리며 나오지 못하고 있다고 떠드는 소리가 들려왔다. 밖에 나가 보니 구렁이 한 마리가 머리와 꼬리가 물속의 돌에 눌린 채 등만 드러나 힘겹게 꿈틀대고 있었다. 김병순은 얼른 뽕나무 가지를 끊어 돌을 치우고 구렁이의 머리와 꼬리를 들어주었다. 뱀은 그제야 너울너울 날아올라 하늘 높이 올라갔다. 머리에는 꽃 같은 것을 꽂고 있었다.

태몽은 때로는 태아의 장래의 운명을 말해주기도 한다. 윤한봉의 어머니 김병순의 태몽도 그랬다. 머리와 꼬리가 돌에 눌려 하늘로 오르지 못하고 괴로워하던 구렁이는 스스로 택한 고난에서 벗어나지 못하던 윤한봉의 일생을 상징적으로 보여준 것일까?

전라남도 남쪽 바다에 접한 강진군은 풍요로운 땅이었다. 잔잔한 칠량만에는 싱싱한 물고기들이 가득했고, 높고 낮은 산들이 바람을 막아주는 들판에는 쌀과 채소가 넘쳐났다. 공장과 도시가 중심이 되어버린 자본주의 시대에는 땅끝 마을에 지나지 않지만, 오랜 농본주의 시대에는 해산물과 농산물이 모두 풍족하여 인심 좋은 예향의 마을로 통했다.

강진읍에서 바닷가를 따라 남쪽으로 한나절 걸어가면 나오는 칠량면은 외침과 내란도 비켜가던 평화롭고도 풍요로운 마을이었다. 그곳의 유지 윤옥현은 풍채 좋고 우렁우렁한 음성을 가진 데다 언변도 뛰어났다.

윤옥현은 일제시대 말기 면서기로 일했지만 강제공출과 징용으로부터 면민들을 보호하려 애썼다. 징용대상자 명단이 나오면 당사자를 몰래 피신하도록 해주었다. 그 덕분에 해방 직후 좌익 세상이었을 때 그는 동네 제일의 부자였음에도 아무 위해를 당하지 않았다. 한국전쟁 중인 1952년 서른여섯 살로 면장에 임명된 후 1958년 3월에 퇴임하기까지 세 차례(8~10대)나 면장을 지냈는데, 세 번째인 10대는 주민들의 직접투표로 뽑힌 민선 면장이었을 만큼 주민들의 신뢰도가 높았다.

면장을 그만둔 뒤에는 면 소재지에서 정미소와 쌀 창고를 운영하고, 칠량바다에서 염전도 운영했다.

정치적으로는 조병옥, 신익희를 지지하고 야당을 후원했지만 자신이 직접 나서지는 않았다.

동갑내기 아내 김병순은 몸집은 작았으나 기품 있는 여성이었다. 금실이 좋았던 이 부부는 4남 2녀를 두었다. 윤한봉은 셋째 아들이고, 실제 생일은 1948년 2월 1일이지만 음력으로 환산해 1947년 12월 22일에 출생신고를 했다. 출생지는 전라남도 강진군 칠량면 동백리 675번지였다.

윤한봉은 어린 시절 반에서 키가 제일 작고 몸까지 깡마른 아이였다. 성격은 지독한 편이었다. 공부를 독하게 했다. 5학년 때 월반 시험을 보아 6학년으로 바로 올라갔고 졸업식 날에는 교육감상을 받았다. 호적에 1년 늦게 올린 데다 한 학년 월반하여 두 살 많은 형들과 친구가 되었다.

어려서부터 독서광이었다. 초등학교 때 소설『삼국지』를 읽고 동생 윤영배에게 재미있게 풀어서 이야기를 해주곤 했다.『삼국지』의 인물 중에는 날래고 의리 있는 맹장 조자룡을 특히 좋아했다.

윤한봉의 독서열은 동네에 전설처럼 회자되기까지 했다. 추석이나 정월대보름이면 마을 사람들이 모두 나와 장구 치고 꽹과리 치며 놀기 마련인데, 윤한봉만 밖에 나오지 않았다. 바깥이 시끄럽다고 이불장 속에 숨어들어가 불 켜놓고 앉아 책을 보고 있었던 것이다.

초등학교 때 줄곧 반장을 맡았는데 등교하면 담임선생

이 출석만 부르고는 "나머지는 한봉이가 가르쳐라" 하고 나가버리곤 했다. 그러면 윤한봉은 아이들에게 세계지도를 공부하게 했다. 어디에 어느 나라가 있고 수도는 어디인지 외우도록 하고는 틀리면 손바닥을 때렸다. 물론 자기는 이미 다 외우고 있었다.

요즘은 교사에 의한 체벌이 금지되어 있지만 당시는 반장에 의한 체벌도 종종 있었던 때였다. 윤한봉이 아이들 손바닥을 때렸다고 해서 폭력적인 성향은 아니었다. 윤한봉의 여동생 윤경자는 성격이 대차서 오빠들에게 잘 대들었다. 하지만 윤한봉은 여동생이 아무리 사납게 굴어도 때리지 않았다.

중학교 때였다. 윤경자가 너무 심하게 대들고 약을 올리니까 윤한봉은 커다란 고무통을 동생에게 뒤집어씌워놓고는 그 위를 작대기로 두들겼다. 윤경자는 윤한봉의 약한 마음을 잘 알기에 통 속에서 웃고 있었다. 나중에 동생이 물어보니 화가 났을 때 때리면 다치기 때문에 고무통을 두들기며 화를 삭였다는 것이다. 착하고 영리한 소년이었다. 광주에 나가 오누이가 자취를 할 때도 윤경자가 아파서 학교에 못 가면 계란프라이를 해서 신문지로 덮어놓고 등교하는 자상한 오빠였다.

운동도 곧잘 했는데 시합이 붙으면 독한 근성이 나왔다. 축구 팀을 나눌 때면 덩치 큰 아이들이 작달막한 윤한봉을 자기편으로 삼으려 했다. 고향 친구 조광흠의 회고다.

"한마디로 똑똑한 친구였어. 국민학교 1학년에서 6학년까지 교육감상, 도지사상을 독차지했으니까. 키는 제일 작았는데도 아주 똘똘했지. 민첩하고 동작도 빨라서 축구를 하면 제일 작은 윤한봉이 덩치도 크고 힘이 센 애들하고 편을 갈랐어. 똘똘하고 영리하고 공부 잘하고 그런 친구였고 어릴 때부터 대화로 사람을 설득하는 데 아주 뛰어난 친구였지. 말을 참 잘했어."

말 잘하는 것은 윤씨 집안의 내력이었다. 아버지 윤옥현은 물론이고 형제들이 하나같이 말을 잘했다. 그러나 돈 버는 재주는 없었다. 한마디로 실속이 없었다. 큰아들부터 막내까지 다들 어렵게만 살았다. 며느리들은 한탄했다.

"이 집에는 말하는 조상들만 있다니까요."

야무지고 영특한 아이나 말 잘하고 공부 잘하는 아이는 드물지 않게 볼 수 있다. 그런데 윤한봉이 이런 아이들보다 한 가지 더 가지고 있었던 것은 무엇일까. 그것은 베풀기를 좋아하는 성품이었다.

1950년대는 한국전쟁의 여파로 거지가 넘쳐났다. 농촌 마을마다 구걸하는 이들이 끊이지 않았다. 거지가 집에 찾아오면 어머니는 식구들이 먹을 만큼은 남기고 밥을 퍼주었다. 윤한봉은 이게 불만이었다. 어머니가 없을 때 걸인들이 오면 집에 있는 밥을 몽땅 퍼주었다.

동정심이 너무 많다보니 어려운 사람들에게 싫은 소리를 못했다. 정미소를 하는 아버지가 누구네 집에 가서 도정비를 받아오라고 시키면 가기 싫어 미적대거나 가다 말고 돌아와버렸다. 반면에 할머니가 가난한 사람들에게 쌀이나 떡을 나눠주라고 시키면 그 무거운 것을 들고 바람처럼 튀어나가 동네를 한 바퀴 돌고 왔다.

나누는 것을 좋아하는 윤한봉의 성격은 할머니로부터 물려받았다. 윤씨네가 마을 제일의 부자라지만 초가집에 살았고 직접 땀 흘려 일했다. 다만 정미소를 운영하니 대다수 농민이 허기져 살던 시절에도 쌀은 떨어지지 않았다. 할머니는 마루에서 밥을 먹다가도 문밖에 누군가 지나가면 꼭 불러들여 나눠 먹었다. 집을 나설 때면 항상 앞치마에 쌀을 잔뜩 담아 이 집 저 집 가져다주었다. 농토가 없는 사람들에게는 볏짚 한 단도 귀했던 시절이다. 할머니는 어려운 집에 볏짚 한 단이라도 땔감으로 가져다주어야 직성이 풀리는 사람이었다.

할머니의 후한 인심은 근동에 유명했다. 먼 이웃의 제사에도 쌀이 없다면 가져다주고 해산한 집에는 미역을 가져다주었다. 식구들은 할머니를 '개구멍이 반질반질하도록 남을 위해서 퍼 나른 분'으로 기억할 정도였다. 지금까지 그럭저럭 살아가는 것은 다 할머니의 음덕이라고 말할 정도였다.

윤한봉은 어려서부터 할머니를 꼭 닮았다는 이야기를 들고 자랐다. 그런데 남에게 신세를 지지 않으려는 것도 닮았다. 할머니는 평생을 남에게 퍼주고 살았지만 정작 자신의 쌀독이 바닥나면 누구에게도 궁한 소리 않고 굶을 사람이었다. 윤한봉은 나중에 민주화운동을 하면서 어쩔 수 없이 많은 이의 신세를 지게 되지만, 학창 시절에는 남의 신세를 절대로 지지 않았다.

동생들과 광주에서 자취하던 고등학교 때였다. 추석 휴일이 하루여서 고향집에 가지 못한 적이 있었다. 주인집에서 딱하다며 송편을 가져오자 윤한봉은 동생들에게 손도 대지 못하게 하고 돌려보내는 것이었다. 동생들이 먹고 싶어 하자 야단을 쳤다.

"우리가 거지도 아닌데 왜 남에게 얻어먹냐? 절대 안 돼!"

주인집에서 자기들을 거지로 보고 동정한 것도 아니고, 명절 때 음식을 나눠 먹는 일은 이웃 간의 인정인데 끝까지 고집을 피우는 이유를 동생들은 이해할 수 없었다. 하지만 한번 내뱉은 말을 거두어들일 줄 모르는 성미라 동생들은 입맛만 다실 수밖에 없었다.

반면에 남에게 퍼주는 일에는 열성적이었다. 고향 후배 하나가 광주에서 자취하며 고등학교에 다니고 있었는데 집이 가난하여 쌀 사먹기도 어려웠다. 윤한봉은 시골집에

서 쌀을 보내올 때마다 자기 가방과 동생 윤영배의 가방에
쌀을 가득 채워서 후배가 사는 동명교회 사택까지 그 먼
길을 가져다주곤 했다.

한번 한 약속은 어떤 손해가 오더라도 지켰다.

중학교 때였다. 한글과 한문 중 어느 게 더 우수한가를
두고 절친한 고향 친구와 논쟁을 하게 되었다. 서당에 다
니고 있던 친구는 한문을 모르면 사람 노릇을 못한다고 주
장했다. 반면, 아버지와 큰형으로부터 한글이 세계에서 제
일 훌륭한 문자라는 말을 듣고 자라난 윤한봉은 한글이 더
우수하다고 주장했다. 한참 말싸움을 하던 끝에 화를 참지
못한 윤한봉이 벌떡 일어나 맹세를 해버렸다.

"만약에 내가 앞으로 한문을 쓰게 되면 개새끼다!"

이때부터 한자를 쳐다보지도 않고 살았는데 한자가 일
상적으로 통용되던 시절이다보니 실생활에서 불편한 것
이 한두 가지가 아니었다. 은행에 가면 출금청구서에 한자
로 금액을 써야 해서 주변 사람들에게 부탁해야 했다. 중
학교만 나와도 웬만한 한자는 읽고 쓸 줄 알았던 시절인
데 지방 명문인 전남대생이 한자를 전혀 못 쓰니 이상하게
볼 수밖에 없었다. 나중에 경찰 수사를 받을 때도 본적 등
을 한자로 못 쓰자 일부러 안 쓰는 것으로 오해받아 '억울
하게' 두들겨 맞기도 했다. 그래도 끝내 한자 공부를 하지
않았다. 미국에서 한청련 회원들에게 각별히 우리글과 우

리말을 애용하도록 한 것도 이런 맥락에서 이해할 수 있을 것이다.

한번 맹세한 것을 무조건 끝까지 지키는 어리석은 성미 때문에 손해 본 일이 너무 많았다.

고등학교 시절 형제들끼리 자취할 때 도시락 반찬투정을 하다가 작은형 윤광장에게 혼나고는 다시는 도시락을 싸가지 않겠다고 했다.

"만약에 내가 앞으로 도시락을 싸가면 개새끼다!"

'개새끼'가 되지 않으려고 윤한봉은 졸업하는 날까지 도시락을 싸가지 않고 빵으로 점심을 때우는 생고생을 사서 했다.

미련하기 짝이 없는 이 고집은 민주화운동에는 보탬이 되었을지 몰라도 개인적인 삶에서는 손해만 가져왔다. 그의 고집이나 결심이라는 것이 부자나 고위직이 되겠다는 게 아니라, 민주화를 위해 목숨을 바치거나 평생 무소유로 살겠다는 것이었으니 말이다.

집안이 어려워진 것은 중학교에 진학하던 1960년 무렵이었다. 아버지 윤옥현이 보증을 잘못 서는 바람에 대부분의 재산을 날려버렸다. 다행히 정미소는 남아 굶주림은 면했지만, 여름이면 쌀 섞인 밥을 한 번도 먹지 못하고 꽁보리밥으로 때우는 지경이 되었다. 전남 일대에서 공부 잘하는 아이들은 광주에서 제일가는 서중학교에 진학했는데,

윤한봉은 그럴 형편이 못 되었다.

그런데 마침 조선대학교 부설중학교에서 장학생반을 뽑았다. 신입생 130명을 장학생으로 뽑아 매학기 평균 80점 이상을 유지하면 학비를 면제받는 파격적인 조건이었다. 입학시험도 다른 중학교보다 한 달 앞서 치렀기 때문에 전남 일대에서 공부 좀 한다는 아이들이 수천 명이나 몰려들었다. 경쟁률이 27대 1이었다.

윤한봉은 조대부중에 가볍게 합격했다. 물론 장학금도 받았다. 중학교를 졸업할 무렵 다행히 집안 형편이 풀려 고등학교는 전남에서 최고로 치던 광주일고에 갈 수 있게 되었다.

공부는 열심히 했어도 별다른 세속적인 야망은 갖고 있지 않았다. 공부 좀 하는 시골 남학생이라면 대개 판검사나 의사 또는 박정희처럼 육군사관학교에 들어가 장군이 되겠다던 시절이었다. 그러나 윤한봉의 꿈은 소박했다.

윤한봉은 광주에서 새로 사귄 친구들보다는 고향 친구들과 더 친하게 지냈다. 조대부중이나 광주일고에 다니는 똑똑하고 잘난 동창들보다 소박한 고향 친구들과 어울리는 게 좋았다. 광주에서 강진까지 완행버스로 5시간이나 걸리는데도 틈만 나면 집에 내려가 고향 친구들과 어울렸다.

"칠량면 바닷가에 큰 밭을 사서 우리 다 같이 거기서 살자. 소도 키우고 닭도 키우고 살자. 남들이 차를 타고 다니면 우리는 소달구지 타고 다니며 소박하게 살자."

친구들에게 늘 하던 말이었다. 나중에 전남대 축산과에 다닐 때 윤경자가 물어본 적이 있었다.

"오빠는 어떤 여자와 결혼하고 싶어?"

"앞 못 보는 여자하고 목장을 하면서 풀밭에서 피리 불어주며 조용히 행복하게 사는 게 내 꿈이다."

꿈도 소박했고 남들 앞에 나서서 으스대는 것도 싫어했다.

수업시간에 공책 정리를 아주 잘했다. 동급생들은 서로 그의 공책을 빌려서 베끼려 했는데 책상을 함께 쓰는 짝꿍이 제일 먼저였다. 조대부중 2학년 5반 동창이던 무안 출신 최병상은 늘 윤한봉의 공책을 베끼는 단짝이었는데 한 번도 싫은 기색을 보이지 않고 기꺼이 빌려주었다고 기억한다.

최병상이 이 평범한 짝꿍을 다시 만난 것은 광주항쟁이 일어나기 직전인 1980년 봄이었다. 고향에서 농사를 짓다가 기독교농민회 전남지부에 가입한 최병상은 어느날 모임에 연사로 나온 깡마른 청년을 보았다. 청년은 최병상이 처음 들어보는 이름인 전두환을 들먹이며 일장 연설을 했다.

"지금의 정세는 매우 불안합니다. 군부 실권자 전두환이를 몰아내지 못하면 또다시 피바다 세상이 될 겁니다. 내

빤쓰라도 벗어줄 테니까 화끈하게 밀어붙입시다!"

자기 팬티라도 벗어줄 테니 용감히 싸우자고 입심 좋게 열변을 토한 청년이 바로 윤한봉이라는 것은 그가 가버린 후에야 알았다. 야무지고 똑똑하지만 남 앞에 나서기 싫어했던 그 조그마한 친구가 이토록 과격한 정치선동을 하는 청년으로 변한 것이 도무지 믿어지지 않았다고 한다.

어린 시절 윤한봉에게 공부란 출세를 위해서 하는 것이 아니었다. 광주일고에 진학한 후에도 독하게 공부를 했지만 여전히 농대를 염두에 두고 있었다. 서울대 농대나 건국대 축산과에 들어가 목장을 하는 게 장래 희망이었다.

광주시내 계림파출소 근처의 조그만 기와집에 문간방 한 칸을 월세로 얻어놓고 형제자매가 진학해오는 대로 둘도 살고 셋도 살면서 자취를 했다. 윤한봉이 고등학교 2학년이 되면서 본격적으로 대입 공부를 하겠다고 하자 아버지는 재래식 부엌이 있는 두 칸짜리로 옮겨주었다. 조대부중 시절부터 함께 살던 작은형 윤광장은 ROTC 제2기생으로 군대에 갔을 때였다. 윤한봉이 작은 방을 쓰고 조금 큰 방에는 경자, 영배 두 동생이 기거했다.

아버지의 빚보증으로 거덜난 집안 살림이 이때쯤 조금 풀리기는 했어도 여러 자식의 학비와 생활비를 대기는 쉽지 않았다. 윤한봉은 연료비를 아끼기 위해 동생들 방에만 연탄불을 때고 자기는 냉방에서 이불을 뒤집어쓴 채 공부했다. 시험 볼 때가 되면 졸음을 쫓기 위해 세숫대야에 물을 떠다가 책상 밑에 놓고 살얼음 낀 물에 발을 담가가며 공부했다.

이처럼 공부밖에 모르던 윤한봉이 공부에 흥미를 잃고 방황한 것은 고등학교 2학년 여름 무렵이었다. 여고에 다니던 이웃 여학생과 연애편지를 주고받다가 실패하여 공부를 팽개쳤다. 애초에 출세욕이 없었던 사춘기 청소년의 일탈일 것이다.

시골에서 쌀을 보내오면 한두 말씩 싸전에 팔아 극장에 갔다. 등교하여 출석 체크가 끝나면 가방을 담장 너머로 던져놓고 담을 넘어 극장에 들어갔다. 동시상영 극장에서 조조할인으로 두 편을 보고 나와 다른 극장에 가서 또다른 영화를 보는 식으로 하루를 보냈다.

첩보영화나 탐정영화를 좋아했다. 선과 악이 대립하다가 끝내 선이 이기는 줄거리를 좋아했다. 홍콩과 국내에서 만들어진 무술영화도 좋아했다.

"오빠는 무슨 그런 유치한 영화를 좋아해?"

"선과 악, 적군과 아군이 선명해서 좋잖아?"

선량한 주인공이 온갖 고난을 이겨내고 무술의 달인이 되어 사악한 적들을 해치우는 만화 같은 줄거리를 보고 또 보았다.

초등학교 때 『삼국지』를 읽고 동생들에게 이야기해줄

정도로 수준 높은 독서광이었는데 갑자기 유치한 무협지를 읽기 시작했다. 동생 경자에게 만화방의 무협지를 차례로 빌려오게 해서 밥도 안 먹고 읽었다. 책 읽는 속도가 얼마나 빠른지 책장이 쉴 새 없이 펄럭거렸다. 근처 만화방의 무협지는 남김없이 섭렵했다.

한때는 당구에도 푹 빠졌다. 고등학교 3학년 때 동명동으로 이사를 갔는데 근처의 삼호당구장이 단골이었다. 돈만 생기면 친구들과 당구를 치러 갔는데 얼마나 몰입을 했는지 다닌 지 얼마 안 되어 100을 놓고 치는 수준이 되었다. 담배는 이때 배웠다.

학교 성적은 형편없이 떨어질 수밖에 없었다. 대학이 전기와 후기로 나뉘어 각각 한 학교만 지원할 수 있던 시절이라 재수, 삼수가 흔했다. 졸업을 앞둔 친구들은 다들 어느 대학 무슨 과에 입시원서를 넣어야 할지 머리를 굴리느라 바빴다. 그러나 윤한봉은 아무 생각이 없었다.

집안에서는 비상이 걸렸다. 화롯불을 가운데 두고 아버지와 마주 앉았다.

"한봉아, 어느 학교에 갈 거냐?"

"서울대 축산과나 건국대 축산과에 가겠습니다."

평소 셋째 아들이 공부를 하겠다면 미국 유학이라도 보내고 싶다고 말하던 아버지였다. 최소한 의사나 판검사는 되리라 믿었던 셋째 아들의 소박한 꿈에 기가 막히지 않을

156

수 없었다. 그래도 꾹 참고 말했다.

"네 뜻이 그렇다면 할 수 없지. 그러면 네가 원하는 학과로 원서를 넣어라."

"예, 그런데 올해는 성적이 부족해서 안 되고 내년에나 지원할라고요."

점잖기로 이름난 윤옥현이지만 얼마나 화가 났던지 옹기로 만든 불손으로 아들의 머리를 내리치고 말았다. 윤한봉은 머리에서 피가 주르륵 흘러내렸으나 달아나지도, 변명하지도 않고 무릎을 꿇은 채 가만히 있었다.

결국 아버지가 포기하고 말았다. 윤한봉은 입학시험도 보지 않고 재수를 한다는 핑계로 절에 들어갔고 아버지는 자식을 믿고 절로 쌀을 보내주었다. 칠량면 면소재지에서 걸어서 반나절쯤 걸리는 정수사였다.

정수사는 신라시대에 지어져 천 년이 넘은 유서 깊은 고찰로, 절이 들어선 곳은 임진왜란 때 승병들의 거점이자 이순신 부대가 왜군을 유인해 몰살시킨 골짜기로도 유명했다. 조선 후기에 실학자 정약용이 강진으로 유배를 왔을 때 자주 찾던 절이기도 했다.

재수를 하려고 절에 들어가기는 했으나 공부할 뜻이 없던 윤한봉은 마냥 놀기만 했다. 소설책을 보다가 물가에서 낮잠 자는 게 하루 일과였다. 정수사 뒷산을 넘으면 강진 읍내로 이어지는 도로가 있다. 낮잠도 지겨우면 친구들을

찾아 강진이나 칠량으로 두세 시간씩 걸어 나가 놀다 오곤
했다.

가끔은 혼자서 20리쯤 떨어진 바닷가까지 걸어가 바위
에 앉아 몇 시간씩 상념에 빠지곤 했다. 그는 정수사에 머
무는 동안 바다에 도취해버렸다. 윤한봉은 이때 품었던 이
야기를 30년이 지난 후에 『운동화와 똥가방』(1996) '책머
리에'에서 이렇게 표현했다.

"나는 어렸을 때부터 사색만 하고 있는 산보다는 쉴 새
없이 움직이는 바다를 무척 좋아했다. 그래서 기회만 있으
면 몇 시간씩 바닷가에 홀로 앉아 있곤 했다. 나이를 먹어
가면서 나는 서로 속이야기를 털어놓을 정도로 바다와 친
해졌다. 18세가 되던 여름 어느 맑은 날 고향 바닷가 바위
위에 앉아 내가 전부터 궁금하게 여겼던 몇 가지 것에 대
해 물었더니 바다는 눈을 지그시 감고 중간중간에 긴 한숨
을 토해가면서 낮으나 힘이 들어 있는 목소리로 대답해주
었다. 나도 눈을 지그시 감고 바다의 이야기를 들었다."

바다가 윤한봉에게 들려주었다는 이야기는 사뭇 역동
적이지만, 역시 낭만적 감상으로 가득하다. 바다와 하늘은
본래 하나였는데 어쩔 수 없이 갈라져 있기에 서로 만나려
고 끝없이 달려간다는 내용이었다. 윤한봉이 들었다는 바
다의 말을 한 문단 옮겨보자.

"나(바다)는 그리운 하늘을 바라만 보는 것으로 만족할

수는 없었단다. 그래서 나는 하늘과 맞닿아 있는 수평선을 향해 억겁의 세월 쉬지 않고 굽이쳐 달려가고 또 달려왔단다. '어서 가자! 저기 가면 만나볼 수 있다! 힘을 내자! 저곳에 가면 옷자락이라도 만져볼 수 있다. 넘실넘실 너울너울, 그렇게 가도 가도 가까워지지 않는 수평선을 향해 굽이쳐 가다보면 낮은 들판 높은 절벽 얼음산들이 내 앞을 가로막곤 한단다. 그럴지라도 하늘을 만나기 위해서는 그것들을 넘어서라도 뚫고서라도 수평선을 향해 계속 가야하기 때문에 나는 좌절하거나 포기하지 않고 장구한 세월 동안 때로는 지친 채로 때로는 화가 난 채로 이렇게 밀고 부딪치는 몸부림을 계속 해오고 있단다."

고향 친구 일곱 명이 모여 '해조음'을 결성한 것은 이 무렵(1966)이었다. 해조음은 파도 소리라는 뜻으로, 윤한봉이 지었다. 남자들만의 모임이었는데 무엇이 그리 재미있는지 매일이다시피 만나 웃고 떠들고 놀았다. 이 집 저 집에 자면서 닭서리도 다니고, 몰래 남의 밭의 고구마를 캐다가 삶아 먹고 놀았다.

윤한봉은 해조음 친구들과 아름다운 남해 바닷가에 모여 목장을 하면서 시를 쓰고 노래를 부르고 영화를 보고 책을 읽으며 안빈낙도하겠다는 소박한 꿈을 펼쳐 보였다.

이런 꿈은 넓은 들과 풍족한 바다를 안고 살아온 이 고장 사람들의 일반적인 것인지도 모른다. 배가 고프면 갯벌에 나가 두어 시간만 호미질을 해도 싱싱한 해산물을 광주리에 담아올 수 있는 축복받은 땅에서 살아온 남도 사람들은 가난하더라도 굶주리지는 않았다. 그래서 그런지 예로부터 남도 사람들은 문학과 음악 같은 예술을 즐기며 살아왔다. 조선시대에는 남도로 유배되거나 벼슬을 그만두고 내려온 많은 선비들이 중앙정치를 멀리하고 아름다운 자연과 더불어 시를 짓고 풍류를 읊으며 지내는 가운데 뛰어난 작품을 남기기도 했다.

지역유지의 셋째 아들로 태어난 윤한봉이 옛 선비들처럼 유유자적하며 소박하게 살고 싶어 한 것은 어찌 보면 자연스러운 일이었다.

전라도 지방의 독특한 문화는 해조음에 대한 어른들의 태도에서도 잘 드러난다. 문화예술과 친목을 중시했던 어른들은 열여덟 살짜리들의 모임인 해조음에 격려와 함께 쌀을 여섯 가마니나 출자해주었다. 쌀이 물가의 척도가 될 만큼 비싸고 귀한 시절이었다. 쌀 여섯 가마니는 돈으로 치면 적지 않은 액수였다.

그런데 쌀을 팔아 저축해둔 해조음 회비는 얼마 못 가 바닥이 나버렸다. 해조음 친구 중 집이 가난했던 박 모가 서울로 재단기술을 배우러 가겠다고 하자 윤한봉이 그에게 돈을 몽땅 주자고 제안한 것이다. 다른 친구들도 그가 부자가 되면 갚는 조건으로 기꺼이 찬성했다.

박 모가 떠나는 날, 그에게 500원짜리 한정식을 사먹여 기차역까지 배웅하고 보니 자신들은 밥 사먹을 돈이 없었다. 할머니가 하는 식당에 들어가 무전취식을 하고는 한 사람이 책임지기로 하고 나머지는 달아나기로 했다. 그러나 한 명이 경찰에 잡혀가는 바람에 모두 자진 출두해서 혼이 나고 풀려났다. 이런 사실도 모르고 서울로 간 친구는 그 나름대로 성공하여 무교동에 양장점을 차려 돈을 벌었다고 소문이 났지만 친구들 앞에는 영영 나타나지 않았다.

한편, 윤한봉이 정수사에 들어간 지 1년이 지났지만 공부에 별다른 진척이 없자 부담이 되었다. 아버지에게 서울에 올라가 재수학원에 다니겠다고 허락을 받아 서울로 떠났다. 그런데 한 달 넘게 아무 소식이 없다가 불쑥 칠량으로 돌아왔다. 혼잡한 서울생활에 적응이 안 되는 데다 친구들이 보고 싶어 견딜 수가 없었노라 했다.

다시 입시철이 되자 집안에서는 서울대에 원서를 넣으라고 했다. 하지만 공부한 게 없어 흑산도로 도망갔다 왔다. 결국 이해에도 시험을 치르지 못했다.

윤한봉이 갑자기 사라져버린 것은 1967년 봄이었다. 군대에 자원입대한 것이다. 학사장교로 군대생활을 하던 작은형 윤광장이 뒤늦게 동생이 방황한다는 소식을 듣고는 휴가를 나와 마음을 다잡으라고 간곡히 타이른 결과였다. 가족들은 훈련소에서 보낸 옷 보따리 소포를 받고서야 윤한봉이 입대했다는 사실을 알았다.

군대생활 35개월 2일은 자신의 성격만큼이나 유별났다. 원래 호적상 나이가 한 살 어린 데다 입영통지가 나오기 전에 충동적으로 자원입대를 하다보니 다른 병사보다 두세 살 정도나 어렸다.

입대할 때 다른 사람들은 몇만 원씩 지참했는데, 윤한봉은 군대에서는 옷 주고 밥 주니 돈이 필요 없는 줄 알고 친구들에게 다 털어주어 동전 80원이 전부였다.

훈련소에 입소하던 날 내무반 관리책임을 맡은 기간병이 돈을 개인이 갖고 있으면 도난당하거나 분실할 우려가 있으니 자기에게 맡기라고 했다.

"5만 원 이상 가져온 사람 앞으로 나와!"

몇몇이 돈을 들고 앞에 나가니 받아서 기록하고는 다음 차례를 불렀다.

"4만 원 이상 가져온 사람!"

또 몇몇이 나갔다. 이렇게 3만 원, 2만 원으로 점점 줄어들다가 만 원 이하로 내려가자 더이상 나가는 사람이 없었다. 이제 한 사람만 남은 것이다. 기간병은 윤한봉을 바라보며 소리쳤다.

"5천 원! 4천 원!"

그래도 꼼짝 않고 쳐다만 보고 있으니까 드디어 화가 나서 욕을 퍼붓는 것이었다.

"야, 이 새끼야! 넌 대체 얼마를 갖고 들어왔어?"

"80원이요."

내무반은 폭소로 뒤집어졌다. 그 기간병은 기가 차다는 듯 말했다.

"와, 골치 아픈 새끼가 하나 들어왔네!"

골치 아픈 놈이라는 그의 예언은 적중했다. 군대생활은 누구에게나 악몽으로 남기 마련이지만 윤한봉은 유독 힘들었다. 갓 스물을 넘긴 청년들로 하여금 졸병 때는 노예처럼 살게 하고 고참 때는 제왕 노릇을 해보게 만드는 게 한국 군대였다. 그러나 윤한봉은 노예처럼 살지도 않고 제왕 노릇도 해보지 않은 특이한 병사였다. 타협할 줄 모르는 성격 때문이었다.

병참 주특기 교육을 받은 후 보병 12사단 52연대에 배치되었다. 12사단은 최전방인 강원도 인제군 서하면 일대의 휴전선을 지키는 부대였다. 식량부터 군수물자까지 부대의 생필품을 관리, 공급하는 병참 책임자는 마음만 먹으면 얼마든지 편하게 지낼 수 있고 용돈까지 챙길 수 있었다. 그러나 결벽증일 정도로 청렴하고 원칙적인 윤한봉에게는 병참이 오히려 악몽 같은 보직이었다.

수천 명의 병력을 책임지는 연대 군수과는 관리물자가 엄청났다. 취사장에 들어가는 쌀과 반찬부터 군복, 군화 등 모든 물자가 관리 대상이었다. 장교며 하사관은 물론 사병들까지 군수물자를 내다 팔아 생활도 하고 여자가 있는 다방과 술집에도 드나들던 시절이었다. 군수과 사병에게 온갖 요구와 압력이 들어왔다. 그러나 윤한봉은 어떤 요구도 들어주지 않았다. 그만큼 밉보여 손해도 보고 곤욕도 치러야 했다.

요즘에는 근무 개월 수에 따라 진급이 되지만 당시에는 사격점수, 생활점수 등으로 진급이 이루어졌다. 진급을 좌지우지하는 인사과 사병이나 하사관의 요구대로 작업복이나 속옷, 군화 같은 것만 바쳐도 금방 효과를 볼 수 있었다. 그러나 윤한봉은 냉정히 거절했다. 일등병으로 제대해도 요구를 들어줄 수 없다고 버티니 걸핏하면 싸움이 났다. 후임으로 들어온 졸병들이 병장 계급장을 달 때까지 그는 만년 일등병이었다.

남들 다 가는 정기휴가도 제때 나오지 못했다. 지나친 완벽주의자여서 무슨 일을 맡으면 거기에 몰입해 휴가도 연기해버리곤 했다. 고참병들의 요구를 적당히 들어주고 함께 술을 마시며 친해지는 게 군대생활이 편해지는 지름 길이었으나 윤한봉은 그 반대로만 갔다.

군대 내에서 음주와 폭행이 일상적으로 일어나곤 했다. 툭하면 회식하고 막걸리 판이 벌어지는데 윤한봉은 담배는 피워도 술은 체질적으로 못했다. 그는 고참병들이 아무리 술을 권해도 마시지 않았다.

"감히 왕고참 말을 거부한다고? 너 술을 마실래, 빠따를 맞을래?"

고참병들이 대걸레 자루로 위협해도 윤한봉은 태도를 바꾸지 않았다.

"술 못 먹습니다. 차라리 맞겠습니다."

고참병들은 일고여덟 대까지 때리고는 술 대신 매 맞는 놈은 처음이라며 포기해버리는 것이었다.

군대 내에는 폭력이 일상화되어 있었다. 자기만 잘한다고 매를 피할 수 있는 건 아니었다. 소대 전체가 매를 맞는 일도 비일비재했다. 어느 한 사병이 잘못해도 입대 동기나 분대 전원을 공동책임으로 몰아 매질을 해대는 집단주의가 무슨 대단한 가치인 양 칭송되었다. 하루도 매를 안 맞으면 맘 편히 잘 수 없다는 소리까지 나올 지경이었다.

윤한봉은 부당하게 매 맞는 것도 참지 못했다. 군수과에는 '빠따'를 못 견디는 상급병이 있었다. 그는 한여름에도 아랫도리에 두터운 겨울내의를 껴입었다. 툭하면 집합해서 얻어맞으니 조금이라도 덜 아프게 하려는 것이었다. 윤한봉은 그를 보면서 자기는 절대 폭력을 쓰지 않겠다고 결심했다.

"난 폭력에 분노해갖고, 제대할 때까지 절대로 졸병들 몸에 손 안 대겠다고 결심했지. 저 무식한 놈의 새끼들이, 무능한 놈들이 스스로 통솔을 못하니까, 통솔할 능력이 없으니까 폭력으로 저런 식으로 한다고."

몽둥이에 길들여진 파쇼군대의 사병들을 통솔하는 건 쉽지 않았다. 그가 폭력을 쓰지 않는다는 사실을 알게 된 졸병들은 존중은커녕 오히려 그를 만만히 여겼다. 조기 입대를 한 탓에 졸병들보다 나이까지 어리니 더 그랬다. 어떻게든 요령을 피워서 시간을 때우려는 습성이 몸에 배어버린 병사들은 윤한봉을 돌아버리게 만들곤 했다. 그래도 몽둥이나 주먹은 쓰지 않았다.

"매를 안 드니까 막말로 올라타려고 그러지. 하여간 그런 식으로 해서 통솔해나가는데 결국은 내가 이기기는 이겼는데 힘들었지. 때려죽이고 싶은 걸 참다보니까 맨날 담배만 피우고……."

그를 가장 분노케 만든 부류는 대학을 나온 병사들이었다. 특히 연대의 참모본부에서 일하는 병사들은 대개 좋은 대학 출신이었다. 그들이 배우지 못한 사람들과 똑같이 몽둥이질을 하고 주먹질과 발길질을 해대면서 교묘한 논리까지 내세워 폭력을 합리화하는 건 참기 힘들었다. 게다가 윤한봉에 대해서도 고등학교밖에 안 나오고 지명도 처음 들어본 전라도 강진 촌놈이라며 은근히 멸시했다.

윤한봉은 배웠다는 사람들의 역겨운 행태를 보면서 새로운 결심을 하게 된다.

"참모본부의 대학 다닌 놈들이 은근히 내가 고등학교

나왔다고 깔보는 거라. 그래서 저런 새끼들에게 눌려 살지 않기 위해서 내가 대학을 가야 되겠다고 결심했지."

사실 공부를 다시 해야겠다는 마음은 이미 입대할 때부터 가지고 있었다. 작은형 윤광장과의 약속이었다. 집으로 보낸 첫 군사우편에 영어사전을 보내달라고 하여 아버지를 반색하게 만들기도 했다. 그렇다고 출세를 해야겠다는 것은 아니었다. 그의 꿈은 변하지 않았다.

군생활을 마치고 돌아온 윤한봉은 가족들에게 전남대 축산과에 가겠다고 말했다. 철이 들어 돌아와서도 여전히 농민의 꿈을 버리지 않고 있으니 형들도 포기할 수밖에 없었다. 다만 여동생 경자가 몇 번이고 진지하게 충고를 해보았다.

"오빠, 진짜 축산과 갈라요? 세상에 아무리 어려서부터 꿈이 농장이래도 그렇지, 오빠에 대한 부모형제의 기대가 얼마나 큰데 꼭 축산과를 가야겠소?"

윤한봉은 전혀 동요하지 않았다. 근동의 수재로 부러움을 사던 오빠가 군대에 갔다 와서도 여전히 철없는 소년처럼 구니 더이상 할 말이 없었다.

"오빠가 정 그러면 할 말은 없지만, 이렇게 공부를 안 해갖고 시험엔 어찌 붙을라요?"

"시험은 문제도 아니니 걱정 마라."

아무리 공부를 안 했어도 전남대 축산과 합격은 자신 있었다. 남은 두어 달 동안 입시에 전념했다.

1971년 3월, 스물세 살의 나이로 전남대학교 농과대학 축산과 신입생이 되었다.

9. 사해동포주의

—

1986~89 미국

미국과 유럽에는 반전·반핵을 위한 수많은 시민단체들이 활동하고 있을 뿐 아니라, 세계 여러 약소국에서 온 정치단체들이 자국의 문제를 국제사회에 호소하고 있었다. 한청련과 한겨레는 이들이 벌이는 국제적인 평화운동에 동참함으로써 한반도의 평화통일 염원을 널리 환기시키는 역할을 했다. 윤한봉은 여기에 머물지 않고 '반전·반핵을 위한 국제연대' 조직을 주도했다. 이 점은 그의 활동 중에서 가장 빛나는 대목일 것이다. 한국인이 해외에 나가 다른 민족과 국제적인 연대투쟁을 주도한 경우는 찾아보기 어렵다.

윤한봉의 국제연대활동은 사해동포주의에 기반을 두고 있었다. 그에 따르면 사해동포주의는 각 민족의 주체성을 인정하고 존중하며 세계의 모든 민족이 동등한 위치에서 협조하며 살아가는 것이다. 그의 사해동포주의는 미국에 망명하여 활동하는 동안 다른 여러 민족을 만나면서 깨우치고 터득한 것이다. 그 밑바탕에는 세상의 모든 사람은 귀한 존재이며 평등하게 사랑해야 한다는 박애주의가 어려서부터 자리잡고 있었다. 일찍이 약한 자, 힘없는 자, 억압받는 자에 대한 유별난 동정심을 보여주었던 그였다. 민족에 대해서도 그랬다. 모든 민족은 귀한 존재이며 평등해야 한다는 생각을 가졌기에 약한 민족, 피해받는 민족에 대한 애정이 깊을 수밖에 없었다.

그의 사해동포주의는 자기 민족만 위대하다든가 자기 민족의 이익을 위해서는 타민족을 짓밟아도 좋다는 식의 배타적 민족주의와는 거리가 멀었다. 그의 이러한 생각이 가장 잘 표현된 말은 '타민족 형제들'이다. 다른 민족도 모두 나의 형제와 같다는 의미의 이 말은 '사랑'의 다른 표현이기도 했다. 그는 학생운동 때부터 부자나 강자에 대한 증오심으로 하는 운동을 경계해왔다.

"증오로 운동을 해서는 안 된다. 운동은 사랑으로 해야 한다."

미국에 와서 한청련 회원들에게도 누누이 강조한 말이었다.

사해동포주의에 바탕을 둔 한청련은 처음부터 국제연

대를 최대 목표의 하나로 설정하고 실천한 유일한 한인단체였다.

처음 시애틀에서부터 여러 민족의 활동을 인상 깊게 보았던 윤한봉은 다른 대도시에서도 남아프리카공화국, 필리핀, 니카라과, 엘살바도르, 팔레스타인 등 미국 내 제3세계운동과 미국인들의 제3세계 연대운동을 목격하고 큰 감명을 받았다. 미국 내의 평화운동, 노동운동, 흑인을 비롯한 소수민족의 민권운동도 인상적이었다. 상호 간의 협력을 바탕으로 세계평화를 실현하고자 하는 국제주의에 눈을 뜨게 된 것이다.

1980년대 초반 미국 및 국제사회에서 가장 성공적으로 활동하고 있었던 제3세계 단체는 엘살바도르의 '파라분도 마르티 민족해방전선'(FMNL)이었다. 필리핀의 '민족민주전선'(NDF)은 미국에서는 뿌리를 내리지 못하고 있었으나 유럽에서는 활동이 활발했다.

이에 비해 자국의 문제가 심각한 동티모르, 카슈미르, 티베트, 그리고 한국 등의 '외교 연대운동'은 상당히 취약했다. 한인 중 몇몇이 국제집회에 참석해 한국의 인권상황을 알리기도 했으나 이들은 반공·반북 성향이 강해 다른 참석자들로부터 "코리안들은 자신의 문제도 잘 모르면서 운동을 한다"는 야유를 받기도 했다. 윤한봉은 이런 비판을 받지 않기 위해 냉전의 논리에서 벗어나 남과 북을 하나로 보고 공평하게 대하려는 자세를 갖게 된다.

이러한 태도는 각자의 이념을 강요하고 있는 남한과 북한 정부 모두와 거리를 둔다는 뜻이기도 했다. 윤한봉 자신은 어디까지나 남한에 정체성을 두고 있지만 통일문제와 민족문제에 관해서는 남한 정부의 요구에 따르지도 않았고, 북한 정부의 편도 들지 않았다. 그로 인해 그는 남북 양쪽 정부로부터 미움을 받고 미국 내의 좌우 양극단으로부터 협공을 받기도 했다.

세상을 바꾸는 것은 곧 생각을 바꾸는 것이고 생각을 바꾸는 것은 언어를 바꾸는 것이라고 생각한 윤한봉은 우선 국제연대에 관련해서도 새로운 단어들을 만들어냈다. '국제외교 연대운동'이 그것이다.

윤한봉에 따르면 국제외교 연대운동이란 인류의 공존 공영 및 각국의 특수한 과제를 해결하기 위해 다른 나라 운동을 지원하고 상호 협력해 투쟁하는 운동이다.

한청련은 의욕적으로 국제연대운동을 시작했는데 한국의 운동가들이 전혀 관심을 갖지 않은 분야라서 미개지를 개척하는 일과 다름없었다.

우선 한국문제를 영문으로 만들어 대외홍보부터 시작했다. 또한 한인들에게 나눠주기 위해 영문 자료들을 한글로 번역 했다. 초기에는 데이비드 이스터(David Easter)가 주도하고 있던 신한국정책위원회에서 발행한 전단을 손질

해서 쓰는 수준이었는데 나중에는 핵, 주한미군, 분단모순, 인권상황, 노동문제 등을 다룬 10여 종의 전단을 영문과 한글로 제작해 집회 때 나눠주었고 구호를 적은 배지와 스티커도 각각 10여 종씩 만들어 배포했다.

좀더 전문적인 자료도 만들었다. 핵문제와 주한미군 문제를 다룬 슬라이드 「파멸이냐 생존이냐」를 직접 제작하고 국내에서 나온 각종 비디오테이프와 시청각 자료를 영어로 재녹음했다. 광주항쟁을 비롯한 여러 문제를 대형 걸개그림과 각종 플래카드, 깃발로 제작해 국제적인 집회 때마다 사용했다.

미국 정부가 한국의 군부독재를 지원하지 못하게 하기 위해 의회를 상대로 민간차원의 로비도 필요하다고 보았다. 이를 위해서는 일차적으로 한국 민주화 세력의 입장을 알려야 한다고 보고 1986년 워싱턴D.C.에 '한겨레 미주홍보원'을 만들기로 했다.

워싱턴D.C.는 한인동포가 거의 없는 도시여서 민족학교나 마당집을 만들 최소한의 기반도 없었다. 다른 지역의 회원들과 이사들이 후원금을 갹출해 일종의 특별지부를 만들게 되었다.

미주홍보원은 주로 미 의회에 찾아가서 의원들에게 한국 독재정권의 실상을 알렸는데 자유무역협정(FTA) 등 중요한 현안이 생기면 백악관 앞에 가서 시위도 했다. 노태우가 대통령에 당선되어 방미했을 때는 백악관 앞과 그의 숙소인 한국대사관 앞에서 수십 명이 계란을 던지며 시위를 벌이기도 했다.

부정기적이었으나 『코리아 리포트』라는 영문 기관지도 발행해 미국 내 거의 모든 국제단체에 보급, 판매했다. 『코리아 리포트』는 민주화투쟁, 통일운동, 노동운동 등 다양한 국내 소식을 심도 있게 다뤘는데 이후 7년 동안이나 발간했다. 필자는 주로 한청련 회원들이었으나 가끔 한국문제에 관심 있는 미국인이나 학자도 기고했다. 또한 『코리아 투데이』라는 영문 자료집을 발간해 보급했다.

미주홍보원에는 각 지역의 한청련 회원들이 교대로 배치되어 활동비와 생활비를 스스로 벌어가면서 근무했다. 주로 미국에서 어린 시절을 보내 영어에 능숙한 1.5세, 2세 한청련 회원 중심으로 선발했는데 외교연대의 원칙 등에 대한 집중 훈련을 받았다. 초대 미주홍보원장은 최양일, 2대 원장은 이지훈이 맡았고, 그리고 이진숙, 서혁교, 홍정화, 서재정, 유정애, 이성옥, 정승은 등 여러 회원이 열성적으로 활동했다.

뉴욕 한청련 회원이던 서혁교의 경우는 동아일보 기자였던 아버지를 따라 열한 살에 미국에 이민 왔기 때문에 영어를 잘하고 글도 잘 써서 발탁되었고, 그의 아내 심영주는 소설가 심훈의 조카손녀로, 갓난아이를 안고 생면부지

174

의 워싱턴D.C.에 배치되어 무보수로 일했다.

부부가 함께 일하는 경우는 서혁교·심영주만이 아니었다. 한청련의 연륜이 쌓이면서 남녀회원 사이의 연애와 결혼도 적지 않았다. 윤대중·이은숙, 문유성·김희숙, 김갑송·홍정화 등 여러 남녀가 한청련을 통해 부부가 되어 헌신적으로 활동했다. 이들 중 상당수는 한청련이 해산된 지 오래인 현재까지도 여러 단체에서 열심히 활동하고 있다.

한청련은 미국 각지에서 열리는 국제적 성격의 집회와 시위 때마다 미주홍보원에서 만든 선전물들을 들고 참가했고, 한국과 미국의 관계에 대한 공개토론회도 개최하여 여러 나라 운동가로부터 관심을 받았다.

"우리가 가야 그들도 온다!"

연대를 위한 한청련의 구호였다. 온갖 연합집회와 시위에 적극적으로 참여할 뿐 아니라 각국의 개별적인 집회에도 참가했다. 미국뿐 아니었다. 필리핀에서 열린 국제평화대회와 민중회의, 스페인에서 열린 유럽비핵군축회의, 일본에서 열린 원수폭금지세계대회에도 대표를 파견했다. 외국 운동가들의 남한 방문도 적극 주선해 광주항쟁 답사를 하도록 했다.

1980년대는 반전평화운동이 고조되던 시기이기도 했다. 워싱턴D.C.에서 반전·반핵집회가 열리면 3만에서 5만 명 정도가 참가했다. 현장에 나가 보면 반핵집회인데도 한반도의 핵문제에 대해 언급하는 이가 아무도 없었다. 주한미군이 핵무기를 보유하고 있다는 사실조차 아는 이가 없고 이야기하는 이도 없었다.

한청련에서는 집회에 많아야 수십 명 정도 참석했으나 그 존재감은 작지 않았다. 풍물패를 앞세운 시위로도 놀라게 했지만, 대중적 실천 면에서도 놀라움을 보여주었다. 1988년 5월부터 시작해 이듬해 7월에 마친 '한국의 미국핵무기 철거요청 10만 명 서명운동'이 대표적이다.

서명운동을 시작했을 때는 아무도 믿으려 들지 않았으나 각 지부의 역량을 총동원해 약속대로 서명을 받아내자 다들 놀라워했다. 한인동포뿐 아니라 타민족에게서도 서명을 받았다. 개인주의에 익숙한 미국인을 상대로 10만 명의 서명을 받은 것은 경이로운 일이었다. 한청련이 만들어지기 이전부터 한국문제에 관심을 갖고 활동하던 외국인들이 있었다. 이들은 처음에는 한청련을 불신했으나 '10만명 서명운동'이 성공을 거두자 기꺼이 한국문제에 대한 주도권을 한청련에게 넘겨주기도 했다.

국제연대활동에서 윤한봉은 망명 당시의 결심대로 다급한 경우가 아니면 영어로 말하지 않았다. 영어를 알아듣지 못하는 건 아니었다. 국제연대회의를 할 때나 타민족 활동가를 만날 때면 한청련 회원이 통역을 맡았지만 대개는 윤한봉이 먼저 상대방의 질문을 알아듣고 한국어로 대답하면 그 부분만 상대에게 통역해주었다. 영문 독해도 잘해서 영어로 된 전단지를 읽어보고 틀린 내용을 지적해주기도 했다.

일상생활에서는 영어로 말할 일이 거의 없었다. 아주 가끔은 어쩔 수 없이 영어를 쓰기도 했다. 한번은 공항에서 비행기를 놓치자 할 수 없이 영어로 대화해서 다음 비행기를 탄 적도 있었다.

타민족 활동가들과 소통할 때는 통역을 사용했는데 그들로부터 '한국의 체 게바라'라는 명예로운 별명까지 얻었다. 어느 한청련 회원의 증언이다.

"타민족 활동가들하고 대화를 할 때는 통역을 통해서 하셨는데, 아주 호소력 있게 다가갔단 말이에요. 그래서 진보적인 운동을 하는 타민족 형제한테서 체 게바라라는 소리도 많이 들으셨고, 그리고 또 저희가 한청련에서 활동을 하면서 필리핀 형제들, 엘살바도르 형제들, 팔레스타인 해방기구 형제들, 이런 타민족들이랑 연대활동을 많이 하고. 그래서 그쪽 특히 필리핀 운동 지도부에서도 윤한봉 선배님을 잘 알았죠."

한청련과 한겨레의 활동은 집요할 뿐 아니라 전문성도 띠게 되었다. 네바다 주의 사막 한가운데서 핵실험 반대를 위한 국제적 천막농성이 열렸을 때였다. 전기가 없는 사막이라 다른 나라 운동가들은 촛불을 켜고 지내는데 한청련과 한겨레는 발전기를 싣고 가서 전기를 켜고 살 뿐 아니라 한미관계를 다룬 슬라이드까지 상영해 참석자들을 감탄시켰다.

풍물패를 앞세운 한청련의 시위는 대단한 호응을 얻었다. 연합시위에 참가한 이들은 흰 고무신과 흰 농민복에 흰 머리띠를 두르고 북과 꽹과리를 치며 달려 나오는 한청련 회원들을 보고 신나서 어쩔 줄을 몰랐다. 아무렇게 나 입고 피켓과 플래카드만 들고 걷던 이들은 자연히 풍물패에게 길을 내주었고, 요란한 풍물소리는 주변의 잡소리를 압도해버렸다. 나중에는 시위 때마다 한청련 풍물패가 맨 앞에 섰고 초청도 받았다.

집회와 시위가 끝나면 다른 민족들은 아무렇게나 쓰레기를 남겨둔 채 흩어졌는데 한청련 회원들은 끝까지 남아서 청소를 했다. 솔선수범, 올바른 생활문화 창조라는 윤한봉의 생활철학은 국제연대 현장에 강렬한 인상을 남겨주었다.

변호사로 일하던 청년 임경규는 1990년대 들어 한청련에 가입했다. 이 무렵 윤한봉에 대한 회고다.

"가난한 청년을 모아 가난한 조직을 형성하셨어요. 국제적으로 엮으셨는데 나이 들어서 돌이켜보니까 합수 형님이 대동세계, 양심 있는 해외 청년들의 공동체를 만든 것 같아요. 해외에 살면서 양심 있게 살자, 바르게 살자, 우리

뿐 아니라 양심 있는 타민족하고도 한 형제가 되어서 살자, 매일 그렇게 말씀하셨거든요."

임경규는 바르게 살자느니 양심 있게 살자느니 하는 말들이 처음에는 무슨 소리인가 싶었다. 그러면서도 윤한봉의 매력에 빠져 한청련 회원으로 활동했다.

"조국의 자주, 민주, 통일을 위해서 젊음을 태워야 한다고 했지만, 똑바른 인간이 되자, 좋은 공동체를 만들어서 타민족 우리 민족 다 같이 잘 살아가자, 그런 걸 의식화시켰다고 생각하거든요. 사람들이 합수 형님의 그런 면모에 감탄했어요. 한 사람 한 사람이 스스로 희생해가면서 형님을 바라보고 활동을 했거든요. 대단히 공명정대한 분이었어요."

임경규는 윤한봉이 말로 사람의 마음을 움직이는 매력을 가졌지만 이를 남용하지 않는 데서도 감동을 받았다. 윤한봉을 비방하는 이들은 일사불란하게 움직이는 한청련을 무슨 종교집단 취급하며 매도했다. 하지만 윤한봉은 자신의 매력을 이용해 이득을 취하는 종교지도자나 자신의 업적을 자화자찬하는 정치가들과는 전혀 달랐다. 윤한봉은 한청련에 대한 자부심과 애정 표현은 아끼지 않으나 자기 자신에 대해서는 아주 인색했다.

한청련은 다른 나라 민간단체들에 비하면 회원도 적고 정당이나 정부기구의 지원도 받지 않아 빈한했다. 하지만 다른 단체들이 해내지 못하는 일을 해냄으로써 공신력을 얻었고 이 힘으로 약간의 외교활동을 벌이기도 했다.

1986년 5월에 지적 수준이 높은 도시로 이름난 버클리시를 상대로 외교활동을 벌여 '광주민중의 날'을 선포하게 만들었다. 1989년에는 20여 개 나라의 유엔대표부를 방문하여 남북의 유엔 분리가입에 반대해줄 것을 호소하기도 했다.

한청련의 국제연대활동은 결코 편안하게 이뤄지지 않았다. 일반적인 사회단체에 비해 활동량이 엄청 많은 데다 사무실이 대여섯 군데나 되니 관리비만 해도 막대했다. 해마다 해외에서 열리는 국제 집회에 참가하는 비용도 만만찮았다. 그래서 갖가지 재정사업을 펼쳤다.

크리스마스트리 판매도 그중 하나였다. 미국 북동부 해안지대의 겨울은 종잡을 수 없는 한파와 폭설의 연속이었다. 겨울이 오면 수십 명의 한청련 회원이 뉴욕으로 모여들었다. 다른 재정사업은 각 도시별로 이루어졌는데 이 일만큼은 전국의 활동가들이 뉴욕에 모여 연합사업으로 진행했다. 사람 키보다 훨씬 크고 무거운 전나무를 전시하고 배달하고, 24시간 돌아가며 지켜야 했기 때문이다.

회원들은 11월 말부터 한 달간 혹독한 추위를 견디며 나무를 팔았다. 뉴욕에 거주하는 회원들은 주로 식사를 맡았는데 크리스마스트리 판매로 손발이 꽁꽁 언 회원들에게

차가운 빵과 음료수를 줄 수는 없었다. 한 달간 끼니때마다 따뜻한 국물이 있는 음식을 만들어 판매 장소에 돌아다니며 배급하는 수고를 아끼지 않았다.

트리용 전나무는 맨하탄 중심가의 채소가게 '델리' 앞 등 몇 곳에서 팔았는데 나무는 뉴욕 한청련 재정부장이자 델리의 주인인 강병호가 도매상에 가서 싣고 왔다.

차가 없이 와서 트리용 전나무를 사는 경우에는 회원들이 집에까지 배달해주었다. 파는 것도 문제지만 지키는 것도 문제였다. 얼마나 형편이 어려운지 크리스마스트리까지 훔쳐가는 이들이 있었다. 밤이 되면 빌딩 사이로 몰아쳐오는 영하의 칼바람이 코와 귀, 손가락을 자를 듯 매서웠지만 회원들은 교대로 보초를 섰다.

트리용 나무 장사는 2년간 2만 달러의 순이익을 올렸다. 각 마당집의 월세며 전화비, 복사비 등 운영비에 적지 않은 보탬이 되었다. 일부는 한국의 민주화운동 지원금으로도 썼다.

하지만 언제나 자금은 부족했다. 각 지역의 한청련 회원들은 온갖 희한한 일들을 하여 자금을 마련했다. 집회와 시위 때마다 자체 제작한 자료와 도서를 가지고 나가 판매했고 한인들의 축제나 행사장에서는 김치, 불고기 같은 고유음식을 만들어 팔았다. 옷에 단춧구멍 뚫기, 전자부품 조립하기, 인쇄물 분류해주기 같은 가내수공업도 마다하지 않았다. 로스앤젤레스 회원들은 단체로 할리우드의 영화 촬영장에 몰려가 엑스트라 역할까지 했다.

이러한 활동들은 운영비를 모으는 것 이상의 의미를 가지고 있었다. 이전에는 상상도 하지 못한 밑바닥 삶을 통해 자신을 단련하고 공동체의식을 기르는 과정이기도 했다.

삶 자체를 운동과 일치시키려는 다양한 방법도 창안해 냈다. 한청련 회원 중에는 의사나 자영업자처럼 수입이 좋은 이도 있지만 이는 소수였다. 대다수는 저임금과 단순노동으로 빈곤한 생활을 하고 있었다. 대학을 다니다가 그만둔 경우는 더 힘들었다. 이런 처지임에도 어떻게든 매달 회비를 냈을 뿐 아니라 고통받는 국내의 운동가들을 생각하며 한 달에 두 끼니를 굶고 식대를 기금으로 냈다. 1년에 24시간, 날짜로는 3일간 특별노동을 해서 번 돈을 기금으로 냈다. 1987년부터는 남한의 민주화운동을 지원하기 위한 '황토기금'을 조성해 모든 회원이 하루에 1달러 이상을 약정하고 이를 지켰다. 하루에 1달러면 1년이면 360달러였다. 로스앤젤레스 같은 경우는 담배 피우는 회원들에게 매월 10달러씩 '신명세'를 내게 했다. 남 생각 않고 담배 피우며 신명을 내는 데 대한 벌금이었다.

돈은 못 버는데 기금은 꼬박꼬박 내니 회원들은 더 가난해질 수밖에 없었다. 좋은 자동차를 몰고 나타나던 이는 어느새 싸구려 중고로 바뀌어 있었다. 질 좋은 가구나 전자제품 하나 제대로 갖추지 못하고 사는 이가 많았다. 철 따라 새 옷을 사 입던 시절은 잊어야 했다. 모든 회원들이 윤한봉처럼 되어갔던 것이다. 물론 이런 생활을 못 견디고 떨어져나가는 회원도 적지 않았다.

이렇게 살다보니 거지나 넝마주의라고 놀림을 받기도 하고 신흥종교 교단 같다는 비아냥을 듣기도 했지만, 반전 평화운동 연대집회와 내부 행사 등으로 남들의 이러한 평가 따위에 신경 쓸 겨를이 없었다.

가장 극적인 연대활동은 1989년의 '한반도의 평화와 통일을 위한 국제평화대행진'이었다. 외국인들이 더 많이 참가한 이 행진은 남북의 통일운동을 넘어 한청련과 한겨레가 이뤄온 국제주의 운동의 정점이었다.

10. 국제평화대행진

—

1989 미국

1989년 6월 30일, 남한의 주요 언론들은 일제히 한국외
국어대 여학생 임수경의 북한 방문 소식을 보도했다. 전국
대학생대표자협의회(전대협)의 발표를 인용한 이 보도는
남한사회에 엄청난 충격을 던져주었다.

임수경은 7월 1일부터 8일까지 평양에서 열리는 제13차
세계청년학생축전에 전대협 대표로 참가하기 위해 북한
을 방문한 것이다. 이 축전은 4년에 한 번씩 사회주의국가
에서 열리는 대규모 국제행사로, 북한에서는 처음 열렸다.
세계 170여 개 나라의 청년들이 참가했고 남한에서는 최
초로 한 명의 여학생이 참가한 것이다.

평양 순안공항에 도착한 임수경은 마중 나온 북한 학생
500여 명과 눈물로 상봉하며 성명을 발표했다. "자동차로

불과 4시간이면 올 거리를 나는 24시간 비행하면서, 그리고 열흘이라는 시간을 들여 도착했다. 이것은 남한 정권이 반통일 세력이기 때문이며 진정으로 통일을 원하는 사람은 좌경용공세력으로 몰리고 있는 게 남한의 현실"이라고 주장했다.

경찰은 이날 낮 전대협 주최로 '평양축전 참가를 위한 판문점 돌파 범국민 출정식'이 열리고 있던 한양대에 경찰을 투입하여 집회를 강제해산시키고 학생 500여 명을 연행했다. 보수언론들은 '전대협의 몰지각한 행동' '북한은 남북 교류 암거래하자는 격' '전대협은 주사파 중심의 전국 학생조직' 등으로 기사 제목을 뽑으며 운동권과 대학생들을 맹공했다.

한반도가 남과 북으로 분단된 지 45년째 되던 해였다. 갓 스무 살의 어린 여학생이 남한 대학생을 대표해 평양을 방문했다는 사실만으로도 역사적 사건이 되기에 충분했다. 보수세력의 맹비난과 경찰의 대대적인 탄압을 받기는 했으나, 북에 대한 오랜 금기를 깨는 데 큰 역할을 한 것은 분명했다.

임수경의 방북은 북쪽에도 충격을 주었다. 가벼운 청바지 차림에 매일 새 셔츠를 갈아입고 집회에 등장해 자유분방하게 발언하는 그녀의 모습은 북한 주민들에게 신선한 충격을 주기에 충분했다. 수십 년째 '위대한 지도자 김일성 수령'이란 말로 시작되던 뉴스의 첫머리가 임수경 소식으로 바뀐 것은 북한 주민들로서는 상상도 할 수 없는 일이었다.

북한 주민들이 연일 임수경과 평양축전에 열렬한 환호를 보내는 동안, 남한 주민과 언론은 다양한 입장에서 이 문제에 관심을 갖고 찬반토론을 벌였다. 입북 한 달 만인 7월 28일 임수경은 천주교 정의구현전국사제단 문규현 신부와 함께 판문점을 통해 군사분계선을 넘어 돌아왔다.

임수경의 방북은 남한 사람들에게 금기시되었던 통일에 대한 관심을 촉발한 역사적 사건임에는 틀림없었다. 그런데 사람들은 임수경의 방북과 판문점을 통한 귀환을 기획하고 추진한 것이 윤한봉이라는 사실은 알지 못했다.

전대협은 임수경을 선발해 평양에 보내는 역할만 했을 뿐, 모든 것이 처음부터 윤한봉의 철저한 계획과 세밀한 지도 아래 이뤄졌다는 사실을 아는 사람은 거의 없었다. 임수경 개인에 대한 보도에 가려져 세계 각국에서 온 300여 명의 청년들이 백두산에서 판문점까지 '국제평화대행진'을 했다는 사실은 더욱 몰랐거나 일부 보도가 되었어도 무심히 지나쳤다.

세계청년학생축전이 끝난 후인 7월 20일부터 28일까지 한청련의 주도로 이뤄진 국제평화대행진은 가히 윤한봉의 재미 활동의 결정판이라 할 수 있다. 분단 45년 만에 북한과 남한 정부 어느 쪽의 지시나 지원도 받지 않고 순수한 민간 차원에서 자비로 치른 최초의 통일행사였다.

윤한봉이 남북의 평화통일을 기원하며 백두산에서 한라산까지 행진을 하면 좋겠다고 생각한 것은 1984년경이었다. 그러나 현실 여건이 여의치 않아 미루다가 1989년 들어 회원인 정기열 목사의 제안에 착안하여 추진하게 되었다. 평양에서 세계청년학생축전이 열리는 것을 기회로 남북에서 동시에 행진을 시도한다는 계획이었다.

윤한봉은 우선 평양축전에 참가할 대표자를 선발해달라고 전대협에 전갈을 보냈다. 한청련 안에서도 극비리에 이뤄진 일이었다. 제안을 받은 전대협은 간부 한 사람을 지명했으나 집중 감시를 받고 있는 몸이라 당국에 노출될 것을 우려해 눈에 덜 띄는 여학생 임수경을 대표로 뽑았다.

이 계획의 핵심은 세 갈래의 행진이었다. 북에서는 백두산에서 판문점까지, 남에서는 한라산에서 판문점까지, 그리고 미국에서는 뉴욕에서 워싱턴D.C.까지 세계평화를 염원하는 각국의 청년들이 남북의 평화적 통일을 기원하며 행진하기로 한 것이다.

미국에서의 행진 준비는 당국과 마찰 없이 수월히 진행할 수 있었다. 마침 이 무렵 한반도의 미군 핵무기 철거를 요청하는 10만 명 서명운동이 마무리되는 중이었다. 미주행진단은 서명용지를 짊어지고 행진하여 워싱턴의 미국의회에 제출하기로 했다.

북에서의 행진 준비는 넘어야 할 고비가 많았다. 당시 미국 정부는 북한, 베트남, 캄보디아 등을 '해외자산 통제 조절법'으로 묶어놓고 있었다. 개별방문은 자유롭지만 단체방문을 하려면 정부의 허가가 필요했다. 이를 어긴 여행사가 수십만 달러의 벌금을 문 일도 있었다.

한청련은 북한 단체방문에 대해 미국 재무부에 정식으로 서면질의서를 보내는 한편, 처음부터 법적인 규제를 피할 수 있도록 영국에 행사 본부를 세웠다. '코리아의 평화와 통일을 위한 국제평화대행진 준비위원회', 약칭 '국제준비위원회'를 만든 다음 이를 통해 방문객을 모으는 형식이었다.

국제준비위는 영국인 휴 스티븐스(Hugh Stephens)를 의장으로 추대하고 본부 사무실을 런던에 있는 한국친선위원회(Korean Friendship Association)에 두었다. 아시아지역 사무국은 필리핀의 마닐라시티에, 태평양지역 사무국은 호주의 멜버른에, 북미주지역 사무국은 워싱턴 D.C.에 두었다. 물론 실질적인 모든 일은 미국의 한청련과 한겨레에서 진행했고 윤한봉이 총괄했다.

참가자는 6·25참전 16개국에서 반드시 한 명 이상씩 넣어 구성하기로 했다. 분단의 비극을 고착화한 한국전쟁 참전국 청년들을 참가시켜 화해와 평화를 도모하기 위해서였다. 비용은 참가자 자신이 부담하는 걸 원칙으로 하되 가난한 제3세계 참석자의 여비는 국제준비위원회가 일부 부담키로 했다.

윤한봉은 먼저 남한 운동권이 자체적으로 한라산에서 판문점까지 행진을 추진해달라고 요청했다. 그러나 남한 운동권은 1987년의 대통령선거 패배 후유증으로 행사를 주도하기 어려웠다. 이에 윤한봉은 한청련 회원을 남한에 보내 행진을 조직해보려고 했으나 정보가 새어나가는 바람에 실패하여 서울 궐기대회로 대신하기로 했다.

북한으로부터의 물품 지원은 절대 사양하도록 했다. 행진단은 숙식, 교통편의, 비행기로 싣고 가기 어려운 대나무 장대 외에는 일체의 폐를 끼치지 않기로 했다. 행진 때 쓸 걸개그림을 포함한 각종 시위용품, 행진대원들의 옷가지며 구급약품, 문방구와 망치까지 모두 미국에서 준비하기로 했다. 남한에서 익명으로 보내온 50여 점의 판화와 홍성담이 그려서 보내온 대형 걸개그림 「민족해방운동사」, 행진에 참가할 타민족 활동가들을 교육하기 위한 각종 시청각 자료와 문건 및 기기 등의 분량도 상당했다.

국제준비위원회는 쟁쟁한 후원단체들의 명단을 확보했다. 독일의 녹색당을 비롯한 세계의 70개 진보정당과 평화운동단체, 여성단체가 후원자로 참가했다. 개인적으로는 미국 하원의원 로널드 델럼스(Ronald V. Dellums)를 비롯해 20여 명의 저명한 정치인, 평화운동가, 인권운동가가 후원해주었다.

몇 달간의 준비를 끝내고 윤한봉은 중요한 원칙들을 재점검했다. 우선 행진 주최는 한청련이 아닌 국제준비위원회로 한다는 것, 한국인만의 행사가 되지 않고 국제연대임을 보여주기 위해 북측 참가자 및 해외동포 참가자를 지역별로 50명 이하로 제한할 것, 행진 과정에서 타민족 참가자들에게 교육 선전을 강화해 행진이 끝난 후 그들이 스스로 한국문제를 다루는 조직을 만들 수 있도록 노력할 것 등이었다. 평양축전에 참가하고 있던 임수경을 행진에 참가시킬 것인가 여부는 본인 의사에 맡길 것, 북한을 위한 행진이 아니고 한반도 전체의 평화와 통일을 위한 행진인 만큼 긴장을 유지하고 언동에 주의할 것도 당부했다. 그리고 세칙도 세웠다.

―이번 대행진은 결코 놀러 가는 것이 아니다. 조국통일을 위해 노둣돌을 놓는 자세로 임해야 한다.

―이북 주민들 앞에서 자본주의 냄새를 풍겨서는 안 된다. 존경하는 마음과 겸허함을 잃지 말라.

―행진의 주체는 북한 정부가 아닌 한청련이다. 주인의식을 잊지 말라.

―절대 행진대열에서 이탈해 개인행동을 해서는 안 된다.

―행진 도중 행사 기록을 위해 지명된 비디오 촬영사 외

의 개인 촬영은 금지한다.

—한청련은 행진단 맨 뒤에 위치해야 하며 선두에 나가
서는 안 된다.

—언론매체와의 공식적인 접촉은 단장을 통해야 하며
개별적인 취재는 금한다.

—임수경 학생과의 사진 촬영이나 불필요한 접근은 금
지한다.

국제평화대행진 단장은 정기열, 부단장은 정민이 맡도
록 했다. 그러나 한청련 행진단장에는 정민, 부단장에는
정기열을 지명했다. 목사인 정기열에게 대외적인 활동을
맡기되 실질적인 총책임은 정민이 맡도록 한 조치였다.

남은 일은 북측의 협조를 받아내는 일이었다. 남한과 달
리 입국부터 숙박 등 일일이 허가를 받아야 하는 나라여서
북한 정부의 협조가 중요했다.

세계청년학생축전을 열흘 앞둔 1989년 6월 20일, 정민
은 홀로 평양에 들어갔다. 예정된 평화대행진을 1개월 앞
둔 시점이었다. 고려항공 비행기에서 내린 그는 외국인 방
문자에게 필수적으로 따라붙는 북측 안내원에게 한청련의
평화대행진 계획을 설명하고 책임있는 고위간부와의 회합
을 주선해줄 것을 요청했다.

북측 안내원은 몹시 당황하는 한편으로 대단히 불쾌해
했다. 열흘 후 열릴 세계청년학생축전에 국력을 집중하고

있는데 갑자기 웬 서른댓 살 청년이 나타나 축전 참가자 중 일부를 이끌고 백두산에서 판문점까지 행진을 하겠다니 황당했을 것이다.

우여곡절 끝에 '책임있는 윗선'과의 회합은 이뤄졌으나 난관은 계속되었다. 북한은 평양 등 몇몇 주요 도시 외에는 외국인의 접근이 금지되어 있다. 그러니 수십 개 나라에서 온 수백 명이 중소 도시와 농촌을 관통해 행진하겠다는 것 자체가 난관이었고, 모든 진행은 한청련에서 주도할 테니 당신들은 교통 편의와 숙식만을 제공해달라는 것도 불쾌하게 받아들였다.

정민은 논리적이고 설득력 있는 언변으로 유명한 활동가였다. 완강히 거부하는 북측 관리들을 하나씩 설복해 모든 조건을 관철시키는 데 성공했다. 물론 통일운동에 관한 한 수용의 폭이 넓은 북한 정부의 결단 덕분에 가능한 일이었다.

행진에 대한 승인은 6월 말에 났다. 그런데 북에서 와야 할 초청장이 도착하지 않았다. 알고 보니 친북적인 청년단체가 대북 통로를 독점하기 위해 한청련 앞으로 온 초청장을 감춰버린 것이다. 그동안 경제적·정치적 목적으로 북한을 왕래하면서 얻은 소소한 기득권을 분점하지 않으려는 그와 같은 행동은 이후 수없이 벌어지게 된다.

우여곡절 끝에 초청장을 인수한 한청련은 1989년 7월

초 국제준비위원회 선발대 8명을 평양으로 보냈다. 그리고 지금까지의 기밀유지를 풀어 런던, 워싱턴D.C., 마닐라 시티, 멜버른, 평양 등에서 국제평화대행진을 선포하는 기자회견을 잇달아 열었다.

기자회견에서는 남쪽에서의 행진도 강행하는 것으로 발표했다. 내부적으로는 벌써 포기하고 서울 궐기대회로 대체하기로 했으나 행사를 막은 남한 정부에 일침을 가하기 위해서였다. 필리핀과 호주의 한국대사관 앞에서는 평화대행진 참가자의 입국 금지에 항의하는 집회와 시위도 벌였다.

평양에 도착한 선발대는 또다시 북한 관리들과 심한 갈등을 빚어야 했다. 북측이 행진의 공동주최자로 자신들의 관제단체인 조선반핵평화위원회를 넣어야 한다고 주장하고 나선 것이다.

하지만 북이든 남이든 이 일에 국가가 개입해서는 안 되며 민간단체인 국제준비위원회 단독으로 주최해야 한다고 맞섰으나 북한 관료체제의 경직성은 요지부동이었다. 자신들의 결정을 일방적으로 통보하고는 만나주지도 않았다.

윤한봉도 강경했다. 그는 뉴욕의 마당집인 청년학교에서 국제전화를 통해 모든 사안을 보고받고 검토하고 지시를 내리고 있었다.

"큰일 났다. 이런 식으로 흘러가면 다 죽는다. 통일운동이며 해외운동 정말로 끝장이다. 무슨 수를 써서라도, 목숨을 던지는 한이 있더라도 북이 주최가 돼서는 안 된다. 행진을 포기하는 한이 있어도 북을 주최로 해서는 안 돼!"

만일 북한 정부와 손을 잡고 그들의 지시를 받는다면 어떻게 될까? 한청련과 윤한봉을 친북이니 빨갱이라고 공박해오던 미국 내 보수세력과 한국 정부의 비난을 스스로 인정하고 마는 꼴이 된다. 또한 그동안 지켜온 남북 어느 쪽의 이념에도 편중되지 않는 통일운동에 대한 한청련의 기조 자체가 무너지게 될 것이다.

윤한봉의 지시를 받은 선발대 대표단의 강경한 태도에도 북측은 공동주최 주장을 철회하지 않았다. 사소한 사안까지도 상부에 보고해 지시를 받는 게 관료주의의 한 특징이라면, 한번 내려온 결정을 바꾸는 일이 대단히 어려운 것은 그 폐해였다.

북한 관리들의 완강한 태도에 직면한 대표단은 숙소인 고려호텔에서 침묵 농성에 들어갔다. 예상치 못한 농성사태까지 벌어지자 북측은 물러설 수밖에 없었다. 결국 국제준비위원회 단독 주최로 결정되었다. 주민들의 생활을 공개하기 꺼리던 북측은 국제준비위원회가 애초에 제안한 행진 경로도 수정하려 했으나 결국 원안대로 허용해주었고 세부적인 내용에도 더이상 간섭하지 않았다.

세계청년학생축전은 7월 8일 막을 내렸다. 이때부터 정기열 등 한청련 대표단은 부지런히 외국인 참가자의 숙소를 찾아다니며 백두산에서 판문점까지 평화행진에 참가해 달라고 호소했다.

7월 20일, 마침내 평양에서 개최된 국제평화대행진 발대식에는 한국전쟁 참전 16개국을 포함한 30여 개 국가에서 400여 명이 참석했다.

7월 21일, 백두산 정상에서 출발한 평화대행진에는 외국인 85명과 해외동포 113명, 북한 동포 70여 명이 참가했다. 그 중 한청련과 한겨레 회원은 25명이었다. 외국인 참가자 중에는 휠체어를 탄 평화운동가 브라이언 윌슨(Brian Wilson) 등이 눈길을 끌었다. 외국인 수석대표는 아프리카 출신의 민권운동가 다무 스미스(Damu Smith)가 맡았다.

삼지연에서 군중대회를 연 행진단은 사리원, 신천, 개성을 거쳐 7월 27일 판문점에 도착했는데 북한 주민들의 환영은 상상 이상이었다. 한청련 사물패를 앞세운 행진단이 지나가는 길목마다 수많은 주민이 늘어서서 손을 흔들며 조국통일을 부르짖었다. 말 그대로 눈물의 바다였다.

북한 주민들의 통일 염원은 행진단원들을 감격에 빠뜨렸다. 장마철이라 빗줄기가 오락가락하는 습한 무더위 속에서도 한청련 회원들은 함께 눈물 흘리며 민족통일을 외쳤다. 행진단의 일원이던 뉴욕 한청련 회원 김갑송의 회고다.

"북한 방송은 당시 남한의 '땡전 뉴스'처럼 땡 치면 김일성 주석께서 어쩌고 항상 그랬는데 그걸 싹 지워버리고 땡 하면 오늘 행진은 어쩌고 이렇게 나오니 대사변이죠. 북한은 주민들의 생활을 숨기려고 하는데 행진대열이 지나가게 되니 이게 얼마나 무시무시한 일인가요. 한국전쟁 이후의 최대 사변이라고 표현하더라고요. 하여간에 모두가 만나는 사람들마다 손잡고 끌어안고 눈물바다를 이뤘었는데 눈물샘이 말라가지고 나중에는 눈물이 안 나오더라고요."

백두산에서 내려온 행진단이 수백 킬로를 이동해 평양에 들어섰을 때였다. 연도에 늘어서서 환영하던 평양 시민들이 안전요원들의 제지를 무시하고 우르르 도로로 뛰어들어 행진단과 눈물의 상봉을 한 것이다. 언제나 당국의 통제에 질서 정연히 따르던 평양 주민들이 이렇게 나오자 북한 관리들은 평양에서 처음으로 질서가 무너졌다며 당혹스러워했다. 개성을 지날 때 청장년들은 도시 밖으로 나가 있고 어린이들과 노인들만 환영하기도 했다.

한편, 7월 20일 뉴욕의 국제연합본부 앞에서 출정식을 한 미주 행진단 40여 명은 필라델피아까지는 차량으로 이동하고 필라델피아부터 워싱턴D.C.의 국회의사당을 향해 7일간의 행진을 벌였다.

한청련 교육부장 한호석을 단장으로 한 미국의 행진단은 참가자 수도 적은 데다 미국인들의 관심을 받지 못해

퍽 외로워 보였다. 행진대열 속에 외국인은 몇 명에 지나지 않았다. 행진 도중에는 "너희 나라로 돌아가라!"며 욕하는 미국인도 만났다. 그래도 기죽지 않고 핵무기 철거 서명용지를 초록색 보자기에 싸서 나눠 짊어지고 행진을 계속했다.

미주 행진에는 마침 방미 중이던 소설가 윤정모와 화가 유연복이 잠깐씩 동행했다. 윤정모는 광주항쟁 직후 서울로 피신해 올라온 윤한봉을 숨겨준 적이 있고 유연복은 행진을 위해 걸개그림까지 그려준 이였다. 윤한봉은 여러 군데서 동시에 벌어지는 행진을 지휘하느라 이들과 밥 한 끼니 제대로 나눌 수 없었다. 그는 뉴욕의 청년학교 사무실에서 먹고 자면서 상황을 총지휘하느라 일주일간 거의 한숨도 자지 못하고 있었다. 시차가 다른 각국의 실무자와 전화로 연락을 주고받으려면 밤낮을 꼬박 전화통 앞에서 살아야 했다. 윤한봉은 특히 생명의 은인이나 다름없는 윤정모를 소홀히 대한 일을 두고두고 미안해했다.

워싱턴D.C.에 도착한 미주 행진단은 국회의사당 앞에서 한반도 전쟁 종식을 위한 평화대회를 개최하고 11만 명의 서명지를 미 의회에 전달했다. 같은 시각 서독, 필리핀, 남아공, 호주 등지에서도 연대집회가 열렸다.

7월 27일, 북쪽 행진단은 판문점에, 미국 행진단은 워싱턴D.C.에 무사히 도착했다. 판문점의 행진단은 '코리아의 평화와 통일을 위한 국제연대위원회' 결성을 선포하고 2년마다 정기적으로 평화대행진을 하기로 했다.

이때 판문점에서 예정에 없던 일이 벌어졌다. 해산식을 마친 행진단이 판문점을 통과해 군사분계선을 넘으려 하자 북한 측이 임수경의 안전을 걱정해 이를 차단했고, 승강이를 벌이던 행진단이 그 자리에서 단식농성에 들어가 버린 것이다.

군사분계선 통과나 농성은 계획에 없던 일인 데다 해산식 후에 벌어진 일이어서 누가 나서서 말릴 수도 없었다. 외국인 10명과 임수경, 그리고 임수경을 안전히 데려오기 위해 방북한 문규현 신부까지 65명이 6일간 단식농성을 하게 된다.

이 소식을 들은 뉴욕의 한청련 회원 10여 명도 청년학교에서 4일간 단식농성을 벌였다.

임수경과 문규현 신부는 끝내 북측의 만류를 제지하고 군사분계선을 넘어 귀국한 후 구속되었다.

이밖에도 한청련과 한겨레는 헤아릴 수 없이 많은 국제연대활동을 했다. 윤한봉이 귀국한 뒤에도 국제연대활동은 이어져 10여 년이나 지속되었다. 그럼에도 윤한봉의 활동에서 이 부분이 가장 저평가되었다. 미국에서 이뤄졌기 때문에 국내에는 잘 알려지지 않은 탓이다.

1990년 전후의 수년 동안은 한청련의 국제평화대행진

뿐 아니라 국내의 통일운동이 정점을 이루던 시기였다. 그러나 남과 북의 정부는 오히려 반영구적인 분단을 향해 한 걸음 더 나아가고 있었다. 남북의 유엔 분리가입 추진이 본격화된 것이다.

남과 북은 각각 국가를 세운 지 반세기가 되도록 서로를 인정하지 않아 국제연합의 일원이 되지 못하고 있었다. 그 배경에는 미국과 소련의 대립이 있었다. 그런데 동유럽 사회주의 정권들이 무너지고 소련 공산당이 개혁개방을 천명하면서 남과 북의 유엔 동시가입이 추진되기 시작한 것이다. 윤한봉은 이를 지켜보고만 있을 수 없었다.

한청련과 한겨레는 1990년 2월의 합동회의에서 10월에 한반도 평화와 자주통일을 위한 해외동포대회를 개최하고, 10월 1일부터 15일 동안 유엔 분리가입 저지와 평화협정체결 촉구를 위한 유엔본부 앞 단식농성을 추진하기로 의결한 바 있다.

이에 따라 상당한 규모의 준비위원회가 꾸려졌다. 준비위원으로는 미 법무부장관 램지 클라크(William Ramsey Clark), 디트로이트 주교 토머스 검블턴(Thomas Gumbleton), 뉴욕 성공회 주교 폴 무어(Paul Moore), 세계적인 진보학자 놈 촘스키(Noam Chomsky)와 브루스 커밍스 등 미국 내 저명인사들은 물론 엘살바도르민중연대위원회(CISPES) 지도자인 앙헬라 산브라노(Angela

Sanbrano) 등 30명에 달하는 국제적인 진보운동가들이 들어왔다. 한국인으로는 임창영 박사, 유태영 목사 등 13명의 저명인사가 참여했고 8개의 동포 단체가 들어왔다. 72개의 타민족 단체도 후원했다.

이미 1989년 유엔본부 앞에서 한반도 평화를 위한 22일간의 단식을 경험한 바 있지만 이번 농성은 그보다 규모가 더 컸다. 1990년 10월, 뉴욕 유엔본부 앞 함마르셸드 광장에서 열린 첫날 집회에는 여러 민족의 후원자들까지 200명이 참가했고 단식에도 22명이 함께했는데 미주 한청련 외에도 유럽, 일본, 호주, 캐나다, 남한 등지에서 온 동포들이었다. 타민족 활동가 2명도 동참했다.

정민, 정승은, 이진숙 등 한청련 회원 10명과 수전 베일리(Susan Bailey) 등은 외교연대위원회를 구성해 유엔의 각국 사무실을 돌아다니며 한반도 평화를 호소했다.

윤한봉은 건강상태가 나빠서 단식에는 동참하지 못했지만 낮에는 단식 현장을 지키고 밤에는 단식자들과 같이 자고 단식자들의 복식을 돌보는 등 처음부터 끝까지 자리를 지켰다.

유엔본부 앞에는 한청련뿐 아니라 다른 민족의 평화적인 시위가 끊이지 않았다.

중국으로부터의 독립을 요구하는 티베트인들과 인도로부터의 독립을 요구하는 카슈미르인들이 수십 명씩 몰려

와 중국과 인도를 규탄하는 시위를 벌였으나 기자들은 단
한 명도 나타나지 않았다. 그런데 유대인 20여 명이 팔레
스타인의 테러에 항의하는 시위를 벌이자 미국의 대형 언
론사는 모두 기자를 보내 취재하고 10여 명의 경찰까지 배
치해 그들을 보호한다고 호들갑을 떠는 것이었다. 그런데
유태인 항의시위 취재를 마친 기자들은 바로 옆에서 단식
농성하는 한청련에는 눈길 한번 주지 않고 돌아가는 것이
었다.

윤한봉은 그들의 시위를 지켜보면서 국제외교의 냉혹
함을 실감하기도 했다. 남 탓할 것도 못 되었다. 외로운 티
베트인들이 한청련 농성장에 찾아와 연대사를 부탁했을
때, 윤한봉은 마음이 아팠지만 응하지 못하게 했다. 중국
으로부터 분리 독립을 주장하는 티베트인들을 편들면 유
엔 안보리 상임이사국의 하나인 중국이 남북의 유엔 분리
가입에 동의할지도 모른다는 우려 때문이었다. 대신 인도
로부터 독립을 요구하는 카슈미르인들이 찾아왔을 때는
기꺼이 연대사를 해주었다. 인도가 안보리 상임이사국이
아니었기 때문이었다. 윤한봉은 티베트의 분리 독립을 지
지하지 못한 것을 두고두고 부끄럽게 생각했다.

단식에 얽힌 잊지 못할 사연도 있었다. 한청련 회원 김
희정이 유달리 단식을 힘들어하더니 6일째 되던 날 탈진
해버리고 말았다. 알고 보니 주부인 김희정은 임신 3개월

째였다. 이듬해에 김희정이 아들을 낳자 윤한봉은 화성(和成)이라는 이름을 지어주었다. 평화공원에서 조국의 평화를 위해 태중 단식을 했으니 평화를 이루라는 뜻이었다.

남북의 유엔 동시가입, 곧 유엔 분리가입을 막을 수는 없었다. 남한과 북한은 각각 이듬해인 1991년 7월 유엔 가입신청서를 제출했다. 남한의 보수세력들은 축제 분위기가 되었다.

남북 양쪽 정부로부터 자유로운 한청련과 한겨레가 다시 나섰다. 남북 동시가입을 유엔 안보리에서 만장일치로 채택한 1991년 8월 17일, 뉴욕 유엔본부 앞 평화공원에서는 다시 한번 수십 명의 한국 청년들이 침묵시위를 벌였다. 윤한봉도 직접 참가했다.

1991년 9월 18일 유엔 총회는 남북 동시가입을 승인했다. 태극기와 인공기가 유엔 건물 앞 국기 게양대에 나란히 올라갈 시간이 되었다. 농성하던 한청련 회원들은 이를 보기 위해 몰려갔지만 윤한봉은 두 개의 국기가 나란히 올라가는 꼴을 차마 볼 수가 없어 그 자리에 혼자 남아 있었다. 참담한 심경이었다.

이윽고 두 개의 국기가 동시에 게양되자 한청련 회원들은 건너편 인도에 서서 눈물을 흘리며 「우리의 소원은 통일」을 부르고 "Korea is one!"을 목 놓아 외쳤다. 옆에는 남한의 유엔 가입을 환영하기 위해 한 무리의 사람들이 태극기를 들고 몰려와 있었는데, 눈물을 흘리며 애타게 노래하는 한청련 회원들을 보고는 차마 태극기를 흔들지 못하고 조용히 서 있다가 떠났다.

훗날 윤한봉은 이날이 운동가로서 자신이 겪은 가장 참담한 날 중의 하나였다고 회고했다. 그리고 처음 운동을 시작했을 때의 자신의 모습을 떠올렸다.

11. 700원짜리 선거

1971~73 전남대

    윤한봉은 1971년 3월 전남대 농대 축산과에 입학해 71학번이 되었다. 입학 동기들보다 서너 살이 많았다. 고등학교 때 공부 안 하고 부모님 속 썩인 것을 반성한다는 마음으로 오로지 공부만 했다. 전남대 뒤쪽에서 하숙을 했는데 한 달에 한 번이나 시내에 나갈까, 허름한 옷에 고무신을 신고 강의실과 하숙집만 오갔다.

    후배나 동기들을 성실하게 대했고 이름도 함부로 부르지 않았다. 팬티까지 바꿔 입을 만큼 절친한 친구가 되는 김남주에게도 '야, 자'를 하지 않고 '하오'체를 썼다.

    윤한봉 자신은 만학도가 된 것이 별로 내세울 게 못 되어 하오체를 썼다지만, 동기며 선후배는 그런 그를 양반의 체통을 지키는 사람으로 생각하고 존중해주었다.

교수들도 윤한봉을 무척 미더워해서 장차 미국으로 유학을 보내 전남대 강사로 영입할 생각까지 했다. 아버지 윤옥현은 제대 후 철이 든 셋째가 대견해서 어쩔 줄을 모르고, 작은형 윤광장은 무슨 수를 써서라도 미국 유학을 보내주겠다고 약속했다.

윤한봉은 어떤 이론이나 주장도 맹신하지 않고, 일단 회의하고 반문해보는 자유롭고 개방적인 사고방식을 가진 대신, 아무리 사소한 일이라도 일단 약속을 하면 철저히 지키고, 자기 생각을 실천에 반드시 옮기는 성격이었다.

전남대 학생운동권 동기와 후배들은 윤한봉의 이런 면모를 주시하고 있었다.

전남대 학생운동 조직의 기초가 된 것은 광주일고와 광주고 출신들이었다. 특히 광주일고는 1929년 광주학생항일운동의 전통을 지닌 명문으로, 1960년 4·19를 거치면서 수많은 민주화운동가를 배출하고 있었다. 광주일고에는 동아리로 빛고을의 사나이라는 뜻의 '광랑'과 불사조라는 뜻의 '피닉스'가 있었고, 광주고에는 푸른 무리라는 뜻의 '녹번'이 있었다. 이들 동아리에서는 찰스 라이트 밀스 (Charles Wright Mills)의 『들어라, 양키들아』 같은 금지서적을 공부하며 사회의식을 갖추게 된다.

이들 중 전남대에 들어온 조천준, 김정길, 정상용, 문덕희, 박형선 등은 민족사회연구회, 약칭 '민사연'이라는 이

넘동아리를 만들어 후배를 양성하는 한편, 전국 학생운동의 본부 격인 서울대로 진학한 광주일고, 광주고 출신들과 교류해나갔다.

전남대 학생운동의 조직적 토대는 1971년 무렵에 만들어졌다. 이해부터 대학교에 교련교육을 실시하면서 전국적으로 학생들의 교련반대시위가 벌어졌고, 자연히 군사독재 반대투쟁으로 번져나간 덕분이었다.

박정희 정권은 교련반대투쟁을 반국가적 행위로 규정하고 이를 탄압했다. 서울에는 위수령이 내려져 무장군인들이 주요 공공시설과 중심가에 배치되고 대학 교정에까지 진주해 삼엄한 분위기를 만들었다. 전남대에는 무장군인이 진주하지는 않았으나 교내에서 수차례 교련반대시위가 벌어졌다.

윤한봉은 민사연 후배들이 자신을 주목하고 있다는 것은 잘 알았으나 모르는 척하며 공부에만 열중했다.

"내가 학생들에게 영향력이 있는 걸 알고 자꾸 꼬드겨. 속이 다 보이지. 나를 살살 홀리는 거 알면서도 이제 공부나 해야지, 고등학교 때 허랑방탕하게 살았응게. 아고 다 잊어버리고, 총장 이름도 모르고…… 하여간에 농대까지 걸어가서 수업 받고 점심때도 밥 먹으러 왔다 가고, 일요일에도 학교 나와서 공부해버리고, 방학 때도 도서관에 가서 공부해버리고 그런 식이었어."

그렇다고 완전히 외면할 수는 없었다. 박정희 군사독재의 횡포를 보고만 있을 수도 없고, 후배들이 민주주의를 사수하겠다고 나서는데 모른 체할 수도 없었다. 주동자로 나서지 않았을 뿐, 시위에는 빠지지 않고 참가했다.

그러던 어느날이었다. 그날도 본관 건물 앞에 학생들이 잔뜩 모여 교련반대 구호를 외치고 있었다. 정문과 후문을 봉쇄한 경찰이 곧 진입한다고 엄포를 놓자 교수들이 나와서 학생들을 해산시키려고 했다.

윤한봉은 맨 앞에서 세 번째 줄에 앉아 있었다. 당시에는 시위 때 부를 운동가요가 없던 시절이라 중구난방으로 이런저런 노래를 부르고 구호도 불규칙하게 외치고 있는데 경찰이 진입하려고 했다. 그러자 한 학생이 일어나 비장한 각오를 밝혔다.

"학생 여러분! 저는 원자탄이 떨어져도 이 자리를 사수할 것입니다! 여러분도 목숨을 걸고 이 자리를 지킵시다!"

"옳소!"

우렁찬 박수소리와 함성이 터져나왔다. 바로 그때 요란한 폭발음과 함께 빗발처럼 최루탄이 날아왔다. 사선을 그으며 땅에 떨어진 최루탄들이 폭발하는 가운데 경찰이 밀고 들어오기 시작했다. 사방에서 아우성을 치고 기침소리가 터져나왔다.

윤한봉은 원자탄이 터져도 자리를 지키겠다는 주동자

의 결의를 믿고 매운 가스 속에서도 자리를 지키고 있었다. 그런데 문득 뒤가 허전하여 뒤돌아보니 아무도 없었다. 자기도 모르게 벌떡 일어나 본관 건물로 뛰어들고 말았다.

본관 로비에 있던 교수들은 결사항쟁을 맹세하고는 곧바로 도망쳐온 학생들을 조롱해댔다.

"것 봐라, 이놈들아! 우리가 해산하라고 할 때 해산했으면 이런 꼴 안 당하지. 최루탄에 도망친 놈들이 무슨 말이 많아? 나가! 다들 나가! 교직원들은 이놈들 좀 내쫓아버려요."

자존심이 망가질 대로 망가진 윤한봉과 학생들이 본관 앞에 서 있는 경찰들 사이로 고개를 숙인 채 걸어 나오고 있었다.

"사내새끼들이 비겁하게 최루탄에 다 도망쳐? 그러고도 뭐? 원자탄이 어쩌고저쩌고? 불알을 까버려라, 새끼들아!"

경찰의 야유를 받고 속이 완전히 뒤집혀 자취방에 돌아온 윤한봉은 곧바로 이발소에 가서 머리를 박박 밀어버렸다. 앞으로 시위를 주동하겠다는 결심은 아니었다. 수치스러운 짓을 한 자신에게 벌을 준 것이고, 또다시 데모를 하게 되면 부끄럽지 않게 하겠다는 결심이었다.

공교롭게도 교련반대 시위는 그날을 끝으로 더 일어나

지 않았다. 주동했던 민사연 후배들이 여러 명 퇴학당하고 군대에 끌려갔기 때문이다. 학교 측은 민사연의 서클 등록까지 취소해버렸다.

군대에 끌려가지 않은 후배들은 '교양독서회'라는 새로운 서클을 만들었다. 조천준, 정환춘, 유선규, 이훈우, 최철, 문덕희 등이 핵심이었다. 이들은 윤한봉을 찾아와 놀면서 은근히 함께하기를 권했으나 윤한봉은 응하지 않았다. 그 이유를 함께 자취하던 여동생 윤경자에게 털어놓기도 했다.

"여기저기서 데모를 하자고 하는구먼. 근디 이 녀석들이 큰소리는 쳐놓고 막상 경찰이 오면 제일 먼저 도망가는 놈들이여. 이런 놈들이 데모를 하자는데, 어떻게 같이해? 그딴 식으로 데모하려면 머할라고 해? 자기들이 소집해놨으면 자기들이 끝까지 남아야지, 구경하는 사람보다 먼저 도망가는 데모를 머할라고 하냐 이 말이다. 난 그런 애들하고 안 하고 만다."

윤한봉은 다시 공부에 집중하기 시작했다. 그러던 중 이듬해인 1972년 가을이었다. 정확히는 10월 17일 한밤중이었다.

자취집 건넌방에는 전남대 후배들이 세 들어 살고 있었는데 저녁마다 모여 술 마시고 떠드는 게 일이었다. 술을 마시지도 못하고 불필요한 잡담을 싫어하는 윤한봉은 평소 그들과 어울리지 않았다. 그날도 방에서 공부하고 있는데 건넌방이 시끄러웠다.

"한봉이 형, 좀 나와보시오. 큰일이 터졌소."

공부는 안 하고 쓸데없이 왜들 저러고 사나 싶었다. 못들은 척하고 있으니 자꾸만 불러대 도저히 공부할 수가 없었다. 구시렁거리며 나가보니 라디오에서 긴급뉴스가 나오고 있었다. 유신체제가 선포되었다는 것이었다. 기존의 헌법은 폐기되고 국회는 해산되었으며 모든 대학에는 휴교령이 떨어졌다는 내용이었다.

유신헌법은 한국적 민주주의를 구현한다는 명목으로 대통령직선제를 폐지하고 지역유지들을 모아 통일주체국민회의라는 선거인단을 뽑은 후 그들을 통해 대통령을 선출하는 희대의 독재 헌법이었다. 게다가 대통령 중임 제한을 없애 박정희가 영구 집권할 수 있게 만들어놓았다.

윤한봉의 인생이 뒤바뀌는 순간이었다. 열불이 치밀어올라 어쩔 줄 모르다가 방에 돌아와서 펼쳐놓은 책과 영어사전을 볼펜과 연필로 마구 찍어대고 황소처럼 벽을 머리로 들이받으며 고함을 질렀다.

"그때 내가 뒤집어졌지. 방에 들어와가지고 보던 책에 볼펜으로 찍어버리고 사전 찍어버리고 벽에다 박치기하고. 이것들이 국민을 벌레로 아는구나. 어린애 취급하고 바보 취급하는구나. 분노 때문에 견딜 수가 없었어. 아, 내가 공부만 하고 있을 때가 아니다, 이제 오늘부터 나는 싸운다, 이렇게 돼가지고 잘못 들어서버렸지, 그때부터."

윤경자가 방에 들어가보니 윤한봉은 책상 앞에 가부좌를 틀고 앉아 연필이 박힌 두꺼운 사전을 쏘아보고 있었다. 놀라고 무서워서 무슨 일이냐고 물었다.

"이제 나는 공부는 끝이다. 나는 앞으로 저놈들하고 싸워야겠다. 나는 다른 놈들같이 시시하게 안 한다. 나는 목숨 걸고 싸운다!"

인생의 한 막이 끝나고 새로운 인생이 시작되는 순간이었다. 기말고사부터 포기했다.

일단 결심부터 했으나 어디서부터 무엇을 해야 할지 알수 없었다. 먼저 생각나는 것은 박정희를 죽이는 거였다. 가장 확실한 방법이었지만 가장 막연한 방법이기도 했다. 총도 없고 폭탄도 없었다. 무기가 있다 해도 접근이 어려울 것이다. 학생들이 4·19혁명으로 이승만을 몰아냈듯이 학생시위를 통해 박정희를 몰아내는 것이 가능성이 높아보였다. 하지만 학생회 활동 한번 해본 적이 없고, 이념서클에 가담해본 적도 없었다.

어떻게 박정희 정권을 무너뜨리나 혼자 흥분해서 돌아다니다가 강진 집에 들르게 되었다. 그런데 초등학교 교사로 일하는 동네 친구가 어린 학생들을 앞세워 시골길을 행진하면서 유신체제 지지 구호를 외치게 하고 있었다. 교사들은 여자애들이 고무줄놀이를 하며 부르는 대통령 찬가까지 보급하고 있었다.

"대통령, 대통령, 우리 대통령. 일 잘하는 대통령 박정희 대통령."

다른 시골 친구들도 마찬가지였다.

라디오에서는 종일 박순천 등 야당지도자며 사회원로라는 이들이 등장해 발에 맞는 신발을 신어야지 신발에다가 발을 맞출 수는 없는 것 아니냐, 헌법도 우리 민족의 현실에 맞게 고쳐야 한다, 유신헌법이야말로 진정으로 우리 민족에게 필요한 헌법이라며 박정희 독재를 찬양해대고 있었다.

"뭐 이따위 개소리를 듣고 있냐?"

윤한봉은 친구들이 듣고 있던 라디오를 걷어차며 욕을 해댔지만 분이 풀리지 않았다. 저녁이 되자 동네 친구 몇이 집에 놀러 왔다. 윤한봉은 욕부터 퍼부어대댔다.

"야, 이놈들아! 아무리 위에서 시킨다고 독재자의 똥개 노릇을 하고 다녀? 이 나쁜 놈들아!"

다른 친구들은 말없이 듣고 있는데, 한 친구가 버럭 화를 내며 윤한봉을 손가락으로 가리켰다.

"그래, 우리는 먹고살라고 할 수 없이 이런 짓 하고 다닌다. 그러믄 너는 뭐냐? 먹고사는 데 매인 것도 없는 너는 뭐 하고 있냐?"

갑자기 말문이 막혔다. 답이 나오지 않았다. 자신을 가리키는 친구의 손가락이 대포만 하게 보였다. 말로만 떠드는 자신이 부끄러웠다. 기가 죽어 스르르 언성을 낮췄다.

"그래, 나 지금 너희에게 화풀이만 했다. 그렇지만 앞으로 내가 뭔가 할 테니 두고 봐라. 니들은 독재 찬양하고 다니지 마라. 해서는 안 될 짓이다."

무엇을 할 것인가 본격적인 고민이 시작되었다. 학생운동이 가장 현실적이다, 전남대 중에서도 농대가 가장 만만하다, 농대라면 자신을 믿고 따르는 학생들이 꽤 있다, 데모하자고 악을 쓴다고 따라나설 학생은 거의 없을 것이다, 힘을 키우는 게 맞다, 힘을 키우려면 학생회를 장악하자! 사흘간 고민 끝에 얻은 결론은 3학년이 되면 학생회 선거를 할 테니 믿을 수 있는 후배를 농대 학생회장으로 내세워 당선시키자는 것이었다.

윤한봉은 1973년 새 학기가 시작되자 곧장 학생회장 선거운동에 뛰어들었다. 자기처럼 군대 제대 후 입학한 민상홍이 선거에 출마할 학점도 되고 마음도 잘 통했다. 윤한봉은 그를 설득해 농대 학생회장 선거에 출마하도록 했다.

학생회 선거도 현실정치와 다를 게 없어 비용이 만만찮게 들었다. 밥 사고 술 사고 선거운동원 용돈까지 주는 풍토가 일상화되어 있어 단과대 학생회장 선거에 최하 50만 원은 써야 한다는 거였다.

그러나 윤한봉은 학생회 선거에 이렇게 돈을 써서는 안 되고 최소 비용으로 정정당당하게 경쟁하자고 주장했다. 선거벽보를 만드는 데 필요한 비용을 뽑아보니 700원 정도 되었다. 후보가 어떤 유혹이나 압력을 받아도 이 이외의 돈은 쓰지 못하게 했다.

이념서클 민사연의 후신인 교양독서회에도 가입했다. 박형선과 문덕희가 주력이었는데 회원은 주로 농대 후배들이었다. 전부터 윤한봉을 영입하려 애써온 두 사람은 흔쾌히 민상홍 후보 선거운동원으로 나서주었다.

윤한봉, 박형선, 문덕희는 선거운동이 시작되기 전부터 학내에서 신망이 있는 친구들을 한 사람씩 만나 선거 취지를 설명하고 동참해줄 것을 부탁했다. 그런데 다들 좋다고 하다가도 선거비용이 단돈 700원이라는 말이 나오면 웃기는 놈들이라며 자리를 박차고 나가버렸다. 그래도 줄기차게 학생들을 만나고 다녀 소문이 널리 나버렸다.

최소 50만 원이 든다는 단과대 학생회장 선거에 단돈 700원으로 도전한다는 소문이 교수사회에도 퍼졌다. 농대의 일부 교수들이 윤한봉을 만나자고 해왔다. 취지와 포부를 들은 교수들은 적극적으로 지지해줄 테니 꼭 이겨서 모범을 보여달라고 했다. 다른 단과대에서도 호응하는 분위기였다.

삼삼오오 모이기만 하면 '700원 선거'가 화제가 되면서

지지자가 늘어가자 며칠 전에 비웃으며 거절했던 친구들이 돌아오기 시작했다. 또한 선거참모로 일할 만한 학생들은 민상홍 진영에 속속 들어왔다. 출마를 하려던 다른 진영 학생은 참모진을 꾸릴 수 없어 죽을 지경이었다. 상황이 이렇게 되자 그 학생은 결국 출마를 포기해버리고 말았다. 단독입후보가 된 민상홍은 무투표로 당선되었고 윤한봉은 졸지에 학교 안팎의 유명인사가 되어버렸다.

농대 학생회를 접수한 윤한봉은 '정의로운 일'을 하기 시작했다. 첫 번째는 '명랑한 수업 분위기 확립'이었다. 표현은 부드럽게 했으나 내용은 '부정행위 없는 시험 치르기 운동'이었다.

강의실 책상에는 시험 때마다 커닝을 위해 학생들이 써놓은 깨알 같은 글씨들이 가득했다. 윤한봉은 학생회장과 함께 교수들을 만나 책상에 새로 페인트칠해달라고 요청했다. 교수들은 대학생이면 지성인인데 알아서 해야지 꼭 칠을 새로 해야 되느냐며 거부반응을 보였으나 결국은 학생회의 요청을 받아들였다.

다음으로 시험시간에 부정행위를 하는 학생들을 계도하기 위해 '명랑한 수업 분위기 확립'이라고 찍힌 리본 달기 운동을 펼쳤다. 아침 등교시간에 학생회 간부들과 나란히 농대 입구에 서서 학생들에게 제비 꼬리 모양의 리본을 달아주었다.

농대생 중에는 이런 운동에 반발하는 이들이 꽤 있었다. 공부는 하기 싫은데 대학 졸업장은 받고 싶어 커트라인이 낮은 농대에 지망해온 학생들이었다. 그동안 커닝으로 시험을 치르던 그들은 학생회에서 달아준 리본을 떼버리며 욕설을 퍼부어댔다. 욕을 하거나 말거나 웃으며 다시 리본을 달아주었다.

시험 당일이 되었다. 윤한봉은 교수가 들어오기 전에 학생들끼리 서로 마주보며 앉을 수 있게 책상을 배치해놓았다. 그리고 칠판에 시험 감독을 거부한다고 써놓았다. 교수가 들어와 어리둥절해했다.

"시험 감독이란 학생들을 의심하기 때문에 하는 거 아닙니까? 우리는 스스로 커닝 같은 것 않고 정정당당하게 시험 볼라 하니 교수님은 나가주십시오."

"어? 그럼 곤란한디? 그건 안 되제."

"그러면 제가 시험 포기하고 나가겠습니다."

윤한봉이 가방을 챙겨 나오려고 하자 교수가 놀라서 막았다. 학생들을 믿을 테니 자발적으로 시험을 보라며 시험지를 나눠주고 나갔다. 모두 한창 문제를 풀고 있는데 누군가가 볼펜을 내팽개치며 일어나는 것이었다.

"개새끼들! 감독이 없고 마주보고 앉으니까 커닝을 못하겠네. 이놈의 새끼들 때문에 졸업장 못 받게 생겼어. 미치겠네."

216

이 학생은 시험지를 짝짝 찢어버리더니 욕을 퍼부으며 나가버렸다. 윤한봉식 바르게살기운동의 첫 승리였다. 적어도 농대에서는 윤한봉이라면 바른 사람, 소신 있는 사람으로 통하게 되었다.

전체 학생들의 이익을 위한 싸움도 필요했다. 이해 여름방학에 학생처장이 학생회장단을 설악산 호텔로 데려가 푸짐하게 대접하고 설득하여 학생회비를 대폭 인상해버렸다. 윤한봉은 대의원도 아니면서 박형선, 고재득 등과 학생회 대의원대회에 참석해 이 문제를 터뜨리기로 했다.

윤한봉은 학생들과 미리 발언할 내용을 상의하고, 대회 의장을 맡은 학생에게는 방청객인 자기들에게도 손을 들면 발언권을 주라고 부탁해놨다.

회의가 시작되자 여기저기서 학생회비 인상을 반대하는 발언들이 나왔다. 그런데 대회장에는 학생처장이 나와 있었다. 체격이 큰 학생처장은 학생들이 발언만 하면 가로막고 무슨 과 누구냐고 묻고는 다 학교를 위한 일인데 무슨 불만이 그리 많으냐며 자리에 앉으라고 야단을 쳤다.

발언하던 학생들은 처장의 고압적인 태도에 눌려 그대로 주저앉아버리기 일쑤였다. 기가 센 박형선도 몇 마디 못하고 앉고 말았다. 열불이 난 윤한봉이 발언권을 얻었다.

"아무리 학교를 위한다고 해도 학비 부담자인 학부모들을 생각해야 될 거 아닙니까? 학교를 위한다고 스쿨버스에 금칠을 하고 의자를 전부 안락의자로 바꾸면, 그것만 놓고 보면 좋은 거지만, 근데 돈을 내는 우리 부모님들의 입장을 생각해야 할 것 아닙니까? 이번 학생회비 인상은 학생처에서 학생회장들을 호텔에 데려가 호화롭게 대접하면서 인상한 걸로 아는데, 뭔가 우리가 모르는 모종의 흑막이 있는 것 아닙니까? 취소해야 합니다."

얼굴이 벌게진 학생처장이 가로막으며 소리쳤다.

"학생! 어느 과 누구야? 어디다 대고 흑막이 있다고 그러는 거야, 학생이 뭘 안다고? 자리에 앉지 못해!"

윤한봉은 기다렸다는 듯이 반말로 받아쳤다.

"야! 넌 누구냐? 내가 국민학교 6년 내내 선거를 통해 급장을 한 놈이야. 민주주의가 뭔지 어린이회 운영도 해봐서 알아. 내가 사회자한테 발언권을 얻어갖고 발언하고 있는데 네가 뭔데 막아? 어디 개밥에 도토리처럼 튀어나와갖고 악을 쓰냐고? 앉어! 건방진 놈의 새끼! 사회자, 저 사람 내쫓아버려. 회의도 할 줄 모르는 놈은 쫓아내!"

마구 욕을 퍼부어대며 야단을 치자 학생처장은 기가 죽어 대꾸를 하지 못했다. 일방적으로 몰아치고 끝났다. 그런데 이 모든 과정을 학보사의 학생기자가 녹음하고 있었다. 기자가 학교방송에 이를 내보내려 하자 학교 측은 녹음테이프를 뺏으려고 방송국 유리창을 깨고 들어가는 소동까지 벌였지만 재빨리 도망친 학생기자는 이틀 후 기습적으로 테이프를 틀어버렸다. 윤한봉은 훗날 이때의 상황을 이렇게 회고했다.

"난리가 났지. 그래갖고 인자 나를 처벌하라고 학교 당국에서는 압력을 넣고, 농대에서는 모범생이라 처벌할 수 없다고 나오고. 그 사건을 통해 졸지에 정보 사찰기관에서도 요주의 인물이 되고, 학교에서 문제아로 찍히면서 동시에 내가 노렸던 학내 영향력이 굉장히 커졌어요."

학생운동 초기의 윤한봉은 민주주의에 대한 열망은 높았으나 이념적으로는 오히려 보수에 더 가까웠다. 광주일고 때부터 운동권에 속했고 이양현과 함께 민사연을 이끌었던 정상용의 증언이다.

"한봉이 형은 1973년에 들어와서 사회과학 서적 읽으면서 의식화를 한 거예요. 그 전에는 보수적이었고, 집안은 야당 성향인데 세상을 보는 눈이 정립이 안 된 사람이었어요. 나름의 철학은 있었지만, 사회를 보는 시각은 어린애 같은. 그런데 언제부턴가 한봉이 형이 달라져서 학교 선배를 넘어 정신적 선배가 되어버렸어요. 생각지도 못하는 엄청난 속도로 리더가 되어버렸지요."

전남대 법대 다니다가 교내시위로 강제징집되었던 정상용이 윤한봉을 처음 만난 것은 군대에서 휴가를 나왔을 때였다. 꼬장꼬장한 선배가 들어왔는데 좋은 분이라는 이야기를 많이 들어서였다. 1975년 제대를 한 정상용은 윤한봉과 절친한 사이가 되었다.

"이렇게 세상이 어지러운데 대학 졸업장 있으면 뭐해?"

제대 후 만난 윤한봉의 첫마디였다. 정상용은 그 말이 너무 좋았다. 그래서 이양현 등과 거의 매일 어울려 살다시피 했다. 자신의 아내를 빼고는 가장 많이 만난 게 윤한봉이었다.

정상용처럼 고등학교 시절부터 사회과학 공부를 했던 이들에 따르면 학생운동에 막 뛰어들었을 때의 윤한봉은 의기(義氣) 하나로 충만해 있었다. 그러던 그가 사회과학 공부를 시작하자 이를 소화하고 흡수하는 속도가 대단히 빨랐다. 여기에 소박한 생활태도와 한없이 퍼주기만 하는 인간애가 더해져 후배들을 사로잡았다. 학생운동을 시작한 지 몇 달 만에 두각을 나타낸 그는 1년 만에 전남대를 넘어 광주·전남 운동권에서 빼놓을 수 없는 선배가 되었다. 그것은 감옥이 기다리고 있다는 뜻이기도 했다.

12. 민청학련

———

1974 전남대

1972년 12월 10일, 휴교령과 함께 계엄군에 점령되었던 전남대가 개강을 하루 앞둔 날이었다. 한밤중에 전남대 강의실과 광주일고, 광주고, 전남여고, 광주여고 운동장에 400여 장의 유인물이 뿌려졌다. 전남대생 이강과 김남주가 제작한 지하신문 『함성』이었다. 유신체제 선포 이래 전국에서 최초로 발생한 투쟁이었다. 윤한봉이 반독재투쟁을 결심했으나 무엇을 어떻게 해야 할지 몰라 혼자 좌충우돌하고 있을 때였다.

1973년 3월에는 『고발』이란 지하신문이 뿌려졌다. 이번에는 이강이 혼자 만들어 뿌린 것이었다. 윤한봉이 700원짜리 선거를 계기로 교양독서회에 가담해 본격적으로 운동을 시작할 때였다.

이강과 김남주는 4월에 체포되었고, 반지까지 빼주며 지원했던 여학생 이경순, 고등학교 교사 박석무 등 10여명이 연행되어 혹독한 구타와 고문 끝에 9명이 구속되었다. '반국가단체 조직 예비음모'라는 거창한 죄명이었다.

『함성』지 사건은 1973년 내내 광주지역의 반유신 분위기를 자극하고 고무하는 역할을 했다. 광주지방법원에서 열린 재판 때마다 학생들이 몰려가 방청했고 끝나면 법원 근처 최철의 집 등지에서 밥을 먹으며 정부를 성토했다. 고문을 가한 경찰관을 증인으로 출석시켰는데 거짓말로 일관하자 흥분한 여학생이 졸도를 하는 등 일반학생들도 시국에 대해 고민하게 만드는 계기가 되었다.

윤한봉은 재판 때 학생을 조직적으로 동원하는 한편으로, 교양독서회 후배들과 함께 시위를 벌이려고 애썼다. 문덕희와 박형선을 서울 청량리에 보내 등사기를 사오게 했지만 경찰에 발각되어 문덕희는 송광사 앞의 여관에, 박형선은 선암사 앞의 여관에 잡혀가 사흘간 연금된 적도 있었다.

그러는 가운데 서울대에서 최초의 반유신 시위가 일어났다. 1973년 10월 2일 서울대 문리대에서 수백 명의 학생들이 유신철폐를 외치면서 시위를 벌인 것이다. 이를 계기로 전국 각지에서 학생 시위가 잇따르기 시작했다.

전남대에서도 마침내 시위가 시작되었다. 학생회까지

나서서 도서관 점거농성을 벌이는 등 전남대는 광주·전남 지역 유신반대투쟁의 화약고가 되었다.

이강과 김남주가 석방된 것은 유신반대 분위기가 한껏 달아오르던 1973년 12월이었다. 검찰은 수백 장의 유인물을 만들어 뿌린 20대 대학생들에게 거창한 반역죄를 붙였으나, 항소심 판사들은 책임자로 지목된 당시 석산고 교사 박석무에게는 무죄를, 주범 이강과 김남주에게는 집행유예를 선고하여 구속 8개월 만에 전원 석방했다.

감옥에서 나온 이강과 김남주는 서울대생 이철과 나병식으로부터 전남대 학생운동가 중 전라남북도 학생운동의 총책임을 맡길 수 있는 신망받는 인물을 추천해달라는 부탁을 받았다. 이듬해(1974) 봄 전국에서 동시다발적인 시위를 일으켜 박정희 정권을 무너뜨리겠다는 계획 아래 전국의 주요대학 학생운동 지도부를 연결하는 중이었다. 이른바 민청학련의 태동이었다.

이철과 나병식 1973년 12월 하순부터 이듬해 2월 하순까지 서울에서 광주까지 수차례 오가며 이강, 김정길, 김남주와 이 문제를 상의했는데 그들이 제시한 추천의 기준은 활동력, 조직력, 지도력, 비밀유지 능력이었다.

김남주와 이강은 고민 끝에 윤한봉을 추천했다. 특히 『함성』지 사건으로 구속되었다가 집행유예로 나온 김정길이 강력하게 추천했다.

20대 후반의 비슷한 연배로 전남대 운동권의 선배층을 형성하고 있던 김남주, 이강, 김상윤, 윤한봉의 성향은 판이하게 달랐다.

김남주는 '물봉'이라는 별명대로 한없이 온순해 보이지만 화가 나면 물불을 가리지 않았고 사회주의 이론에 심취한 혁명적 낭만주의자로 평가받았다. 조용하며 깊이 있는 선배로 존경받았으며 글을 잘 써서 시인으로 유명해졌다.

이강은 부리부리한 눈에 대단한 열정을 가진 투사였는데 겉보기와 달리 생각과 행동은 서구식 멋쟁이로 평가되었다. 군대시절을 미군부대 카투사로 근무하면서 영어원서로 쿠바, 베트남의 혁명사를 읽고 학생운동 쪽에 이를 전파했다. 이강은 유명한 발언으로 후배들을 사로잡았다.

"부당한 정부 하에서 가장 정의롭고 양심적인 사람이 있어야 할 곳은 감옥이며, 감옥이야말로 이 시대의 가장 용기 있고 정의로운 사람이 있을 곳이다."

김상윤은 차분하고 이성적인 성격으로, 이론가이자 선전가라고 평가되었다. 소모임 학습을 통해 그가 길러낸 후배들은 전남대와 조선대 학생운동을 이끌었으며 녹두서점을 차려 운동의 거점으로 삼았다.

이들에 비해 늦게 운동을 시작한 윤한봉은 독립운동가 안중근 같은 지사형으로 사회과학 이론에는 취약하다고 평가받았다. 대신 실천력과 지도력으로 인정을 받았다. 운동 경험이 많은 동년배가 있음에도 불구하고 그가 전라도 책임자로 추천된 이유였다.

김정길이 전라도 총책 건으로 윤한봉을 찾아간 것은 1974년 3월 1일이었다. 김정길은 이미 그를 책임자로 낙점해놓고도 확인차 넌지시 물어보았다.

"한봉이 형, 어째 공부만 모범생으로 하실라요?"

"아니여, 인자 나도 싸울 거여."

윤한봉의 단호한 답변에 김정길은 빙긋 웃었다.

"서울에서 학생들이 내려와 있는데 한번 만나보실라요?"

지방의 학생운동권에서는 운동이 서울을 중심으로 돌아가는 데 대한 얄미운 감정이 알게 모르게 배어 있었다. '일은 우리가 저지르는데 서울 놈들은 말만 하고 자리는 자기들이 다 차지한다'는 것이었다. 그런데 김정길의 제안에는 한 가닥 토도 달지 않고 동의했다.

"아, 그려? 좋지! 빨리 만나게 해줘!"

김정길은 곧바로 공중전화를 했고 대기하고 있던 이강과 김남주가 서울대생 황인성을 데리고 나타났다. 첫 인사를 나누고 서로 뜻을 확인하는 자리였다.

다음 날 오전에는 황인성과 함께 광주에 미리 내려와 있던 이철과 나병식을 함께 만났다. 그들은 윤한봉에게 이런 요지로 제안했다.

'전국적 조직을 갖추고 동시다발 시위를 해야 승산이 있다. 전국을 서울권, 영남권, 호남권의 세 권역으로 나누어 조직 작업을 해나가려 하니 호남권을 맡아달라.'

윤한봉은 역시 기다렸다는 듯 응낙했다. 다만 전북 쪽은 아무 연고가 없어 자신이 없다고 했다. 이에 이철이 전북대생 한 사람을 소개해주겠다고 했다.

다음 날 윤한봉은 이철을 따라 전주에 올라가 이철의 친구인 서울대생 최규성을 통해 전북대생 김 모를 소개받았다. 그러나 그는 가타부타 승낙을 하지 않았다. 윤한봉은 둘이 나중에 따로 만나기로 약속하고 광주로 돌아왔다.

윤한봉은 곧바로 문덕희와 박형선을 만나 전국적 동시 투쟁을 기획하게 되었다고 하자 몹시 기뻐들 했다. 며칠 후에는 김상윤을 만나 돌아가는 상황을 설명하니 역시 군말 없이 참여 의사를 밝혔다. 김상윤에게 광주지역 책임을 맡겼다.

3월 5일 윤한봉은 대전에 올라가 서울지역을 맡은 황인성, 영남지역을 맡은 경북대생 임규영을 만나 정보를 교환했다. 일종의 전국대표자회의였다. 서울은 당연히 운동이 발전해 있었고 경상도도 전라도와 비교가 안 될 만큼 탄탄해 보였다. 윤한봉은 호남지역의 조직화에 더욱 매진하기로 하고, 다음번 3자회담에는 비상시를 대비해 한 명씩 더 데려오기로 했다.

광주·전남의 조직은 빠르게 진행되었다. 박형선과 문덕희는 사범대 유선규, 공대 정환춘을 김상윤에게 소개해주었고 문리대 1학년인 최철에게는 광주일고를 맡기는 등 바쁘게 움직였다. 김정길도 뒤에서 김상윤을 도왔다. 김상윤이 끌어들인 문리대 윤강옥은 무서운 집념의 소유자였다. 그는 상과대 이훈우, 문리대 이학영과 하태수를 끌어들였는데 가정형편이 어려워 망설이는 이학영을 설득하기 위해 일곱 번이나 찾아가 끝내 승낙을 받아낼 정도였다.

전북의 조직은 쉽지 않았다. 3월 중순, 윤한봉이 지난번에 한 약속대로 전주에 찾아가니 전북대생 김 모가 예닐곱명의 학생들을 데리고 나왔다. 그러나 이번에도 미온적이었다. 여관까지 잡아놓고 밤을 새워 설득했으나 그들은 흔쾌한 답을 주지 않았다. 거절하는 것도 아니고, 동참하겠다는 것도 아니었다. 사람을 설득하려면 술을 같이 마셔야 한다는 어른들의 말이 생각나 흉내까지 내어보았으나 소용없었다. 윤한봉의 회고다.

"내가 술을 못하는데, 선천적으로 못해요. 내가 알코올 분해효소가 안 나오니까. 근데 이제 그런 이야기 할라믄 호탕하게 해야 한다 그래가지고, 요강만 한 맥주잔을 세 개나 마셨지. 아주 위아래로 동시에 뿜어내는데, 아 죽어 브렀어. 1년에 맥주 한 잔도 안 마시던 내가 그 큰 잔으로 세 개나 마셨으니 죽는 줄 알았당께."

입으로는 토하고 아래로는 설사를 하면서도 그를 설득해보려 했지만, 끝내 확답을 얻지 못한 채 돌아오고 말았다.

술을 한 잔도 못하는 것은 아버지로부터 물려받은 것이었다. 초등학교 때 쉰 보리밥으로 만든 감주를 마시고 취해 마루에서 굴러떨어진 적도 있고, 산딸기 따먹고 취해 산에서 잠든 적도 있었다.

얼마 후 다시 전주를 찾아가 이번에는 술을 마시지 않고 설득해보았으나 역시 미적지근하기만 했다. 3월 하순, 윤한봉으로부터 전남대와의 교류 차원에서 만나자는 제안을 받은 전북대생 김 모 등이 광주에 내려왔다. 이번에는 윤한봉은 빠지고 최철 등이 여관에서 새벽까지 술을 나누며 이야기해보았으나 역시 명쾌한 답을 주지 않았다.

끝내 전북대는 포기하고 말았다. 윤한봉은 이를 두고 자신의 능력이 부족했다고 술회했지만 그렇게만 볼 수는 없었다. 당시 전국의 학생운동 지도는 간단했다. 서울이 제일 크고 다음이 대구, 세 번째가 광주였다. 그리고 최열이 이끄는 강원대에 미미한 점 하나가 있는 정도였다. 충청남북도와 전라북도는 텅 비어 있었다.

조직이 가능한 서울, 경북, 전남의 세 지역 책임자들은 속리산 법주사, 대전, 조치원 등지에서 거듭 만나 준비상황을 점검하고 정보를 교환했다. 한신대, 경북대, 영남대 등은 3월 중에도 잇달아 시위를 벌이며 다가올 전국 동시

시위를 위한 예비훈련까지 하고 있었다. 부럽기만 했다.

특히 대구·경북이 강했다. 3자회의에는 경북대 졸업생인 이강철이 나왔는데 눈매가 부리부리했고 체구는 작지만 강단이 있는 열혈투사였다. 대규모 시위를 장담하는 그에게 어떻게 가능하냐고 물으니 경상도 사투리로 이렇게 말하는 것이었다.

"유인물을 뿌리고 선동해도 학생들이 안 나오면 강의실을 돌아다니며 몽둥이로 두들겨 패서 몰아내는 기다. 캭 쌔리 패는 기다!"

눈에다 잔뜩 힘을 주고 '캭 쌔리 패는 기라'고 떠드는 이강철의 인상이 얼마나 강렬하던지 윤한봉은 광주로 돌아오는 기차 안에서 뱃살이 아플 정도로 원 없이 웃었다. 훗날 윤한봉은 맘에 안 드는 사람이 있으면 입버릇처럼 "캭 쌔려버려!"라는 말을 뱉어내 좌중을 웃겼는데, 아마도 이때 생긴 버릇인 듯하다.

3자회의에서 화염병을 준비하자는 말이 나왔다. 윤한봉은 화염병을 만들어 실험해보기로 했다. 휘발유를 소주병에 담고 심지를 박은 다음 후배 여학생들과 등산 가는 것처럼 꾸미고 무등산에 올라 혼자 멀찌감치 떨어져 투척해보았다. 그러나 석유가 섞이지 않은 화염병은 순간적으로 화르르 불길만 번지고 말았다. 소리를 내며 폭발하거나 화력이 오래가지도 않아 포기하고 말았다. 화염병 제작에도 요령이 필요한데 배울 상대가 없었다.

3월 22일 부산 구포역 앞에서 황인성, 이강철, 윤한봉은 3자회의를 가졌다. 이강철은 지난번의 화끈한 장담과 달리 경북대 시위가 맥없이 실패하고 말았음을 보고했다. 윤한봉은 일주일 후인 3월 28일에는 전남대에서 시위를 결행해보겠다고 하고 돌아왔다.

하지만 시일이 너무 촉박했다. 등사조차 한 번 해보지 못한 광주팀은 유인물 제작에 애를 먹었다. 3월 26일 윤한봉, 박형선, 문덕희, 최철은 변두리 외딴집인 전남대 농대생 김윤봉의 집에서 지난해 구해둔 등사기로 유인물 제작에 들어갔다. 최철이 필경을 맡아 원지를 만들면 등사기에 걸고 밀었는데 글씨가 제대로 나오지 않았다. 집주인 김윤봉과 친구 이현택까지 나서서 밀어보아도 소용없었다. 밤을 새웠지만 어렵게 철필로 긁은 등사원지만 찢어먹었다.

결국 최철이 새벽녘에 택시를 타고 나가 북성중학교에서 근무하던 친동생 최훈을 데리고 왔다. 최훈은 잉크배합을 새로 한 후 순식간에 유인물 1천 장을 밀어내는 것이었다. 제목은 '자유수호 구국선언문'으로, 명의는 즉석에서 만든 '자유수호 구국비상 광주학생 총연맹'이라는 가공의 단체로 했다. 그러나 3월 28일 시위는 불발로 끝났다.

3월 29일 부산 구포회의에서 전국 동시 시위 날짜가 4월 3일로 정해졌다. 이날 회의에는 윤한봉 대신 광주지역 책임자인 김상윤이 참석했다. 윤한봉이 형사들의 미행을 받고 있어 김상윤이 자원한 것이다. 황인성과 이강철은 4월 3일 거사를 단행하겠다고 했다. 그러나 김상윤은 광주는 준비 부족으로 그날 시위는 어렵다고 답하고 돌아왔다.

김상윤의 보고를 받은 윤한봉은 4월 2일 오후 중국집 아서원에서 책임자들과 논의한 결과, 4월 3일의 전국 동시 시위는 포기하고, 4월 9일 오전 10시에 전남대의 독자적인 시위를 단행하기로 결정했다.

4월 3일, 전국 동시 시위는 결과적으로 실패하고 말았다. 7개 도시 29개 대학에서 시위 논의가 이뤄져 25개 대학이 준비를 했고 고등학교도 4개 도시의 6개교가 시위에 참가하기로 했지만, 이날 시위를 시도한 학교는 16개교였으며, 이 중 성공한 곳은 겨우 서너 학교에 불과했다.

서울에서는 이날 오후 2시에 시청 앞 광장에서 시민들과 함께 시위를 하기로 했으나 광장을 점거한 것은 경찰과 중앙정보부 요원들, 그리고 시위를 방해하기 위해 모여든 향토예비군뿐이었다. 3자모임에서는 시위대를 동원해 방송국과 관공서를 점거하여 농성하자거나 화염병을 던지자는 이야기로 신났었지만, 단 하나도 실현된 게 없었다.

이날 밤 10시, 긴급조치 제4호가 공포되었다. 박정희는 자신의 영구집권을 위한 유신헌법을 수호하기 위해 이 헌법에 대한 반대는 물론이요, 이야기를 꺼내는 것조차 금지하는 희대의 법률을 '대통령긴급조치'라는 이름으로 잇달아 발동하고 있었다. 이날 발효된 긴급조치 제4호는 전국민주청년학생총연맹, 약칭 '민청학련'에 가입하거나 관련된 자는 최고 사형에 처하며 학교 내외의 집회, 시위, 농성을 일체 금지한다는 내용이었다.

윤한봉은 이 뉴스를 통해 처음으로 민청학련이라는 단체명을 들었다. 민청학련이 바로 자신들을 지칭한다는 것을 곧 깨달았다. 다음 날인 4월 4일 오전 전남대 문리대 교정에서 만난 김상윤으로부터 그 내막을 들을 수 있었다.

김상윤은 자기가 대신 나갔던 3월 29일 부산 구포 회합 때 황인성으로부터 받아온 전국민주청년학생총연맹 명의의 공동선언문을 꺼내 윤한봉에게 보여주었다. 민청학련은 조직명이 아니라 선언 주체를 어디로 할까 의논하다가 여러 이름 중에서 그 이름이 제일 낫다고 의견이 모아져 결정한 임시 명칭이라는 설명도 덧붙였다.

긴급조치 4호에는 4월 8일까지 자수하면 형을 감해준다는 조항도 들어 있었다. 전남대 시위로 예정된 4월 9일은 정부에서 발표한 자수기한을 넘긴 날이었다. 사형에 처한다는 말에 겁먹은 일부 학생들은 8일이 되기 전에 자진출두했다. 그러나 윤한봉 일행은 돌진을 멈추지 않았다.

윤한봉은 먼저 만들어둔 선언문 1천 매를 자신의 하숙집 연탄아궁이에 모두 태워버리고 '긴급조치 제4호를 독

232

재정권의 최후발악으로 단정하고 전면 부정한다'는 제목
으로 새 선언문을 작성하여 지난번처럼 최훈의 도움으로
1,700매를 등사해 김상윤에게 보관시켰다.

4월 6일, 모든 준비가 끝났다고 판단한 윤한봉은 주변
정리에 들어갔다. 먼저 고향 강진에 내려가 아버지에게 큰
절을 올린 후 독재정권과 싸우기로 결심했고, 그리되면 학
교에서 제적당할 수도 있다고 말했다. 윤옥현은 눈을 감고
한참 있다가 한마디했다.

"해라."

잠시 뒤 눈을 뜨고 아들을 바라보며 말했다.

"앞장은 서지 마라."

앞의 말은 나라를 걱정하는 지성인의 한 사람으로서 한
말이고 뒤의 말은 누구보다 아끼던 셋째 아들을 걱정하는
아버지로서 한 말이었다.

"예, 그러겠습니다."

앞장은 서지 않겠노라고 거짓말을 하고 물러난 윤한봉
은 광주에 돌아와 문덕희 등 주모자들을 만나 죽을 각오를
하고 부모에게 남길 유서를 써두라고 말했다. 그러나 아무
도 유서를 쓰지 못했다. 막상 쓰려고 하면 눈물이 쏟아져
쓸 수가 없었던 것이다.

거사 전날인 4월 8일, 윤한봉은 사전에 약속한 대로 경
북 책임자 이강철을 만나기 위해 조치원에 갔으나 그는 이

미 체포되어 나오지 못했다. 광주로 돌아와 마지막 점검을 위한 모임을 했는데 이번에는 문덕희와 이학영이 나타나지 않았다. 나중에 알고 보니 문덕희와 이학영은 각자 교내에서 시위에 동참해줄 것을 호소하고 다녔는데 학생들의 신고로 경찰에 연행된 것이었다.

박정희의 파쇼통치만큼이나 무서운 것은 보통사람들의 자기최면이었다. 어느정도 자유가 주어졌을 때는 불평불만도 자연스럽게 쏟아내더니, 술집에서 친구들과 정부를 비판하는 말을 몇 마디 했다가 끌려가 2, 3년씩 실형을 선고받는 세상이 되자 불만은커녕 박정희 찬양조로 돌아서 버렸다. 이제 경찰이나 참전용사 같은 특정인만이 아니라, 보통사람까지도 군부파쇼의 눈과 귀가 되어 정부나 대통령에 불만을 표시하는 이들을 곧바로 신고하는 세상이 되었다.

긴장한 윤한봉 일행은 집에 들어가지 않고 다음 날 오전 학교에서 만나기로 하고 헤어졌다. 윤한봉은 박형선, 최철과 셋이서 최철의 후배 집으로 가 다락방에서 뜬눈으로 밤을 새웠다. 어둠 속에서 최철이 물었다.

"한봉이 형, 우리 죽으면 시신을 어떻게 하라고 할까라우?"

이들은 서로 수장이 좋겠다, 화장이 좋겠다, 화장은 너무 뜨겁다고 농담을 주고받으며 마음을 달랬다. 사형당할 줄 알았던 『함성』지 사건의 김남주와 이강이 8개월 만에 나오지 않았느냐면서 서로를 다독이며 두려움을 밀어냈다.

바로 이날 밤, 강진의 아버지가 경찰에 연행되었지만 윤한봉은 알 턱이 없었다. 윤옥현의 집에 경찰이 들이닥친 것은 새벽녘이었다. 구둣발로 온 집안을 헤집어놓은 경찰은 잠옷차림의 윤옥현을 그대로 검정색 관용지프에 실어 광주 전남도경 정보과로 끌고 갔다.

윤한봉은 4월 9일 아침 8시, 약속대로 최철, 박형선과 함께 사직공원 팔각정으로 나갔다. 김상윤과 윤강옥이 나와 있었다.

"문덕희와 이학영이 잡혀 들어갔으니 이것저것 많이 드러났을 것이여. 학교에도 비상이 걸려 형사와 교수들이 깔려 있을 거여. 그래도 우리는 한다! 학교버스를 타고 들어가서 하는 데까지 해보자!"

일행은 두 대의 택시에 나눠 타고 스쿨버스가 출발하는 계림동 파출소 앞에 내렸다. 택시에서 내릴 때 윤한봉은 운전기사의 등을 손바닥으로 치며 "자유 만세!"라 외치고는 지니고 있던 4천 원을 다 털어주었다. 감방에 가면 밥 주고 재워주는데 무슨 돈이 필요할까 싶어 고생하는 기사에게 적지 않은 돈을 다 털어준 것이었다.

이들은 곧바로 스쿨버스에 올라탔다. 박형선이 유인물을 나눠주자 한 학생이 인상을 쓰며 시비를 걸었다.

"아니, 이거 나라를 망하게 하자는 거요?"

윤한봉이 쏘아붙였다.

"나라를 구하자는 거요!"

학생들은 표정이 얼어붙어 다들 입을 다물고 있었다. 버스가 들어가야 할 후문은 이미 봉쇄되어 있었다. 평소와 달리 모두 버스에서 내려야 했다. 형사와 교수, 교직원이 길 양편에 늘어서서 감시하는 가운데 학생들은 입을 꾹 다문 채 교정으로 걸어들어갔다.

아직 형사들 사이에는 윤한봉의 얼굴이 잘 알려지지 않았을 때였다. 윤한봉과 박형선은 태연히 학생들 속에 섞여 경찰의 감시를 통과하여 농대를 향했다.

"형님, 나 먼저 가요!"

박형선이 앞질러 강의실로 달려갔다. 그러나 윤한봉이 강의동에 도착하기도 전에 박형선은 쫓겨 내려왔다. 유인물을 뿌리며 시위에 참가해줄 것을 호소하다가 교수들이 잡으러 오자 도망쳐 오는 것이었다. 윤한봉도 교수와 형사를 피해 온실로 달아났으나 이내 둘 다 붙잡히고 말았다.

김상윤과 윤강옥도 유인물을 제대로 뿌려보지도 못하고 잡혔다. 단과대 책임자들인 이훈우, 정환춘, 하태수, 유선규도 교수들에게 잡혀 곧바로 형사들에게 넘겨졌다.

이날 주동자들의 선동에 호응한 학생은 단 세 명뿐이었다. 이미 운동권 학생이라고 할 수 있던 문리대 성찬성, 전영천, 박진이었다. 그들은 자발적으로 수업거부를 하자고 선동하다가 체포되어 감옥살이를 하게 된다.

다른 지역과 마찬가지로 전남대 시위도 거창했던 계획에 비해 결과는 너무나 초라했다. 나중에 감옥에서 윤한봉을 비롯한 주동자들은 자신들의 계획이 얼마나 공상이었는가를 자인하고 반성했다. '4·19 환상'이란 말까지 나왔는데 한번 이겨봤던 경험을 그대로 적용해본 4·19적인 환상이라는 뜻이었다. 훗날 윤한봉은 이렇게 회고했다.

"박정희 정권을 옛날 이승만 정권처럼 허술하게 생각하고 동시다발적으로 전국적으로 일어나 어디선가 피를 흘리면 이겨볼 것처럼 생각을 한 것이 얼마나 환상이었는가, 인자 4·19적 환상이라고 그랬지."

설사 환상임을 미리 알았다 하더라도 어쩔 수 없었을 것이다. 대학생들이 할 수 있는 최대한의 투쟁은 전국적인 동시시위였다. 하지만 이제 학생운동만으로는 박정희 정권을 상대할 수 없다는 걸 깨닫기 시작했다.

13. 아버지

1974 전남대

    1974년 4월 9일, 시위를 제대로 해보지도 못하고 교수들에게 붙잡힌 윤한봉과 박형선은 지프에 실려 전남도경 공작분실로 끌려갔다. 도청 근처 오래된 붉은 벽돌 건물에 있던 공작분실은 이른바 간첩, 빨갱이 잡는 곳이었다. 그런데 잡혀온 학생들이 가장 많이 듣는 것은 "빨갱이보다 더 나쁜 새끼들!"이란 욕설이었다.

    공작분실에서는 전날 잡힌 이학영과 문덕희가 물고문을 당하고, 등사를 도와준 김윤봉과 이현택이 이날 새벽부터 끌려와 날벼락을 맞고 있었다. 윤한봉도 들어서자마자 날아온 주먹에 어금니가 부러졌다. 다른 후배들도 잡히는 대로 끌려와 무자비한 구타를 당했다. 특히 김정길은 전기고문까지 받아 몸이 많이 상했다. 물고문을 당했던 이학영은 훗날 이렇게 술회했다.

"고문이 가장 비참한 게 뭐냐면 폭력 앞에서 무릎 꿇은 자기자신에 대해 느끼는 무력감이에요. 고문받으면 성인군자도 다 불 거라고 생각해요. 나는 고문이 무섭지, 감옥은 하나도 안 무서워요. 육체에 다가오는 그 끝없는 고통, 나중에 많이 맞으면 살짝만 맞아도 온몸이 징처럼 울려요. 처음에는 맞을 만해요. 근데 나중엔 몸 전체가 울리는 거예요."

윤한봉은 물고문이나 전기고문은 당하지 않았지만 지독하게 얻어맞았다. 그가 고생한 데는 엉뚱한 이유가 있었다. 한글 사랑 덕분이었다.

"본적이 전남 강진 칠량면 동백리라고? 강진 할 때 강 자가 무슨 강 자야?"

"나 한자 모르는데요?"

"장난하지 말고, 이 새꺄. 무슨 강 자야?"

"아, 나 진짜 한자 모른다고요."

"이 새끼, 진짜 안 되겠네!"

명문 광주일고를 나와 전남대 농대의 장학생이라는 걸 다 알고 있던 경찰은 그가 자신들을 희롱한다고 생각하고 흠씬 두들겨 팼다. 경찰은 윤한봉으로부터 한자에 얽힌 일화를 듣고 나서는 지독한 놈이라며 또 때렸다.

공작분실의 수사는 5일 만에 끝났으나 경찰서 유치장에

서 50일 넘게 고생해야 했다. 보통 수사가 끝나면 길어야 열흘 정도 유치장에 있다가 감방으로 넘어가게 되는데 이들을 받아주어야 할 서울구치소가 정치범으로 만원인 데다 서울 쪽의 민청학련 수사가 끝나지 않아 이감할 수 없었기 때문이다.

경찰서 유치장은 임시 수용시설이라 식사도 형편없고 생활도 불편했다. 쌀 한 톨 섞이지 않은 까칠한 꽁보리밥에 건더기도 거의 없는 멀건 소금국이 전부인 관식으로는 건강을 유지할 수가 없었다. 돈이 있으면 여러 종류의 사식을 사먹을 수 있지만 윤한봉은 빈털터리였다. 군에 입대할 때 친구들에게 주머닛돈 다 털어주었다가 고생한 적이 있는데 이번에도 자유 만세를 외치며 택시기사에게 다 털어준 것이다.

"교도소 안에서 백번은 후회했어, 택시기사에게 돈 줘버린 걸. 돈이 없으니까 얼마나 춥고 배고프던지. 왜 그러냐면 민청학련 관련자들은 형이 확정될 때까지 면회도 안 시켜주었어. 면회가 돼야 영치금도 들어오지. 와, 찐빵 사라고 왔다 갔다 해쌓지⋯⋯ 아이구, 돈이 없으니까. 난닝구하고 빤스만 입고 들어간 거야. 빈혈 걸려갖고 혼나불고. 거기다가 못 먹어놓으니까 이제 변비가 생겨가지고⋯⋯."

두 달 사이에 다들 해골같이 말라버렸다. 빈혈에 걸리지 않은 학생이 없었다. 원래 깡말랐던 윤한봉은 말할 것도

240

없고, 윤강옥도 변기통을 비우러 나갈 힘이 없어서 늙은이처럼 다리를 후들후들 떨었다.

이런 상황에서도 윤한봉은 동료들을 격려하는 걸 잊지 않았다. 성찬성은 그해 4월 유치장에서 만난 후배 윤한봉의 첫인상을 이렇게 기억한다.

"그때 마주한 그이의 얼굴은 수척했지만 다부지고 시국과는 무관하게 매우 희망적이었다. 전남대 수괴다운 비범한 풍모가 무엇인지는 모르지만, 아무튼 그런 모습은 아니었다. 그런데 나를 만난 그 짧은 순간에 그이는 초면부지의 나를 위로하고 격려하는 것이었다. 그이의 진지한 모습은 당시 그이의 처지와 어울리지 않아 나는 어리둥절하기까지 했다. 좋은 세상이 올 테니 열심히 살자고 했다. 하지만 어디 그럴 만한 세상이었던가?"

힘겨운 유치장 생활을 마치고 서울로 이송되는데 호송차량이 따로 없어 고속버스를 이용했다. 형사와 수갑을 나눠 차고 버스에 오르니 승객들이 이상한 눈으로 쳐다보았다. 은근히 수치스러웠다.

서대문의 서울구치소에 도착하니 살 것 같았다. 정치범, 잡범 할 것 없이 죄수들에게는 감방이 천국이었다. 구치소에 처음 들어갈 때는 누구나 공포에 사로잡히지만 곧 그곳의 일상에 익숙해지게 된다. 식사, 운동, 면회, 설거지, 빨래 등을 하다보면 하루가 후딱 지나갔다. 이학영의 회고다.

"우리는 어린 마음에 교도소는 죽음의 계곡이라고 생각했기 때문에 완전 공포스러웠어요. 그런데 60일 만에 서울구치소에 갔는데 재미있게 생겼어요. 온 사동이 새로운 사람이 오면 환호를 질러요. 아이구, 여기가 완전히 해방구네 생각했죠. 들어갔는데 뭐 저녁마다 형님 동생 아는 사람이 많으니까, 저녁이 되면 잘 주무세요 인사들 하고……."

먼저 구치소에 들어와 있던 타 지역의 민청학련 사건 공범들은 모두 흰 한복을 입고 있었다. 그러나 전남대 출신들은 물이 빠진 푸르딩딩한 관복차림이었다. 같은 지방도시라도 대구 쪽은 예전부터 구속자가 많았던 곳이라 부모들이 알아서 한복이며 책과 영치금을 넣어주는데 전라도쪽은 그런 경험이 없어 부모들이 한복 한 벌 넣어주지 못하고 있었다. 그리고 집안이 가난하다보니 서울에 면회 한번 가기도 힘들었다.

"전남대생 찾으려면 간단해. 까마귀만 찾으면 돼."

학생들 변론을 자원한 변호사들끼리 나누던 농담이었다.

윤한봉의 첫 감옥살이는 조용한 편이었다. 5사 1층 4방에 혼자 수감되었는데 늘 마루 가운데 정좌하고 앉아 눈을 감고 명상하거나 책을 읽었다.

이러한 윤한봉과는 달리 민청학련 사건 공범이자 미술사학도인 유홍준은 분주한 학생이었다. 긴급조치 사범들

242

에게는 가슴에 노란 삼각형 플라스틱 딱지를 붙여 일반 사범과 구별하고 통방을 하지 못하도록 한두 칸 건너 한 명씩 수용했다. 윤한봉이 있던 층에는 통일운동가 노중선·백기완과 함께 활동하던 방배추(방동규), 문인간첩단 사건으로 들어온 문학평론가 임헌영 등이 수감되어 있었는데 1심 재판이 끝날 때까지 서로 얼굴 한번 볼 수 없도록 철저히 분리시켰다. 그러나 9방에 있던 유홍준은 교도관들을 겁내지 않고 밖에서 들어온 소식을 사방에 알리는 역할을 했다. 유홍준은 시간만 나면 창문 아래 놓인 변기통 위에 올라가 밖으로 소리를 쳐서 얼굴도 모르는 이들과 통방을 했다. 교도관들은 이런 유홍준에게 주의를 주면서 윤한봉과 비교하기도 했다.

"같은 학생이라도 4방 윤한봉 학생은 항상 정좌하고 앉아 명상을 하고 있는데 자네는 왜 궁둥이를 붙이지 못하고 똥 마려운 강아지처럼 부산한가?"

결국 유홍준은 잦은 통방에 대한 벌칙으로 다른 사동으로 쫓겨났다. 유홍준은 이듬해 석방되고 나서야 윤한봉을 처음 만나 동년배임을 확인하고 서로 말을 놓는 사이가 되었다.

"자네가 9방에 있던 홍준인가? 아이고, 이 징한 사람! 자네가 전방 가고 나니까 사방이 얼마나 조용하던지 적막강산이 되었네."

유홍준은 윤한봉과 절친한 친구가 되었지만, 마음속으로는 그를 형처럼 여겼다. 김남주도 윤한봉보다 한 살 많았음에도 함부로 그의 이름을 부르지 않고 형 아니면 합수라 높여 불렀다. 윤한봉도 동년배에게 함부로 '야, 자'를 하지 않았다. 훗날 유홍준은 이렇게 말했다.

"합수 형은 몸가짐과 매사에 항시 진득했다. 그러면서도 농사꾼 같은 천진성과 인간미 넘치는 가벼운 미소, 그리고 말과 몸짓과 행동에 전혀 가식이라는 것이 없어 합수 형을 한번 만나면 누구든 그의 진실성에 매료되거나 존경을 표하게끔 되어 있다."

1974년 7월 13일, 용산의 국방부 부근에 마련된 비상보통군법회의 법정에서 주모자급 32명에 대한 1심 선고공판이 열렸다. 윤한봉·이강·김정길도 여기에 포함되었다. 판결은 경악스러웠다. 이철·김병곤·유인태·나병식 등은 구형대로 사형을 선고받았고, 황인성·정문화·윤한봉 등 다수가 무기징역을 받았다. 이강·김정길 등은 15년을 선고받았다.

살벌한 재판정에서 몇몇 학생은 군법무관들을 향해 당당히 자기주장을 펼쳐 변호인들과 가족들에게 깊은 인상을 주었다. 윤한봉도 그중 한 명이었다. 윤한봉은 군법무관들 앞에서 조금도 기죽지 않고 거침없고 단호하게 박정희 정권을 질타했다. 종범으로 분류되어 따로 재판을 받던 최권행 등은 포승줄에 묶여 법정을 오가는 과정에서 여러 사람으로부터 전남대생 윤한봉을 칭찬하는 말을 들었다.

"저이들은 목숨을 내놓고 싸우는 사람들이야."

일반사범들끼리 나누는 이러한 이야기의 주인공은 윤한봉, 나병식, 정찬용 같은 이들이었다. 김병곤은 사형을 구형받자 빙긋 웃으며 "영광입니다"라고 말해 법정 안을 숙연하게 만들었다.

그런데 윤한봉이 자신을 부끄럽게 여긴 일도 있었다. 검사의 취조 과정에서는 시위 목적에 대해 박정희 정권을 뒤집어엎는 것이었다고 떳떳하게 말했는데, 재판정에서는 검찰의 압력에 못 이겨 허위 진술을 했다고 거짓말을 한 것이다. 정권을 뒤엎으려는 목적이었다고 말하면 민청학련이 반역모의를 인정한 것으로 간주되니 주의하라는 주변의 만류를 못 이긴 탓이었다. 윤한봉은 두고두고 자신의 거짓 진술을 부끄러워했다.

1심 재판이 끝나고 안양교도소로 이송되었다. 이때도 전남대 출신들의 가난한 면모가 눈에 띄었다. 다른 지역 학생들은 두툼한 담요와 한복에 책까지 양손에 잔뜩 들고 이동하는데 윤한봉은 '쇠불알'이라 불리던 조그만 헝겊 보따리 하나뿐이었다. 몇 번만 사용하면 찢어지는 얇고 작은 수건을 바늘로 꿰매고 끈을 달아 소의 불알만 한 것을 손가락에 걸어 달랑달랑 들고 다닌다 해서 붙여진 이름이었다. 개털들의 보따리라 불리던 이 쇠불알 안에는 비누, 치약, 칫솔, 속옷 등이 들어 있었다.

얼마 후 종범으로 분류되었던 전남대생들이 줄지어 안양교도소로 이송되었다. 윤한봉이 감방의 작은 철창문으로 내다보니 복도에 들어오는 후배들의 모습이 그리 초라해 보일 수가 없었다. 박형선과 문덕희만 흰 한복을 입고 양손에 뭔가를 들었을 뿐, 10여 명이 하나같이 시커먼 옷에 쇠불알 하나만 달랑거리며 오고 있었다. 윤한봉의 회고다.

"열댓 명이 나같이 쇠불알 하나씩 들고, 하여튼 적당한 표현이 없는데, 꾀죄죄해갖고 집 나간 애기들 얼굴을 해갖고 걸어오는데, 막 눈물이 나오더라고."

윤한봉은 민청학련 조직의 3대 지역 중 하나인 호남 책임자였음에도 불구하고, 주모자급 중에서 자신이 제일 의식이 낮은 축에 속했다고 훗날 술회했다. 이 점은 감옥에서 있었던 다음의 일들을 통해서도 엿볼 수 있다.

민청학련 관련 구속자 중에는 이철과 접촉했던 일본인 다치카와 마사키(太刀川正樹)와 하야카와 요시하루(早川嘉春)도 포함되어 있었다. 감방에는 일체 난방장치가 없어 10월 하순만 되어도 살 떨리게 추웠다. 윤한봉은 내복도 없고 양말도 없어 추위에 시달리고 있었다. 마침 옆방에 들어온 하야카와 요시하루가 이 모습이 안타까워 가을용 얇은 내의와 양말을 전해주었다. 윤한봉은 그냥 받고 싶은 마음도

246

없지 않았지만 일본인에게 신세를 지는 건 민족적 자존심을 훼손하는 행위라 생각되어 거절해버리고 말았다.

윤한봉은 주범 32명 중 자기만 극심한 반공주의자였다고 고백했다. 유한봉은 전남대 유인물에 "북괴가 호시탐탐 남침의 기회를 노리고 있는데 정부가 독재로 나라를 혼란에 빠뜨리고 있다. 북괴를 의식해서라도 민주정치를 해야 한다"는 문장을 넣을 정도로 반공의식이 강했다. 그런데 교도소에는 해방 직후 빨치산을 했거나 북에서 밀파되어 왔다가 체포되어 수십 년째 옥살이를 하는 장기수가 꽤 있었다. 민청학련 사건 공범들의 주도 아래 소내 투쟁을 결의했을 때 윤한봉이 나서서 장기수들은 북한에서 온 간첩들이니 함께 투쟁할 수 없다는 식으로 발언했다가 질책을 받기도 했다.

윤한봉은 자신의 민족의식이나 반공의식을 돌아보게 되었다. 그런데 감옥에서 얻은 가장 큰 기쁨은 무엇보다도 다산 정약용을 통한 깨달음이었다.

윤한봉보다 200년 가까이 먼저 태어난 다산 정약용은 실용주의 학문을 선도하다가 부패한 지배층의 미움을 받아 전남 강진에서 18년간 유배생활을 하며 방대한 저술을 남긴 당대의 석학이었다. 윤한봉의 고향 강진 곳곳에 다산의 발자취가 남아 있어 어려서부터 친근한 이름이었다.

그런데 감옥에서 우연히 『다산 시문선』이라는 꽤 두꺼

운 시선집을 읽고 엄청난 충격을 받았다. 다산의 시들이 자신의 고향 강진만 유역에 사는 민중의 처참한 삶을 너무나 생생하게 그려냈기 때문이다.

윤한봉은 다산의 시를 통해 부패한 봉건관료의 가렴주구에 시달리는 민중의 비참한 삶을 접하고는 그만 눈물을 펑펑 흘리고 말았다. 배고픔을 모르고 살아온 부잣집 아들인 자신이 부끄러워서였다. 또한 지체 높은 양반집 아들이었음에도 진심으로 민중의 아픔에 공감하고 이를 해결할 방안을 찾아 평생을 바친 그의 삶에서 크나큰 감동을 받았기 때문이다.

정약용은 윤한봉으로 하여금 민족이나 이념보다 더 근본적이고 중요한 것이 '민중의 삶'이라는 생각을 갖게 만들었다. 정약용은 유배지에서 아들에게 편지 형식으로 쓴 글에서 농민들의 식량문제 해결 방안을 제시했는데, 노는 땅 없이 농사를 지어야 하고, 밭둑·논둑에도 콩을 심어야 하며, 연못이나 호수에 뗏목을 띄우고 그 위에 흙을 얹어 보리도 심고 채소도 심어야 한다는 내용이었다. 이 부분에서 특히 벼락을 맞은 기분이었다.

연못에 뗏목을 띄우자는 생각은 윤한봉 자신이 어려서부터 해온 것 중 하나였다. 그러나 목적은 전혀 달랐다. 윤한봉은 호수에 띄운 뗏목에 꽃밭을 만들어 거기서 친구들과 음풍농월하며 살고자 했던 것이다. 다산은 모든 것을 백성 위주로 생각했는데, 자신은 사치스러운 정원이나 만들어 친구들과 놀 생각을 했다는 게 그렇게 부끄러울 수가 없었다. 독방에 앉아서 무엇 때문에 자신과 정약용에게 이런 차이가 났는가를 며칠째 고민해보았다.

결론은 자신이 민중적인 생각을 못하고 유산계급의 사고방식에 빠져 있었다는 것이었다. 윤한봉은 보통 사회과학 이론서나 소모임 학습을 통해 배우게 되는 민중적 사고방식을 정약용의 시집에서 혼자 터득한 것이다.

감방에서 깨달은 또 한 가지는 양심범들에게 옥바라지가 필요하다는 것이었다. 민청학련 구속자 가운데 전남대 출신(14명)이 서울대 출신(40명) 다음으로 많음에도 책은 거의 들어오지 않았다. 다른 방의 학생들에게 책을 빌려달라고 부탁하면 볼만한 책들은 자기들이 읽어야 하니까 주로 수필집을 보내왔다. 윤한봉의 회고다.

"책을 빌려서 보면 안에 은행잎도 들어가 있고, 그 밑에 뭐 죽는 그날까지 기다리겠어요, 이런 말도 쓰여 있어. 딱 보니까 여자친구들한테 온 거야. 그런 것들이 몇 있는 거야. 그때 생각한 게 뭐냐면, 내가 나가면 다음 징역 사는 사람들을 위해서라도 옥바라지를 충실히 해야겠다."

그가 석방 후에 조직한 '전남민주회복구속자협의회'와 '송백회'는 감옥에서부터 구상한 것이었다.

윤한봉은 1심에서 무기징역을 선고받은 후 독재정권에

선처를 구걸하지 않겠다며 항소를 거부했으나 가족의 권유로 마지못해 항소를 했는데 1974년 9월 하순 징역 15년, 자격정지 15년으로 감형되었다. 죄명은 국가보안법, 내란예비음모, 긴급조치 1호·4호 위반이고 전남대에서는 벌써 제적된 상태였다.

11월 하순의 항소심에서 김상윤은 15년, 박형선·윤강옥·최철·유선규·정환춘·하태수는 12년을 받았다. 문덕희와 이학영은 10년, 전영천과 박진은 7년, 성찬성은 3년을 받았다.

윤한봉을 비롯한 전남대 출신 구속자들은 일제히 대법원 항소를 거부했다. 윤한봉은 1974년 11월 말, 후배 여덟 명과 함께 대전교도소로 이감되어 특별사동 독방에서 지내게 되었다.

특사라 불리던 대전교도소 특별사동은 제4동의 별칭으로, 통방이 불가능한 독방들로 이뤄져 감옥 안의 감옥이라 불리었다. 주로 남파공작원, 빨치산 등 장기수들이 수용되어 있는 구역이었다.

보통 감방의 문에는 자그마한 창이 달렸는데 특사의 독방에는 식구통만 있어 출입문을 닫으면 세상과 완전히 단절되었다. 운동장도 혼자만 사용하도록 특별히 만들어져 있었다. 폭 4미터 정도의 일인용 운동장은 사방이 콘크리트로 되어 있었다. 가운데 나무만 하나 덩그마니 심어져 있어 운동시간 내내 혼자 나무를 빙빙 돌다가 어지러우면 반대쪽으로 도는 게 전부였다.

일제강점기에 지어져 수많은 독립운동가와 사상범이 죽어 나간 대전교도소 특사는 분위기가 늘 음산했다. 겨울이 되자 바닥에 가마니를 깔아주고 화장실 유리창에 비닐을 덮어주었으나 난방장치가 없으니 미치도록 추웠다. 손발에 동상이 걸리고 온몸에 피부병이 생겼다. 독방에서는 피부병 약이 있어도 바르기가 힘들었다. 손이 안 닿는 등에 바르려면 벽에 먼저 약을 묻힌 다음 등을 문대는데 겨울의 콘크리트벽이 얼마나 차가운지 온몸에 소름이 돋았다.

혹독한 겨울이 끝나가던 1975년 2월 초였다. 갑자기 교도관들이 몰려오더니 효도에 대해서 어떻게 생각하느냐는 등 시시한 질문을 해댔다. 윤한봉은 별 생각 없이 답했다.

"부모님을 부끄럽게 만드는 것이 불효고, 부모님을 떳떳하고 당당하게 만드는 게 효도 아닌가요? 나는 내가 불효를 했다고는 전혀 생각하지 않습니다. 내가 부모님 얼굴에 똥칠을 했소, 뭐를 했소?"

평소 생각을 당당히 말하니 교도관들은 알았다며 가버리는 것이었다.

그런데 며칠 후인 2월 15일, 뜻밖에도 형집행정지 처분이 떨어졌다. 이강철, 유인태, 김효순, 이현배 등 정권에 특별히 찍힌 몇 명을 제외하고는 민청학련 관련자 모두가 풀려나게 되었다. 윤한봉도 포함되었다. 언론에는 이미 보도 되었고 가족들에게도 통보되었으나 교도소 안에서는 전혀 모르고 있었다.

다들 책과 옷을 싼 보따리를 들고 방에서 나와 석방 절차를 밟을 때였다. 누군가 선동을 했다.

"아니, 우리가 무슨 잘못을 했다고 무조건 석방이 아니라 언제든 다시 수감될 수 있는 형집행정지라는 거요? 그런 비굴한 조건의 석방은 받아들일 수 없소!"

이에 동조하는 이들이 늘어나 결국은 모두 석방을 거부하기로 결의했다. 다른 교도소의 민청학련 관련자들은 다 나갔는데 대전교도소의 관련자들만 나갈 수 없다고 버티니 다시 감방으로 돌려보낼 수밖에 없었다.

다음 날도 이들은 온종일 버티다가 저녁이 다 되어서야 철문을 나섰다. 전날 여관에서 자고 내내 추위에 떨며 교도소 문 앞에서 석방을 기다리던 가족들이 뛰며 환호했다. 한 남자가 바리케이드를 뛰어넘어 교도소 문을 나오는 이들에게 달려갔다. 윤한봉의 둘째형 윤광장이었다.

"한봉아, 고생했다!"

윤광장은 동생을 와락 끌어안고 기자들이 접근하지 못하도록 밀쳐내며 납치하듯 재빨리 택시에 태워버렸다. 윤한봉은 감방 동기들과 인사도 나누지 못한 채 순식간에 그 자리를 빠져나올 수밖에 없었다.

형제를 실은 고속버스가 광주를 향해 달려가는 동안, 윤한봉은 기분이 좋아서 연신 웃으며 이런저런 이야기를 하다가 광주 초입인 장성 갈재터널을 지날 즈음 부모 이야기를 꺼냈다. 동갑내기인 윤옥현 부부는 회갑을 2년 앞두고 있었다.

"형님, 내후년이면 부모님 회갑이니 그때는 제가 모시고 제주도에 가서 대접 잘해드릴게요."

"……"

윤한봉이 들뜬 기분으로 말했으나 형은 아무 대답도 하지 않았다. 그는 광주로 내려가는 동안 계속 침울해 있었다. 아버지의 부음을 동생에게 어떻게 전해야 할지 몰라서였다. 동생이 아버지의 부음을 들으면 충격을 받아 무슨 짓을 할지 몰라 전날 여관으로 찾아온 신문기자에게 절대 취재를 하지 말아달라고 무릎까지 꿇어 보이며 사정을 했다. 석방되자마자 동생을 납치하듯 택시에 태운 것도 아버지의 부음을 기자들을 통해 듣지 못하게 하기 위해서였다. 그런데 윤한봉이 신이 나서 회갑여행 이야기를 꺼내니 도저히 참을 수가 없었다. 손바닥으로 동생의 등을 두드리며 울음을 터뜨리고 말았다.

"야, 이놈아! 아버님은 열흘 전에 돌아가셨다."

목이 메고 눈물이 쏟아져 더 말을 할 수가 없었다. 충격에 휩싸인 윤한봉은 멍하니 앉은 채 아무 말도 하지 못했다.

아버지 윤옥현이 사망한 것은 열흘 전인 1975년 2월 6일 오후 4시였다. 건장한 체격에 밝고 당당한 성격이던 그가 쓰러진 것은 오로지 셋째 아들 윤한봉 때문이었다.

1974년 4월 9일 새벽, 집에서 잠옷차림으로 전남도경에 연행된 윤옥현은 평생 겪어보지 못한 수모와 공포 속에 종일 시달려야 했다. 세 차례나 면장을 역임한 칠량면 유지로, 일평생 누구로부터 험한 꼴을 당해본 적이 없는 이였다. 아들을 어디에 숨겼는가, 왜 그런 아들로 키웠는가 따위의 모욕을 당하고 있을 때였다. 교내에서 시위하던 윤한봉을 체포했다는 보고를 받은 전남도경 정보과장은 들으라는 듯 소리쳤다.

"윤한봉이를 잡았다고? 그놈을 바로 사형시킬 수 있도록 조서를 만들어!"

어려서부터 근동의 수재요, 효자라고 유별나게 아끼고 위하던 셋째 아들이 사형당할지도 모른다는 충격적인 말을 들은 윤옥현은 집에 돌아와 기진해 쓰러졌다. 그리고는 시름시름 앓다가 아들의 석방을 열흘 앞두고 사망한 것이다. 병명은 '간성혼수'였다. 이른바 화병(火病)으로 죽은 것이다.

"꽃피는 올봄엔 내 아들 풀려나 나의 무덤에 술잔을 올렸으면……."

임종을 앞두고 한 유언이었다. 이 유언은 '구속 아들 석방 기다리다 숨진 어느 아버지의 유언'이라는 제목으로 1975년 2월 11일자 『동아일보』에 실려 독자들을 안타깝게 하기도 했다.

고속버스가 광주에 도착하니 어떻게 알았는지 기자들이 진을 치고 있었다. 취재에 일체 응하지 않고 빠져나오는데 형 윤광장과 친한 기자가 신문사 차에 태워 강진까지 데려다주었다.

한밤중이었지만 마을사람들이 밖에 나와 추위에 떨며 그를 기다리고 있었다. 골목을 메운 사람들을 헤치고 집에 들어가니 마당 한편에 삼년상을 치르기 위해 짚으로 만들어놓은 상방이 차려져 있었다.

어머니 김병순은 남편이 죽었을 때도, 장례식 때도 울지 않았다. 셋째 아들이 살아서 마당에 들어서자 비로소 통곡을 터뜨렸다.

집으로 오는 동안 석상처럼 굳어 한마디도 하지 않던 윤한봉도 그제야 통곡을 하기 시작했다. 이를 지켜보던 마을사람들도, 형과 동생들도 울음을 터뜨렸다. 해풍이 매서운 한겨울 밤, 어둠에 잠긴 조그마한 마을은 통곡 소리로 가득했다.

14. 합수

1975 광주

광주의 민주화운동가들은 독특한 평가를 받는 편이다. 남한 진보운동의 이론적 기틀을 잡은 경제학자 박현채는 '광주·전남 운동권은 교수들까지 포함해서 도대체 공부를 하지 않는다'며 쓴소리를 아끼지 않았다. 정의감이 앞선 나머지 몸이 먼저 나간다는 뜻이었다.

윤한봉에 대한 평가도 이러한 평가와 무관하지 않다. 민청학련 사건 공범으로 윤한봉과 오랫동안 함께했던 나상기는 윤한봉의 헌신성과 순발력, 그리고 절묘하고도 놀라운 예지력에 감탄하지만 한국사회에 대한 논리적 탐구에는 약했다고 한다. 그리고 당시 광주·전남지역 운동을 이끌었던 이강, 김정길 등도 이론보다는 실천에 강했고, 김상윤과 김남주 정도가 다양한 시각을 갖고 학습했다고 한다.

실천력이 강하다는 것은 광주 운동권의 장점이기도 했다. 불도저처럼 밀고 나가는 이들이 있었기에 광주에는 다른 어떤 지역에서도 찾아볼 수 없는, 동지애로 똘똘 뭉친 공동체가 형성될 수 있었다.

광주지역에서 실천가들이 가진 장점을 가장 잘 보여주는 인물은 단연 윤한봉이었다. 그는 주변 사람들을 가만히 놔두질 않고 끊임없이 뭔가를 하게 만드는 사람이었다. 그러기 위해서는 자신이 가장 바쁘게 움직여야 했다. 민청학련 사건으로 첫 번째 옥살이에서 풀려난 1975년 봄부터 두 번째로 구속되는 1976년 가을까지 1년 반 동안 그가 한 일은 무척 많았다.

윤한봉은 아버지의 죽음으로 인한 분노와 슬픔을 안은 채 매일 학교에 나갔다. 교문에서 경비들이 제적생이라고 막으면 소리치며 우겼다.

"잡상인도 자유롭게 드나드는데 내가 다닌 학교에 왜 못 들어간다는 거요? 비켜요, 비켜!"

중앙도서관 앞 풀밭에 앉아 있으면 지나가던 후배들이 하나둘씩 모여들어 윤한봉의 이야기에 귀를 기울였다. 후배들은 그의 입담에 취해 강의시간이 되었는데도 들어가지 않고 몇 분씩 더 버티며 이야기를 들으려 했다.

몇 시간을 떠들어도 지치지 않는 윤한봉식 노천학습은 하나둘씩 운동권 모임을 탄생시켰다. 예전부터 있었으나 약화되었던 '교양독서회'를 강화하고 '맷돌'을 새로 만들었다. 맷돌은 원래 기독학생 모임으로 명칭이 메시아였는데 윤한봉이 외국어 이름이 좋지 않다고 한글 이름으로 바꾼 것이었다. 학외로는 YMCA 산하 '고임돌'이 만들어졌다.

1975년 4월에는 전남민주회복구속자협의회를 만들었다. 전남지역 민청학련 사건 구속자들의 생활을 지원하고 아직 감옥에 남은 이들을 옥바라지하기 위한 모임이었다.

윤한봉은 구속자협의회를 만들고 운영하는 과정에서 조직가로서의 탁월한 면모를 보여주었다. 법조계에서는 홍남순과 이기홍 변호사, 학계에서는 안진오와 송기숙 교수, 기독교계에서는 이성학과 조아라 장로, 이애신 총무, 강신석 목사가 함께했다. 가톨릭계에서는 김성용 신부와 조비오 신부, 문화계에서는 황석영과 문병란 등의 작가들이 함께했다.

이들은 대개 광주의 유명인사들이었으나 윤한봉을 통해 서로를 알게 된 경우가 많았다. 다른 지역에도 구속자 모임이 만들어졌지만 얼마 못 가 유명무실해졌고, 윤한봉의 지독스러움 덕분에 전남에서만 유지될 수 있었다.

조직을 만드는 과정까지는 특별할 게 없었다. 핵심은 조직의 운영방식이었다. 대개 조직을 만들기는 쉽지만 여기저기서 기금을 모아 운영하다가 모금이 안 되면 문을 닫게 되는데, 윤한봉은 철저히 '자력갱생'식으로 운영했다.

스스로 '독심을 품었다'고 표현하는 이 지독한 근성은 타고난 성격이기도 했지만, 박정희 정권이 만들어준 것이기도 했다.

아버지의 죽음에 이어 그를 분노에 빠뜨린 것은 '인혁당 사건' 관련자 여덟 명에 대한 사형집행이었다. 감옥에서 나온 지 두 달이 안 된 1975년 4월 9일의 일이었다. 그날도 도서관 앞에서 후배들과 담소를 나누고 있다가 이 소식을 듣고는 벌떡 일어나 소리쳐 맹세했다.

"내 한 몸 다 바쳐 이놈의 독재정권, 학살정권과 맞서 싸우겠다!"

그는 분해서 치를 떨었다.

이 무렵 남베트남 정권의 붕괴로 우리 사회 분위기는 급격히 달라지고 있었다. 1973년 미군이 베트남에서 철수한 뒤 2년여 동안 지엽적인 공세에 머물던 북베트남군은 전면적인 대공세에 돌입해 1975년 4월 30일 사이공을 함락시켰다. 이는 같은 분단국가였던 남한의 보수세력에게 지대한 위기의식을 불러일으켰다. 얼마 전까지만 해도 민청학련 사건 구속자들을 대부분 풀어줄 정도로 여유를 가졌던 박정희 정권은 또다시 탄압정책으로 선회했다.

베트남의 공산화는 정권안보 차원을 넘어서 남한사회 전반에 극도의 반공의식을 불어넣었다. 5월 13일에 발동된 긴급조치 제9호는 앞서 내린 긴급조치들의 초법적인 조항들을 총괄하는 결정판이었다. 유신헌법에 반대하거나 이를 보도하는 행위를 일체 금지하고, 위반자는 영장 없이 체포할 수 있으며, 이 조치에 의한 주무 장관의 조치는 사법적 심사의 대상이 되지 않았다. 물론 이 긴급조치 9호에 대한 어떠한 비판도 불가했다.

잠시 반짝했던 민주화운동은 일시에 침묵기로 접어들었다. 윤한봉을 비롯해서 민청학련 사건으로 옥고를 치른 이들에 대한 사람들의 태도부터 달라졌다. 전에는 길에서 만나면 아는 체하고 서로 밥을 사겠다던 이들이 이젠 눈이 마주치기 전에 재빨리 피해버렸다. 전에는 학교에 들어가면 밥을 사주니 술을 사주니 하며 친근하게 대하던 교수들이 이젠 강의가 있다느니 바쁘다느니 하며 도망치듯 사라졌다. 복학도 안 되고 취직도 안 되는 윤한봉은 집에서 애물단지가 되었다. 후배들은 버스 요금이 없어 모임에 나오지 못할 정도로 어려운 처지가 되었다. 운동권 사람들은 형사들의 감시와 미행이 극심하여 몇 명만 모이면 끌려가 두들겨 맞았고, 체계 있는 학습을 하거나 세력을 키우는 건 엄두도 낼 수 없었다.

사회 전반의 고조된 반공 분위기는 반정부투쟁에 대한 어떤 무자비한 탄압도 용인하게 만들었다. 대학생, 교수, 변호사 할 것 없이 누구라도 희생자가 될 수 있었다. 이해

8월 야당지도자 장준하가 북한산 인수봉에서 의문의 죽음을 당하자 자취방에서 추모모임을 가진 전남대생들은 경찰에 연행되어 무지막지한 폭행을 당하고 반성문을 쓰고 나왔다. 60세가 넘은 홍남순 변호사는 경찰에 끌려가 하체를 벗기운 채 차마 기록으로 남기지 못할 성적 모욕을 당하기도 했다. 하지만 누구도 항의하거나 이런 사실을 신문에 내보낼 수 없었다.

윤한봉과 그 후배들도 수모를 당했다. 대전교도소 출신들 여럿이 감방에서 얻은 고약한 피부병에 시달리고 있었다. 병원에 다니며 약을 발라도 좀처럼 낫지 않았다. 이때 누군가 바닷물에 담그면 낫는다는 말을 주워 듣고 해수욕을 겸해 바닷가로 떠나기로 했다. 취사도구와 반찬, 양념 등을 챙겨 들고 해수욕을 떠나려 할 때였다. 버스정류장까지 미행해온 형사들에게 연행되어 경찰서로 끌려간 일행은 주동자는 누구이며 자금은 어디서 나왔느냐는 문초와 함께 집단구타를 당했다.

세 시간 동안 개처럼 두들겨 맞다가 풀려나니 바닷가고 뭐고 아무 생각이 나지 않았다. 아무런 저항도 하지 못하고 이유도 없이 얻어맞고 보니 서로의 얼굴을 쳐다보기도 민망했다. 자취방으로 돌아간 일행은 한 시간 가까이 서로 등을 돌린 채 머리를 벽에 박고 앉아 있었다. 어쩌다가 눈이 마주치면 얼른 고개를 숙였다.

윤한봉이 구속자협의회를 만든 것은 어떻게든 이러한 상황에 절망하거나 굴복하지 않고 서로 위로하고 격려하며 버티기 위해서였다. 그렇다고 해서 만나서 술이나 마시고 한탄하며 세월을 보낼 사람들은 아니었다. 이론에 능한 김상윤은 후배 교육을, 정용화는 청년운동을, 이강과 박형선은 농민운동을, 이학영은 아직 취약한 노동운동을 맡았다. 계획했던 대로 다 되지는 않았으나 이강과 박형선은 농촌에 들어가고 정상용과 정용화는 전남청년운동연합을 만들었으며, 이양현은 로켓전지 호남공장에 취업하는 등 그 나름대로 대중 속에 파고들었다.

그런데 활동 자금이 가장 큰 문제였다. 후배들은 하나같이 차비는 물론 담배도 없어 여기저기서 얻어 피우는 궁색한 처지였다. 형제들에게 푼돈이라도 뜯을 수 있었던 윤한봉은 가방에 항상 여러 갑의 담배를 넣고 다녔고 후배들은 알아서 꺼내가곤 했다.

서울 사람들은 시골 사람이 올라가면 다방이나 술집에서 이야기를 나누다가 잘 가라고 하고 자기 혼자 가버리는 게 보통이었다. 그러나 시골 사람들은 서울에서 누가 내려오면 꼭 집으로 초대해 먹여주고 재워주는 따뜻한 인정이 남아 있었다. 윤한봉도 후배들뿐 아니라 서울에서 내려오는 손님들에게 국밥이라도 사주려면 돈이 더 필요했다.

윤한봉은 활동비를 마련하려고 여러 방안을 짜내고 몸

소 실천해 보였다.

1975년 5월 말에 열린 전남대 용봉축제 때는 구속자협
의회 회원들을 불러 모아 '아이스케키' 장사를 했다. 얼음
에 색소를 넣어 얼린 싸구려 아이스케키는 서민의 여름을
식혀주는 인기 상품이었다. 각자 아이스케키가 담긴 통을
어깨에 메고 축제장을 누비기로 했다. 그러나 호기스럽게
통을 메고 나갔던 이들은 여기저기서 아는 얼굴을 만나자
창피해서 슬그머니 도망쳐버리는 것이었다. 윤한봉은 안
되겠다 싶어서 일부러 들으란 듯이 더 크게 소리를 지르며
축제장을 누비고 다녔다.

"아이스케키! 시원한 아이스케키가 왔어요!"

제적생들이 아이스케키를 팔러 다닌다는 소문을 들은 학
생처장은 윤한봉을 보자고 했다. 그는 목표액부터 물었다.

"얼마나 팔면 되겠나? 우리가 전부 사줄 테니 학교에서
좀 나가주게."

윤한봉은 발끈했다.

"무슨 소리를 하세요? 우리 깨끗이 벌어서 깨끗하게 쓰
려고 하는데 왜 이러세요?"

"알았네, 알았어. 그럼 우리가 사먹으면 될 것 아닌가?"

학생처장은 그가 들고 간 아이스케키 한 통을 다 사서
직원들에게 나눠주는 것이었다. 윤한봉은 얼른 내려가 다
시 한 통을 들고 소리치며 돌아다녔다. 이를 본 학생처장

은 다시 통째로 사겠다고 했으나 이번에는 거절하고 이리 저리 팔러 다녔다. 아이스케키 장사에 합류했던 성찬성은 이렇게 회고했다.

"아이스케키를 팔 때는 어디서 구했는지 통 하나씩 걸쳐주고 흩어졌기에 그이가 어떠했는지는 모르겠다. 다만 흩어지는 순간 아는 학생 하나를 만나자마자 아이스케키 통을 열던 그이의 모습이 기억에 남아 있다. 아마 제일 먼저 장사를 시작한 사람이 그이였던 것 같다. 난 얼마치를 팔았는지 기억나지 않지만 많은 나이에 대학에 들어간 내가 어린 녀석들에게 구걸 비슷하게 하면서 쪽팔렸던 기억은 있다. 그래도 무언가 일을 한다는 느낌이 있었으니, 지금 생각해도 그 일이 서운하지는 않았던 듯싶다."

전남대 후문 오른편에 농대가 조성한 축산용 목초지가 있었다. 기계화가 안 되어 있던 시절이어서 만 평이 넘는 목초를 인부들이 직접 베어야 했다. 윤한봉은 축산과 출신임을 내세워 교수들을 찾아가 자기들을 고용하면 번 돈을 좋은 데 쓰겠다고 했다. 교수들도 흔쾌히 응해주었다.

다들 팔을 걷어붙이고 웃고 떠들며 풀을 베는데 김남주가 화가 나서 욕을 퍼부어댔다.

"이 시발놈들아! 느그들은 이놈의 세상이 뭐가 그리 좋아서 킬킬거리고 웃고 사냐?"

목초지 풀베기는 이틀 만에 경찰의 압력으로 중지되었

다. 그 대신 농대 앞 잔디밭의 잡풀을 뽑기로 했다. 일당은 하루 만 원이었다. 전남대 한 학기 등록금이 15만 원이었으니 적지 않은 일당이었다.

풀 뽑기에서도 윤한봉은 제일 앞장서서 쉬지 않고 일했다. 허리 아프고 다리가 저려 죽을 맛인 다른 이들은 어영부영 시간을 때웠으나 윤한봉은 남들이 놀거나 말거나 비썩 마른 몸으로 쉬지 않고 일했다.

이렇게 고생하여 모은 돈을 함부로 쓸 수는 없었다. 당시 광주일고 2학년이던 황광우는 유신반대 시위를 벌이려다 투옥되었는데, 출옥 후 윤한봉이 찾아와 밥을 사겠다고 해서 따라나갔다. 황광우의 증언이다.

"저희 광주일고 열여섯 명이 데모를 했는데 한봉이 형이 어린 후배들 점심 사준다고 간이식당에 불러내서 저는 그냥 뭣도 모르고 먹었어요. 나중에 알고 보니까, 이 양반이 우리들 점심 사준다고 전남대 교수를 만나갖고 전남대 잔디밭을 깎고 받은 알바비로 어린 후배들 점심 사줬더라고요. 어린 후배들 점심 사주고 술 사주는 것은 저도 할 수 있는데, 어디 가서 알바를 해갖고 그걸로 사줄 생각은 못 했어요."

몸소 노동을 하여 번 돈으로 학생운동 후배들을 챙겨주는 그의 행위는 구성원들의 정신적 자세와 결속력을 다지는 효과가 있었다.

경찰의 압력으로 전남대에서 날품팔이를 하는 것조차 어렵게 되자 월부책장사에 나섰다. 혼자서 하거나 때로는 박형선과 둘이 돌아다니며 『삼국지』 『왕비열전』 같은 책을 팔았다.

이런 일을 하게 된 계기는 김정길의 건강 때문이었다. 민청학련 사건 수사 때 전기고문까지 받았던 김정길은 궂은 날이면 지팡이를 짚어야 할 정도로 심신이 쇠약해져 있었다. 이번에는 오로지 그의 치료비를 댈 목적으로 책을 팔러 다녔다.

먼저 서부경찰서 정보과장을 찾아갔다. 당신들이 사람을 패서 망가뜨렸는데 복학도 취업도 안 되고 전과자라 과외선생도 할 수 없으니 책이라도 팔아달라고 하자 순순히 한 질을 사주었다.

그다음에는 학교에 들어가 교수들에게 팔아달라고 했더니 다들 이런저런 핑계만 대고 사주지 않았다. 총장이 사면 교수들도 사겠다고 하여 총장실에 들어가 한 질을 팔았는데도 그들은 사주지 않았다. 열통이 터진 윤한봉은 상대 건물 앞에 서서 막무가내로 고함을 쳐댔다.

"이 치사하고 더러운 교수들아! 당신들이 앞장서서 학생들을 붙잡아 경찰에 넘겨 퇴학시켜놓고, 먹고살 길이 없고 병들고 굶주린 학생들을 위해 월부 책 한 질 못 사주냐?"

이렇게 나오자 교수들도 어쩔 수 없이 몇 질은 사주었으나 그걸로는 부족했다. 윤한봉 자신도 감옥살이로 허리가 아파 고생하고 있었는데 눈병까지 얻어 안대를 하고 보니 몰골이 말이 아니었다. 이런 몸으로 강진, 완도, 장흥 등 전라도 일대를 돌아다녔다. 의외로 시골이 더 잘 팔렸다. 두 달 만에 240만 원이라는 거액의 매상을 올릴 수 있었다.

주머니에 돈이 있어도 여관비를 아끼려고 노숙을 마다하지 않았다. 보길도에서도 여관 대신 전남대 임업시험장 소유의 건물 옥상에서 혼자 날밤을 새우는데 밑에서 어린 애들이 별빛 아래 놀고 있었다. 어려서부터 동네 아이들을 배꼽 잡게 웃기던 이야기꾼이 그냥 넘어갈 수는 없었다. 아이들을 모아놓고 재미있는 이야기로 관심을 끈 다음 가곡 「선구자」를 가르쳐주었다. 민중가요가 없던 시절, 감방 안에서 그토록 목 놓아 부르던 「선구자」였다. 천진한 아이들과 함께 별빛 아래 「선구자」를 부르고 있으려니 갑갑한 마음이 다 쓸려나가는 것 같았다.

윤한봉은 구속자협의회 회원들에게도 합당한 이유 없이는 돈을 쓰지 못하도록 했다. 박형선과 함께 책을 팔러 소안도에 갔을 때였다. 박형선은 술을 좋아했는데 옥살이하고 나와 집안에서 구박을 받는 처지라 주머니에 땡전 한 푼이 없었다. 저녁이 되니 자꾸 술 생각이 나서 윤한봉에게 졸랐다.

"한봉이 형, 막걸리 딱 한 잔만 합시다."

윤한봉은 냉정했다.

"무슨 소리야? 우리가 뭐 때문에 이걸 팔고 다니는데?"

"아니, 형님 딱 한 잔만!"

"안 돼! 이 돈은 개인 돈이 아닌 것이여. 절대 안 돼!"

"아이고, 내가 정말 미쳐블겄소!"

박형선은 옷을 훌훌 벗어버리고 팬티 차림으로 바닷물 속에 뛰어들어 열을 식히다가 한참 만에 나오는 것이었다.

이토록 지독하게 모은 돈으로 김정길에게 몸보신용 염소를 사먹이고 구례 화엄사 쪽으로 요양을 보냈으며, 남은 돈은 구속자협의회 운영비로 썼다.

구속자협의회 모임을 갖다보면 끼니때 밥을 먹어야 하는데 윤한봉은 대인시장의 100원짜리 백반도 아까워 60원 하는 팥죽으로 때웠다. 서울에서 특별한 손님이나 내려와야 서민음식 중에서는 제일 비싼 국밥을 대접했다. 돼지머리 숭숭 썰어 넣고 국수사리를 넣어 끓인 국밥을 사주는 것이 그가 할 수 있는 최고의 접대였다.

김남주가 광주 시내에 사회과학 서점 '카프카'를 연 것은 윤한봉이 월부책장사를 다닐 때였다. 가난한 아버지가 힘들게 번 돈을 몽땅 끌어다가 만든 서점이었다. 계간지 『창작과비평』, 리영희의 『전환시대의 논리』 같은 책들을 팔았는데 장사수완이 없어 적자만 났다. 그래도 카프카서

점은 활동가들과 문학청년들의 사랑방이 되어주었다.

훗날 윤한봉은 자기가 책을 팔러 다니느라 생고생하는 동안 후배들은 속없이 카프카서점에 딸린 방에서 장기나 두고 술이나 마셨다고 농담을 했지만 그렇게 모여 노는 것만도 힘이 되던 시절이었다.

가을이 깊어지면서 윤한봉은 후배들과 같이 포장마차를 운영해보기로 했다. 중고 손수레 두 대를 사서 후배가 하는 제재소에 끌고 가 나무로 바닥과 지붕을 만들었다. 돈주머니도 손수 천을 꿰매어 만들었다.

포장마차 한 대는 이학영이 책임을 지고 다른 한 대는 문덕희가 맡았다. 장소는 장동이었다. 어스름해질 무렵 돈주머니를 앞에 차고 술안주로 쓸 식재료와 소주, 막걸리 등을 사서 장동 쪽으로 끌고 나가면 여자 후배들이 나와 오뎅국을 끓이고 계란을 삶고 그릇을 씻어 장사 채비를 해주었다.

이들 여학생 조직을 주도한 이는 기독교계 활동가 나상기였다. 그가 속한 한국기독학생회총연맹(KSCF)은 민청학련 사건 때 서른 명 가까이 구속될 정도로 1970년대 민주화운동의 중요한 부분을 차지하고 있었다. 서울에서 활동하던 나상기가 옥살이를 마치고 윤한봉을 찾아와 광주에서 기독교학생운동을 하고 싶다고 하자 여러 후배를 소개해주었고, 이들을 바탕으로 광주기독학생총연맹이 만들어지면서 많은 여학생이 가담하게 되었다. 포장마차 일을 도와준 여학생들은 그 일부였다.

장사는 그런대로 되었다. 윤한봉이 주변 사람들에게 포장마차를 한다고 소문을 내어 친구들이며 선후배들이 줄지어 찾아왔다. 의식 있는 교수들이 일부러 찾아와 제일 비싼 안주를 시켜 매상을 올려주고 가기도 했다. 술을 한 잔도 안 마시는 윤한봉은 밤이 깊으면 자취방에 들어갔지만, 문덕희는 손님이 권하는 대로 술을 받아 마시고는 새벽녘이면 혀가 꼬부라져 돌아와 두둑한 돈주머니를 내려놓고는 기진해 쓰러지곤 했다.

포장마차가 활동가들의 사랑방 역할을 하니 경찰은 불법영업이라며 단속을 하기 시작했다. 경찰서에 잡혀가면 하룻밤 구류를 살고 즉심에 넘겨져 벌금까지 내야 했다. 벌금을 못 내면 일주일 구류였다. 이걸 피하려고 포장마차를 운영하다가 단속반이 나타나면 덩치 큰 학생들이 수레를 끌고 도망치는 바람에 냄비며 컵이 길바닥에 떨어져 나뒹굴기 일쑤였다.

이런 소동이 있을 때마다 주변의 다른 포장마차들까지 피해를 입어 상인들의 원망이 이만저만 아니었다. 툭하면 벌금을 내어 장사는 하나마나였다. 그래도 한동안 억지로 버텨보았다. 애초에 큰돈을 벌려는 목적으로 시작한 것은 아니었다. 아무것도 못하고 홀로 집에 들어앉아 있으면 아무리 강한 사람이라도 나약해지리라 보았기 때문이다.

하지만 끝내 포장마차 장사를 접을 수밖에 없었다. 다른 포장마차 주인들이 피해를 보기 때문이었다. 경찰과는 싸울수록 전의가 불타올랐지만, 피해를 보는 가난한 상인들에게는 약할 수밖에 없었다. 윤한봉의 회고를 들어보자.

"여러 갈래의 서클들을 만들어갖고 여학생들도 많이 참여하게 만들고, 후배들을 많이 키워냈지. 옥바라지 꾸준히 하고, 돈 번다고 엄한 짓거리들 많이 하고, 참 그때 비참했지. 정말 비참했어."

이와 같은 어려운 상황을 견뎌낼 수 있게 해준 것은 동지들의 존재였다. 누구 하나 빼놓을 수 없고 순위를 매길 수도 없는 친구와 선후배들이 곁에 있었기에 윤한봉은 역경을 딛고 광주 운동권의 선배로 꿋꿋이 버틸 수 있었던 것이다. 바로 이 동지애가 다른 지역에서는 보기 드문 광주 운동권의 미덕이기도 했다.

신뢰가 두터웠던 윤한봉은 이 무렵 만나는 사람마다 독재타도운동에 동참할 것을 호소했다. 고등학교 동창들은 그가 얼마나 진지하고 끈질기게 이야기를 해대는지 만나기가 두려울 정도였다. 그를 만나 이야기를 듣다보면 대부분 운동에 가담하게 되기 때문이다.

이때 붙여진 별명이 합수(合水)였다. 자신은 똥거름처럼 살겠다는 뜻으로 지었다지만, 사람들은 그가 가는 곳엔 항상 사람이 합치고 모여든다는 의미로 해석했다.

당시 함께 활동했던 후배 최권행은 윤한봉 안에는 시인이 있었노라고 말했다. 그는 윤한봉이 시적 열정으로 가득했고, 막힘없는 묘사와 구수한 달변, 유머, 역사에 대한 통찰을 보여주었다고 했다.

최권행의 말대로 윤한봉 안에는 시인이 들어 있었다. 시절이 하 수상하지 않았다면 풍요로운 강진 땅에서 목장을 하며 바다와 산을 시로 그렸을 것이다. 개인적 사색에 빠질 마음의 여유가 없던 바쁜 와중에도 그는 고통스럽게 살다 간 이 땅의 민초를 그린 여러 편의 시를 남겼다. 미국에서 쓴 「세월의 의미」라는 시도 그중 하나다.

세월의 의미를 우리들은
서산마루의 지는 해에서보다는
동산 능선의 떠오르는 해에서 찾자

세월의 의미를 우리들은
위풍당당한 낙락장송에서보다는
사태 진 산기슭 향토에 뿌리내린 어린 소나무에서
찾자

세월의 의미를 우리들은

벌판을 흐르는 강물의 도도함에서보다는
골짜기 시냇물의 출랑거림에서 찾자

세월의 의미를 우리들은
의젓한 장닭의 낭랑한 울음소리에서보다는
앙증스러운 병아리의 삐약거림에서 찾자

세월의 의미를 우리들은
근엄한 할아버지의 새하얀 머리칼에서보다는
수염을 만지며 키득거리는 손자의 솜털에서 찾자

세월의 의미를 우리들은
고개 숙인 채 바람 따라 흔들리는 이삭에서보다는
대지를 뚫고 솟아오르는 당돌한 봄의 새싹들에서 찾자

세월의 의미를 우리들은
강심에 버티고 앉은 큰 바위의 이끼에서보다는
그 곁을 역류하는 작은 물고기의 꼬리에서 찾자

세월의 의미를 우리들은
검푸른 왕죽의 오만한 단단함에서보다는
굳은 땅을 밀고 솟는 여린 죽순에서 찾자

세월의 의미를 우리들은
흐르듯 날아가는 어미 새의 날갯짓에서보다는
안간힘으로 퍼덕이는 아기 새의 날갯죽지에서 찾자

세월의 의미를 우리들은
때 묻은 어른들의 몽롱한 눈빛에서보다는
초롱초롱한 어린이들의 눈망울에서 찾자

세월의 의미를 우리들은
안정된 어미 소의 발걸음에서보다는
뒤뚱대는 송아지의 불안한 발걸음에서 찾자

세월의 의미를 우리들은
야트막한 옛 무덤의 정적에서보다는
무덤 위에서 뛰노는 소년들의 고함소리에서 찾자

세월의 의미를 우리들은
'현모양처' 호소하는 어머니의 눈물에서보다는
면회 온 어머니를 위로하는 딸의 그윽한 눈빛에서
찾자

세월의 의미를 우리들은
핏줄을 등진 사람들의 표독한 눈빛에서보다는
하나라고 외치는 민중의 결연한 눈빛에서 찾자

닳고 닳은 지식인들의 혀끝에서보다는
역사의 주인으로 일어선 민중들의 꽉 다문 입술에서
찾자

그렇다!

우리들은 세월의 의미를
장구한 세월 쉬지 않고
온몸을 암벽에 부딪쳐대는 파도의 줄기참에서 찾자

윤한봉은 또한 훌륭한 가객이기도 했다. 그는 모임에 나
가서도 좀처럼 노래를 하지 않았지만 꼭 해야 할 때는 「예
성강」을 부르곤 했다. 음정이며 박자도 나무랄 데 없었다.
그런데 그의 독특한 창법은 아무나 흉내낼 수 없었다.
"예성강 모진 바람, 강물도 흐느낄 때 말없이 사라져간
여기 이 사람들…… 말하라 산이여 너만은 알리라, 누굴
위해 사라져간 젊은 넋들이냐."
윤한봉은 온몸을 흔들며 가슴을 쥐어짜듯 불렀다. 마지

막 절정 부분에서는 앞으로 고꾸라질 듯 말 듯 감정을 실어 격정적으로 불렀다. 최권행은 이를 두고 훗날 이렇게 회고했다.

"구경하는 우리는 박장대소를 했지만, 다시 생각해보면 그것은 역사에 접신하는 무당의 신들린 모습, 진정한 가객의 모습이었던 것 같기도 하다. 그는 늘 땅에 깃들인, 강으로 흐르는 이 땅의 선열들이나 고통스럽게 살다 간 민초들을 마음으로 만나고 있었다."

한편, 연말이 가까워지자 흩어졌던 동지들이 모이기로 했다. 무등산 아래 두암동 윤강옥의 집에서 민청학련 관련자들과 전남대생 수십 명이 '송년의 밤' 행사를 열고 무등산 등반을 하기로 한 것이다.

1975년 12월 31일, 윤강옥의 집에 모인 이들은 윤한봉의 주도 아래 지난 1년을 평가하고 새해의 결의를 다졌다. 그리고 깜깜한 새벽녘에 하염없이 쏟아지는 폭설을 뚫고 무등산 등반을 시작했다.

눈은 무릎까지 덮고도 쉴 새 없이 퍼부어댔지만 일행은 쉬지 않고 걸어 새벽 3시에 무등산 정상 입석대에 올랐다. 해가 뜨기에는 이른 새벽이었다. 엄청나게 쏟아지는 눈발과 영하의 매서운 칼바람에 일행은 죽을 지경이었다. 서로서로 손을 잡고 강강수월래도 하고 탈춤을 추기도 하면서 쉬지 않고 몸을 움직였다.

교회에서 온 한 떼의 젊은이들도 앞서거니 뒤서거니 올라왔는데 등반 도중에도 연신 머리를 맞대고 기도를 올리는 것이었다. 윤한봉 일행은 그들과 떨어져 눈발 날리는 어두운 새벽하늘을 향해 외쳤다.

"박정희 꺼져라!"

"유신 철폐!"

"군부독재 타도!"

오랜만에 마음껏 외쳐보는 구호들이었다. 그렇게라도 울분을 토해내지 않으면 못 견딜 것 같았다. 눈은 그쳤으나 먹구름으로 뒤덮인 하늘은 좀처럼 맑아지지 않았다. 하지만 모두들 가슴속에 희망을 품고 돌아섰다.

무등산의 새해맞이 등산은 해마다 열렸는데 갈수록 참가자가 늘어 1979년에는 200명이 산에 올랐다. 윤한봉은 이들을 '민주가족'이라 명명했다.

15. 조직의 명령이오!

1976 광주

1976년 3월 1일, 서울 명동성당에서 윤보선, 김대중, 함석헌 등 야권 인사들이 총망라된 시국선언문이 발표되었다. 이른바 '3·1민주구국선언'으로 불리는 반독재 민주화 선언이었다.

긴급조치 9호가 발동되어 민주화세력이 숨죽이고 있던 가운데 일어난 사건으로, 전직 대통령과 야당당수를 포함해 이 선언에 서명한 이들은 모조리 연행되어 혹독한 고문과 폭행을 당했다.

윤한봉은 이 선언문을 입수하고 싶었으나 국내언론에서는 아예 사건 자체를 다루지 않았다. 기독학생회연맹에서 일하며 외국과 교류가 있던 나상기가 캐나다 토론토에서 발행하는 주간지 『뉴코리아 타임스』를 구해주었다. 거

278

기에 전문이 실려 있었다.

선언문을 소지하고 있는 것만으로도 긴급조치 9호 위반이었다. 그런데 마침 기독교학생회의 소모임 학습에 초청을 받은 윤한봉은 이야기 도중 선언문 일부를 읽어주었다. 그리고 백발 휘날리는 노인들도 나라를 위해 이런 일을 하는데 젊은이들도 나서야 되지 않겠느냐며 약간 자극적인 이야기를 덧붙였다. 그게 전부였다.

4월 19일이었다. 여느 때처럼 전남대에 들어가 문리대 옆의 묘지 부근에 앉아 있었다. 후배들이 모여들기에 평소대로 이런저런 이야기를 하고 있을 때였다. 전남대 담당인 서부경찰서 형사가 다가와 4·19기념일이라 분위기가 심상치 않으니 나가달라고 했다.

"나 잘못한 거 없으니 잡아가려면 잡아가시오. 난 못 나간당께."

윤한봉이 그대로 눌러앉아 있을 때였다. 문리대 건물 앞에서 한 떼의 학생들이 웅성대더니 누군가 성명서를 낭독하기 시작했다. 기독학생회 김영종이었다. 형사들이 쫓아가 제지하면서 한바탕 소란이 일었다. 사전에 알지 못한 시위이지만 엉뚱한 불똥이 튈까 싶어 그대로 학교에서 나왔다. 그런데 얼마 후 형사들이 찾아와 서부경찰서 정보과장이 보자고 한다기에 의례적인 면담인가 싶어 따라갔다가 곧바로 구속되었다.

구속사유는 어처구니없었다. 성명서를 낭독한 학생들을 잡아다 심문하는 과정에서 윤한봉으로부터 3·1민주구국선언에 대해 들었으며 그에 고무되어 집회를 열었다는 이야기가 나왔다는 것이다. 윤한봉은 기가 막혀 웃음을 터뜨리고 말았다. 후배들이 이미 실토했다는데 그런 말 한 적 없다고 우기기도 어려웠다. 잡아떼면 후배들을 다시 심문할 것 같아 깔깔대고 웃으며 맘대로 해보라고 했다.

"아이고, 안 그래도 바깥생활 고달픈께 나 집어넣어주시오. 한 5년 푹 쉬다가 나와야겠소. 당신들 맘대로 조서 꾸며보시오."

두 번째 옥살이의 시작이었다. 이 성명서 낭독 사건을 기독교운동 쪽에서는 '부활절 사건'이라 명명했다. 윤한봉은 이런 식으로 부르는 것을 못마땅해했다.

"내가 징그럽게 싫어하는 것이 있는데, 이를테면 열 명이 모여서 일을 했어요. 그런데 거기에 교인이 한 명 끼면 종교계가 주도한 것으로 꼭 이걸 왜곡해서 써먹어요. 아주 못된 풍토가 있는데, 그게 뭐가 부활절이야, 4·19가 부활절인가?"

물론 기독교운동이 명분만 챙기는 것은 아니었다. 윤한봉이 교도소에 있다보니 목사들이 잇달아 들어왔다. 3·1민주구국선언의 영향을 받은 기독교 인사들이 광주, 강진, 무안 등 전국 각지에서 구국기도회를 열어 앞다투어 긴급조치 9호를 위반하기 시작한 것이다. 종교계의 운동은 침체된 민주화운동의 돌파구를 찾는 중요한 역할을 했다.

부활절 사건으로 불리든 4·19사건으로 불리든 학생들의 작은 모임에서 3·1민주구국선언의 일부를 읽어준 윤한봉은 긴급조치 9호 위반으로 1년 6개월을 선고받았다. 선언문을 읽은 김영종은 1심에서 집행유예로 석방되었다.

윤한봉은 광주교도소 독방에서 독서에 몰두했다. 세상을 제대로 알아야 운동을 똑바로 할 수 있다는 그 나름대로의 결심이었다. 눈두덩이 붓도록 책을 보았다. 감방의 전등은 희미한 백열등인 데다 높은 천장에 달려 있어 밤이 되면 글씨가 잘 보이지 않았다. 낮에는 화장실 환기통 앞에 책을 놓고 읽었다. 운동시간을 빼고는 밤낮없이 책만 보고 있으니 교도관들이 고시 공부를 하러 들어왔느냐고 놀리기까지 했다.

사회과학 서적 자체가 거의 출간되지 못하던 시절이고 그런 책이 있다고 해도 감방 안에는 반입할 수 없었다. 윤한봉은 자유롭게 받아볼 수 있는 평범한 책들을 자기 나름대로 소화하여 자신만의 세계를 구축하고 이론체계를 세워갔다.

먼저 시작한 것은 역사공부였다. 고등학교 때 배운 국사와 세계사가 역사공부의 전부이다시피 했다. 우주의 역사부터 공부하기로 했다. 우주로부터 인간의 역사로 좁혀오자는 발상이었다. 면회 오는 후배나 형제에게 천문학 책부터 넣어달라고 부탁했다. 별의 역사를 공부한 뒤에는 세계사로부터 동양사로, 다시 국사로 좁혀갔다. 국사는 고대사부터 현대사까지 섭렵했다.

종교에 대해서도 공부했다. 반유신투쟁의 상당한 비중을 차지하는 종교인들과 함께 일하려면 성경이든 불경이든 대화가 될 정도는 알아야 한다는 생각이었다. 나아가 보수적인 성직자들과의 논쟁에서 이겨야 신도들을 운동으로 이끌 수 있다고 보았다. 구약성서와 신약성서를 여덟 번씩 읽었다. 불교경전과 가톨릭 교리서도 보았다. 신학 서적을 읽다보니 배경지식인 종교사도 알 필요가 있었다. 불교부터 시작해 개신교와 가톨릭은 물론, 천도교까지 혼신을 다해 공부했다.

누구의 지도도 받지 않고 혼자 나름대로 읽고 해석하는 과정을 거치다보니 독특한 견해가 생겼다. 성경에 대한 윤한봉의 강연을 일부만 옮겨놓으면 목회자나 신학자의 설교로 착각할 정도였다. 2003년도 미주 한청련을 대상으로 한 윤한봉의 강의 중 예수의 죽음에 얽힌 대목이다.

"그 많은 사형법 중에 왜 하필이면 그렇게 잔인무도한, 인간 취급 받지 않는 죄인 중에 중죄인을 다루는 십자가형을 하나님께서 선택을 하셨느냐라는 거예요. 「갈라디아서」 3장 13절을 보면 그리스도께서 우리를 위하여 저주를 받은바 되사 율법의 저주에서 우리를 속냥하셨으니 기록된바, 나무에 달린 자마다 저주 아래 있는 자라 하였음이라. 그러니까 이 말씀을 보면은 구약에 나무에 달린 자는 모두가 하나님께 저주를 받은 자라, 율법을 어긴 자. 예수님이 왜 저주받아야 합니까? 구약에는 저주받아 죽는 자의 죽음에 대한 한 가지의 원칙이 「신명기」21장 23절 '저주받은 자는 나무에 달아서 죽인다.' 그래서 그 「에스더서」에 보면 하만이 모르드개를 죽이려고 나무를 준비해놨어요."

대구교도소로 이감한 후에는 환경문제에 대해서도 공부했다. 마침 민청학련 공범인 강원대 최열이 공해문제에 몰두해 있었다. 곁에서 지켜보니 장차 환경문제가 심각한 수준에 이를 것 같았다. 최열은 석방된 후 환경운동의 개척자가 된다.

윤한봉은 특정 부문의 전문가가 될 생각은 없었다. 모든 부문을 아우르는 능력을 키우는 공부를 원했다. 실천가답게 실제 운동에 필요한 것부터 공부했다.

공부가 얼마나 재미있던지 하루가 24시간밖에 안 되는 게 불만이었다. 면회 온 후배에게 하루가 48시간이나 72시간이면 좋겠다고 푸념하니, 들어주다 못한 후배가 버럭 성을 냈다.

"아이고, 형님! 그려, 감방에서 아주 오래오래 잘 사쇼.

공부 많이 하쇼!"

감옥 안에서의 공부가 아무리 재미있어도 마음은 언제나 밖에 있었다. 지인들뿐 아니라 국제앰네스티, 윤보선 전대통령 등 많은 사람들이 넣어준 영치금을 꼬박꼬박 모았다. 석방되면 운동 자금으로 쓰려는 것이다.

감옥에서 무려 30년 가까이 살면서도 자기 신념을 꺾지 않는 빨치산 출신이나 남파공작원 등 비전향장기수들과의 만남은 가히 충격이었다. 다른 교도소는 일반 정치범과 장기수를 분리 수용하는데 대구교도소는 긴급조치 위반자들을 장기수 전용 사동에 섞어서 수감하는 덕분에 그들과 가까이 있게 되었다. 서로 통방은 할 수 없지만 바로 옆방의 비전향장기수가 28년째 독방생활을 하고 있음을 알았다.

윤한봉이 1974년 대전교도소 특사에 있을 때의 일이다. 장기수를 상대로 전향서 받기 공작이 진행되고 있었다. 전향서를 쓰지 않는 장기수에게는 폭력사범들을 배치해 살인적인 폭행을 가해서 멀리서도 그들의 비명을 생생히 들을 수 있었다. 뼈가 부러지고 내장이 상해 죽거나 불구가 된 이도 있고 견디다 못해 자살한 이도 있었다. 전향서를 쓴다고 해서 석방해주는 것도 아니었다. 일반수들과 합방해주고 교도소 내 작업장에 출역을 시켜주는 정도였다.

대전교도소에서는 보이지 않는 곳에서 벌어졌던 일인데다 윤한봉은 반공의식에 사로잡혀 있어 장기수들의 고통이나 신념에 대해 깊이 생각해보지 못했다. 하지만 이제 대구교도소 사동에서 가끔씩 그들과 얼굴을 스치며 지내다보니 뭔가 깨닫는 바가 있었다. 사동에 수감된 장기수들은 모두 독방에서 생활하며 모진 고문과 구타를 당하고도 전향을 하지 않은 노인들이었다. 윤한봉은 그들을 보면서 한 가지 결심을 하게 된다. 확고한 자기 신념이 서지 않고 사상이나 이념이 정립되지 않는 한 함부로 무슨 주의자라는 말을 하지 않겠다는 것이었다. 실제로 그는 12년 동안 미국에서 활동하면서도 자신을 사회주의자니 민족주의자니 자칭하지 않았고 특정한 이념을 들이댄 적도 없었다.

장기수에 비하면 20개월 옥살이는 한순간에 불과할 수도 있지만 감옥살이는 누구에게나 힘든 법이다. 비좁은 방에서 온종일 말 한마디 없이 홀로 앉아 있다보면 폐소공포증에 걸려 사방의 벽이 좁혀들어오는 것 같은 환각에 빠지곤 한다. 그러나 윤한봉은 박정희를 어떻게 쫓아낼 것인가 궁리하고 상상하다보면 하루가 후딱 지나가서 지루한 줄 몰랐다고 한다. 자신을 감방에 가둔 독재자 박정희를 이겨내기 위한 그 나름의 독특한 생활방식이었다.

석방을 앞두고 있을 때 엉뚱한 일이 터졌다. 교도소 보안과로 호출하더니 전향서를 쓰라고 했다. 무슨 뜬금없는 소리인가 싶었다. 민청학련 사건의 구속사유 중에 국가보안법이 들어 있는데 지난번 형집행정지로 석방될 때 전향서를 제출하지 않고 나왔으니 이제라도 써야 한다는 것이었다. 윤한봉은 펄쩍 뛰었다.

"나보고 전향을 하란 말입니까? 나야말로 자유민주주의자인데, 대체 어디로 전향을 하란 말입니까? 사회주의로 전향하란 말입니까, 전체주의 독재로 전향하란 말입니까?"

전향서를 형식적으로 써준다고 해서 누가 욕할 사람도 없겠지만, 전향을 하지 않고 28년째 독방에서 모진 고초를 겪고 있는 장기수들을 보고 나니 차마 그럴 수가 없었다. 보안과 교도관들은 단호했다.

"당신 민청학련으로 징역 살다 나온 게 무죄 석방이 아니라 형집행정지야. 전향 안 하면 남은 형기 14년을 더 살수도 있어. 스스로 공산주의자가 아니라면서 공산주의 사상을 버렸다고 쓰는 게 뭐가 그리 어렵나? 종이 한 장 때문에 14년간 곱징역을 살아야겠어?"

교도관들은 목포교도소에 있는 장영달의 사례를 들며 협박했다. 민청학련 사건 공범인 장영달은 징역 7년을 선고받고 복역하다 윤한봉과 함께 석방되었지만 얼마 후에 긴급조치 9호 위반으로 다시 수감되었는데, 수사과정에서 완강히 대들었다가 괘씸죄로 형집행정지가 취소되어 7년형을 더 얹어 사는 중이었다.

"맘대로 하시오! 50년이 아니라 100년을 더 산다 해도,

있지도 않은 사상을 있는 걸로 해서 거짓 전향을 할 수는 없으니, 당신들 맘대로 해보소!"

큰소리를 쳐놓고 독방으로 돌아오기는 했으나 영 찜찜했다. 20개월을 거의 채우고 출소할 날만 기다리던 차에 이런 트집을 잡히다니 불안하기 짝이 없었다. 그런데 하필 이런 때 더 엉뚱한 일이 터져버렸다. 출소를 불과 일주일 앞두었을 때였다. 스스로 '조직의 명령이오 사건'이라고 이름 지었는데 그 내막은 이랬다.

작은형 윤광장과 박형선이 마지막 면회를 왔다. 박형선은 가족이 아니어서 면회실 창밖에서 손만 흔들고 돌아가야 했다. 대신 미국 흑인들의 뼈아픈 역사를 다룬 알렉스 헤일리(Alex Haley)의 『뿌리』를 넣어달라고 윤광장에게 부탁했다.

윤한봉은 이들이 돌아가고 이틀이 지나도 작은형이 영치해준 『뿌리』를 건네받지 못했다. 화가 나서 문을 걸어차며 책을 달라고 요구하자 그제야 넣어주었다. 『뿌리』를 읽다보니 활자 사이사이에 볼펜으로 작은 글자가 한 자씩 띄엄띄엄 쓰여 있었다. 박형선의 글씨였다. 책장을 넘겨가며 글자들을 모아보았다.

'조직의 명령이오. 빨리 나오시오. 하마, 참새, 제비.'

참새와 제비는 예쁘장하게 생겼다고 해서 정상용에게 붙였던 별명이고, 하마는 단단한 체격의 박형선에게 붙인 별명이었다. 어서 선배가 나오기를 기다리는 후배들의 마음을 읽은 윤한봉은 혹시 다른 이들의 오해를 살까봐 볼펜으로 글씨들을 뭉개버렸다.

다음 날 오후였다. 교도관이 아닌 사복 차림의 사내들이 감방 문을 열고 들어와 그를 끌어냈다. 윤한봉은 중앙정보부 대구분실로 호송되었다. 침상까지 상비된 지하 조사실에 끌려가 콘크리트에 고정된 팔걸이의자에 앉으니 양팔을 채워 꼼짝 못하게 했다. 책상 위에는 문제의 책『뿌리』와 녹음기가 놓였고 강렬한 백열등 빛이 눈을 찔러댔다. 열 명가량의 수사관들이 들어와 둘러싸고는 매섭게 노려보며 본적과 이름, 몸담고 있는 조직에 대해 실토하라고 다그쳤다.

"이 글자들 왜 지웠어? 무슨 명령이야?"

"참새, 하마는 무슨 암호야? 너희 간첩이지?"

교도관들은 영치되는 모든 책을 검사했다. 박형선의 볼펜 글씨를 발견한 그들은 모종의 암호라 생각해 중앙정보부 대구분실에 신고했고 중정 요원은 윤한봉이 이 글씨에 어떻게 반응하는지 보기 위해 책을 넣어주라고 지시해두었다. 그리고 이날 윤한봉이 운동을 나간 사이 감방에 들어와 책장을 열어보고는 글자들이 지워진 것을 확인하고 간첩단의 암호라 생각한 것이었다.

눈앞이 깜깜하다는 말이 무슨 뜻인지 알 것 같았다. 실토하고 싶어도 실토할 게 없는 일을 실토해야 하는 것처럼 끔찍한 일도 없었다. 출소를 앞두고 두 달 전부터 머리까지 길렀는데, 불과 사흘 앞두고 간첩단으로 몰리니 암담하기만 했다.

"보시오, 내가 가입한 조직이라곤 초등학교 동창회와 구속자협의회밖에 없어요. 참새, 제비, 하마니 하는 건 후배들의 별명이란 말입니다."

아무리 말해도 중정 요원들은 믿지 않았다. 그도 그럴 것이 윤한봉이 진술한 문제의 후배들을 긴급체포하기 위해 헬기까지 띄워 광주에 체포조를 보냈는데 이틀이 지나도록 찾을 수가 없었기 때문이다. 공교롭게도 그때 후배들은 담양 산골로 수련회를 떠나 있었다.

대구 중정에서 수사를 받고 돌아온 첫날, 윤한봉은 자살하려고 화장실 벽 모서리에 머리를 들이박았다. 잠시 기절해 주저앉았다가 깨보니 머리에 움푹 파여 있었다. 너무 아파서 다시 들이박을 엄두가 나지 않았다. 오히려 쓸데없는 의심만 받을 것 같아서 다음 날 교도관들이 다시 중정에 데려가려고 왔을 때 실수로 철문 모서리에 부딪혀 상처가 난 것처럼 둘러댔다.

둘째 날과 셋째 날도 중정 요원들은 잠을 재우지 않고 육안으로 표시가 나지 않는 부위만 구타했다. 윤한봉이 잘 쓰는 표현으로 사흘간 생똥을 싸야 했다.

그런데 문제는 뜻밖에 쉽게 풀렸다. 뒤늦게 소식을 들은 후배들이 제 발로 중정 대구분실에 찾아가 털어놓은 것이다. 윤한봉의 회고를 들어보자.

"이제 그 친구들이 하마부터 참새까지 다 정보부로 간 거여. 그래갖고 문 두드리고 들어와갖고 나를 왜 찾소? 너 누구여? 그렇께, 아 내가 당신들이 찾는 하마요. 왜 날 찾았소? 넌 누구여? 내가 참새라는 사람이오. 어째 참새같이 안 생겼소? 난 누구같이 생겼소? 이 사람들이 기절해버리지. 아이쿠야, 이거 간첩단은커녕 이거 황당한 녀석들이구나. 내가 한 이야기하고 말이 맞아버린 거야."

문제의 암호문이 책에 적힌 경위도 드러났다. 윤한봉이 전향서 쓰기를 거부한다는 소식을 들은 구속자협의회는 긴급 모임을 갖고 그가 고집을 피우면 14년 형을 뒤집어쓰게 되니 각서라도 써주고 나오도록 설득해보기로 한 것이다. 그 뜻을 전달할 책임을 맡은 박형선은 윤한봉의 형을 따라 면회를 왔지만 가족 이외에는 면회가 금지되어 있어 책에 급히 '조직의 명령이니 빨리 나오라'고 암호 형태로 찍어준 것이다. 물론 박형선이 '조직'이라는 단어를 쓸 때는 공개단체인 구속자협의회의보다는 윤한봉과 후배들이 함께하던 무명의 결사체를 암시한 것이었다.

대구 중정분실에 끌려간 지 사흘째 되는 날, 정보과장이 오더니 공산주의에 대해 어떻게 생각하는지 쓰라고 했다.

애초에 사회주의자가 아니었던 윤한봉이 평소 생각을 그대로 써주자 대우가 갑자기 달라졌다. 내심 결사체가 드러날까봐 마음을 졸이던 윤한봉은 그들이 원하는 대로, 석방되면 결혼해서 홀로 되신 늙은 어머니 잘 부양하며 평범하게 살아가겠다는 말까지 첨가해주었다. 거짓말 가득한 각서였다.

윤한봉은 1977년 12월 9일에 석방되었지만 각서 내용과는 정반대로 살았다. 구속자협의회를 확대, 개편하여 '전남민주청년협의회'를 만들고 회장은 자신이 직접 맡았다. 그가 석방되기 두 달 전에 서울에서 조성우, 양관수, 문국주 등이 전국 조직인 '민주청년협의회'를 만들었는데 전남민주청년협의회는 민청협 광주지부가 아니라 독자적인 조직이었다.

윤한봉이 옥살이를 하는 사이 전남대에는 학교에 정식으로 등록된 이념서클이 10여 개로 늘어나 있었다. 기존의 '교양독서회'와 '맷돌'을 비롯해 조양훈이 주도하는 '루사', 지병문이 주도하는 '독서잔디', 김선출이 주도하는 '탈춤반' 등이었다.

학교 밖에서는 김상윤이 1977년 7월 녹두서점을 차리고 이념학습을 하는 비밀 소모임을 이끌고 있었다. 여러 선배가 구속과 제적으로 학교를 떠나고 새로운 회원이 들어오면서 소모임들은 거의 독자적으로 활동하고 있었지만 몇

몇 선배의 영향력은 여전했다. 사상과 이론으로는 김정길
이 영향력이 컸고, 차분한 성격의 김상윤을 따르는 후배도
많았다. 나상기도 조직가로서 기독교농민회에서 큰 역할
을 했다.

　윤한봉은 이들 모두의 선배가 되었다. 1978년 4월에 일
어난 함평고구마 피해보상투쟁과 가을에 열린 전국쌀생산
자대회는 그의 지도력과 역량을 다른 지역에까지 널리 알
리는 계기가 되었다.

16. 아름답고 슬픈 결혼식

1978 광주

함평고구마 피해보상을 위한 단식투쟁이 일단락되고 두 달 가까이 지난 1978년 6월 27일, 광주에서는 또 한바탕 소동이 벌어졌다. 전남대 교수 11명이 '국민교육헌장'으로 상징되는 유신정권의 교육이념을 정면으로 비판하며 '우리의 교육지표'라는 성명을 발표한 것이다.

학생들은 매일 아침 조회 때마다 태극기를 향해 경례를 올리며 "조국과 민족의 무궁한 영광을 위하여 몸과 마음을 바칠 것"을 선언해야 했다. 또한 "우리는 민족중흥의 역사적 사명을 띠고 이 땅에 태어났다"로 시작되는 국민교육헌장을 외워야 했다.

일제시대 교육칙어와 비슷한 국민교육헌장을 학생들에게 강요하는 작태에 대해 문제 제기를 하자는 교수들의 의견을 수렴하여 해직교수협의회(회장 성래운) 차원에서 성명을 내기로 했고, 성명의 초안은 서울대에서 해직된 백낙청 교수가 작성했다. 이에 따라 해직교수협의회를 통해 전국의 각 대학 교수들로부터 서명을 받아 동시에 발표하기로 되어 있었으나 실행된 곳은 전남대뿐이었다. 당시는 탄압이 극심하여 대부분의 교수들이 서명을 주저했기 때문이다. 전남대에서는 반유신 활동에 적극적이었던 송기숙 교수의 주도로 11명의 서명을 받아 '우리의 교육지표'를 발표했다. 다음은 이 성명서의 일부다.

"부국강병과 낡은 권위주의 문화에서 조상의 빛난 얼을 찾는 것은 잘못이며, 민주주의에 굳건히 바탕을 두지 않은 민족중흥의 구호는 전체주의와 복고주의의 도구로 떨어질 위험이 있다. 또 능률과 실질을 숭상한다는 것이 공리주의와 권력에의 순응을 조장하고 정의로운 인간과 사회를 위한 용기를 소홀히 하는 결과가 되어서는 안 된다."

윤한봉은 이 성명이 발표되기 전에 교수들의 움직임을 눈치챘다. 교수들의 의롭고도 외로운 저항을 두고만 볼 수는 없었다. 몇몇 교수가 나서서 유신정권의 이념을 비판해봐야 연행되고 해직되면 끝이었다. 학생들이 동조시위를 벌여 여론을 확산시켜야 했다. 윤한봉은 성명이 발표되면 이를 받쳐줄 시위를 벌일 준비를 했다. 그러면서 송기숙 교수를 만나 일이 어떻게 되어가는지 넌지시 묻기도 했다.

"교수님, 어째 하시는 일은 잘돼가세요?"

깜짝 놀란 송기숙은 표정이 굳어졌다.

"뭔 일? 나 하는 일 없어."

시치미를 떼고 가버리는 것이었다. 윤한봉은 등 뒤에 대고 말했다.

"하여튼 잘하셔야 합니다."

송기숙은 그제야 걸음을 멈추고 돌아서서 차나 한잔하자며 윤한봉을 중흥동 자택으로 데려갔다.

"한봉이, 자네가 아는 일이란 건 뭔가?"

"아니, 이 바닥에서 제가 모르는 일도 있어요? 서명한 교수님이 열 명 조금 넘지요? 불어 김현곤 교수님, 문화사 이석원 교수님, 이홍길 교수님, 이방기 교수님, 명노근 교수님……."

송기숙은 놀라서 말을 못 했다. 서명도 비밀이었는데 명단까지 거의 다 맞았기 때문이었다. 실은 서명자가 누구인지는 윤한봉도 알지 못했으나 전남대 교수 중 거기에 서명해줄 사람은 빤했다. 감방에서 나와 월부 책을 팔러 다닐 때 학생들 시켜서 책을 사준 교수들, 도서관 앞에서 후배들에게 노상 강연을 하고 있으면 몹시 미안한 얼굴로 지나가던 교수들이었다. 윤한봉이 열거한 교수 중의 한 명은 본인이 서명하고자 했으나 해외연수를 가야 할 처지라 송기숙이 말렸다고 한다.

"한봉이, 어디 가서도 이런 얘기 절대 말게."

"교수님들이나 알아서 잘하세요. 저는 밖에서 제 나름대로 준비를 하고 있습니다. 교수님들이 치고 나가면 학생들이 대거 동조하도록 하겠습니다."

아직 진로가 결정되지 않은 학생들이 성명서를 발표하고 시위를 하는 것과 사회적 명성 및 안정적인 소득을 얻고 있는 교수들이 직업을 포기하고 감옥에 들어갈 각오로 싸우는 것은 달랐다. 기성세대가 반유신투쟁에 나서는 일은 보통의 결단으로는 어려웠다. 윤한봉은 나중에 5·18기념재단에서 광주·전남 민주화운동사를 기록할 때 이 사건을 중요하게 다루도록 하였다.

1978년 6월 27일, 송기숙을 비롯한 전남대 교수 11명은 기자들을 불러 '우리의 교육지표'를 발표하고 그 자리에서 모두 연행되었다. 교수들이 잡혀가자 윤한봉은 전화기가 있는 송기숙의 집을 본부로 삼아 서울의 백낙청, 성내운 등에게 소식을 알리고 학생들의 시위를 점검해나갔다.

평소 존경받던 교수들이 잡혀갔다는 소식을 들은 학생들은 분노했다. 이틀 후인 6월 29일, 전남대 교정에 "일제히 일어서서 먹구름 뒤의 푸른 하늘을 보자"는 유인물이 살포되고 천 명 이상의 학생들이 모여들었다. 곧바로 경찰이 투입되어 난투극이 벌어진 가운데서도 학생들은 교수들의 성명을 지지하고 유신철폐 및 연행 교수 석방을 요구하며 시위를 벌였다. 다음 날인 6월 30일에도 교내시위가 이어졌다.

7월 1일에는 광주 시내 충장로로 천여 명이 진출했다. 경찰이 닥치는 대로 학생들을 연행하는 과정에서 많은 이들이 다쳤지만 시위는 계속되었다.

7월 3일 조선대 학생들은 성명서를 통해 '언론은 정권의 시녀로 전락하고, 학원은 병영화되고, 양심적인 민주인사, 교수, 종교인, 언론인, 학생은 긴급조치에 희생당하고 있다'고 비판하면서 구속 교수의 석방 등을 요구했다.

경찰은 전남대생 500여 명을 연행해 노준현 등 14명을 구속하고 유인물을 인쇄해준 광주 YWCA 간사 김경천과 인쇄업자 정호철까지 긴급조치 9호 위반으로 구속했다. 시위 과정에서 경찰의 폭행으로 남학생 80여 명과 여학생 30여 명이 중경상을 입었으며 15명이 제적되고 9명이 무기정학을 받았다. 조선대에서도 4명이 구속되었다. 서명 교수 중에 송기숙만 긴급조치 9호 위반으로 구속되고 11명 전원이 해직되었다.

'우리의 교육지표' 사건은 병영화된 교육현장에 큰 충격을 던져주었다. 재갈 물린 국내 언론은 입을 다물었으나 일본을 비롯한 세계 주요 외신은 이 사건을 일제히 보도했다.

시위가 끝난 후에도 구속자들에 대한 무료 변호사 선임, 재판 참관 등 바깥사람들이 할 일은 많았다.

교육지표 사건이 터졌을 때 학내외 시위에 앞장섰던 전남대 사범대 박기순이라는 여학생이 있었다. 박형선의 누이동생인 박기순은, 이해 초에 박형선이 윤한봉의 누이동생 윤경자와 결혼했으니 윤한봉과는 학교 선후배인 동시에 사돈지간이었다.

2학년 때인 1977년부터 산수동 경로당에서 '꼬두메야학' 강학을 맡는 등 빈민과 노동자에 관심이 많았던 박기순은 밝고 당당한 성격의 여학생이었다. 일찍부터 노동운동을 하겠다고 결심하고 있던 그녀는 마침 서울에서 학생운동을 하다가 광주에 내려와 있던 최기혁 등과 함께 1978년 5월부터 노동야학을 준비했다.

박기순은 7월 들어 전주의 한 교회 청년회에서 교육지표 사건에 대해 강연을 하면서 유신정권을 맹비난한 것이 문제가 되어 무기정학을 받았다. 박기순은 차라리 잘되었다며 자퇴해버리고 노동운동에 본격적으로 투신했다.

박기순은 윤상원 등과 함께 7월 23일 광천동성당의 교리실에 '들불야학'을 세워 수학 교사를 맡았다. 10월에는 현장에서 직접 노동자를 조직하려고 광천공단의 동신강건사에 학력을 숨기고 견습공으로 들어갔다. 광주 최초의 여성 위장취업자였다.

청년운동에 집중하고 있던 윤한봉은 광주지역 노동운동의 효시가 되는 들불야학에는 깊이 관여하지 않았다. 하지만 다 아는 후배들이어서 돈이 필요하다고 하면 모금을 해주고, 만날 때마다 밥을 사주며 격려했다.

들불야학의 개설과 함께 광주에 노동운동의 씨앗이 움트는 동안, 윤한봉은 전국쌀생산자대회 참석자에게 식사를 마련해주고, 송백회를 만들어 구속자 옥바라지를 하느라 여념이 없었다. 교육지표 사건으로 해직된 교수들의 생계를 위해 '동계대학'이나 '시민강좌'라는 이름으로 유료 강연회도 개최하기도 했다.

윤한봉이 이런 일들을 하며 가방 하나 메고 이 집 저 집에 신세를 지고 있으려니 사글세라도 얻어 살라며 보증금을 대주는 사람들이 생겨났다. 두 번이나 받은 돈은 활동비로 썼고 세 번째로 받은 돈으로는 전남대 의대 앞 골목에 허름한 자취방을 얻었다. 그러나 거기서 자는 날이 거의 없었다.

연말이 되자 시내 중심가에는 성탄절 트리가 반짝이고, 레코드 가게며 빵집마다 캐럴이 울리고 있었다. 12월 25일, 이날은 어쩐지 남의 집에 가서 자기가 편치 않아 오랜만에 자취방에 들어갔다. 집주인에게 불붙은 연탄을 얻어 아궁이에 넣어두고 방에 들어가려는데 왠지 기분이 찜찜했다. 오래된 집이어서 구들장과 벽에서 가스가 새어나오지 않을까 싶어서였다. 노란 연기가 나는 것을 아궁이에 태워서 확인해보기로 했다.

얼마 있으려니 아니나 다를까 방안 여기저기서 노란 연기가 새어나왔다. 이런 방에서 그냥 잔다는 것은 목숨을 내놓는거나 마찬가지였다. 통금시간이 다가오고 있었다. 윤한봉은 그 시간에 어찌해볼 방법이 없어 잠시 머뭇거리다가 택시를 타고 주월동에 사는 여동생 부부의 집으로 갔다.

동생네는 큰방과 작은방이 나란히 붙은 작고 오래된 집으로 큰방은 윤경자 부부가, 작은방은 박기순이 쓰고 있었다. 자정이 다 되어 찾아온 윤한봉을 반갑게 맞이한 윤경자는 마침 이틀째 비어 있었지만 불을 피워둔 박기순 방에서 자라고 했다.

그런데 자정이 막 넘어 박기순이 들어오는 것이었다. 박기순은 이날 들불야학 난로의 땔감을 마련하기 위해 오후 내내 강학들과 손수레를 끌다 온 길이었다. 이날 밤에도 추운 들불야학 강의실에서 자려고 했지만 몸살기운이 있어 집에 들어온 것이었다. 윤한봉은 박기순의 방을 비워주고 큰방에서 동생 부부와 나란히 잤다.

다음 날 아침이었다. 윤경자가 작은방 문을 두드리며 일어나라고 해도 안에서 아무런 기척이 없었다. 윤한봉은 잠시 후 이상한 예감이 들어 문을 밀치고 들어가보니 박기순은 문 쪽을 향해 엎어져 의식이 없었다. 곧바로 둘러업고 병원으로 달려갔으나 깨어나지 못했다. 겨우 스물한 살이었다.

윤한봉은 평생을 두고 자기 대신 박기순이 죽었다는 부채감을 안고 살았다. 그날 박기순이 들어오지 않았다면 작은방에서 연탄가스를 마시고 죽을 사람은 자기였는데, 공교롭게도 통금시간이 지나서 들어와 자기를 옆방으로 보내고 대신 죽었다는 것이었다.

윤한봉은 이러한 부채감을 박기순과 함께 들불야학을 했던 윤상원에게도 가지고 있었다. 광주항쟁 당시 광주지역 민주화운동의 최고 선배였던 자기가 끝까지 전남도청을 사수하다가 죽었어야 하는데 윤상원이 대신 그 자리를 지키다가 죽었다는 죄책감 때문이었다.

1982년 2월 20일, 망월동 묘지에서는 먼저 간 박기순과 윤상원의 영혼결혼식이 치러졌다. 사람들은 이를 '가장 아름답고 슬픈 결혼식'이라 불렀다. 윤한봉이 미국 시애틀의 잡화점 주차장에 쪼그려 앉아 울며 담배를 피우던 날이었다.

이날 불린 진혼가는 백기완의 시 「묏비나리」를 황석영이 노랫말로 개사하고 전남대생 김종률이 곡을 붙인 「임을 위한 행진곡」이었다. 이 비장한 노래는 5·18행사의 주제곡을 넘어 한국 민주화운동을 상징하는 곡이 되었다.

17. 신노선

———

1991 미국

공연은 애절한 「광주천」 독창으로 시작되었다. 키 크고 잘생긴 얼굴에 시원스러운 음색을 가진 정승진의 노래였다.

"흘러라, 네 온갖 서러움, 더러운 네 굴욕과 수모……."

웬만한 가수보다 뛰어난 정승진의 가창력이 수백 명의 유럽 청중을 감탄시키는 동안, 뉴욕 한청련 회원 최용탁은 준비한 슬라이드를 보여주었다. 광주학살의 참상과 무기를 든 시민군의 모습을 담은 사진들이 한 장씩 스쳐갈 때마다 사람들의 입에서 신음소리가 새어나왔다. 손수건이나 손등을 눈가에 가져다 대는 이들도 곳곳에서 볼 수 있었다.

이어지는 마당극의 분위기는 또 달랐다. 미국에 대한 해학과 풍자는 관객을 폭소에 빠뜨렸고, 극의 말미에 죽은 영혼이 흰 천을 가슴으로 가르며 달려가는 장면에서는 푸른 눈, 하얀 피부의 관객들도 눈물을 감추지 못했다. 마지막으로 박력 넘치는 사물놀이와 함께 "반전·반핵, 양키 고홈"을 외치며 무대를 돌자 관객들은 박수를 치며 브라보를 외쳤다.

1991년 10월, 북아일랜드 벨파스트의 한 강당에서 열린 공연이었다. 주최는 아일랜드공화국군(IRA)으로, 강당 바깥과 거리에는 무장한 영국군이 삼엄한 경계망을 펼치고 있었다. 공연자는 정승진을 단장으로 한 한청련 문화선전대 열 명이었다. 한밤중에도 어디선가 총성이 들려오는 살벌한 분위기 속에서 수백 명이나 관중을 모은 IRA 측은 규모가 작은 선전대의 공연을 걱정했으나 장내는 눈물과 웃음, 감격으로 가득했다. 이날 공연은 20년 넘게 내전의 고통을 겪어온 북아일랜드인들의 작은 한풀이라 할 수 있었다.

한청련은 1989년 국제평화대행진을 마치며 2년에 한 번씩 행진을 하겠다고 공언한 바 있다. 이에 따라 남과 북 양 정부에 제2차 국제평화대행진을 추진할 수 있도록 협조해달라는 공문을 보냈으나 남쪽은 응답이 없고 북쪽은 조국통일범민족연합(범민련) 주최로 해야 한다며 거절했다. 이에 한청련은 2차 국제평화대행진 계획을 포기하고 문화선전대를 유럽에 보내 한반도 평화를 기원하는 순회공연을 하게 된 것이다. 남북의 유엔 동시가입에 항의하는 유엔본부 앞 침묵농성의 연장이기도 했다.

유럽 한청련 회원 3명을 포함하여 모두 10명으로 구성된 문화선전대는 국제연대를 담당한 이성옥과 정승은의 세밀한 계획에 따라 많은 유럽인의 도움을 받을 수 있었다. 1991년 9월부터 50일간 유럽 6개국 10개 도시에서 17차례 공연을 한 뒤에 호주의 멜버른과 시드니에서도 4차례 공연을 가졌다.

선전대는 비용을 줄이기 위해 70만 원짜리 싸구려 중고 벤을 사서 타고 다녔으며 밥때에는 공터에 차를 세우고 직접 밥을 지어 먹었다. 잠은 동포들의 집에서 자며 한국문화를 널리 알리는 역할을 했다. 이들의 사물놀이는 유럽 사람들에게 큰 감동을 주어 후일 한국 사물놀이가 해외로 진출하는 계기가 되기도 했다. 남민전 사건으로 파리에 망명 중이던 홍세화, 런던에 유학 중이던 전태일의 여동생 전순옥, 북한 방북 후 독일에 머물던 황석영 등도 선전대를 환영해주었다.

국제평화대행진 때 보여준 윤한봉의 치밀한 면모는 유럽 순회 공연 때도 빛났다. 그는 로스앤젤레스 마당집에서 국제전화를 통해 모든 상황을 보고받고 지시했는데 가장 중요한 행동원칙은 절대로 북쪽 사람들과 접촉하거나 그들의 도움을 받지 않는다는 것이었다.

대원들도 이 원칙을 잘 지켰다. 구독자가 백만 명이나 되는 프랑스공산당 기관지 『뤼마니테』(L'Humanite)가 주최하는 파리 축제 때였다. 공연을 마치고 저녁 준비를 하고 있는데 북한 『노동신문』 관계자 한 사람이 김치와 인삼주를 싸가지고 왔다. 마침 문화선전대를 찾아온 망명객 홍세화가 그걸 보고는 같은 민족의 인정으로 생각하고 받으라 권했으나 윤한봉의 강력한 지시로 한청련 회원들은 망설일 수밖에 없었다. 최용탁의 회고다.

"홍세화 선생은 정으로 가져온 음식이니 고맙게 받는 게 좋겠다고 했지만 우리는 논의 끝에 돌려보내기로 했어요. 하지만 며칠째 김치 맛을 보지 못했던 우리가 비공식적으로 김치의 일부를 먹었음을 이제는 고백해야겠네요."

최용탁은 풍물과는 거리가 먼 문학도였으나 체격이 좋다는 이유로 문화선전대의 짐꾼으로 발탁된 미국 이민자였다. 그는 1990년에 처음 윤한봉을 만났다. 당시 그가 본 윤한봉은 어떠했을까?

"(한청련에 가입하고) 두어 달쯤 지나 뉴욕에 온 윤한봉 선생을 처음 만나자마자 나는 그분에게 깊이 빠져들었다. 며칠 동안 여러 이야기를 듣고 함께 생활하면서 나는 책에서만 본 위대한 혁명가를 만났음을 깨달았다. 왠지 내게는 윤한봉 선생의 모습에 호찌민의 이미지가 함께 보였다. 한편으론 어려우면서도 다른 한편으로는 한없이 자애로운 모습이었다. 게다가 때로 보이는 어린애와도 같은 무구함이라니! 그에게서 나는 삶의 모든 순간을 조국의 운명과 함께하는 진정한 혁명가의 모습을 보았다. 내가 이 세상에서 보았던 가장 눈부신 사람, 그것이 지금도 내 가슴에 남아 있는 윤한봉 선생, 아니 그때 불렀던 대로 합수 형님이다."

섬세한 감성을 가진 스물다섯 살 문학청년의 눈에 비친 윤한봉은 호찌민 같은 혁명가였다. 미국에서 10년째 좌우 양극단의 비방과 견제에도 불구하고 줄곧 200~300명의 탄탄한 정예회원을 유지하고 있는 한청련과 한겨레의 지도자였다. 한국의 민주화운동 사상 최초로 수십 개국의 진보적인 활동가들을 끌어들여 평화통일대행진을 성사시킨 국제적 지도자이기도 했다. 광주에서는 후배들의 신뢰를 받는 선배였다면, 미국에서는 선배를 넘어 존경받는 지도자가 되어 있었다.

윤한봉은 미국 생활 10년이 되도록 여전히 침대를 거부하고 수배자임을 잊지 않기 위해 옷을 벗지 않고 혁대도 풀지 않고 잤다. 그의 마음은 항상 조국을 향해 있었다.

그사이 한국은 1987년 6월항쟁을 겪으며 상황이 변하고 있었다. 1988년 12월 윤한봉의 귀국 문제가 처음으로 논의되었다. 국회에서 광주학살에 대한 청문회가 열리면서 윤한봉을 증인으로 채택하자는 주장이 나온 것이다. 그해 12

월 13일에는 서울에서 '윤한봉선생 귀국추진위원회'가 결성되어 문익환, 계훈제, 백기완 등 재야민주인사 300명이 추진위원으로 나섰다.

그가 귀국하더라도 법적으로 크게 문제가 되지 않을 수도 있었다. 광주항쟁 관련 구속자는 오래전에 모두 석방되었을 뿐 아니라 항쟁의 지도부였던 정상용을 포함해 박석무, 서경원 등 절친했던 이들이 국회의원으로 정계에 진출해 있었다. 오송회 사건에도 연루되었다지만 그로 인해 수배된 건 아니었다. 전두환을 이어 노태우가 집권하긴 했어도 조사만 받고 풀려나거나 몇 개월 정도 감옥살이하면 집행유예로 나올 공산이 컸다. 윤한봉이 잡히면 광주항쟁에 대한 수사가 처음부터 다시 시작되니 청산가리를 먹고 죽을 각오를 하라고까지 했던 광주 후배들도 이제는 귀국할 때라며 들떠 있었다.

누구보다도 윤한봉 자신이 고향에 돌아가고 싶었다. 귀국추진위원회까지 만들어지자 윤한봉은 한껏 고무되어 국회에서 증언을 한 후 그대로 한국에 눌러앉아버릴까 싶기도 했다. 체포나 구금하기에는 정치적 부담이 너무 커서 어쩌지 못하리라 생각한 것이다.

이윽고 귀국하겠다는 결심이 서니 마음이 급해지기 시작했다. 서둘러 귀국 준비에 들어갔다. 청문회 증인으로 채택되면 곧바로 떠나야 하므로 서둘러 각 지역을 돌며 인사를 했다. 그러나 그는 결국 증인으로 채택되지 못했다. 귀국 승인도 나지 않았다. 고별인사는 중단되었고, 한청련과 한겨레 회원들이 여비로 마련해준 돈은 본인들에게 되돌려주었다. 예민했던 그는 내색은 안했지만 실망감이 컸을 것이다.

윤한봉의 건강에 이상이 온 것은 이 무렵이었다. 1988년 초부터 이가 흔들리기 시작하고 허리뼈가 자주 불거져 나와 구부정한 자세로 걷다가 원래대로 돌아가는 증상이 나타났는데, 연말 무렵부터는 잠을 깊이 들지 못하고 하룻밤에 대여섯 번씩 깨어나 낮에도 늘 피곤했고 허리의 통증도 심해졌다.

윤한봉은 즐기던 담배도 끊고 한의사 정효정, 김정주 등의 도움으로 장기간 치료를 해야 했다. 1992년 들어 한결 나아지기는 했으나 전처럼 밤새워 이야기하기는 어려웠다.

한청련 회원들은 한국에서 손님이 오면 로스앤젤레스 외곽에 있는 휴양지 산타모니카 해변에 데리고 가곤 했다. 태평양을 가운데 두고 아시아와 맞닿은 곳이었다. 그곳에 가면 언제든 망연히 서서 바다를 바라보는 여러 아시아인을 만날 수 있었다. 고국을 떠나온 동양계 이주민이었다.

윤한봉도 산타모니카 해변에 나갈 때면 늘 말없이 서쪽을 바라보며 한참이나 서 있었다. 바다는 육지에 대한 그리움으로 몸부림치는 듯했다. 그는 바다에게 부탁하곤 했다.

"육지에 대한 그리움으로 몸부림치는 바다야, 나도 네 신세처럼 되어버렸단다. 나에게도 너와 비슷한 그리움이 있단다. 굽이쳐가다 내 조국강산을 만나거든 나의 이 그리움을 전해주라."

윤한봉은 고국에 대한 그리움을 삭이며 바쁜 나날을 보내고 있었다.

1992년 들어 미국 안팎으로 큰 변화들이 일어나면서 한청련과 한겨레는 일대 전환기를 맞게 된다.

당시 미국은 백인이 74퍼센트, 흑인과 히스패닉, 아시아계 등이 나머지를 차지하고 있었다. 여론조사에 따르면 한인은 주류 미국인에게 아시아계 이주민 중에서 호감도가 제일 낮은 편이었다. 주류 미국인에게는 프랑스, 영국, 이탈리아, 스페인 등 친구가 되고 싶은 나라가 얼마든지 있었다. 동양에 대한 신비감을 표현한 오리엔탈리즘이란 것도 일본과 중국을 대상으로 만들어진 서양인의 환상이었다. 당시 한국 사람들은 미국을 '혈맹'이라 믿고 있었지만 미국인의 다수는 한국이라는 나라 자체를 모르거나 일본과 중국 사이에 낀 작고 가난한 독재국가로 알고 있었다. 한국을 알고 있더라도 관심이나 애정을 가진 미국인은 극히 드물었고 남한과 북한을 구별하지 못하는 경우가 많았다. 1988년 서울올림픽으로 한국이 널리 알려지긴 했지만 그들의 생각이 하루아침에 달라질 수는 없었다.

객관적 현실이 이러한데도 미국 내 한인들은 착각에 빠져 있었다. 미주 한인들은 스스로를 백인 다음으로 대우를 받는다고 착각하고 흑인을 멸시하고 천대했다. 그러나 윤한봉이 보기에 흑인이야말로 미국의 200년 역사와 함께했고, 땀으로 미국을 개척하고 피로써 민권을 쟁취해놓은 대선배였다. 한인들의 주관적 착각과 천박한 인종차별은 아시아계 중에서 자신들이 제일 많은 혐오범죄의 피해를 당하게 만들었다.

이런 상황에서 터진 것이 1992년 4월 29일부터 사흘간 계속된 로스앤젤레스 폭동이었다. 이날 오후 흑인 운전사 로드니 킹(Rodney G. King)을 무자비하게 폭행한 백인 경찰관들에게 무죄를 선고하자 분노한 흑인들이 빈민가 전역을 폭동으로 몰아넣었다. 그런데 공격 대상은 백인이 아닌 한인들이었다. 백인에 대한 분노가 엉뚱하게도 가게를 하는 한인에게 분출된 것이기도 하지만, 한인들이야말로 흑백 차별의 한 축이었기 때문에 벌어진 일이었다.

민족학교는 가난한 흑인과 남미계 사람이 많이 사는 빈민가에 있어 윤한봉과 실무자들은 바짝 긴장하지 않을 수 없었다. 민족학교 부근의 넓은 사거리에는 주유소가 세 군데나 있었다. 민족학교 바로 옆에도 나직한 담장 하나를 사이로 주유소가 있었다. 만일 주유소에 불이 붙으면 민족학교는 남아날 수 없었다.

이날 민족학교에는 윤한봉 외에 여성 실무자 신경희와 심인보 등 4명밖에 없었다. 밤이 되면서 사방에서 총성이 울려 퍼지고 사거리 주유소도 공격을 받았으나, 방어할 무기가 없으니 흑인들이 들이닥쳐도 막을 방법이 없었다. 다급한 대로 징과 꽹과리를 갖다놓고 누가 오면 힘껏 두드려 소리를 내기로 했다.

실무자들은 무엇보다도 오랜 병치레로 허약해진 윤한봉을 걱정했다.

"형님, 위험한데 어디로 좀 피신하시죠."

심인보의 말에 윤한봉은 버럭 고함을 쳤다.

"이게 어떻게 만든 집인데 도망갈 궁리부터 하나?"

윤한봉은 욕조에 수돗물을 받으며 말했다.

"너희야말로 얼른 피해! 만일 불이 붙으면 내가 다 끌 테니까. 불을 못 끄면 나는 민족학교 지키면서 같이 타 죽을 거야."

실무자들은 아무 소리도 못 하고 급한 대로 크고 작은 그릇에 물을 담아 모퉁이마다 놓아두고 문단속을 했다.

얼마 후 여지없이 민족학교 옆의 주유소에 들이닥친 흑인과 남미계 사람들은 주유소에 딸린 편의점을 음료수 병 하나 남김없이 약탈하기 시작했다. 방화도 했는데 음료수 병들이 깨져 바닥이 젖는 바람에 불은 옮겨 붙지 않았다. 그러나 사거리에 있는 주유소는 화염에 휩싸여 무서운 폭발음과 함께 검은 연기를 뿜어댔다.

한인 점포가 집중적인 피해를 입은 것은 대개 잡화점, 식품점, 주류상이었다. 한인들이 가난한 유색인종을 차별하지 않고 온정을 베풀었다면 그렇게까지 큰 피해를 보지는 않았을 것이다. 로스앤젤레스 한인 점포의 89퍼센트가 공격을 당했고, 총 피해액의 90퍼센트가 한인이 입은 것이었다.

폭동이 격화되자 걱정되어 찾아오는 회원이 많았다. 윤한봉은 상근자 신경희 이외의 여성은 집으로 돌려보내고 남자 댓 명만 남겼다. 습격에 대비해 방어용으로 스프레이와 라이터를 챙겼다. 그들이 밀고 들어오면 스프레이를 뿌리며 불을 붙여 겁을 주자는 것이었다.

제일 큰 걱정은 민족학교에 써 붙인 영어간판(Korean Resource Center)이었다. 흑인들이 코리안이라는 단어만 보아도 공격을 해올 것 같았다. 회원들이 간판을 떼어내자고 했지만 윤한봉은 끝내 그냥 두었다. 다행히 민족학교는 공격당하지 않았다. 점포가 아니라 가정집처럼 보였기 때문이기도 했으나, 주변의 가난한 흑인이나 멕시코인을 위해 한 달에 한 번씩 헌옷을 모아 거의 무료로 나눠주며 인심을 얻은 덕도 있었을 것이다.

폭동은 사흘 만에 진압되었으나 불타고 약탈당한 상점들을 정리하고 복구하는 데는 한 달 이상 걸렸다.

이 사건을 한인과 흑인 사이의 인종갈등의 표현으로 보는 이들이 있었다. 한청련과 교류해온 진보적인 흑인 중에는 이 사건을 봉기나 항쟁으로 보는 이들도 있었다. 하지만 윤한봉의 입장은 달랐다.

윤한봉은 우선 한인과 흑인 사이의 갈등이 아니라, 명백히 '한인들의 잘못'이라고 보았다. 물건을 사러 온 손님인 흑인들을 '니그로'나 '깜씨'라고 부르며 천시하고, 흑인동네에서 번 돈을 백인동네에서 써온 한인들이 자초한 결과라고 보았다. 윤한봉은 평소에도 그런 한인들을 두고 겉만 노랗고 속은 백인처럼 하얗다고 하여 '바나나'라 부르곤했다.

민중항쟁으로 보는 견해에도 이의를 제기했다. 이 사건이 미국의 고질병인 인종차별에서 시작된 것은 맞지만 민중항쟁과는 성격이 다른 무질서한 폭동이라는 것이다. 실제로 총을 든 흑인과 남미계 사람은 반체제적인 구호 하나 외치지 않은 채 아무 거리낌 없이 닥치는 대로 상점들을 털어갔다. 폭동에 가담한 폭력배들은 업소를 약탈한 후 보험이 없는 업주에게 거액을 요구해 불응하면 업주가 보는 앞에서 방화하기도 하고, 대형 업체에 미리 전화를 걸어 방화를 하겠다고 협박하며 거액을 요구하기도 했다.

이 사건의 성격은 폭동이지만 표현에는 신중을 기했다. 폭동이라 부를 경우 그동안 연대해온 흑인 단체들과 사이가 나빠질 게 뻔했다. 항쟁이라 부르면 흑인에게 적대감을 갖고 있던 동포들을 자극하여 더 나쁜 결과를 가져오리라 보았다.

한청련은 이 사건을 '4·29사태'로 규정하고, 윤한봉은 회원들에게 이 점을 각별히 주지시켰다. 한청련과 민족학교는 흑인들의 입장을 무시하지 말고 말과 행동을 조심하도록 당부했다.

윤한봉은 막대한 피해를 입고 힘들어하는 동포들을 위해 한인법률센터를 개설하여 피해자들을 도와주도록 했다.

그는 이른바 로스앤젤레스 폭동을 겪으면서 미국의 일그러진 또다른 얼굴을 보게 되었다. 또한 광주항쟁에 참여한 가난한 시민들의 고결한 도덕성에 대해 다시 한 번 깊이 생각하는 계기가 되었다.

한편, 세계는 격변하고 있었다. 소련이 해체되고 동유럽 사회주의 체제가 몰락하면서 미국 중심의 자본주의 체제는 더욱 강력해지고 있었다. 재미 동포의 통일운동도 변하고 있었다. 북한과 밀접한 통일운동단체인 범민련이 만들어지면서 한청련은 더이상 통일운동에 직접 관여하지 않게 되었다. 또한 로스앤젤레스 폭동으로 재미 동포들의 각성과 권익보호 문제가 제기되었다.

안팎으로 격변하는 상황에서 창립 10주년을 맞은 한청련은 노선 변경의 중대한 기로에 놓이게 되었다.

1992년 10월, 한청련과 한겨레 그리고 동포 2세 운동조직인 '징검다리'와 공동주최로 '10월 대회'가 열렸다. '해외운동 강화와 발전을 위한 해외동포대회'라는 주제로 열린 이 대회에는 유럽, 호주, 캐나다 등지에서 온 청년활동가들까지 250여 명이 참석해 한청련 모임 중 최대 인원을 기록했다.

10월 대회에서 윤한봉 등 발제자들은 변화된 내외 정세를 집중 분석하여 보고했고, 회원들은 장시간 토론 끝에 두 단체(한청련, 한겨레)의 강령과 규약을 개정함으로써 신노선의 시대를 열었다. 이날 보고된 정세 분석의 핵심은 '냉전의 시대는 끝났다'였다. 채택된 노선을 요약하면 이런 내용이었다.

'냉전의 시대는 끝났다. 세계적으로 혁명은 불가능해졌다. 조국에서의 변혁운동도 끝났다. 북부조국이 유엔에 가입한 것은 통일보다는 체제유지가 급선무라는 것을 인정한 것이다. 북부조국과 미·일의 관계도 개선될 것이다. 남북관계는 이제 대결에서 경쟁으로 바뀌게 되었다. 통일은 장기적 과제가 되었다. 냉전의 시대가 지나감에 따라 통일문제에 대한 국제연대운동과 해외운동의 의미는 크게 축소되었다. 해외에서의 통일운동은 조국의 평화군축운동으로 바뀌어야 한다. 그것이 장기적으로 통일에 이바지하는 것이다.'

남한에서의 혁명운동이 끝났다는 선언은 파격적이었다.
윤한봉이 직접적으로 사회주의혁명을 주장하거나 즉각적
인 민중혁명을 호소한 적은 없지만 지난 10년간 이뤄진 그
의 강연 밑바탕에는 러시아혁명이나 중국혁명, 나아가 북
한 김일성의 반제국주의 노선에 대한 호의적인 해석이 깔
려 있었다. 그런데 이제 소련이 해체되고 동유럽 사회주의
체제가 붕괴함으로써 세계혁명은 끝났고, 남한도 민주화
됨으로써 남한에서의 혁명도 끝났다는 선언은 여러모로
의미심장했다.

발제자 중 한 명인 윤한봉은 국내외의 상황이 달라졌으
므로 한청련과 한겨레도 지금까지 북한 방문 중심의 민족
통일운동에서 벗어나 미국 내 동포사회의 권익신장 및 권
익옹호 운동에 더욱 힘을 쏟자고 역설했다. 통일운동은 남
한을 대상으로 한 군비축소운동으로 축소되어야 한다고
했다. 운동을 그만두자는 뜻이 아니었다. 그는 이 대회에
서 정세 분석을 하면서 회원들에게 다음과 같이 당부했다.

"이제 혁명의 시대는 갔어요. 여러분은 장기적 안목을
가지고 운동을 해야 합니다. 그러기 위해서는 운동과 생활
을 통일시켜나가야 해요. 모든 회원이 생활 속에 장기적이
고 구체적인 목표를 세우고 이를 실천해가야 합니다."

구체적 지침으로는, 사업을 하는 사람은 장기적인 목표
를 세워 큰 사업가로 발전해야 하고, 기술이나 지식이 있

는 사람은 해당 분야에서 뛰어난 전문가가 되어야 한다고
했다. 한청련 활동으로 학업을 중단했던 사람들은 학교로
돌아가 다시 공부를 시작해 훌륭한 학자나 전문직업인이
되어야 한다고 했다. 지금까지는 운동을 위해서 가족을 떠
나 집단생활을 하다시피 했다면, 앞으로는 생활인으로 돌
아가 생활 속에서 운동을 실천하라고 말했다. 이른바 '운
동의 생활화'였다. 그리고 학습을 등한시하면 의식이 흐트
러져 운동은 증발해버리고 생활만 남게 된다고 했다. 따라
서 운동의 생활화와 학습의 일상화를 신조로 삼아 열심히
살고 열심히 운동하자고 했다.

여러 발제자의 주장과 토론을 통해 결정된 신노선의 핵
심은 동포사회 권익운동에 좀더 집중하자는 것이었다. 동
포사회에 뿌리를 내리기 위해 장기적 안목을 가지고 다양
한 노력을 강화하지 않으면 아무리 운동을 생활화하고 꾸
준히 학습을 하더라도 의식 있는 소수 집단의 자기만족에
지나지 않는다는 결론이었다. 각 지역의 마당집을 토대로
삼아 동포사회에 대한 봉사활동과 권익신장·권익옹호 활
동을 강화함으로써 더 넓고 깊게 뿌리를 내리기로 했다.

방향 전환에 따라 여러 회원이 학교로 돌아가 학업을 재
개하거나 나빠진 건강을 돌보게 되었다. 그중 30대 중반의
강완모는 같은 연배인 정민과 한청련 연합회장을 번갈아
맡으면서 후배들의 사랑을 받아왔는데, 로스쿨에 들어가

국제변호사가 된다. 그의 증언이다.

"새로운 노선은 한청련 회원들에게 새로운 길을 열어줬습니다. 제가 보기에는 합수 형이 탁월한 식견으로 새로운 길을 열어준 겁니다. 학업을 중단했던 사람은 학교로 돌아가 학업을 재개하고, 건강을 해쳤던 사람은 건강을 돌보고, 부모형제와 관계가 소원해졌던 사람은 집에 돌아가 화해를 합니다. 이것은 새로운 시작이지 끝이 아니었습니다. 세상이 바뀌고 한국의 상황이 바뀌는데 합수 형이 옛날식의 것을 강요하고 그걸 유지하고 싶다고 해서 유지가 되겠습니까?"

강완모의 말대로 세상의 변화를 윤한봉이 막을 수는 없었으며 오히려 그는 언제나 선지자적인 자세로 변화를 선도했다.

그런데 통일운동을 중시해온 일부 회원들은 신노선에 대해 오해하고 있었다. 그들은 한청련의 신노선이 통일운동을 접고 미국 내 한인 민권운동으로 전환하자는 것이라 보고 윤한봉이 배신했다고 주장했다. 그러나 뉴욕의 정승진 등은 그런 주장에 동의하지 않았다. 정승진의 말을 들어보자.

"윤 선배님이 갑자기 통일운동 그만하고 동포사회 이슈로 가라 그랬다는 얘기는 굉장히 잘못된 얘기고요. 그거는 절대 그렇지 않아요. 그 말씀 하시는 분들 중에 그 많은 회의를 함께했던 분들이 있는데, 제가 잘 아는데 그건 아니에요. 오래전부터 논의가 돼서 운동의 방향에 대해서 고민을 시작한 거예요. 소련이 해체되고 동유럽이 무너질 때부터 많은 논의를 해온 거예요. 그리고 결론적으로 저는 그분이 옳았다고 봅니다."

정승진은 한청련 초창기의 논쟁에서도 이 부분이 주요 의제였으며 활동의 70퍼센트를 해외동포를 위해, 30퍼센트를 한반도를 위해 일하기로 결론이 났음을 상기시켰다. 애초부터 윤한봉은 통일운동가가 아니라 사회적 약자를 위해 일하는 사람이었음도 환기시켰다.

"사람들이 착각을 하는데 합수 형님은 통일운동가가 아니라니까요. 그분은 소수와 약자를 위해서 일하시는 분이에요. 그분은 '우리는 어디를 가더라도 거기에 있는 소수와 약자를 위해서 일을 해야 한다, 그래서 만약에 그런 날은 안 오겠지만 만약에 한반도에 모든 문제가 해결되고 미국에서 코리안이 다수가 되고 백인이 소수가 되면 여기서 백인을 위해서 일을 해야 된다'고 했어요. 우리는 죽어서도 어딜 가든지 소수와 약자를 위해 일해야 한다는 거였거든요."

정승진의 증언대로 동유럽의 변화는 2, 3년 전부터 중요한 의제로 대두되었고, 남북의 유엔 동시가입으로 인한 정세변화에 대해서도 다들 인식하고 있었다. 신노선이란 애초에 한청련이 지향해오던 민권운동을 좀더 강화하자는 뜻으로 해석해도 무리가 없었다.

그러나 일부 회원들은 끝내 이런 시각을 받아들이지 않았다. 이를 상징적으로 보여준 것이 있다. 앞서 말한 10월 대회 도중에 있었던 연합집행부 교육부장 한호석의 정세 분석에 관한 발제였다.

유니온신학대를 다닌 한호석은 천재라고 불릴 정도로 두뇌가 뛰어난 인물로, 한청련 통일운동의 핵심 이론가였다. 정민, 정기열, 강완모와 함께 마흔 살을 바라보는 선배 그룹으로서 한청련을 이끌어온 핵심이었다. 그는 이날도 세 시간 가까이 발제를 했는데 미국과 북한의 대립 국면에 대한 일반상식과는 현격히 차이 나는 내용이었다. 현재 미국과의 대립을 북한이 주도하고 있으며 궁지에 몰린 미국을 북한이 통제하고 있다는 식이었다.

얼굴을 찡그리며 듣고 있던 윤한봉은 끝내 참지 못하고 매몰차게 그의 논리를 반박하기 시작했다. 지금 극심한 식량난에 시달려 궁지에 몰린 것은 북부조국인데 무슨 엉뚱한 헛소리냐고 발제자가 고개를 못 들 정도로 심하게 질타하고 말았다.

통계자료에 입각한 윤한봉의 논박에 대해 한호석은 반박을 하지 못했지만 생각을 바꾼 것은 아니었다. 이날은 더이상 확전되지 않고 끝났으나, 신노선을 통일운동의 포기라는 측면에서만 바라보며 불만을 키워나가던 일부 회원들은 이듬해 윤한봉이 귀국한 후 일제히 한청련을 탈퇴한다.

한편, 남한의 형식적 민주주의는 1987년 6월항쟁 이후 크게 확대되고 있었다. 적어도 정치적으로는 과거 박정희나 전두환 시대와는 비교할 수 없는 자유를 확보해나갔다.

1992년 한청련의 10월 대회 이후 두 달 뒤에 치러진 한국의 대통령선거에서 김영삼이 당선되면서 민주화의 여지는 더욱 커졌다. 통일민주당의 김영삼은 김대중과의 정쟁에서 승리하기 위해 여당인 민정당과 손을 잡고 민자당으로 합당했다. 김영삼 정권은 3당야합이라는 태생적 한계를 가졌음에도 불구하고 광주항쟁을 국가기념일로 정하고 군부 내의 기득권을 장악한 사조직 하나회를 해체하는 등 일련의 개혁정책을 펼쳤다. 1970~80년대 민주화운동가 이부영, 손학규, 김문수, 이재오 등 비호남 출신들이 대거 민자당에 입당했다.

윤한봉은 민자당 입당파와는 다른 차원에서 변화된 현실을 직시하고 새로운 노선을 주창했지만, 한국의 민주주의가 상당히 진전되었다는 견해에는 공감했다. 그는 다시 귀국의 꿈에 부풀게 된다.

윤한봉 자신이 귀국을 간절히 소망하는 가운데 광주에서 그의 귀국을 추진하는 운동이 다시 확산되고 있었다.

앞장선 단체는 진보정당추진위원회, 약칭 '진정추'였다. 1987년 12월의 대선에서 민중후보 백기완을 내세웠던 이들이 우여곡절 끝에 1992년 4월 15일 결성한 조직이었다. 특히 윤한봉의 귀국에 관심을 가진 것은 황광우, 조진태 등이 주도하던 진정추 광주시지부였다.

진정추 광주시지부는 황광우의 제안으로 1992년 여름부터 윤한봉 귀국추진운동에 들어갔다. 우선 1988년에 300명의 민주인사들로 만들어졌다가 활동이 중단된 '윤한봉선생 귀국추진위원회'를 재가동시켰다. 윤한봉의 귀국을 촉구하는 문화행사에서는 진보정당운동을 하고 있던 큰형의 막내딸 윤난실이 삼촌 윤한봉이 보낸 편지글을 낭독해 큰 감동을 주기도 했다.

황광우의 제안으로 1992년 3월부터 윤한봉의 귀국 허가와 수배 해제를 요구하는 10만인 서명운동도 시작되었다. 갓 조직된 진정추의 추진력은 대단했다. 얼마 후 광주뿐 아니라 전국에서 7만여 명의 서명을 받아 국회에 제출했다.

유신시절 함께했던 동료와 후배도 귀국운동에 나섰다. 이들은 야당의원뿐 아니라 여당인 민자당에 입당한 운동권 출신 의원을 찾아가 윤한봉에 대한 수배를 해제해달라고 요청했다. 야당 국회의원이 된 정상용도 총재인 김대중에게 인권 차원에서 윤한봉의 귀국을 추진해야 한다고 건의해 승낙을 받아냈다.

이를 두고 미국의 일부 통일운동가들은 윤한봉이 안기부와 밀약을 했다거나 김영삼 정권에 항복을 했다는 식으로 의혹을 제기하고 비난했으나 이는 사실과 달랐다. 그의 귀국은 앞서 살펴보았듯이 귀국추진위원회에 의해 공식적으로 추진된 일이었다. 윤한봉이 귀국 문제로 정부 관리나 안기부를 만난 일은 없었을뿐더러 추진위원회 쪽도 결코 그들과 협상한 적이 없었다.

윤한봉의 귀국 과정에서 밀실협상 따위는 필요 없었다. 5·18이 국가기념일이 되는 판에 그로 인한 수배란 아무 의미가 없었다. 국제평화대행진으로 인한 친북용공 혐의도 사실상 풀려 있었다.

어떠한 의혹 제기도 무색하게 만드는 것은 윤한봉이라는 인간 그 자체였다. 자신의 생각을 숨길 줄도 모르고 술수를 부릴 줄도 모르는 비타협적이고 직선적인 성격이 그의 결백을 증명해주고도 남았다. 만일 그가 정부 측이나 안기부와 모종의 대화를 했다면 아무 거리낌 없이 털어놓았을 것이다. 조국에 돌아가겠으니 여권을 발급하라는 요구는 양심에 걸릴 일도 아니고 배신도 아니었다. 당당한 권리였기 때문이다.

1993년 5월 12일, 윤한봉은 언제나처럼 로스앤젤레스 민족학교에서 바쁜 하루를 보내고 있었다. 그동안 『워싱턴 포스트』지에 나갈 한반도의 평화를 촉구하는 정치 광고를 위한 모금과 실무로 분주했는데, 이제 유엔본부 앞 단식농성과 광주항쟁 13주기 기념행사를 앞두고 있었다. 행사 준비로 분주한 오후 늦은 시각이었다. 한국의 한 신문사에서 전화가 왔다.

"소식 들으셨습니까? 오늘 김영삼 대통령의 특별담화 중에 윤한봉 씨에 대한 수배령을 해제하고 귀국을 허용하겠다는 내용이 나왔는데요, 알고 계셨습니까?"

뒤통수를 세게 얻어맞은 기분이었다. 잠시 멍하니 앉아 있었다. 연말쯤에나 귀국할 수 있지 않을까 생각하고 있었는데 이렇게 갑자기 연락이 올 줄은 몰랐다. 김영삼 정부가 귀국을 허용하더라도 미국에서의 활동을 반성한다는 식의 각서를 요구할 것으로 예상하고, 그럴 때는 단호히 거부하고 말겠다는 마음까지 먹고 있었다. 그런 결기를 비웃기라도 하듯 아무런 사전 통보도 없이 대통령이 대국민 담화를 통해 발표하다니 오히려 당황스러웠다.

잠시 멍하니 앉아 있노라니 쉴 새 없이 전화벨이 울려왔다. 한국 언론사, 동지들, 가족들로부터 시차를 무시한 전화가 밤새 계속되었고 낮에는 한청련 회원들의 전화가 끊이질 않았다.

1988년의 상황이 재현될까 우려된 윤한봉은 지부를 돌아다니며 고별인사는 하지 않기로 했다. 대신 각 지부에 자신의 귀국에 대한 의견을 제시해달라고 말했다.

회원 모두가 귀국을 반대한다면 재고했을지도 몰랐다. 유일하게 반대의견을 낸 곳은 필라델피아 한청련이었다. 장광선·장광민 형제 등 필라델피아 회원들은 주로 세 가지 점에서 귀국을 반대한다는 의견을 내놓았다.

첫째는 윤한봉이 귀국해버리면 미주 한청련의 미래를 장담할 수 없다고 보았다. 한청련의 활동이 안정적으로 계속되려면 윤한봉이 반드시 있어야 한다는 것이었다. 둘째는 윤한봉이 10년 이상 미국에서 활동했는데 한국에 들어가면 국내에서 그동안 기반을 닦고 있던 운동조직들과의 마찰이 우려된다는 것이다. 셋째는 아직 민주정부라 믿을 수 없는 김영삼 정권의 허락으로 귀국을 하면 오해를 받을 수 있다는 것이었다.

장광선·장광민 형제를 비롯한 동부지역 회원들은 이와 같은 요지의 반대 이유를 장문의 편지로 정리해서 보내왔다. 하지만 오로지 귀국만을 생각하고 있던 윤한봉은 그들의 말을 듣지 않았다.

심인보 등 여러 회원은 그가 귀국한다는 말을 듣고 심리적 충격을 받았다. 오랜 시간 쌓인 인간적 정 때문이었다. 그러나 다른 한편으로는 윤한봉이 귀국하면 국내운동의 중요한 지도자가 될 것이므로 미국의 한청련과 연대하여 남한의 민족민주운동이 한 걸음 더 발전하리라는 기대도 가졌다. 다수 회원이 귀국에 찬성한 이유이기도 했다.

윤한봉은 우려와 희망을 안고 일단 임시로 귀국해보기로 했다. 일주일간 광주에 다녀온 후 최종 결정을 하자는 것이었다.

우선 한국영사관에 찾아가 임시 여권을 발급받고 비행기표를 끊었다. 연락이 되는 각지의 회원들에게 전화로 다녀오겠다는 인사를 했다. 민족학교 자료실을 청소하고 나서 한청련 연합회장 정민에게 급한 업무들을 인계했다.

출발 전날, 회원들이 급히 양복과 구두를 구해왔으나 윤한봉은 이를 마다하고 평소 입던 옷에 운동화를 신고 가방만 챙겼다. 가방 속에 새로운 물건이라고는 회원들이 사준 속옷 열 벌, 비행기에서 먹을 호박죽, 민족학교 뒤뜰에서 손수 가꾼 풋고추가 전부였다. 나머지는 늘 넣고 다니던 꼬질꼬질한 생필품들이었다.

귀국 준비를 끝내고 민족학교 뒷마당에 나가보았다. 로스앤젤레스 민족학교의 뒷마당에는 상추, 고추, 호박, 시금치, 부추, 오이, 쪽파 등 채소들과 분꽃, 봉선화, 코스모스, 채송화같이 한국에서 흔히 볼 수 있는 꽃들이 심어져 있었다. 모두 윤한봉이 혼자 심고 가꾸는 생명들이었다. 그는 마음이 아프고 괴로운 일이 생기면 혼자 뒷마당에 나가 채소와 꽃을 가꾸곤 했다. 잡초를 뽑고 적당히 퇴비와 물을 주고 고추에는 지지대를 세워주고 오이와 호박에는 그물망을 해주어 마음껏 자라게 했다. 회원들은 그가 노련한

늙은 농부처럼 열심히 일하는 모습을 보면서 귀국하면 산속에 들어가 편안히 농사를 지으며 건강을 돌보라고 말해주곤 했다. 뒷마당을 둘러보던 윤한봉은 자기가 떠나면 채소와 꽃을 가꿀 사람이 없다고 생각하니 마음이 아팠다.

1993년 5월 19일 아침이었다. 밤새 한숨도 자지 못한 윤한봉은 애써 눈물을 감추며 공항으로 출발했다. 치과의사 최진환 박사와 한청련 부회장 강완모가 광주까지 동행하기로 했다. 공항까지 배웅 나온 회원들은 하염없이 울고 있었다. 윤한봉도 눈물이 솟구쳐 더이상 참을 수가 없었다.

만 12년 세월이었다. 서른네 살의 젊은이로 왔다가 마흔여섯 살 중년이 되어 돌아가는 길이었다. 샘처럼 솟는 눈물을 애써 감추며 공항 검색대를 통과하려니 새삼 지난날이 생각났다. 망명살이를 하는 동안 한국에서 온 손님들을 배웅할 때마다 '나는 언제나 저곳을 통과해 비행기를 타고 조국으로 돌아가나' 부러운 눈길로 바라보던 그 검색대였다.

회원들을 뒤로하고 비행기에 오르려니 발걸음이 떨어지지 않았다. 미국에 두고 가는 한청련과 한겨레 회원들에 대한 그리움이 벌써부터 가슴에 숭숭 구멍을 뚫었다. 윤한봉은 비행기가 이륙하고도 두 시간이나 하염없이 눈물을 흘렸다. 훗날 이때의 마음을 이렇게 적었다.

"추억 속에 명멸하는 수많은 얼굴들이 비행기가 이륙한

후 두 시간 동안이나 나를 붙잡고 놓아주지 않았다."

화물선 표범호를 타고 35일이나 걸려 건너온 머나먼 태
평양을 비행기는 11시간 만에 넘고 있었다. 윤한봉은 지난
1981년 4월 표범호가 마산항을 출항할 때 1979년 10월에
당한 물고문을 떠올렸다고 한다. 햇수로 13년, 만으로 12년
만에 돌아가는 하늘길에서도 그날의 악몽을 떠올렸을지
모른다.

18. 자살 연습

1979 광주

    1979년 10월 3일, 전남대 본관에서 작은 소동이 일어났다. 학생들의 동향을 감시하기 위해 파견된 중앙정보부 요원들과 서부경찰서 형사들이 상주하는 일종의 쉼터 같은 사무실에 불이 난 것이다. 불은 금방 꺼져서 피해액은 크지 않았으나 정보당국은 총비상이 걸렸다.

    경찰은 얼마 전 화장실에 반정부 낙서를 하다가 잡힌 신민정, 발신인 없이 박정희를 비난하는 편지를 보낸 박병기 등 30여 명을 연행해 혹독한 구타와 고문을 가했다. 취조 과정에서 고희숙, 신영일이 불을 지른 것으로 드러났다.

    멀리 부산에서 대규모 시위가 일어난 것은 방화 사건 수사가 한창 진행되던 10월 16일이었다. 시위는 마산으로 번졌고, 위수령을 내린 박정희 정권은 공수부대를 투입하여 시위를 진압했다.

이때 윤한봉은 여수 항구에 있었다. 현대문화연구소의 운영비 마련을 위해 멸칫가루를 떼어다 팔려고 간 것이다. 이른바 부마항쟁 소식은 윤한봉에게 엄청난 충격을 주었다. 도대체 말이 안 된다는 생각부터 들었다. 그동안 수많은 일을 겪었으나 그렇게 대규모로 민중봉기가 일어나리라고는 상상도 하지 못했기 때문이다. 어떻게 이런 일이 가능할까? 왜 전혀 예상을 하지 못했을까? 흥분으로 어지러웠다. 어떻게 이런 일이 일어났는지 그 원인을 알아보고 현장을 두 눈으로 직접 확인해보고 싶었다.

부산에 가보기 위해 멸칫가루를 서둘러 처분하고 광주에 돌아와 현대문화연구소 사무실에 나간 것은 10월 23일이었다. 사무실을 지키던 후배들을 만나 밀린 업무를 잠깐 보고는 곧바로 부산으로 출발하려는데 서부경찰서 형사들이 들이닥쳤다. 윤한봉이 방화 사건과 괴편지 사건을 일으킨 후배들에게 운동자금을 지원하고 투쟁을 지시했다는 이유였다.

현대문화연구소는 광주시내 장동 교차로에 있던 연합빌딩 2층에 있었는데, 운동가들을 유기적으로 연결하고 서울과의 정보교환을 통해 전국적 교류를 도모하는 청년운동의 거점이었다. 소장은 문덕희, 김희택, 정용화 등이 차례로 맡고 있었다.

윤한봉이 연구소에 있으면 여러 후배가 찾아와 밥값도 얻어가고 차비도 얻어가곤 했다. 한번은 연구소 후배이자 괴편지 사건의 주인공인 박병기가 용도를 묻지 말고 돈을 달라고 하여 준 적이 있고, 병역 기피를 하고 달아난 김영종에게 전달해주라며 약간의 용돈을 건넨 적도 있었다. 박병기를 물고문하는 과정에서 이런 사실이 드러나자 경찰은 윤한봉이 배후에서 조종, 지원했다고 본 것이다.

　그런데 경찰은 그에게 또다른 혐의를 두고 있었다. 얼마 전에 터진 남민전 사건과 관련이 있는지도 조사하려는 것이었다.

　남조선민족해방전선 준비위원회, 약칭 '남민전'은 대구의 신문기자 출신 이재문, 신향식 등이 주동이 되어 만든 지하조직이었다. 구성원의 일부는 북한식 사회주의혁명을 지향하고 있었으나 다수는 반독재·반외세 정도의 정치의식을 갖고 있었다. 광주에서는 전남대 제적생인 박석률을 비롯하여 이강, 김남주, 이학영 등이 가입해 있었다. 윤한봉도 포섭 대상이었으나 단호히 거절한 적이 있다.

　이강 등이 남민전 산하의 반공개 조직인 '한국민주투쟁국민위원회'에 가입한 것은 1년 전인 1978년 가을이었다. 박석률의 소개로 이재문을 만난 이강의 첫 번째 임무는 윤한봉을 조직에 가입시키는 것이었다. 그러나 윤한봉한테는 말도 붙이지 못했다. 이강의 증언이다.

"윤한봉을 주요 가입 대상자로 선정하여 나에게 그가 가입할 수 있도록 하라고 했다. 그런데 윤한봉에게 단체의 명칭도 말하지 않았는데, 그 조직에 대하여 어떻게 알았는지, 오히려 나에게 서울에서 혹시라도 누가 나타나서 새로운 비밀조직운동 이야기 하면 단호히 거절하고 오히려 외부인이 만나자고 하면 혼자 만나지 말고 여러 사람이 한꺼번에 만나라는 주의를 주는 것이었다."

공개단체를 만들어 활동하는 게 윤한봉의 일관된 방식이었다. 현대문화연구소를 만들 때도 김정길 등이 나서서 "공개적인 사무실을 만들어놓으면 경찰의 감시가 수월해 큰 피해를 볼 것"이라며 반대했으나 강행했다. 그는 평소에 대중적 기반이 없이 극소수의 지식인들이 지하조직을 만드는 것을 관념적 급진주의라 비판하곤 했다. 대중을 투쟁으로 이끌 능력도 없으면서 거창한 강령을 내세워 지하조직을 만드는 것이야말로 탄압을 자초하고 우익의 반공선전에 이용될 뿐이라는 것이다. 윤한봉은 이강의 비밀조직 가입 요구도 그런 차원에서 거부한 것이다. 신문에 보도되기 전까지는 남민전이나 한국민주투쟁국민위원회라는 명칭조차 들은 적이 없었다.

서부경찰서로 연행된 윤한봉은 수사과나 정보과가 아닌 유치장 옆의 숙직실로 끌려갔다. 이미 물고문 준비가 되어 있었다. 높고 튼튼한 의자 두 개를 사람 키 정도로 나란히 세워놓고 팔목 굵기의 몽둥이를 걸쳐놓았는데 그 위에 젖은 수건이 걸려 있었다. 바닥에는 더러운 물이 반쯤 담긴 플라스틱 물통 하나와 찌그러진 양철 주전자, 그리고 물 먹은 걸레 두 개가 놓여 있었다. 앞서 잡혀간 이들이 20일간 끔찍한 고문을 당했던 현장이었다. 건장한 체구의 사내 둘이 기다리고 있었다. 한 사내가 소리쳤다.

"네가 악질 윤한봉이냐? 팬티만 빼고 다 벗어!"

더럭 겁이 났지만 두 번 옥살이를 한 투사답게 거부했다.

"싫소!"

대답과 동시에 욕설을 퍼부으며 사정없이 몽둥이질을 해댔다. 그러고는 강제로 윤한봉의 옷을 벗기고 두 다리를 뻗고 앉게 했다. 익숙한 솜씨로 양 손목에 신문지를 겹겹이 두른 후 수갑을 채우고 상체를 짓눌러 두 팔 사이로 무릎을 세워 넣게 했다. 그 사이에 몽둥이를 끼워 옴짝달싹 못하게 하고는 발로 밀어 쓰러뜨렸다. 그러고는 몽둥이 한쪽을 눌러댔다.

"으아악!"

비명이 저절로 터져나왔다. 그들은 양쪽에서 몽둥이를 번쩍 들어 그를 의자 사이에 대롱대롱 매달았다. 이어서 지저분한 수건을 얼굴에 덮고 협박했다.

"이 물에는 특수한 약을 타놓았다. 마시면 너는 영원히 남자 구실을 못하게 된다. 위장도 엉망이 된다. 마실 테면

실컷 마셔라. 그리고 묻는 말에 제대로 대답할 준비가 되면 둘째손가락을 까딱까딱해라."

주전자의 물이 수건 위에 쏟아지기 시작했다. 숨이 막혀 몸부림을 치다 못해 물을 들이마시자 순식간에 정신이 몽롱해졌다. 죽을 것 같아 버둥대며 둘째손가락을 까딱거렸더니 얼굴을 덮은 수건이 치워졌다.

남민전과 무슨 관계인지, 전남대 학생들을 어떻게 배후 조종했는지, 너의 배후는 누구이며 운동자금은 어디서 나왔는지 물었다. 김영종이 어디에 숨어 있는지도 불라고 했다.

남민전은 이름도 들어본 적 없고, 배후에서 학생운동을 조종한 적도 없으며, 밥 사주고 차비를 준 적은 있어도 시위자금을 지원한 적은 없다고 했디. 의리상 김영종에게 도피자금을 전해준 적은 있어도 그가 어디 숨었는지는 모르고, 화장실 낙서나 괴편지나 방화 사건은 전혀 몰랐던 일이며, 현대문화연구소의 배후조직 같은 건 없고 멸칫가루를 팔아 운영비를 마련할지언정 누구에게 자금을 지원받지는 않는다고 답했다. 모두 진실이었다. 다시 물고문이 시작되었다.

물고문은 사흘간 다섯 번이나 가해졌다. 그뿐 아니었다. 공포감이 극대화되도록 두 눈을 가린 후 바닥에 납작하게 눕혀놓고 세 명이 올라타 사지를 꼼짝 못하게 해놓고는 볼펜으로 가슴, 배, 옆구리를 사정없이 찔러댔다. 벽에 세워놓고 가슴을 발로 차고 주먹으로 치는 폭행은 계속되었다.

밤새 고문과 구타를 하다가 새벽이 오면 차가운 바닥에 팬티 바람으로 눕혀놓고 자기들은 양편에 요를 깔고 누운 다음 양손과 양발을 수갑으로 자신들과 연결해놓았다. 그러고는 태연히 코를 골며 잤다.

윤한봉은 두 형사 사이에 사지가 묶인 채 맨바닥에 누워 냉기와 온몸의 통증을 견뎌내야 했다. 무엇보다도 힘든 것은 가려움이었다. 가려움을 참느라 이를 악문 채 몇 시간씩 얼굴을 찡그려야 했다. 그렇게 사흘을 보냈다.

사흘간의 고문과 구타로 윤한봉의 몸은 순식간에 망가졌다. 왼쪽 팔 전체가 마비되고 온몸이 붓고 등허리가 정상이 아니었다. 혼자서는 일어서지도 못하고 벽에 기대지 않고는 앉아 있지도 못할 만큼 엉망진창이 되었다.

연행 4일째가 되던 날 기적 같은 일이 일어났다. 1979년 10월 27일 아침이었다. 밤새 시달려 녹초가 된 채 널브러져 있는데 경찰이 들어와 이상한 행동을 했다. 수갑을 풀어주고 담배를 권하면서 부드러운 목소리로 몸이 어떠냐고 걱정까지 해주는 것이었다. 또 무슨 가혹행위의 전조인가 싶어 긴장을 풀지 않고 담배를 피우는데 못 보던 자가 들어와 푸념을 했다.

"나라 장래가 걱정된다, 나라 장래가……."

이때 멀리서 희미한 방송이 들려왔다. '유고' '계엄령' 같은 말들이 흘러나왔다. 순간, 이유는 알 수 없지만 박정희가 죽었다는 걸 직감했다. 발가락 끝에서부터 온몸으로 번져오는 짜릿한 희열이 느껴졌다. 난생처음 느껴보는 기분이었다.

'이제는 살았다, 고문은 끝났다.'

윤한봉은 눈을 감고 그들이 눈치채지 못하도록 시치미를 떼고 혼자서 마음껏 희열을 즐겼다.

같은 시각, 광주에 나와 살던 둘째 형 윤광장의 집에서는 어머니가 춤을 추며 소리치고 있었다.

"내 자식 살았다! 한봉이가 살았다!"

더이상 고문은 받지 않고 광주교도소로 넘어갔던 윤한봉은 긴급조치 9호가 해제된 직후인 12월 9일 석방되었다.

잠깐 비쳤던 정치적 서광은 이내 꺼져갔다. 12월 12일, 육군본부는 군사쿠데타의 총성으로 요란했다. 박정희의 양아들로 알려진 보안사령관 전두환 등 소장파 장성들이 육군참모총장 정승화를 체포하고 권력을 찬탈한 것이다.

윤한봉은 이때부터 광주항쟁이 터지기까지 6개월 내내 어느 누구보다도 정세를 비관적으로 전망했다. 민주주의의 봄이 오리라 기대했던 대개의 운동가들도 12·12쿠데타가 터진 이후에는 불길한 예감이 들기 시작했다.

1980년 3월, 전남대 제적생들은 윤한봉 등 다섯 명을 제

외하고는 모두 복학했다. 이들이 복학하지 않은 것은 사회
운동의 맥을 이어가야 한다는 윤한봉의 설득에 따른 것이
었다. 이른바 '민주화의 봄'이라 불리던 짧은 기간 동안 윤
한봉은 현대문화연구소를 거점으로 극단 토박이를 만드는
등 바쁘게 움직였다.

　강철로 만들어진 사람은 없다. 어떤 상황에서도 공포를
느끼지 못하는 자는 정신병자이지 용기 있는 자가 아니다.
아무리 강해 보이는 인간도 두려움을 모르지는 않는다. 혹
독한 고문을 겪은 이들은 평생 심리적 상흔을 안고 살게
된다. 용맹했던 투사들도 혹독한 고문을 당한 후에는 한동
안 형사만 봐도 가슴이 철렁 내려앉기도 하고 검문을 당하
면 공포에 사로잡혀 그대로 도망쳐버리기도 한다. 실제로
박정희 정권 하에서 자행된 고문으로 정신적 후유증에 시
달리는 이들이 많았다. 윤한봉도 그런 경우로 보인다.

　윤한봉은 서울로 도피할 때부터 표범호가 시애틀에 도
착할 때까지 양말에 칼을 꽂고 다녔다. 잡혔을 때 동지들
을 불지 않기 위해 목숨을 끊으려는 단도였다. 남민전 이
재문이 체포될 때 자기 가슴을 찔러 자살을 하려다 실패하
고는 고문을 못 이겨 동지들을 곤경에 빠뜨렸다는 말을 들
었기 때문이다. 목욕할 때도 입에 면도날을 물고 있었다.
언제든 경찰이 덮치면 자기 손목을 그어버리기 위함이었
다. 광주항쟁 직후에는 경찰을 한 명이라도 죽이고 같이

죽자는 생각으로 상대방을 찌르는 연습을 한 적도 있지만 이후에는 단도로 가슴을 찔러 자살하는 연습만 했다.

마침내 비행기가 아픈 기억들로 얼룩진 고국 땅에 들어섰을 때 윤한봉은 또다시 눈물을 터뜨렸다. 광대하고 거칠어 귀신마저 머물 곳 없어 보이는 미국의 땅과는 달리 아늑하고 부드럽고 늘 푸르른 조국강산이었다. 자꾸만 눈물이 나왔다.

김포공항에 도착하자 승무원이 윤한봉 일행을 먼저 내리게 했다. 윤한봉이 최진환, 강완모와 함께 나란히 입국장에 들어서자 수많은 카메라 플래시가 터지기 시작했다. 헤아릴 수도 없이 많은 기자와 환영객이 기다리고 있었다.

"두 팔을 번쩍 들어 만세를 해주세요!"

기자들이었다. 윤한봉은 아무 대답도 않고 고개를 숙여버렸다. 환영 인파에 이리저리 밀려다니다가 기자회견장에 서자 이번에는 성명서를 발표해달라고 했다. 그러나 준비된 성명서 같은 것은 없었다. 그는 짧게 답했다.

"나는 영웅이 아닌 도망자일 뿐입니다. 명예가 아닌 멍에로 알고 살아가겠습니다. 퇴비처럼 짐꾼처럼 열심히 살아가겠습니다."

가까스로 공항을 빠져나온 윤한봉은 환영 나온 가족과 친척, 옛 동지들과 버스를 타고 광주로 내려갔다.

첫날 밤을 광주 시내의 둘째 형 집에서 보내고 난 윤한봉은 제일 먼저 망월동 묘지를 찾았다. 윤상원과 박관현의 묘지 앞에서 무릎을 꿇고 오래도록 눈물을 쏟았다. 함께 죽지 못하고 도망간 죄를 용서해달라고 빌었다.

먼저 간 후배들에게 사죄하며 눈물을 쏟아내니 가슴에 묻어두었던 응어리가 조금씩 녹아내리는 것 같았다. 그러나 나주정신병원에 입원해 있던 김영철을 면회한 후에는 다시 가슴이 무거워졌다. 김영철은 5·18 직전 윤한봉이 주도했던 산중 모임에 참석했던 후배 중 하나로, 1980년 5월 27일 도청 함락 때 체포되어 상무대에 끌려가 고문을 받던 중 머리를 벽에 들이받고 정신이상이 되어 있었다.

윤한봉은 광주와 서울에서 열린 여러 환영식에 무거운 마음으로 참석했다. 그의 망명은 개인적 도피가 아니라 광주 운동권의 조직적 결의에 의한 것이고, 미국에 가서도 기대를 저버리지 않고 헌신적으로 활동했음에도 후배들과 고난을 함께하지 못했다는 자책감에서 여전히 벗어나지 못하고 있었다.

12년 만에 돌아온 한국은 놀랍도록 바뀌어 있었다. 경제가 급성장하여 승용차가 거리를 메웠고 도시마다 새로 지은 아파트와 빌딩이 즐비했다. 동구권의 몰락 이후 학생운동은 급속히 약화된 대신 노동운동이 비약적으로 성장해 있었다. 운동권 출신 중 상당수는 정계에 진출했거나 학계, 법조계, 언론계, 문화계로 빠져 안정적인 생활을 영위하고 있었다. 툭하면 공안정국으로 돌아가려는 보수세력의 완강한 저항에도 불구하고 민주화는 사회 전반으로 퍼져나가 다양한 부문에서 수많은 공개단체가 우후죽순처럼 생겨나는 중이었다.

겉으로 보기에는 눈부신 발전이었지만 윤한봉이 그토록 꿈꾸며 그리워하던 사회는 아니었다. 조국의 하늘은 변함이 없고 고향산천도 여전히 아늑했으나 들어설 자리가 아닌 곳에 들어선 수많은 고층아파트, 끝도 없이 늘어진 차량과 혼탁한 공기, 한참을 보아야 옛 모습이 떠오르는 벗들과 동지들의 얼굴에서 그는 세월의 무상함을 느끼지 않을 수 없었다.

예정대로 한국 방문을 마치고 일주일 만에 로스앤젤레스로 돌아갔을 때, 그는 멀리 낯선 곳에 다녀온 사람처럼 민족학교가 더 편안하게 느껴졌다. 다시 못 볼 줄 알았던 회원들을 만나니 더없이 반가울 수가 없고 민족학교 사무실에 들어가 앉으니 그렇게 마음이 편할 수가 없었다. 로스앤젤레스가 제2의 고향이 되어버렸다는 생각에 가슴이 철렁하기까지 했다.

그래서였을까. 석 달 후인 1993년 8월 18일 영구 귀국을 앞두고 그는 민족학교 뒷마당의 채소밭을 자기 손으로 다 뒤엎었다. 힘들거나 울고 싶을 때면 혼자서 조용히 풀을

뽑고 물을 주고 쪼그려 앉아 담배를 피우던, 정들었던 텃
밭을 뒤엎어버렸다. 그가 아니면 돌볼 사람이 없기 때문이
기도 했지만, 미국을 잊기 위해서이기도 했을 것이다.

또한 미 국무성 앞으로 망명 허가를 내준 데 대한 감사
의 서신과 함께 영주권 탈퇴서를 제출했다. 미국에 돌아와
살 여지를 없애버린 것이다.

하지만 윤한봉이 어찌 한청련을 잊을 수 있겠는가. 지역
별로 열린 환송식에서 눈물에 잠긴 회원들을 향해 그가 한
말은 한결같았다.

"해외운동이 나를 조국 운동권에 파견한 것으로 생각하
고 항시 여러분을 생각하며 열심히 일하겠습니다."

지난 12년 동안은 광주 운동권에서 미국에 파견한 활동
가처럼 살았다면, 이제는 미주 한청련에서 광주에 파견한
활동가처럼 살게 될 것이다.

19. 대동정신

—

1993~2006 광주

    1993년 8월 18일, 윤한봉은 영구 귀국했다. 고국에 돌아와 제일 먼저 느낀 것은 온 사회에 에너지가 꽉 차 있다는 것이었다. 그런데 그 에너지는 기분 좋은 것이 아니라 무언가 어지럽고 숨이 막혀 답답한 것이었다. 그는 유심히 관찰한 끝에 무질서와 혼란 속의 탐욕과 경쟁에서 방출되는 에너지라는 결론을 내렸다.

    탐욕과 경쟁은 윤한봉의 새로운 화두가 되었다. 미국의 밀가루 원조에 의존해야 했던 극빈국에서 불과 40여 년 만에 경제 강국으로 부상한 한국은 졸부들의 천박함을 그대로 보여주고 있었다. 그는 회고록에서 이렇게 한탄했다.

    "귀국 후 나는 변화된 조국 사회에 큰 충격을 받았다. 엄청나게 돈이 많은 사회, 그러나 정신도 혼도 원칙도 질서도 없고 꿈과 감동도 없는 사회, 악독하고 살벌한 사회, 허세와 과시와 쾌락이 넘치는 사회…… 사람의 생명은 별것이 아닌 사회가 되어버렸다."

윤한봉은 이 새로운 풍조에 섞이지 않으려고 애썼다. 정부에서 빈곤층에 공급하는 12평짜리 영구임대아파트에서 살게 된 그의 생활 모습은 미국에 가기 전이나 미국에서 살 때나 별반 다를 게 없었다. 구두부터 의복에 이르기까지 거의 누군가에게 얻은 것들이다. 겨울이 오면 추레한 코르덴 바지에 가난한 노인들이나 입는 3천 원짜리 싸구려 보온내의를 입고 살았다.

돈이나 권위가 주어지는 직책은 모두 거부했다. 김대중과 정치행보를 함께하고 있던 동기와 후배가 동교동 집으로 인사하러 가자고 제안했으나 극구 사양했다. 김대중의 집에 간다는 것은 곧 공천과 국회의원으로 연결되는 것이기에 사양한 것이다.

이를 두고 윤한봉이 광주의 주류운동권에서 벗어나 큰일을 해야 하는데 그렇지 못하게 되었다고 아쉬워하는 지인들이 있었다. 그러나 윤한봉이 생각한 큰일이란 국회의원이나 장관을 하는 게 아니었다. 그는 애초에 큰일, 작은일 따위의 세속적인 기준을 가지고 있지도 않았다. 그의 눈에 밟히는 것은 언제나 약한 자, 억압받는 자였다.

윤한봉은 귀국 후 여러 강연에서 진보란 공평한 분배이

고 약자와 소수자에 대한 배려이며 그것이 곧 민주주의라
고 강조했다. 그런데 광주의 운동권은 이러한 평등의 문제
보다 반미자주화운동에 경도되어 있다고 우려했다. 노동
자, 서민이 겪고 있는 불평등 문제가 한국 자본주의의 주
요모순인데 이를 도외시한 채 반미자주화 같은 민족주의
에 경도되다보니 반미를 공통분모로 북한을 지지하는 기
현상까지 나타났다는 것이다. 강연의 일부를 들어보자.

"학살정권의 친구인 미국은 적이여. 그러다보니까 적의
적은 친구다, 그래서 북에 대해서 연대감이 생겨요. 이미
보수화됐기 때문에 북이 사회주의니 뭐니 관심없어. 사회
주의가 실패했냐 성공했냐 관심 없는 거예요. 반미라는 차
원에서 북에 강한 연대감을 광주지역이 또 갖게 돼요."

광주가 반미통일운동의 아성이 되었다는 지적이다. 그
는 이어서 대동정신이라는 말을 꺼낸다.

"그러면서 대동정신이 인자 밟혀버리는 거예요. 이 대동
정신은 결국은 이상사회를 건설하려는 정신이기 때문에
장기적으로 세상을 바꿔가야 하는데 이 학살정권에 대한
증오가 너무 강하기 때문에 목적을 정권타도에다가 맞추
다보니까 대동정신은 인제 뒤로 가버린 거여."

여기서 '대동정신'은 그의 일생을 관통해온 박애정신의
또다른 표현이다. 이 대동정신의 원형을 그는 광주항쟁에
서 찾는다. 전국의 여러 강연에 초빙될 때마다 그는 광주

항쟁 때 보여준 대동정신을 주제로 이야기했다.

1980년 5월 21일부터 계엄군의 봉쇄로 식량과 생필품 반입이 중지되어 섬처럼 되어버린 광주는 얼마든지 로스앤젤레스 폭동과 같은 상황에 놓일 수 있었다. 광주는 한동안 경찰과 군인이 달아나버려 치안을 담당할 공권력이 없는 가운데 수천 점의 무기가 군중의 손에 들어가 있던 상태였으니, 물가폭등과 매점매석, 절도와 강도가 나타날 충분한 조건이 갖춰져 있었다.

하지만 이후 5일간 광주에는 매점매석으로 인한 물가폭등도 없었고 살인이나 강도는 물론 일반범죄도 일어나지 않았다. 오히려 평상시보다 더 도덕적이고 질서를 잘 유지했다. 담배가게 주인은 다른 사람도 피워야 한다며 한 갑씩만 팔았고, 부인네들은 자기 집 쌀독을 털어 주먹밥을 지어 날랐다. 시민군은 필요한 물품들을 모금한 돈으로 정당하게 구입했다. 시민들이 스스로 민생부분에 신경을 쓰니까 사회복지단체나 관련 공무원들이 자원해서 나섰다. 많은 사람이 다쳐서 피를 흘렸지만 병원에서는 수혈을 걱정하지 않았다. 시민들이 자발적으로 헌혈한 피가 남아서 다른 지역에 나눠주었을 정도였다. 바로 윤한봉이 주목한 대동정신이었다.

그런데 당시 어느 지역에나 민주화의 열망과 신군부에 대한 분노가 들끓었는데, 전라도 광주에서만 대규모 항쟁이 일어난 이유는 무엇일까? 호남 차별에 대한 불만과 면면히 이어져온 저항의 역사, 낙후된 지역경제와 빈곤, 호남 특유의 공동체 문화, 그리고 공수부대의 잔학한 진압 등을 이유로 드는 이들이 많았다.

그러나 윤한봉의 생각은 좀 달랐다. 호남 차별에 대해 불만이 있던 건 사실이지만 저항의 역사는 경상도가 더 깊었고 전라도만 경제적으로 낙후된 것도 아니라는 것이다. 1980년까지만 해도 어느 지방에나 공동체적인 전통이 남아 있었으며, 공수부대의 학살 만행에 대한 분노 역시 결과론적인 해석이라고 보았다. 동남아나 중남미의 시위는 그보다 더 잔인하게 진압되고 있지만 민중항쟁으로 점화되지 않았으며, 부마항쟁의 경우는 상대적으로 낮은 강도로 진압했는데도 무장투쟁으로 나아가지 않았다는 것이다. 그가 한 강연의 한 대목을 들어보자.

"5·18은 분노가 안 일어날 정도로 약하게 진압한 것도 아니고, 너무 세게 진압해 겁먹어 못 나오게 한 것도 아니고, 적당하게 항쟁에 뛰어들도록 기가 막히게 맞춰서 유혈진압을 한 거다, 이 말인가요? 약하게 진압해도 주저앉은 것은 어떻게 설명하고, 강하게 진압해서 주저앉은 것은 어떻게 설명할 겁니까? 다른 나라에서는 유혈진압의 공포 때문에 뛰어들지 못했는데 광주시민은 어떻게 학살 만행의 공포를 뛰어넘을 수 있었을까요?"

어떤 이들은 광주항쟁 당시 시민들의 도덕성과 질서의식을 거의 종교적인 절대선으로 승화시켜 찬양하기도 했다. 계엄군을 몰아낸 권력의 공백상태에서 이상적인 공동체를 이루어낸 시민들은 세속적인 것을 모두 초월해버린 상태에 있었다고 칭송하기도 했다. 그런 점들이 모든 공포와 욕망을 뛰어넘어 목숨까지도 공동체를 위해 기꺼이 바치게 했다는 것이다.

그러나 윤한봉은 이런 견해에 대해서도 부분적으로만 공감했다. 그런 관념적인 시각으로는 냉철한 이성을 갖고 항쟁에 참여한 대다수 시민의 마음을 올바로 파악할 수 없다고 보았다. 그는 광주시민들을 단결하게 만들고 도덕과 질서를 지키게 하고 목숨까지 바쳐 항쟁하게 만든 것은 바로 '대동정신'이라 보았다. 그는 대동정신에 대해 이렇게 말했다.

"차별보다는 화평을 추구하고 작은 다름보다는 큰 같음을 추구하는 정신, 사적인 것보다는 공적인 것, 개인보다는 공동체를 우선시하는 정신, 세상 사람을 다 한 가족처럼 생각하는 정신인 '대동정신'이 대동단결과 도덕적 항쟁을 가능하게 했다고 생각합니다."

글보다는 말로 생각을 풀어내는 데 익숙한 윤한봉은 대동정신에 대한 체계적인 글을 남기지는 않았다. 그 대신 여러 강연을 통해 생각을 조금씩 정리해나간다. 이를 요약하자면 대동정신이란 개인보다는 전체를 생각하는 정신, 만민의 평등을 지향하는 정신, 궁극적으로는 이상적인 사회를 지향하는 진보적인 정신이다. 역사적으로 본다면 사회주의 이념에 가깝다고 말했다. 그런데 시민운동 쪽에서는 대동정신을 소홀히 여긴다고 생각했다. 역시 강연의 일부다.

"특히 시민사회운동 쪽에서 대동정신을 등한시해요. 삶의 문제, 빈곤의 문제, 실업자 문제, 비정규직 문제, 차상위층이라든지 하는 문제들을 등한시해요. (…) 우리가 아무리 경기가 어렵다 해도 세계 15위 안에 듭니다. 엄청난 부자입니다. 그런데 이 안에서 엄청나게 갈라지기 시작하는 거죠. 비정규직 비율이 호주 스페인 한국 중에서 우리나라가 제일 높습니다. 이 황당한 상황에서 시민사회단체들이 앞으로 대동정신을 많이 생각해야 합니다."

대동세상이란 화평한 세상이고, 평화의 핵심은 나눠 먹는 것이며, 모든 부당한 것에 대해 저항하며 함께 나아가야 한다는 것이 윤한봉의 견해였다.

미국에서 그가 만난 다른 나라 인권운동가 중에는 1980년 5월의 광주 시민을 두고 '바보가 아니면 천사'라고 말하는 이들이 있었다. 은행을 털어서 가난한 사람들에게 나눠주거나 혁명자금으로 비축하지 왜 손을 대지 않았느냐며 의아해했다. 광주 시민들은 도청 앞 분수대 주변의 화단에 심어진 꽃조차 건드리지 않은 특이한 사람들이라고 말하는 외신기자도 있었다. 로스앤젤레스 폭동 때 흑인들이 신이 나서 상점을 약탈했던 것과 비교하면 특이한 현상이었던 것은 확실하다.

윤한봉은 광주항쟁이 한국사는 물론 세계사적으로도 큰 의미를 갖는 것은 시민들이 보여준 대동정신 때문이라고 보았다. 그렇기 때문에 5·18을 겪지 않은 세대들도 당시의 기록을 접하면서 눈물을 흘리며 운동에 뛰어드는 것이라고 보았다. 만일 광주항쟁이 로스앤젤레스 폭동처럼 전개되었다면 누구도 그것을 기념할 수 없었을 것이다.

하지만 이 정신이 제대로 계승되지 못하고 있었다. 적어도 윤한봉의 시각에는 그랬다. 그가 영구 귀국한 1993년 8월 당시 광주항쟁 관련단체는 열 개가 넘었다. 이들 사이에 광주항쟁 기념사업을 주관할 5·18재단을 만들자는 논의는 이미 진행되고 있었으나 출연금의 모금이며 누가 주체가 될 것인가 등의 문제로 지지부진한 상태였다.

단체가 열 개나 난립해서는 광주항쟁 기념사업이 불가능하다고 판단한 윤한봉은 귀국 한 달 뒤에 이들을 모두 통합해 5·18재단을 설립하자고 제안했다. 자신은 장차 세워질 재단에서 어떠한 직책도 맡지 않고 산파 역할만 하겠다는 조건이었다. 주변에서는 그에게 당분간 조용히 지내며 상황을 파악하거나 특정 정치세력은 건드리지 말라고 충고했으나 듣지 않았다.

윤한봉이 나서서 재단 설립을 추진하자 그동안 준비해온 인사들과 부딪히지 않을 수 없었다. 젊은 시절에는 목숨까지 함께할 수 있는 동지들이었지만, 12년 세월의 벽은 높았다. 어떤 정치적 목적이나 이해관계라곤 없이 오로지 항쟁정신을 제대로 알릴 단체를 만들겠다는 순수한 목적을 갖고 좌충우돌하는 그에게 온갖 말이 쏟아졌다.

"박물관에서 방금 나온 사람이다."

"깡통 안 찬 거지다."

"부시맨, 골동품이다."

"상처를 안 받아 꿈만 먹고 사는 사람이다."

온갖 우려와 비난 속에서도 윤한봉의 추진력은 빛났다. 그가 어떤 일을 추진할 때만은 시인도 낭만주의자도 아니었다. 치열한 리얼리스트였다. 의결이 필요한 회의를 소집해야 하는 경우라면 누가 어떤 쪽에 찬성할 것인가를 면밀히 분석하고 미리 만나 설득하는 일에 총력을 기울였다. 대충 낭만적으로 뚝심으로 하는 그런 사람이 아니었다.

이에 광주 운동권의 원로들과 항쟁의 주력이었던 부상자 등 다수가 윤한봉을 지지하고 나섰다. 제각기 단체를 준비해온 옛 동지들과의 극적인 합의도 이뤄졌다. 준비 1년 만인 1994년 8월 30일 '5·18기념재단'의 창립발기인대회를 열 수 있었다. 첫 이사장은 조비오 신부가 맡아주었다.

12월에 설립허가증이 나왔을 때 윤한봉은 참으로 오랜만에 특유의 해맑고도 천진난만한 웃음을 보여주었다.

애초의 약속대로 그는 5·18기념재단의 어떤 직책도 맡지 않았을 뿐 아니라 공식행사에도 일체 참석하지 않았다. 타 지역 활동가나 미국에서 한청련 회원들이 광주에 찾아오면 망월동 묘지에 데리고 가서 함께 참배하는 일만 했다. 한청련 회원들은 망월동의 흙을 담아가곤 했다. 자신의 인생을 바꿔놓은 열사들의 숭고한 넋을 기리기 위해서였다.

1994년 2월에는 슬픈 일도 있었다. 절친한 벗이자 동지인 김남주가 48세로 생을 마쳤다. 남민전 사건으로 10년가까이 감옥살이를 하고 석방된 지 5년여 만에 췌장암으로 사망한 것이다.

1970년대에는 함께 투쟁한 모두가 형제였다. 수배 중이던 김남주는 윤경자 부부의 집에 오면 숯검댕이처럼 더러워진 속옷부터 벗어놓고 빨아놓은 박형선의 속옷을 입고 갔다. 윤경자도 가난하게 살았지만 그가 벗어놓고 간 옷은 빨아 입을 수 없을 정도로 해져서 버려야 했다. 김남주는 평소 이렇게 말하곤 했다.

"언젠가 우리도 활개 펴고 살 것이다. 그렇지만 지금도 행복하다."

박형선이 고문 후유증으로 허리가 아파 입원해 있을 때

병원이 제일 안전하다며 그의 병실에 찾아가 잠을 자곤 했는데, 박형선의 휠체어를 빼앗아 타고 병원을 누비고 다니며 장난을 치기도 했다.

감옥에서 나온 김남주는 오랫동안 옥바라지를 해온 박광숙과 결혼식을 올렸다. 친구였던 김남주와 윤한봉은 서로를 존중했다. 1993년 일시 귀국한 윤한봉이 김남주의 집에 온다는 말을 들었을 때 아내 박광숙이 물었다.

"윤한봉이란 분이 어떤 분이지요?"

김남주는 조금도 머뭇거리지 않고 말했다.

"우리나라에서 가장 순결한 사람이야. 자기 자신에 아주 철저한 사람이고."

다른 사람들은 김남주를 보고도 그렇게 말했다. 그러나 김남주는 자신과 윤한봉은 다르다고 했다. 상대방의 마음을 누그러뜨리는, 전라도에서 흔히 쓰는 말로 눙치는 기술도 있고 적당히 자기 생각을 감출 줄도 아는 자신과 달리 윤한봉은 백 퍼센트 순결한 사람이라고 아내에게 말했다.

윤한봉은 곧바로 주변 사람들과 함께 김남주 시인 기념사업을 추진하기로 했다. 임영희, 이효복, 정철웅, 홍희담, 김영심 등과 추진위원회를 만들어 김남주 시비 제작비 모금에 들어갔다. 이명한, 이강, 강연균, 문병란, 송기숙 등이 대표단을 맡았다.

운동권 기금 모금에 흔히 동원되는 사람들이 있다. 화가

들이었다. 대개 그림을 무상으로 기증받아 자금으로 썼는데, 그림으로 먹고사는 화가들에게는 상당히 부담스러운 요구였다. 사는 이들도 그림을 억지로 고가에 사야 하니 역시 부담이 되었다.

윤한봉은 화가가 기부자의 요구에 맞게 그림을 그려주는 방식을 창안해냈다. 이를테면, 기부자의 고향 풍광을 사진으로 보내주면 화가가 이를 그림으로 그리고 기부자가 고른 김남주의 시를 써넣는 식이었다. 일종의 맞춤 시화였다. 화가에게는 재료비 수준의 비용을 지급했다.

이 일의 총책임은 신문기자 출신 박화강이 맡았고 송원백화점 갤러리 관장이던 김윤기도 적극 도왔다. 그래도 자금이 부족하면 홍성담의 판화를 찍어 팔았다. 판화 판매 방식도 달리했다. 낱장으로 팔지 않고 50장을 한 질로 묶어서 백만 원씩 팔았다.

자금이 모이자 1996년 정식으로 '김남주시인 기념사업회'를 발족하고 시비 건립에 들어갔다. 그때까지도 남민전 출신에 대해서는 민주화운동가로 인정하는 분위기가 아니어서 관청의 협조를 받기가 쉽지 않았다. 도청과 시청의 공무원들을 한편으로는 설득하고 한편으로는 압박한 끝에 2000년 5월 20일 광주시 중외공원 양지바른 곳에 김남주 시비를 건립할 수 있었다.

고문과 구타의 후유증은 김남주로 끝나지 않았다. 평생

의 동지 김영철과 박효선도 너무 이른 죽음을 맞았다. 그리고 윤한봉에게도 다가왔다. 미국에 있을 때부터 허리가 아파서 고생을 했고, 담배 때문에 늘 가슴이 답답하기는 했으나 자신에게 치명적인 병이 있음을 안 것은 공교롭게도 김남주의 장례식 때였다. 묘를 쓰기 위해 산길을 가는데 숨이 차서 걷지 못하자 후배들이 반강제로 병원에 데려가 보니 폐기종이라는 진단이 나왔다. 현대의학으로는 근본적인 치료가 불가능하다고 했다. 하지만 담배를 끊고 운동을 하면 더 나빠지지는 않으리라는 희망을 가졌다.

1994년 봄부터 광주 수창초등학교 뒷골목의 낡은 3층 건물 꼭대기에 사무실을 얻어놓고 간판도 없는 이곳으로 매일 출근했다. 1995년 3월에 정식으로 '민족미래연구소'라는 간판을 달았고 시인 조진태가 실무자로 나서주었다.

민족미래연구소 개소식에는 전국에서 많은 운동권 인사가 찾아와 축하를 해주었고, 알게 모르게 많은 사람이 경제적 후원을 해주었다. 1979년에 세웠던 현대문화연구소와 흡사한 민족미래연구소는 언제나 정갈했고 찾아오는 이들에게 따뜻한 차를 대접해주었다. 또 적당한 욕설과 구수한 사투리가 뒤섞인 촌사람 윤한봉과의 즐거운 방담이 기다리고 있었다. 사무실에는 찾아오는 사람의 발길이 끊이지 않았다.

이부영, 장기표, 김근태, 주대환, 노회찬, 권영길 등 전국의 진보운동가들이 이 연구소를 방문해 미래를 논의하는 한편, 노동자와 청년학생들이 나아갈 길을 찾고자 문을 두드렸다. 윤한봉은 때로는 형형한 눈빛으로, 때로는 한없이 촌스러운 합수로, 언제나 특유의 걸쭉한 입담으로 방문객들을 폭소에 빠뜨리거나 눈물짓게 했다.

개소식을 마치고 나서는 결혼 준비를 서둘렀다. 셋째 아들의 결혼이 팔순 노모의 간절한 소원이었다. 귀국을 하니 얼굴 한 번 본 적이 없으면서 윤한봉에게 먼저 청혼을 해오는 여성도 여럿 있었다. 당돌한 어떤 처녀는 건강진단서, 재산목록, 이력서까지 보내왔다. 동생 윤영배가 자기 형처럼 갑갑한 사람은 없을 것이니 결혼하면 크게 후회할 거라고 기분 나쁘지 않게 말해서 돌려보내기도 했다.

어머니의 성화가 이만저만 아니었다.

"어머니! 그러면 결혼을 하겠는데, 내가 어떤 배우자를 선택해도 받아들일 수 있지요?"

아들의 고집에 맞설 어머니가 아니었다. 윤한봉은 곧장 로스앤젤레스 민족학교로 국제전화를 걸었다. 오랫동안 함께 일해온 총무 신경희가 받자, 긴말 없이 자기하고 결혼하자며 한국에 들어오라고 했다. 그야말로 무뚝뚝한 청혼이었다.

갑자기 예상치 못한 말을 들은 신경희는 멍해져서 자기가 정확히 무슨 말을 들었는가도 잊어버렸다. 생각 좀 해보고 다시 통화하자고 답했다. 신경희는 일주일 후 다시 윤한봉의 전화를 받았다.

"생각해봤어?"

"형님, 나 먹여 살릴 수 있어요?"

얼떨결에 나온 신경희의 말에 윤한봉은 태연했다.

"내가 어떻게 먹여 살리나?"

"알았어요. 들어갈게요."

필라델피아 출신 신경희는 오빠를 비롯한 집안 식구들의 극심한 반대를 무릅쓰고 한청련 회원이 된 이래 옆도 뒤도 돌아보지 않고 민족학교 상근자로 젊음을 보낸 성실한 여성이었다. 윤한봉은 자신이 신경희를 사랑한 이유를 '작은 것에 만족할 줄 아는 여성'이기 때문이라고 말했다.

1995년 4월 17일, 광주 염주체육관에서는 흔히 볼 수 없는 대규모 결혼식이 치러졌다. 하객들로 가득한 드넓은 결혼식장은 집회장 같은 분위기였다. 신랑 윤한봉은 마흔일곱, 신부 신경희는 서른네 살이었다. 신혼살림은 12평짜리 영구임대아파트에 차렸다.

어머니는 아들이 미국에 있을 때는 얼굴만 보면 소원이 없겠다고 했고, 귀국하니까 장가만 들면 소원이 없겠다고 했다. 이제는 아이만 낳으면 소원이 없겠다고 했으나 그 소원은 들어줄 수가 없었다.

윤한봉은 솔직히 아이를 낳아 키울 자신이 없다고 말했

다. 주변에서 후원해주는 이가 적지 않았지만, 자기 주머니에 들어온 돈이라 해도 자기 것이라고 생각해본 적이 없었다. 동지의 아들이 대학에 가면 모아두었던 돈을 선뜻 내주고, 후배들을 만나기만 하면 반강제로 데려가 밥을 먹여 보내고, 누가 아프다면 병원비를 보태주었다. 생활은 아내 신경희가 동네 아이들에게 영어를 가르쳐서 버는 얼마 안 되는 돈으로 근근이 유지했다. 이런 처지에 아이를 낳을 수는 없었다.

신경희도 아이를 갖지 말자는 말에 동의했다. 그녀는 여전히 자신을 한청련 회원이라 생각했다. 미국의 한청련 여성 회원 중 결혼하고 아이를 가지면서 활동을 접는 이들을 많이 보아온 신경희는 평생 활동가로 살기 위해서는 아이를 갖지 않아야 한다고 생각했다. 광적인 교육열에 들떠 있는 한국에서 돈 없이 아이를 키운다는 것에 겁을 먹기도 했다.

이들은 아이가 없어도 행복했다. 부부동반으로 사람들을 만나면 70년대의 가객으로 돌아가 신들린 듯한 열창으로 갈채를 받았다.

가장 잘 부르는 노래는 "두어라 가자"로 시작되는 노래극「공장의 불빛」의 한 부분이었다. 옛 동산에 올라 풀피리 불며 놀던 친구들을 그리워하는 서정적인 가요도 좋아했고, 송창식, 정태춘, 김추자 등 70년대 유행 가수들의 노래도 좋아했다. 벙어리 여인의 슬픈 이야기인 「백치 아다다」
도 좋아했는데 이 노래만큼은 자기가 부르지 않고 꼭 아내
에게 불러달라고 했다. 그가 마지막으로 아내에게 배우던
노래는 한영애가 부른 「봄날은 간다」였다.

한편, 미국의 한청련은 윤한봉이 귀국하고도 10년여간
존속하다가 내부회의를 거쳐 공식적으로 해산했다. 미국
정부로부터 자금을 지원받는 단체가 아닌데도 20여 년이
나 유지되었다는 것은 기적 같은 일이다. 그러나 로스앤젤
레스의 민족학교, 뉴욕의 민권센터, 시카고의 한인교육문
화마당집 등 세 마당집과 워싱턴D.C.의 미주한인봉사교
육단체협의회(미교협)는 재미한인들의 인권보호 활동을
계속하고 있다.

한청련은 해산되었지만 세 마당집과 미교협은 윤한봉
이 이끌던 시절보다 훨씬 발전하여 미국 한인사회에 큰 영
향력을 갖게 된다. 이들 단체는 한청련 산하로 개설된 이
래 2016년 현재까지 30년 넘게 유지되고 있을 뿐 아니라,
갈수록 활동영역을 넓히는 중이다. 오랫동안 한청련 전국
조직을 이끌었던 정민은 2014년 이렇게 말했다.

"최근에 미국 정부가 노인들한테 주는 의료혜택 정책을
바꿨어요. 엄청나게 복잡하게 바꿔버렸어요. 새로 신청서
를 써야 하는데 이걸 노인분들이 못 쓰시는 거예요. 그래
서 그 신청서 작성하는 걸 민족학교에서 다 해드려요. 저

희는 전부 무료봉사죠."

그런데 수수료를 받고 신청서 작성을 대행해주는 사람 중에 꼭 민족학교를 사칭하는 자들이 있었다. 정민의 말이다.

"왜 사기꾼들이 꼭 민족학교를 사칭했을까 그거죠. 그거는 그만큼 믿어주니까 민족학교를 사칭한 거잖아요. 그 정도로 민족학교, 청년학교, 미교협 이름은 일반 동포들이 많이 아시고…… 그리고 동포사회에서 가장 대표적인 우리 이민자 권익옹호 단체로 자리를 잡았죠."

예전에는 이 단체들의 이사를 맡을 사람이 없었지만 2000년 이후에는 상당한 후원금을 낼 테니 이사장을 맡겨달라는 사람들까지 생겨났다. 물론 거부했다. 개인의 명예나 정치적 야욕을 추구하는 이들의 사조직으로 변질되지 않기 위해서였다.

이들 단체가 이렇게 발전하게 된 이유는 무엇일까? 정민에 따르면 윤한봉이 귀국 전부터 미국 내 한인들의 민권운동에 집중하도록 했기 때문이다. 그는 윤한봉이 거름 역할을 한 결과라고 본다.

"한국에 갈 때 퇴비처럼 살겠다고 하셨는데, 정말 해외동포사회에서 퇴비처럼 되셨죠. 왜냐면 지금 해외동포사회에서는 윤한봉을 기억하는 일반 동포들 거의 없습니다. 옛날에 여기 계실 때도 그렇고 한국에서도 아마 그러셨을

거 같은데 공식적인 직함 딱 하나 있었거든요. 민족학교
소사. 그거 이외에는 직함이 없었죠. 완전히 거름이 되신
거죠. 거름은 나무가 되고 나면 안 보이잖아요. 지금 딱 그
렇게 되신 겁니다."

윤한봉은 씨앗을 뿌리고 가꾸다가 스스로 거름이 되어
사라지는 사람이었다. 자기가 뿌리고 가꿨다고 해서 그걸
거둬가는 사람이 아니었다. 한청련 활동과정이나 5·18기
념재단 설립과정 등에서 이미 보아온 사실이다.

윤한봉은 병세가 나빠지고 있는데도 1995년에는 5·18
특별법 제정과 학살자 처벌을 요구하는 서명운동을 주도
했다. 재미 한청련, 캐나다 한청련, 호주 한청련에서 2만
1,000명의 서명을 받아왔다.

같은 해 9월에는 유신시절 폭설 속에서 시작된 무등산
해맞이 모임을 재결성하여 '광주·전남해맞이모임'이라 이
름 붙였다. 자신은 산행에는 함께하지 못했으나 모임에는
꼭 참석했다. 이해에는 또한 세계 최연소 비전향 장기수인
강용주의 석방운동도 주도했다.

광주항쟁 당시 영암군 작천면 김용근 선생 집에 피신한
적이 있는데 1996년에는 그를 기리는 '김용근선생 기념사
업회' 회장을 맡았다. 그리고 회고록 형식의 정치망명기
『운동화와 똥가방』을 출간했다.

1997년에는 박관현 열사를 기리는 '관현장학재단'의 이

사를 맡고, 5·18신묘역 민주나무 헌수운동에 참여해 모금
운동을 전개했다. 이때도 해외 한청련에서 6천 달러를 보
내왔다. 같은 해 12월에는 입원 중인 김영철을 위해 모금
활동을 벌였다.

이런 많은 활동 중에서 반드시 기록에 남겨야 할 몇 가
지를 꼽자면, 우선 2000년 7월에 본격화된 박정희기념관
건립반대운동이었다. 1998년 대통령에 당선된 김대중은
김영삼 정권 때 수감된 전두환, 노태우 등 군사쿠데타의
주범들을 석방하고 박정희기념관 건립에 정부자금을 지원
하기로 결정했다. 국민대화합이라는 명분이었다.

이에 분개한 윤한봉은 '박정희기념관 건립반대 국민연
대' 상임공동대표를 맡아 적극적인 투쟁을 벌였다. 화해란
가해자가 사과하고 처벌을 받음으로써 이뤄지는 것인데,
가해자들은 여전히 자신들의 행위를 '구국의 결단'이라고
미화하고 있는 상황에서 피해자들이 나서서 용서를 한다
는 것은 있을 수 없는 일로 보았다. 결국 기념관 건립은 당
시에는 무산되었다.

김대중의 대통령 당선으로 절차적 민주주의는 완성되
었다고 볼 수 있다. 침체했던 진보정당운동은 다시 활기를
찾았다. 진보정당추진위원회 출신들은 1999년 들어 민주
노동당 결성을 추진했다.

이에 윤한봉은 민주노동당 광주광역시지부 후원회장을

맡아 모금운동에 앞장섰다. 황광우가 지부장을 맡고 있을 때였다. 대동세상, 민중세상을 만들기 위해서는 정치변혁을 이끌어낼 강력한 진보정당을 육성해야 한다던 평소의 지론에 따른 것이었다.

2001년 6월 8일에는 '들불열사 기념사업회'를 결성했다. 들불야학은 도청 사수의 영웅 윤상원·박용준·김영철, 그리고 1980년 5월 16일 횃불시위를 이끌었고 감옥에서 단식투쟁 끝에 사망한 전남대 총학생회장 박관현이 강학으로 활동했던 곳이다. 청년운동단체를 조직하고 이끌던 신영일도 들불야학의 강학이었고 1993년과 1995년 두 차례나 단원들을 이끌고 미국에 건너가 광주의 5월을 연극으로 보여준 극단 토박이 대표 박효선도 들불야학의 강학이었다. 여성 노동운동가 박기순도 그랬다. 이들 7인의 열사를 기리기 위한 사업이야말로 윤한봉의 몫이었다.

들불기념사업회의 초기 목표는 조형물을 건립하고 한 권의 문집을 발간한 후 해산하는 것이었다. 윤한봉은 뜻있는 이들과 힘을 합쳐 1년여의 홍보와 모금활동 끝에 지금의 5·18자유공원 입구 왼쪽에 들불 추모비를 세우는 데 성공했다. 많은 사람으로부터 '세상에서 찾아보기 힘든 아름다우면서 의미가 깊은 추모비'라는 칭송을 듣는 조형물로, 붉은 타일 벽에 일곱 열사의 얼굴이 북두칠성 모양으로 새겨져 있다. 『들불의 역사』라는 문집도 발간했다.

조형물 건립 후 해산했던 들불기념사업회가 여러 사람의 의견에 따라 재출범한 것은 2004년 6월이었다. 윤한봉이 다시 이사장을 맡아 한 해에 한 명씩 천만 원의 상금을 주는 '들불상'을 제정했다. 윤한봉은 이 일에 생애 마지막 열정을 쏟아부었다. 온갖 우여곡절 속에서도 전국 각계각층 모금을 통해 첫 시상식을 치렀다. 들불상은 2016년 현재까지 운영되고 있다.

2005년 들어 그의 몸은 더이상 어떤 활동도 하기 어려운 상태가 되었다. 민족미래연구소도 더이상 운영하기 어려웠다. 윤한봉은 그동안 관계하던 단체와 개인에게 직접 편지를 써서 연구소 문을 닫을 수밖에 없음을 알렸다.

이때까지도 주변 사람들은 윤한봉의 생명이 얼마 남지 않았다는 사실을 잘 인지하지 못하고 있었다. 윤한봉이 평소 자신의 지병에 대해 마치 남 이야기 하듯 했기 때문이다. 폐의 대부분이 죽어 회복이 불가능한 상태인데도 윤한봉은 마치 농부가 일을 하다보면 손발이 갈라지는 것은 당연하다는 식으로 지극히 평온하고 즐겁게 자신의 병세를 설명하곤 했다. 아무리 아파도 표를 내지 않고 누구를 만나든 재미있는 이야기로 연신 웃음을 자아내게 하니 사람들은 그의 병세를 알아채기 어려웠다.

절친한 사람들조차 그가 얼마나 위독한가를 알지 못하고 있었다. 만나면 어떻게 사는지, 어디가 아픈지 자기 일보다 더 관심 있게 묻고 해결책을 고민해주는 모습에 익숙해져 있었기 때문이다. 함께 일하던 조진태조차도 어느날 윤한봉이 민족미래연구소 앞의 수창초등학교 육교 계단을 제대로 오르지 못하는 걸 보고서야 깜짝 놀란 것이다.

유한봉은 연구소를 정리할 무렵 절친한 후배들과 함께 여동생 집에서 평생 동안 자신이 알게 모르게 지켜온 원칙에 대해 말한 적이 있다. 유언이라면 유언이었다.

"사람들은 각기 살고 있고 활동하는 영역이 다르기 때문에 서로가 무엇을 하는지 잘 알지 못한다. 그러므로 서로를 충분히 이해해야 하는 것은 물론이고, 아무것도 모르는 사람이 어떤 일에 대해서 물을 때는 신뢰할 만한 사람을 소개해줄 필요가 있다. 그래서 무슨 얘기는 누구에게 물어보면 가장 정확하게 파악할 수가 있다는 식으로 정확한 인간관계를 형성할 필요가 있다. 그러기 위해서는 정기적으로 만나야 한다. 좋은 사람들끼리 특별한 일 없이도 만나서 상호 신뢰를 쌓아가는 일을 해야 한다. 어른들께 인사부터 다니자. 그래야 어른들도 제대로 된 정보를 듣고 처신을 제대로 하실 수가 있는 것이다."

좋은 사람들끼리는 특별한 일이 없어도 만나서 기운을 돋우고 신뢰를 쌓아야 한다는 이 말이야말로 평생을 지켜온 그의 삶의 신조였을 것이다.

2005년 12월, 민족미래연구소는 문을 닫고 윤한봉은 공기가 탁한 광주를 떠나 목포 바닷가에 아파트를 얻어 요양에 들어갔다. 폐 세포는 거의 다 죽어 5분의 1도 남지 않은 상태였다. 어차피 치료 불가능한 병이니 치료랄 것도 없었다. 하루 열다섯 시간씩 산소호흡기를 끼고 살아야 했다. 가까운 공원을 조심스레 산책하고 책을 읽는 게 전부였다.

2006년에는 마지막으로 미국을 방문했다. 로스앤젤레스 민족학교와 뉴욕의 민권센터를 차례로 방문한 그는 잦은 기침과 통증 속에서도 여력을 다하여 간담회를 열었다.

먼저 윤한봉은 북한의 핵무기 개발에 관해 입을 열었다. 그는 예전에 북한은 김일성의 유언으로 통치되는 유훈통치 국가인데 김일성이 한반도를 비핵화해야 한다고 유언했기 때문에 북한은 핵무기를 개발하지 않을 것이라고 말한 적이 있다. 그러나 이 마지막 강연에서는 파키스탄 핵무기 개발자가 북한에 입국한 사실 등을 들며 북한은 김대중, 노무현 정권이 들어서고 나서도 계속 핵무기를 개발하고 있다고 했다. 2002년 대통령에 당선된 노무현은 북한의 핵무장에 대해서 미국에 대항하기 위한 것이니 이해할 수 있다는 식으로 말한 적이 있다. 윤한봉은 그런 논리라면 남한도, 일본도, 대만도 북한이나 중국의 위협에 맞서 핵무장을 해도 아무 문제가 없는 것 아니냐고 비판하면서 한반도에 핵이 들어오는 것을 무조건 막아야 한다고 역설했다.

그리고 자신이 과거에 한청련 회원들에게 북한에 관해

서 했던 말 중 잘못된 부분을 사과했다.

"제가 이 부분은 인제 가슴 아프지만 할 수 없이 시인할 수밖에 없는 건데, 제가 1981년 6월에 미국으로 와가지고 평화롭게 살아가는 재미동포사회에 풍파를 많이 일으켰죠. 좌충우돌 사정없이 기성운동권 받아들고, 평화롭게 모범적으로 살아가는 학생들, 직장인들, 누구 말대로 문선명처럼 살살 꼬드겨가지고 민족학교도 만들고. 기완이가 대표적인 모범이죠. 도시락이랑 성경책을 같이 가지고 다니던 사람이었는데 교회도 안 나가게 만들어블고, 그렇게 해서 한청련과 한겨레 만들어갖고 여기서 운동하다가 들어갔는데……."

여기까지는 예전의 강연 때처럼 좌중을 폭소에 빠뜨렸다. 그런데 이어지는 진지한 자기반성은 좌중을 침묵에 빠뜨렸다.

윤한봉은 먼저 북한 정부에 의한 일본인 납치와 관련하여 자신이 과거에 옳지 못한 주장을 한 데 대해 사과했다. 예전에는 국가가 할 일이 없어서 외국 민간인을 납치하겠느냐며 극우보수주의자들의 모략이라고 주장했는데, 최근 북한이 스스로 일본인 납치 사실을 시인함으로써 뒤통수를 맞았다고 했다.

1987년 11월 29일에 있었던 대한항공 KAL858기 폭파 사건에 대해서도 말했다. 사건 당시 남한 정부는 이 비행기를 북한공작원 김현희 등이 폭파했다고 발표했으나 운동권의 일부는 이를 믿지 않았다. 노동자·농민의 국가인 사회주의 북한이 리비아 사막에서 일하다 온 노동자 170명을 몰살시킬 리가 없고, 대통령선거를 앞두고 반공 분위기를 고조시키기 위해 안기부에서 자작극을 벌인 것이라는 주장이 많았다. 윤한봉도 그렇게 말하고 다닌 사람 가운데 하나였다.

윤한봉은 당시 자신의 이런 주장이 오류였음을 시인했다. KAL기 사건은 노무현 정권이 만든 과거사정리위원회의 재조사 대상이었는데 이해동 목사 등으로 이뤄진 분과에서 철저히 조사를 했음에도 북한의 소행임이 드러났다는 것이다.

한국전쟁의 발발과정에 대해서도 과거와는 다르게 주장했다. 일부 운동권은 남침이 아닌 북침으로 전쟁이 시작되었다고 주장하거나 미국이 고의적으로 전쟁을 유도했다는 남침유도설을 주장하고 있었다. 윤한봉도 그렇게 가르친 사람이었다. 그러나 귀국 후 구소련에서 기밀이 해제되어 국내로 반입된 방대한 문서와 미국 국립문서보관소에 있던 다양한 자료를 읽어보니 생각을 바꿀 수밖에 없었다고 고백했다. 전쟁의 근본적 원인이 어디에 있든 6월 25일의 개전은 북한이 사전에 준비한 선제공격으로 시작되었음이 명백하다는 결론이었다.

윤한봉은 언제나처럼 구체적인 자료를 들어 보이며 자신이 과거에 했던 말들이 틀렸음을 인정하고 사과했다.

"내가 할 말이 없는 거야. 이제 북에 대한 신뢰가 없어져 버렸어요. 이 자리를 빌려서 혹시 이 자리에 계신 분들 중에도 내가 일본인 납치도 조작이다, KAL기 사건도 조작이다, 이런 얘기를 한 걸 듣고 운동에 뛰어들어가지고 신세를 망쳤다고 생각하시는 분들은 이따가 끝나고 나한테 꿀밤을 주든지 개인적으로 사과를 요구하면 하겠습니다."

농담을 섞어 말했으나 그의 표정은 진지했다. 대개 사람들은 과거 자신의 주장에 오류가 있었다는 것을 인정하려 들지 않는다. 자기가 발견한 새로운 사실을 부각하여 과거의 오류를 덮어버리고 만다. 그러나 윤한봉은 자신의 언행에 대해 깊이 반성하고 사과하는 사람이었다.

"아주 별생각이 다 들더라구요. 아주 난처해지는 거예요. 사물을 판단함에 있어서는 객관성이 중요한 것인데, 군사정권에 대한 혐오를 가지고 그에 따라서 북쪽의 민족적인 것 등을 대하다보니까 판단을 그르쳤어요. 제가 상당히 객관적인 사람이라고 평가를 받는데, 이런 과오를 범했구나라고 생각하니까 좀 부끄럽더라구요. 이 자리를 빌려서 이 부분에 대해서 다시 한 번 사과를 드리겠습니다."

윤한봉의 사과 발언은 또다른 파문을 일으켰다. 미국 내의 친북적인 통일운동가들은 윤한봉이 전향을 했다거나 안기부에 매수되었다는 이야기를 쏟아냈다. 윤한봉은 한 시대를 통틀어 몇 손가락에 손꼽힐 정도로 언변이 대단했지만, 이들을 설득할 방법이 없었다.

물론, 사과 발언을 반기는 이들이 대부분이었다. 필라델피아에서 한청련으로 활동하다가 탈퇴한 어떤 이는 예전에 광주항쟁 때 죽은 사람이 얼마나 되는지에 대해 윤한봉과 논쟁을 벌인 적이 있었다. 그는 사망자 수가 너무 과장된 것 같다고 했는데 윤한봉은 강력하게 2천 명이 맞다고 주장했다. 그런데 윤한봉이 귀국 후 미국을 방문했을 때, 일부러 그를 불러내 사과를 하는 것이었다. 사망자 수에 대해 자기가 잘못 알았으며 2천 명은 과장된 것이 맞더라면서 미안하다고 한 것이다. 자신을 돌아보고 잘못을 솔직히 인정할 줄 아는 이 사람이야말로 정말 운동을 제대로 하는 사람이구나 싶었다.

마지막 방미 때 윤한봉은 평지조차 걷기 힘든 상태였다. 로스앤젤레스 민족학교에서 강연을 마치고 같은 블록에 있는 식당까지 걸어가야 했는데 한 발 한 발 내딛는 것도 힘들어했다. 다른 사람들에게 이런 모습을 보여주지 않으려고 한참 먼저 출발했지만 가다가 몇 번이나 주저앉아야 했다.

미국 방문을 마치고 목포로 돌아온 이후에는 산책조차 어렵게 되었다.

이 무렵 오랫동안 뉴욕 민권센터 이사장을 맡아 후배들을 후원해온 정신과의사 김수곤 박사는 윤한봉으로부터 폐이식 수술에 대해 알아봐달라는 전화를 받았다. 자신의 전공도 아니고 수술 사례를 알지도 못하여 사방에서 자료를 모으고 지인들에게 문의하며 알아보니 실패율이 너무 높은 수술이었다. 일단 자료들을 한글로 번역하여 보내주긴 했으나 불안해서 견딜 수가 없었다. 한국으로 몇 번이나 전화하여 함부로 수술을 하지 말고 꼭 하겠다면 미국에 와서 하라고 했다. 그러나 윤한봉은 말을 듣지 않았다. 김수곤의 회고다.

"갑자기 기별이 오더라고요. 난 상당히 당황한 거예요. 우리 집사람은 내가 그런 얘길 하니까, 그러면 당신이 그거 말려야 된다고 그랬어요. 근데 그게 윤한봉 그 사람 성격이 뭐 한번 딱 생각하면, 무슨 원칙인지 몰라도 요지부동이거든요. 그래 나중에 생각해보니까 자기가 숨도 자꾸 가빠지고 남한테 인제 얹혀서 살게 되니 차라리 사생결단, 양단간에 선택하기로 마음을 먹었던 것 같아요."

김수곤의 짐작이 맞았을 것이다. 아무 활동도 못 하면서 주변사람들에게 폐만 끼치고 살 윤한봉이 아니었다. 윤한봉은 폐이식 수술을 받기로 결정했다. 심장이나 다른 장기이식과 달리 폐이식 수술은 국내에서는 실패할 확률이 높아 거의 시도된 적이 없다고 한다. 폐이식 수술은 그의 인생에서 수도 없이 시도되었던 또 하나의 모험이자 마지막 승부수였다.

수술은 2007년 6월 25일 실시되었다. 페이식 자체는 성공적이었다. 그러나 급성 면역거부반응이 일어나면서 심장이 멈춘 윤한봉은 영영 깨어나지 못했다. 향년 61세였다.

조선대병원 영안실에서 민주사회장으로 치러진 영결식에는 조문객들로 발 디딜 틈이 없었다. 이런저런 일로 그와 등을 졌던 이들도 있고, 미국에서 급히 날아온 이들도 있었다. 모두들 생전의 고인과의 추억을 되새기며 너무 이른 죽음을 안타까워했다. 대한민국 정부는 윤한봉의 민주화운동 공로를 인정해 그에게 국민훈장 동백장을 추서했다. 그는 국립5·18민주묘지 제6묘역 12번 묘에 안장됐다.

행동파 윤한봉은 늘 희망을 갖고 살았다. 누군가를 맹비판하는 일조차도 상대방이 변할 가망성이 있음을 전제로 한 행위다. 변화의 가망성이 전혀 없는 사람에게는 비판조차 하지 않게 된다. 윤한봉이 많은 사람과 부딪히기도 하고 때로는 껴안기도 한 것은 누구든 변할 수 있다는 혁명적 낙관주의를 가지고 있었기 때문이었다. 페이식 수술을 한 달 정도 앞둔 어느날이었다. 개인사로 호주에 가 있던 후배 정상용에게 전화를 했다.

"상용이, 어떻게 지내?"

"형님, 잘 살죠?"

"나 이식수술할 거여. 수술 잘하고 호주로 놀러 갈게잉."

"아따, 그렇게 됐음 정말 좋겠네. 꼭 그렇게 해서 놀러 오시오."

"아, 그래야지. 꼭 갈 테니 기다려잉."

이때도 윤한봉의 목소리는 밝고 힘찼다. 이식수술하면 회복된다는 기대에 부푼 것 같았다. 기분이 좋아서 자랑하려는 사람처럼 음성이 가벼웠다.

한청련 초기 회원으로 활동하다가 윤한봉의 활동방식에 불만을 품고 탈퇴한 유정애는 2007년 윤한봉의 건강이 나쁘다는 신문기사를 보고 불현듯 전화를 해보았다. 20년 만의 통화였다. 그런데 윤한봉은 깜짝 놀라면서도 마치 어제 만났던 사람처럼 아무런 거리감도 없이 오랫동안 즐겁게 이야기를 하는 것이었다. 유정애의 회고다.

"전화를 끊고 나서, 어제 헤어진 사람같이 대화가 어떻게 이렇게 이어질 수 있을까 생각했어요. 한편으로 기쁘고 아련하고, 진작에 할걸 그런 생각도 들고…… 일단은 저 같은 경우에는 형이 더 심각해지기 전에 꼭 다시 한 번 이야기를 하고 싶고, 형이 살아온 삶이 나에게 어떤 의미였는지 말하고 싶기도 했어요. 정치적으로 어떤 관계였는가를 떠나서 합수 형이 우리 삶에서 가졌던 존재감 같은 것을 저는 이야기해주고 싶었어요."

윤한봉의 방식대로 활동하는 게 버거워서 떠났든, 그의 노선에 반대하여 떠났든 마음만은 유정애와 크게 다르지 않을 것이다. 생애 마지막으로 많은 시간을 함께 보낸 시인 조진태는 말한다.

"윤한봉 선생은 같이 살아도 좋겠다, 뭐 그런 거라고 할까? 상대방의 자존심에 대한 배려가 상당히 폭이 넓다고 해야 할까? 비판을 하더라도 기분 나쁘지 않게 참 잘하시지. 후배들한테도 권위적이지 않거든. 인격에 대한 존중이 기본적으로 깔려 있어. 자기한테 도움을 준 사람은 어떤 방식으로든 실제로 보답을 하는 분이고."

살아서도 죽어서도 윤한봉은 많은 사람에게 양심의 거울이 되어주었다. 가까이에서 함께했던 동료들에게 그는 운동가나 조직가보다는 '인간 윤한봉'이 더 자연스럽게 다가온다.

그래서 이학영은 '형'이라는 말이 그에게 가장 적합한 호칭이라고 생각한다. 누군가 깡패들에게 두들겨 맞고 있으면 달려와 그놈들을 두들겨 패서 쫓아내줄 것 같은 형, 먹고살기에 힘들어 지쳐 있으면 찾아와 등을 두드려주는 형, 살기가 팍팍하여 잠시 한눈팔라치면 '야 이놈아, 니가 그렇게 살면 쓰겠냐?'라고 구수한 전라도 말로 꾸짖어줄 것 같은 형이었다. 마음이 약해져서 돈과 권력에 무릎 꿇고 싶어질 때면 '야, 나도 있잖냐. 힘들어도 함께 버티자'라고 부추겨줄 것 같은 형이었다. 한봉이 형이라면 아무리 힘들어도 쓰러지지 않을 거고, 한봉이 형이라면 떼돈을 들고 와서 회유해도 넘어가지 않을 거라고 이학영은 회고했다.

2006년 뉴욕에서의 마지막 간담회를 마치고 아내 신경희와 둘이 숙소인 작은 호텔에 들어갈 때였다. 승강기를 타려고 기다리며 한 손으로 힘겹게 벽을 잡고 서 있던 윤한봉이 갑자기 흐느껴 울기 시작했다. 아내에게 눈물을 보이지 않으려고 고개를 푹 숙였지만 들썩이는 어깨를 감출 수는 없었다. 경련은 갈수록 커지고 흐느낌은 오래도록 멈추지 않았다.

호텔 입구에서 두 사람을 배웅하고 나오다가 아쉬워서 돌아서지 못하고 어둠속에 잠시 서성이던 정승진의 눈에 문득 윤한봉의 모습이 들어왔다. 서 있을 힘도 없어 한 손으로 간신히 벽을 잡고 통곡하는 윤한봉을 보는 순간 온몸에 전율이 일었다. 윤한봉이라는 한 인간의 모습을 가감없이 보게 된 것이다. 그의 인간성과 지혜로움에 매료되어 젊은 시절을 민권운동에 바친 정승진은 그때가 가장 감동적인 순간이었다고 술회했다.

송백회로 시작해 평생의 동지로 함께한 소설가 홍희담도 윤한봉의 마지막 순간을 지켜본 한 명이었다. 핏기 가신 투명한 얼굴로 무균실에 누운 윤한봉의 얼굴은 평화로워 보였다. 가볍게 죽음의 관문을 건너간 것 같았다. 삶은

신산했는데 죽음의 순간은 가벼워 보이는 사람들을 그녀는 여럿 알고 있었다. 김남주가 그랬고, 박효선과 김영철이 그랬다. 그리고 윤한봉이 그랬다.

모포 밖으로 삐죽이 나온 윤한봉의 손은 뼈만 남아 있었다. 홍희담은 그 모습에서 군살이 다 빠지고 갈비뼈가 앙상히 드러난 체 게바라의 마지막 사진을 떠올리며 이렇게 말했다.

"이런 사람들이 걸은 적이 있었기에 이 행성은 아름답다."

진정 윤한봉 같은 사람이 있기에 인간의 바다는 썩지 않고 살아 숨 쉬는 것이리라.

자유를 충동하는 사람들 그리고 합수

홍희담(소설가)

1978년 초봄이었던가. 우리 가족이 해남에 둥지를 틀고 몇 달 지나지 않은 시절이었다. 황 선생(소설가 황석영)이 똥 가방이라고 명명했던 '그 가방'을 메고 합수가 '들이닥쳤 다'. 이 대목에선 '들어섰다'든가 '방문했다'든가 하는 표 현은 점잖아서 쓸 수가 없다. 밥상을 내오자 합수는 단도 직입으로 공격적 언사를 쏟아냈다.

"형님, 허벌나게 참을성이 많소."

"뭔 소리여?"

"이런 맛없는 김치 쪼가리나 먹고 사니⋯⋯."

황 선생이 고개를 끄덕이며 수긍하다가 밥을 한가득 입 에 넣은 후 말을 이었다.

"인마, 혓바닥으로 밥을 음미해봐. 되지도 질지도 않은 이 밥 말이야. 밥알들이 또글또글 굴러다니잖아. 어때, 감촉이 느껴지지 않는가? 우리 집에 오는 손님들은 언제나 이 밥을 먹을 수 있다고. 이런 밥을 솥단지 가득 지어놓지, 호준이 엄마가 말이야."

서사문학의 천재답게 황 선생은 나의 밥 짓는 솜씨를 이렇게 표현했다. 합수는 가볍게 고개를 끄덕였다. 감옥살이를 막 끝내고 나온 참이어서 나는 그를 용서했다. 밥상을 물리자마자 합수는 장기수 어른들과의 대면을 털어놓았다.

"감방 복도에서 마주친 그 눈빛, 이글이글 타오르고 있었소. 우리도 민주화의 열기로 뜨거웠지만 그들과는 비할 바가 못 되었소. 내 가슴에 불의 낙인이 찍히는 것만 같았소."

현대사의 어느 부분이 내게 강림하는 느낌이었다. 그때 나에게도 불의 낙인이 찍혔을까? 책에서 배운 세상이 살아 있는 현실이 되어 내게 다가오고 있었다.

합수와 그 벗들, 그들은 '민낯의 사람'이었다.

합수와 그 벗들을 회고한다. 한 사람을 파악하려면 먼저 그의 지인들을 보라 하지 않던가.

나는 합수의 지인 중에서 맨 먼저 윤경자 아우와 박형선 아우를 떠올리지 않을 수 없다. 그녀가 합수의 여동생이고 그가 여동생의 남편이어서가 아니다. 나는 지금도 아무 스스럼없이 그들을 '아우'라고 부른다. 나의 아우들에겐 그

어떤 허식이 없다. 황금을 돌같이 여기는 나의 아우들, 그들은 지금도 사라지지 않은 '전라도 촌놈'이요, 울뚝불뚝한 '민낯의 사람'이다.

합수에겐 두 분의 목사가 있다. 목사라고 보기엔 자세가 너무 불량한 최연석 목사는 차라리 조폭 두목이라 해야 맞을 것이다. 그는 늘 삐딱한 말만 골라 한다. 하지만 그의 목소리는 너무 여리고 그의 말은 너무 섬세하다. 그의 아내, 박경희에 의하면 자신의 낭군이 '분위기 있는 남자'란다. 사실 진짜 무드파는 아내 박경희이다. 햇볕도 잘잘하고 바람도 유순한 여수에 사는 그들의 집을 가보면 대번에 알 수 있다. 그들은 음악 애호가를 넘어선, 음악 마니아이다.

"쓰잘데없이 판만 많단 말이시."

합수가 핀잔을 준 적이 있었다. 모든 예술 중에 음악이 가장 중독성이 강한 분야인 것을 나는 잘 알고 있다. 각고의 노력 끝에 나는 그 중독성에서 가까스로 빠져나왔다. 문학에 일가견이 있는 최 목사의 설교집은 하나의 작품이다. 작가의 길을 가야 할 분이 길을 잘못 들어 목자가 된 것이 아닐까?

또 한 분은 김은경 목사이다. 그녀는 아직도 내게 '은경이'다. 합수의 도피와 망명 전 과정을 책임졌던 이가 '은경이'다. 그 엄혹한 시절을 함께 걸머지며, 자신에게 온 무거운 책임을 피하지 않았던 것은 무엇 때문이었을까? 은경이를 보면 어디에서 '그 순수한 열정'이 솟는지 모르겠다. 은경이가 노래를 부르면 나도 모르게 눈물이 난다.

"부용산 오릿길에 하늘만 푸르러 푸르러……."

은경이가 성악가로 나섰다면 한 시대를 풍미했을 것이다. 합수도 은경의 노래솜씨를 부러워했던 것 같다. 돌이켜보니 합수는 후배에게 질세라 몰래 노래를 연습했던 것 같다.

「두어라 가자」는 부르기가 만만치 않은 노래였다. 뛰어난 가창력을 타고나야만 부를 수 있는 이 김민기의 노래를 어느날 합수는 온몸으로 토하고 있었다. "두어라 가자 몹쓸 세상 설운 거리여……." 나는 놀랐다. 이 노래를 가장 잘 부르는 가수가 합수라고 칭찬한 이는 김민기였다.

임영희는 환갑이 지나도 여전히 예쁘기만 하다. 영희는 합수가 가장 아끼던 여자 후배이다. 어딘가로 가버린 동생이 어느날 문득 내 앞에 나타난 듯 가슴이 먹먹해지는데 영희를 보면 그렇다. 언제나 고마운 아우다. 가녀린 외모와는 다르게 누구보다 당차고 추진력이 담대한 그녀는 알고 보면 송백회의 실세였다.

합수 주변엔 옛날부터 늙었고 지금도 늙고 있고 미래에도 늙을 도인 한 분이 계신다. '김희택 선수'다. 왜들 그의 이름에 선수라고 덧붙이는지 나도 이제는 알 것 같다. 범인들은 인생살이를 살아내면서 때로는 변절하기도 하고 때로는 진보하기도 하는데 그는 언제나 똑같다. 변함없는 도인풍이다. 나는 그의 흰머리와 흰 수염 앞에서 옷깃을 여민다. 그런데 도사의 천하무적은 그의 아내 조명자이다.

"언니, 그냥 한번 쿡 눌러봐. 헛바람이 빠진다구. 빠지고 나면 아무것도 없당께." 함께 노닥거리는 윤경자도 거든다. "남자란 것들이 다 그렇당께. 여편네들 없으면 즈그들이 허깨비지 머시여?"

송백회 회원들이 찧고 까불어도 김희택은 꼿꼿이 앉아 온갖 시국정세를 농단한다. 진짜 도인은 조명자다. 이 풍진세상을 유장하게 흘러넘어온 그녀를 보면 옷깃이 저절로 여며진다.

광주지역 노동운동의 산증인 정향자는 나에게 '선배 같은 아우'이다. 일생을 오롯하게 한길로 살아냈으니 아우는 분명 나의 선배이다. 내가 노동자들을 귀히 여기게 된 것도 다 그녀 덕택이다.

김수복과 성찬성을 보면 합수는 참 인복이 많다는 생각이 든다. 술과 담배를 끊은 지 오래이지만 나는 그들과 마주 앉으면 은근히 욕구가 인다. '친구야, 어쩌고저쩌고' 하면서 한잔 나누고 싶어진다. 인생에 부침이 많았던 내게 다가와 '방황도 괜찮은 거여'라며 다정하고 따뜻한 위로를 주는 듯하다.

권력의 허상을 화폭에 담아낸 홍성담은 여전히 민중미

술의 고지를 고수하고 있는 전사이다. 합수는 그를 애지중지 귀히 여겼다. 예술이 선동의 무기임을 합수는 잘 알고 있었다.

정인(황광우의 필명)도 한 시대를 풍미하지 않았던가. 지금 밝히지만 나의 아들 황호준도 정인 때문에 혁명과 노동운동을 운운하면서 자퇴 반 퇴학 반으로 예술고를 그만두었다. "떨리는 손, 떨리는 가슴, 치떨리는 노여움으로" 1980년대를 통과했던 우리에게 정인의 글들은 혁명의 절체절명을 확고하게 심어주었다. 혁명! 얼마나 가슴 떨리는 글자요, 불타는 언어인가!

합수로 인해 내 가슴에도 불의 낙인이 찍힌 이후 혁명은 나의 존재를 휘감고 돌았다. 회고컨대 나는 미진한 낭만적 혁명주의자였다. "체 게바라의 베레모를 쓰고 레닌의 혁명 열차에 동승한다. 한반도 끝에서 통일열차를 타고 시베리아 벌판을 통과한다. 모스크바와 베를린을 지나 파리에 도착한다. 사르트르와 보부아르, 그 시절 그들 레지스탕스들이 드나들었던 카페에서 커피를 마신다."

나의 이 낭만적 혁명주의에 시인 김남주도 한몫했다. 그가 남민전으로 떠나기 전 우리 집에 들렀다. '씨익' 웃으며 편지 한 통을 내밀었다. 볼리비아로 떠나기 전 체 게바라가 카스트로에게 보낸 편지를 번역한 것이었다. 온갖 부침의 세월 속에서도 나는 남주가 남긴 그 편지를 고이 간직하고 있다.

"어머니 어머니 어머니/다시는 동구 밖을 나서지 마세요."

그의 시구는 지금도 나를 동구 밖으로 나오게 한다.

시인 김남주는 강판으로 등을 밀어대는 처절한 고문을 당했다고 담담하게 말했다. 나는 강판을 사용하지 못한다. 강판을 보면 시뻘건 피가 철철 흐르는 시인의 등짝이 떠오르기 때문이다.

우리의 영원한 꽃미남 최권행을 보고 있노라면 동요가 생각난다. "우리 집에 왜 왔니, 왜 왔니? 꽃 찾으러 왔단다, 왔단다." 서울대에서 불문학을 가르치며 샹송이나 부르고, "시몬, 너는 좋으냐? 낙엽 밟는 소리가……" 따위의 시를 읊어댈 것 같은 외모인데, 웬걸 그의 손을 보라. 그의 손은 분명 민중의 손이다. 손은 절대로 존재의 존재성을 속이지 않는다. 합수를 가차 없이 비판하기도 했지만 어려운 일이 생기면 가장 먼저 달려오는 이가 그다.

마지막으로 오수성을 떠올린다. 문규현 신부 다음으로 '합수 윤한봉 기념사업회'의 이사장이라는 중책을 맡고 있어 나는 늘 그 앞에서 진지해진다. 나는 그를 전남대 교수실에서도 보았고 도청 광장에서도 보았다. 두 풍경이 어딘가 어색해 보였다. 그런데 그의 풍모가 딱 제격인 곳을 찾았다. 필요 이상으로 큰 키와 기묘하게 번뜩이는 눈빛으로 사방을 쏘아보면서 망월 묘역을 휘적휘적 걸어 다니는 모습. '오월증후군'이라는 심리학 용어를 창안해낸 심리학자 오수성은 초현실주의 그림에 나오는 신비로운 모습의 주인공을 연상케 한다.

합수의 벗들을 합치면 합수가 나온다. 그들은 '전라도 촌놈'이다. 촌놈은 허세가 없다. 그들은 평생 정의로운 가치에 헌신하였다. 그들은 촌놈들이면서 좀 다른 촌놈들이었다. 모두들 상당한 인문적 교양을 소지한 촌놈들이다. 벗들의 공통된 점은 한결같이 불의와 억압을 허용하지 않았다는 점이다. 역사의 고비마다 그들은 '모릅니다'라는 언어를 입에 올리지 않았다.

내가 망월 묘역을 찾는 이유는 광주민중항쟁에서 젊음을 바친 영령들을 잊지 않기 위함이지만 먼저 간 합수의 벗들을 다시 만나기 위함이기도 하다. 박기순, 윤상원, 박용준, 박관현, 신영일, 노준현, 김영철, 박효선…… 이들 합수의 벗들을 만나러 나는 망월동에 간다. 합수와 그의 벗들은 내게 '자유를 충동하는 사람들'이다.

연보

1948년 2월 1일 전남 강진군 칠량면 동백리 675번지에서 아버지 윤옥현과 어머니 김병순의 4남 2녀 중 3남으로 출생 (음력 1947년 12월 22일).

1954년 강진 칠량초등학교 입학.

1960년 조선대학교부속중학교 입학.

1963년 광주제일고등학교 입학.

1966년 광주제일고등학교 11회 졸업.

1968년 지원입대, 보병 12사단 52연대 근무.

1971년 전남대학교 농과대학 축산학과 입학. 12월 30일 교련반대시위에 참여하여 무기정학을 받음.

1972년 10월 17일 유신체제가 선포되자 반독재투쟁 결의.

1973년 전남대 학생동아리 민족사연구회 가입, 활동.

1974년 4월 9일 민청학련 전라도 지역 책임자로서 유신헌법 반대시위를 주동하다 체포, 1심에서 무기징역, 2심에서 15년 징역형 선고. 죄명은 국가보안법위반, 내란예비음모, 긴급조치 1호·4호 위반. 전남대에서 제적됨.

1975년 2월 16일 형집행정지로 대전교도소에서 출소. 석방 열흘 전 부친 별세. 4월 전남민주회복구속자협의회를 결성해 회장으로 활동. 종교계·재야운동과 연대하여 청년운동의 기초를 다짐.

1976년 4월 부활절 예배사건에 연루되어 대구교도소 복역. 죄명은 긴급조치 9호 위반. 징역 1년 6월에 자격정지 1년 6월 선고받음.

1977년 12월 9일 대구교도소에서 만기 출소.

1978년 4월 함평고구마 피해보상을 위한 단식투쟁 지원. 11월 전국농민쌀생산자대회에서 농민 800명 숙식 지원. 12월 송백회(松栢會) 결성해 양심수 옥바라지 지원.

1979년 6월 4일 현대문화연구소 설립, 초대 소장 취임. 10월 23일 부마항쟁 발발 직후 광주 서부경찰서에 연행되어 물고문당하고 구속됨. 죄명은 긴급조치 9호 위반 등. 12월 9일 긴급조치 9호 해제 후 석방됨.

1980년 1월 전남민주회복구속자협의회를 전남민주청년협의회로 전환, 민주청년협의회 전남 책임자로 활동함. 극단 광대의 창립과 문화운동 운영을 지원함. 5월 15일 민중항쟁 발발을 예견하고 산중 모임에서 도청 장악 투쟁을 역설함. 5월 27일 5·18광주민중항쟁의 주동인물로 현상수배됨. 죄명은 내란음모죄.

1981년 4월 29일 마산항에서 표범호에 승선해 밀항. 35일 만인 6월 3일 미국 시애틀에 도착. 6월 12일 김일민이란 가명으로 시애틀 동양식품점에서 일하며 미국에 정치망명 신청. 미 행정부에 의해 망명이 계속 보류됨. 10월 10일 노동허가서 발급받은 후 로스앤젤레스로 이동.

1982년 6월 광주수난자돕기회 결성, 1988년 6월 해체할 때까지 3만 달러 이상을 광주로 송금. 10월 박관현 열사 옥사에 항의해 10일간 단식농성을 벌임.

1983년 2월 5일 로스앤젤레스에 민족학교 설립. 5월 로스앤젤레스 프레스클럽에서 기자회견, 5·18민중항쟁의 진상과 밀항 과정을 밝힘.

1984년 1월 1일 로스앤젤레스에 재미한국청년연합(한청련) 결성. 이후 샌프란시스코, 시애틀, 시카고, 덴버, 댈러스, 뉴잉글랜드, 뉴욕, 필라델피아, 워싱턴D.C. 등 10개 지역에 지부를 결성하고 캐나다, 호주, 유럽에도 지부 결성.

1985년 11월 뉴욕에서 문화패 비나리를 결성하고, 이후 로스앤젤레스(한누리), 시카고(일과 놀이), 산호세(새누리) 등으로 확대함.

1987년 4월 17일 미국 정부로부터 정치망명 허가받음. 8월 한겨레운동재미동포연합(한겨레) 결성.

1988년 5월 '한청련'과 '한겨레'의 주도로 '핵무기 철거요청 10만 명 서명운동' 시작. 이듬해 7월까지 11만 명의 서명을 받아 미국 의회에 전달.

1989년 7월 20일~7월 27일 백두산에서 판문점까지 '한반도의 평화와 통일을 위한 국제평화대행진'을 주도함.

1990년 10월 캐나다, 호주, 유럽, 미주 한청련이 결합해 해외한청련 결성. 유엔 본부 앞에서 남북의 유엔 분리가입 저지와 평화협정 체결 촉구를 위한 15일간의 단식농성을 벌임.

1991년 9월 문화선전대 '해방의 소리' 유럽, 호주, 미주 순회공연.

1992년 5월 로스앤젤레스 흑인폭동(4·29사태)에 관한 공개 토론회 개최. 4·29사태 피해 동포 법률지원 활동.

1993년 5월 19일 일시 귀국, 8월 18일 영구 귀국.

1994년 8월 5·18기념재단 창립 주도. 11월 민들레 소극장 확장 이전 추진위원장.

1995년 3월 민족미래연구소 설립. 5·18특별법 제정과 학살자 처벌 서명운동 전개. 최연소 장기수 강용주 석방운동 전개.

1996년 1월 김용근선생 기념사업회 결성. 5월 민족시인 김남주 기념사업회 추진. 10월 정치망명기 『운동화와 똥가방』(한마당) 출간.

1997년 12월 29일 김영철 투병생활 지원을 위한 모금활동 전개.

2000년 7월 박정희기념관 건립반대투쟁을 주도함.

2001년 6월 28일 들불열사기념사업회 결성.

2002년 5월 들불 7열사 추모비 건립.

2004년 6월 5·18기념재단 주최 '5·18아카데미' 교장 취임.

2005년 12월 민족미래연구소 문을 닫음. 이후 건강 악화로 무안
과 목포의 자택에서 요양함.

2007년 6월 27일 폐공기증(폐기종) 투병 중 폐이식 수술 후 영
면, 향년 61세. 6월 30일 국립5·18민주묘지 제6묘역에
안장. 국민훈장 동백장이 추서됨.

참고자료

1. 단행본

윤한봉 『운동화와 똥가방』, 한마당 1996

문규현·임재경·유홍준 엮음 『합수 윤한봉 선생 추모문집』, 한마당 2010

5·18기념재단 『5·18항쟁사 정리를 위한 인물사 연구』(2006) 중 '윤한봉 구술녹취문'

2. 녹취 자료

(1) 한국

① 2010~2016

김남훈, 김상윤, 나상기, 문유성, 박형선, 송은정, 신소하, 여성숙, 유정애, 유홍준, 윤경자, 윤영배, 윤희주, 이강, 이학영, 이홍길, 임경규, 임영희, 임해정, 전홍준, 정상용, 정용화, 정철웅, 정

해직, 조계선, 조광흠, 조진태, 최용탁, 최철, 황광우 (30명)

② 2016.1.14~5.26(집담회)

김남표, 김은경, 김희택, 민상홍, 민종기, 박형선, 신소하, 양해열, 오수성, 유정애, 윤경자, 윤광장, 윤난실, 이교준, 임채운, 정문철, 정용화, 정찬용, 정해직, 정향자, 조계선, 조진태, 최동현, 최병상, 최용탁, 최철, 황광우 (27명)

(2) 미국

① 2014

김상일, 김수곤, 김준, 김희숙, 유일용, 육길원, 은호기, 이길주, 이병헌, 임용천, 장광선, 조재길, 조철규 (14명)

② 2016. 2

- 로스앤젤레스: 김준, 김진엽, 서연옥, 안동연, 윤희주, 이길주, 홍기완 (7명)
- 시애틀: 권종상, 김진숙, 김형중, 모선길, 박준우, 이교준, 이종록, 조대현 (8명)
- 시카고: 김남훈, 박건일, 송민원, 이재구, 장광민, 최인혜 (6명)
- 뉴욕: 강병호, 김갑송, 김수곤, 김영국, 김희숙, 문유성, 박성연, 이종국, 임용천, 장미은, 정승진, 차주범 (12명)
- 프린스턴: 강완모, 김남원 (2명)
- 워싱턴 D.C.: 서혁교 (1명)

안재성
5·18민주화운동을 비롯하여 오랫동안 민주화운동과 노동운동에 몸담았고, 이로써 두차례 감옥살이를 했다. 역사 발전과 인권운동에 몸 바친 인물들에 관심이 많아『황금 이삭』『경성 트로이카』『파업』『연안행』등의 장편소설과『식민지 노동자의 벗 이재유』『박헌영 평전』『실종작가 이태준을 찾아서』등의 평전을 썼고,『청계, 내 청춘』『한국노동운동사 1, 2』등의 노동운동책과『잃어버린 한국 현대사』등의 역사책을 지었다.

윤한봉
5·18민주화운동 마지막 수배자

초판 1쇄 발행/2017년 4월 25일

지은이/안재성
기획/(사)합수윤한봉기념사업회
펴낸이/강일우
책임편집/정편집실 최란경
조판/신혜원
펴낸곳/(주)창비
등록/1986년 8월 5일 제85호
주소/10881 경기도 파주시 회동길 184
전화/031-955-3333
팩시밀리/영업 031-955-3399 편집 031-955-3400
홈페이지/www.changbi.com
전자우편/nonfic@changbi.com

ⓒ 안재성 2017
ISBN 978-89-364-7355-6 03810